Dans la lumière du nord

Kevin Patterson

DANS LA LUMIÈRE DU NORD

ROMAN

Traduit de l'anglais (Canada)
par Anne Damour

Ouvrage traduit avec le concours
du Centre National du Livre

TERRES D'AMERIQUE
Albin Michel

« **Terres d'Amérique** »

Collection dirigée par Francis Geffard

À la mémoire de Thomas Arthur Patterson
1964-2005

« Pour les malades, les démunis et les humiliés. »

Inscription au-dessus d'un tronc
pour les pauvres à Aix-en-Provence.
Rapporté par M. F. K. Fisher en 1953.

PREMIÈRE PARTIE

Poème esquimau

Là je me tiens,
Humble, les bras tendus
Car l'esprit des airs
M'innonde d'une nourriture merveilleuse.
Là je me tiens
Enveloppé d'une grande joie
Et cette fois c'était un vieux phoque mâle
Qui souffle à travers son évent
Moi, petit homme
Je suis debout au-dessus de lui,
Et tout excité je deviens
De très grande taille
Jusqu'à ce que je plonge mon harpon dans la bête
Et l'attache au filin du harpon !

Recueilli et traduit de l'inuktitut
par Knud Rasmussen
dans le *Rapport de la cinquième expédition de Thulé*, 1921-24

1

Les tempêtes sont comme l'amour. Elles existent par elles-mêmes, indifférentes aux mots, aux descriptions et aux analyses. Le blizzard soufflait depuis cinq jours et Victoria n'avait pas de termes pour décrire sa nervosité. Tout bougeait, même les planchers vibraient, et un tel tumulte ne pouvait laisser insensible, de même qu'on ne pouvait ignorer les craquements des murs, les redoutables sursauts du vent. Robertson était à Yellowknife, et elle était restée coincée avec les enfants depuis presque huit jours dans cette maison emplie de vacarme que la toundra menaçait d'envahir, regardant la neige s'amasser plus haut que les fenêtres, sentant le désir de s'échapper gagner chacun à l'intérieur.

C'était le matin à nouveau, et elle était réveillée ainsi que les enfants mais ils étaient tous restés au lit à écouter le vent ébranler les murs. Neuf heures, à peu près, il faisait encore nuit noire. Elle avait rêvé qu'elle faisait l'amour avec Robertson. Elle était contente d'être sortie du sommeil. La scène, même irréelle, lui avait laissé un sentiment d'angoisse – qui l'avait quittée lorsque l'image de leurs deux corps, enlacés, s'était estompée. Dans l'instant de conscience qui avait suivi, elle était parvenue à chasser le sujet hors de ses pensées. Comme à l'habitude.

Elle entendait les filles, Marie et Justine, chuchoter dans leur chambre. Elle ne distinguait pas ce qu'elles disaient. Elle perçut le mot « pomme de terre. » Pauloosie, son fils aîné, était silencieux. Elle prêta l'oreille et crut l'entendre se retourner dans son lit. Puis le vent reprit, mugissant de plus belle.

Elle n'était pas aussi nerveuse jadis, elle attendait avec ses parents que s'apaisent les tempêtes, couchée sur des peaux de caribou dans leur petit igloo, buvant du thé sucré. C'était plus dangereux alors mais moins effrayant. Les igloos donnaient l'impression d'être étrangement plus solides. Cette maison, en revanche, paraissait prête à s'envoler, et ç'eût été le cas sans les boulons qui l'amarraient aux fondations. Elle avait été fabriquée à Montréal, en plaques d'aluminium et panneaux d'aggloméré, avant d'être expédiée par chaland jusqu'à la baie d'Hudson, où elle était arrivée gauchie par les mouvements de la houle. La neige pénétrait dans les interstices entre l'encadrement de la porte et le sol de la cuisine, où elle dessinait des paraboles, minuscules congères qui demeuraient aussi longtemps que la porte restait fermée. Au bout de cinq jours, elles semblaient aussi permanentes que le mobilier. Le vent qui sifflait sous la maison maintenait le plancher presque aussi froid que la roche en dessous.

La roche qui se répandait à travers le village, se glissait jusqu'au rivage, pénétrait sous la glace de la baie d'Hudson, qui s'insérait dans la baie comme un couteau glissé entre la graisse et la viande. Et au-dessus de cette eau il y avait la glace, quatre cent mille kilomètres carrés de glace, aride, plate, aspirant l'air gelé de l'Arctique tel un soufflet – le recrachant à travers Rankin Inlet et sur le reste du continent impassible. Chicago eût été Rome sans cet océan pris par les glaces, bien que son importance soit inconnue de ceux qui ne vivent pas à proximité.

Rankin Inlet, Repulse Bay, Baker Lake, Coral Harbour, Whale Cove : variations sur le thème de l'abri contre la mer, chacun de ces hameaux est situé sur la côte ouest de la baie d'Hudson, tous baptisés par les baleiniers du XIXᵉ siècle qui y cherchèrent refuge. Le plus petit compte deux cents habitants et le plus grand, Rankin Inlet, deux mille, presque tous

14

Inuits, plus une poignée d'hommes blancs venus du Sud, des *Kablunauks.*

Ces gens vivent le long de la côte avec en arrière-plan huit cent mille kilomètres carrés de toundra, des étendues doucement ondulées où ne pousse pas un arbre. En été, le sol est marécageux et couvert de mousse ; en hiver, c'est une terre gelée, battue par le vent, tapissée d'une mince couche de neige que percent des eskers rocheux. Les Inuits y ont vécu durant des dizaines de milliers d'années, tirant leur subsistance de cette maigre végétation jusqu'en 1960, date à partir de laquelle ils se rassemblèrent dans les petites agglomérations construites par le gouvernement le long de la côte et abandonnèrent la toundra, désertée de toute présence humaine pour la première fois depuis la fonte des glaces qui suivit l'ère glaciaire.

Victoria et Robertson étaient mariés depuis un an quand Robertson s'était fait livrer cette maison pour loger sa nouvelle famille. Elle avait deux fois la taille des baraques que les services du logement mettaient à la disposition du reste de la communauté ; c'était l'avantage d'avoir épousé un Kablunauk avaient commenté les gens devant Victoria en voyant la maison arriver par bateau à travers la baie jusqu'à l'orée du village. Les autres jeunes ménages s'entassaient à l'arrière des maisons exiguës de leurs parents, et l'intimité dont jouissait Victoria était considérée comme un luxe inhabituel.

Robertson n'étant pas originaire du village, ils n'avaient eu à héberger aucune tante édentée ou mâchant du tabac à priser. Les femmes du village avaient passé en revue tous les inconvénients d'un mariage à un homme de la Compagnie de la baie d'Hudson, mais c'était cet avantage unique qui l'emportait. Allongée dans son lit en ce moment, elle écoutait ses filles glousser, chuchoter, s'interpeler. C'était le genre d'intimité dont ne profiterait jamais une famille qui partageait sa maison avec une autre, pensa-t-elle. Elle avait de la chance, sur ce point. Mais peut-être existait-il aussi une autre sorte d'intimité, qu'avaient connue ses cousins et ses frères qui avaient grandi sans éprouver le besoin d'être seul.

15

Elle en était là de ses réflexions quand la porte de la cuisine claqua violemment. Croyant qu'elle s'était ouverte, Victoria sauta hors de son lit pour aller la refermer avant qu'elle ne soit arrachée de ses gonds. En arrivant dans la pièce elle alluma la lumière et aperçut son père debout dans l'embrasure de la porte. Ses sourcils et ses cils étaient blancs de givre, et sa parka de caribou dégoulinait de flocons de neige.

« *Qanuipiit ?* demanda-t-il.

– *Qanawingietunga* », répondit-elle. Aussi bien que possible étant donné les circonstances. Ils s'ennuyaient tous, certes, mais le poêle fonctionnait et ils avaient de quoi manger. C'était beaucoup exprimer en un seul mot et un haussement d'épaules, mais un environnement sévère conduit à une grande économie de paroles. C'est pourquoi l'inuktitut est une langue véritablement économique.

« *Ublumi anarahkto.* »

Un peu venteux ? Cette litote de la part de son père la fit sourire. Attirées par le bruit de la conversation, Justine et Marie entrèrent dans la cuisine et à la vue de leur grand-père dans ses *kamiks*[1] en peau de phoque s'immobilisèrent derrière leur mère. Âgées de douze et quatorze ans, elles étaient presque aussi grandes que le vieil homme et ne s'étaient pas attendues à l'accueillir en pyjama. Pauloosie apparut derrière ses jeunes sœurs vêtu d'une chemise de flanelle et d'un jean. Le vieil homme fouilla dans sa veste et en tira un sac en plastique rempli de viande de caribou. Il le tendit au garçon. « *Tuktu* », dit-il.

Pauloosie le lui prit des mains. « *Koyenamee.*

– *Igvalu.* »

Les steaks gelés avaient l'aspect de briques roses et cartilagineuses. Pauloosie emporta le sac jusqu'à l'évier de la cuisine et l'ouvrit. Il entreprit de rincer la viande sous l'eau froide, ôtant le reste de poils et de tendons qui s'y trouvait

---

1. Kamiks : bottes traditionnelles en peau de phoque. (*Toutes les notes sont de la traductrice.*)

16

encore collé. Victoria et son père l'observaient. « Comment va Robertson ? demanda Emo.

– Il est reparti à Yellowknife. Il revient la semaine prochaine.

– *Ee-mah.*

– Il y est pour répondre à un appel d'offre.

– Il travaille très dur. » Le vieil homme inspecta la cuisine autour de lui, comme s'il cherchait dans la maison une preuve de l'absence du mari.

« Oui. » Sur la défensive, Victoria suivit le regard de son père.

« As-tu besoin de quelque chose ?

– Pas vraiment. » Ce qui était une façon de dire : rien du tout.

« Je n'ai pas vu les lumières allumées.

– Il y a du givre sur les vitres.

– Tu devrais dire aux filles de s'habiller. Il est dix heures du matin.

– Elles vont le faire. »

Justine et Marie avaient regagné le couloir sans même attendre que le regard de Victoria se tourne vers elles.

« Ta mère voulait savoir comment vous alliez.

– Pourquoi n'a-t-elle pas téléphoné ?

– Il ne fonctionne pas une fois de plus.

– Tu as besoin d'argent ?

– Non. On a juste oublié.

– J'irai à la banque dès que la tempête se sera calmée. Je pourrais m'en occuper.

– Si tu veux.

– Bon.

– Tu veux du poisson ?

– Il nous reste encore de l'omble de l'automne dernier.

– Tagak a tué un *nanuq* la semaine dernière.

– Un beau ?

– Plus de trois mètres.

– Ça va lui rapporter au moins deux mille dollars. »

Emo resta un moment silencieux à observer sa fille. S'il avait eu le caractère de son propre beau-père, il y a long-

17

temps qu'il aurait poussé Robertson dans la mer par-dessus le bord de la banquise. Il fit demi-tour et ouvrit la porte.

« *Ublukatiarak, attatatiak,* dit Pauloosie.

– *Igvalu, irnuktuq* », répondit Emo.

Après le départ de son père, Victoria découpa des tranches de lard et commença à les faire frire. Justine se pencha sur la table de la cuisine, ouvrit son livre de mathématiques pour faire sa longue division. Marie s'installa le plus près possible du poêle avec son roman policier de Nancy Drew : *Le Mystère de la vieille horloge.* Sur la couverture, une Nancy blonde et intrépide jetait un regard soucieux de derrière un arbre d'une hauteur inimaginable. Pauloosie plaça le morceau de caribou sur le comptoir puis, armé de son couteau de chasse, se mit à le découper en tranches minces qu'il fourrait dans sa bouche. Au bout de quelques minutes, le lard fut cuit et Victoria en garnit les assiettes devant les filles.

Le vent reprit de plus belle, forcissant d'un demi-degré. Victoria regarda par la fenêtre la neige tourbillonner. Pauloosie se retira dans sa chambre sans dire un mot. Les fillettes lisaient en silence à côté de leur mère. Pareilles tempêtes vous permettent d'apprécier une maison. Il suffisait simplement de ne pas devenir fou.

2

Quand elle eut dix ans, durant l'été 1962, Victoria embarqua à bord du *C.D. Howe*, un bateau de ravitaillement en acier peint en rouge qui remontait la côte occidentale de la baie d'Hudson tous les étés. Ses parents avaient remarqué qu'elle passait ses journées à plisser les yeux pour apercevoir dans le ciel des oiseaux qu'elle entendait sans les voir, et à scruter des cairns de pierre, des *inukshuks*, qu'elle prenait pour des gens. Le *C.D. Howe* menait des campagnes de détection de la tuberculose et de vaccination en même temps qu'il dispensait des soins médicaux mineurs et distribuait des paires de lunettes. À la fin des années 1950, la plupart des habitants résidaient sur terre et venaient sur la côte en été pour vendre les fourrures qu'ils avaient accumulées en hiver et pêcher l'omble et l'*arviaat*, la baleine béluga. Pendant la période où ils campaient, des caboteurs longeaient la côte, déchargeant des caisses de pièges à renard, de cartouches, de farine et de viande en conserve dans les comptoirs de la Compagnie de la baie d'Hudson, alors que sur les bateaux du gouvernement on introduisait des instruments médicaux dans les oreilles de tout un chacun, pressait les poitrines nues contre des écrans de rayons X et recueillait les crachats dans des coupelles..

Emo et Winnie conduisirent en barque leurs enfants, Victoria et Tagak, jusqu'au *C.D. Howe* quelques minutes après qu'il eut jeté l'ancre dans le détroit. On était en août et une douzaine de familles campaient, attendant les bateaux de commerce. Il faisait plus froid mais pas suffisamment pour faciliter les déplacements sur la terre ferme. Et la saison des pluies avait commencé. La chasse au morse était terminée jusqu'à ce que la glace se reforme, les caribous s'étaient réfugiés loin à l'intérieur des terres, et les ombles avaient cessé de remonter le courant. Les gens s'ennuyaient et avaient passé les semaines précédentes à jouer aux cartes et à se disputer. Quand était apparu le bateau du gouvernement, ils l'avaient accueilli comme la fin de l'ennui, et étaient tous montés à bord pour se faire examiner par l'*iqswaksayee*, le docteur.

Le laboratoire de bord analysait leurs échantillons de crachats sur place et le docteur donnait des antibiotiques contre les otites, ainsi que des lunettes pour les enfants qui plissaient les yeux. Victoria eut droit à des montures métalliques et resta bouche bée devant la soudaine netteté du monde. Tous les enfants furent pesés et mesurés. Deux infirmières accompagnaient le médecin. Ce n'étaient pas des religieuses mais des infirmières d'une autre sorte, dont la dévotion à leur profession était moins absolue et plus compréhensible : ces femmes s'appelaient des *nungurayak*, ce qui signifiait « fausse nonne ». Celles qui parlaient suffisamment l'inuktitut pour comprendre l'étymologie de ce mot s'en amusaient.

L'une d'entre elles conduisit Victoria et ses parents dans la salle d'attente. Sa mère eut beau se moquer d'elle et de ses lunettes, Victoria se sentait surtout envahie d'une immense satisfaction. Même de loin, elle pouvait voir le monde qui l'entourait, et il lui paraissait beaucoup plus riche, détaillé et complexe qu'elle ne se l'était jamais représenté. Une image se grava dans sa mémoire : celle de son père debout au milieu de la descente dans ses *kamiks* et sa parka de caribou, marron et fourrée d'une manière qui lui parut surprenante. À côté de lui : sa mère, dont les tatouages de mariage disparaissaient sous son hâle qui s'interrompait, comme celui de son père, à la naissance du cou. À partir de là leur peau devenait aussi pâle que le ventre d'un omble, et le restait jusqu'aux poignets.

Elle examina les rides sur les mains de son père, et la finesse des coutures de ses bottes de peau imperméables. Elle nota une expression de doute dans le regard de sa mère qui ne l'avait jamais frappée auparavant, et la perplexité de son visage une fois à bord du bateau kablunauk. Un moment auparavant, l'*iqswaksayee* avait fini de lui expliquer, avec l'aide de l'interprète, comment soigner l'otite de Tagak. Puis il les avait quittés et était sorti d'un pas rapide, laissant flotter jusqu'à ses narines une odeur de savon parfumé et de crème à raser. Debout derrière ses parents, Victoria voyait distinctement les coulures de peinture sur les cloisons du navire ; elle remarquait les fils gris dans les cheveux de ses parents et leurs visages plus émaciés qu'elle ne l'aurait cru.

Dans l'étroite salle d'attente s'entassaient Victoria, ses parents, Tagak assis sur les genoux de sa mère, l'*iqswaksayee,* Caroline Kapak, la femme engagée pour interpréter le dialecte local, et Siruqsuk. Siruqsuk était l'une des plus vieilles Inuits de la région, bien que personne ne lui montrât la déférence en général accordée aux personnes d'un très grand âge car sa famille était d'un statut inférieur et qu'un scandale l'avait jadis frappée mettant en cause son mari aujourd'hui décédé et sa propre sœur.

Siruqsuk avait vécu à la lisière de plusieurs camps, entretenue avec discrétion et parcimonie par ses neveux quand ils avaient assez de nourriture à partager. Victoria avait l'impression de la connaître depuis aussi longtemps que remontaient ses souvenirs, bien qu'elles se soient rarement adressé la parole. L'*iqswaksayee* parlait dans sa langue kablunuktitut gutturale et monotone, et Caroline traduisait. « Il dit qu'il regrette mais les rayons X montrent que vous avez le *puvaluq.* Vous devez partir toutes les deux avec le bateau pour le sanatorium. » Quand elle se rendit compte que Caroline les regardait toutes les deux, elle et Siruqsuk, Victoria se demanda s'il lui faudrait quitter ses parents et vivre avec la vieille femme.

Le navire fit route vers le Détroit d'Hudson, gagna l'Atlantique, et obliqua ensuite vers le golfe du Saint-Laurent pour atteindre enfin Montréal. Debout à la poupe, Siruqsuk et Victoria regardèrent disparaître le ruban de la côte. Victoria tenait fermement sa lourde jupe dans le vent et la vieille femme entourait de son bras décharné les épaules de la petite fille. Victoria demanda si elle savait où elles allaient. Siruqsuk lui dit qu'il y aurait beaucoup à manger lorsqu'elles seraient arrivées et que les autres Inuits de l'hôpital s'occuperaient d'elles. Elles sentaient les vibrations des moteurs à travers le pont. Puis le brouillard les enveloppa et elles rentrèrent à l'intérieur.

Quand Victoria arriva en bas de la passerelle à Montréal, elle fut accueillie par le Père Raymond, un Oblat qui avait vécu pendant vingt ans à Lake Harbour sur l'île de Baffin et parlait un dialecte inuktitut inconnu d'elle. Il était gentil et attentionné, quoi qu'elle le comprît à peine. Il la fit monter dans un taxi noir qui roulait à une vitesse incroyable, dispersant sur son passage des hommes et des femmes de haute taille vêtus de noir tel un *amauk* au milieu de *tuktus*. L'hôpital Saint-Paul était une solide bâtisse de granit gris gérée par des religieuses tout aussi robustes, qui parlaient uniquement français. Victoria ne s'était pas rendu compte que, hormis le Père Bernard et les religieuses de Chesterfield Inlet, personne ne pratiquait cette langue. Après l'avoir conduite à l'intérieur, le Père Raymond lui dit au revoir d'un air guindé en inuktitut et lui demanda d'être patiente avec les religieuses. Elle le regarda partir avec étonnement.

Ce même soir, les religieuses surveillèrent ses prières puis refermèrent les lourdes portes de bois de la chambre dans laquelle elle allait dormir. Elle se coucha sur une étroite banquette en dessous d'une fenêtre située à la hauteur des yeux à condition de se mettre debout sur le matelas. Au-delà coulait le fleuve, comme ils appelaient leur grande rivière. Le lendemain matin, les religieuses la réveillèrent et l'amenèrent de nouveau chez le Père Raymond, qui devait l'accompagner jusqu'à la gare. Elle avait vu des photos de la France dans l'église du Père Bernard, l'avait écouté parler de sa patrie, et elle s'était forgée l'image d'un pays de confluents pourvu d'énormes églises de pierre, et dont chaque vallon produisait des quantités de différentes variétés de fromage.

Ce sont les variations du paysage qui défilait dans un fracas de ferraille devant sa fenêtre qui la surprirent le plus. Chaque fois qu'elle s'endormait et se réveillait, elle se retrouvait devant une végétation différente, des arbres différents, puis se succédèrent les villes, les champs de seigle et de maïs de l'Ontario et l'immensité prodigieuse du « lac », le Supérieur, qui demeura sur leur gauche pendant presque toute une journée. L'Oblat affirmait mordicus qu'il s'agissait d'eau douce – Victoria finit par cesser de le contredire et se dit que la différence entre leurs dialectes était plus importante qu'elle ne l'avait pensé.

Le prêtre restait muet sur les raisons qui l'avaient amené à quitter Lake Harbour. Il dit à Victoria que le sanatorium où il la conduisait était un endroit qu'elle apprécierait davantage plus tard, une fois de retour chez elle en bonne santé, que durant son séjour. Il lui dit qu'elle avait de la chance de vivre aujourd'hui, à une époque où l'infection des poumons pouvait être soignée par les antibiotiques et la chirurgie – il en eût été autrement quelques années plus tôt. Beaucoup de ses amis étaient morts de cette maladie en Normandie quand il était enfant ; le bétail et les paysans se contaminaient mutuellement dans un cycle ininterrompu de crachements et de fièvre. Victoria avait passé suffisamment de temps avec des prêtres bretons pour s'étonner d'entendre ce Français insinuer qu'elle avait de la chance de ne pas lui ressembler davantage.

À l'immensité du lac Supérieur succédèrent des kilomètres de forêt, une taïga similaire à celle qu'elle avait aperçue au sud d'Arviat, mais plus vigoureuse, traversée ici et là par des routes, parsemée de lignes de poteaux chargés de cables. Puis se déroula une étendue monotone qui lui rappela la lande, découpée en carrés semblables aux quilts que les religieuses confectionnaient à Chesterfield Inlet. Elle vit des hommes qui travaillaient dans les champs, et le prêtre lui expliqua qu'ils moissonnaient, récoltaient le grain qu'ils transformaient en farine, avec laquelle ils fabriquaient le bannock. Ils s'arrêtèrent pendant une journée entière dans une ville appelée Winnipeg, dont elle avait vu quelques photos, plus qu'elle n'en avait vues du lac Supérieur, en tout cas. Ou des terres aussi plates, brunes et sèches qu'une peau de caribou tendue et tannée.

Le prêtre l'emmena se promener du côté de la gare de chemin de fer, puis ils traversèrent Main Street vers Broadway Avenue et gagnèrent le hall de l'hôtel Fort-Garry, qui ressemblait à une version plus animée du couvent de granit des religieuses de Montréal. Le réceptionniste eut un claquement de langue à l'adresse du prêtre qui entraîna à nouveau Victoria dehors, longeant une autre rue jusqu'au grand magasin Eaton, où il lui acheta un stylo et un carnet ainsi qu'un manteau, des chaussures, un pull, une jupe et des jambières. Autour d'eux la foule se répandait dans toutes les directions. Victoria avait toujours vécu parmi les quatre personnes qui composaient sa famille, et les six de celle de son oncle ; en comptant les rassemblements d'été sur la côte, les religieuses, les prêtres et les malades de Chesterfield Inlet, elle avait peut-être cotoyé une centaine d'êtres humains au cours de sa vie. Il y en avait autant aujourd'hui dans son champ de vision à l'intérieur du magasin. Lorsque le prêtre lui parlait en inuktitut, les gens les regardaient sans sourire. Ils passèrent le reste de la journée à marcher en silence dans les rues bruyantes, et jusqu'à la tombée de la nuit Victoria n'eut de cesse d'absorber tout ce qui l'entourait.

Le soir, ils reprirent le train. Il s'ébranla au moment où elle grimpait dans sa couchette après avoir dit ses prières – à la demande du prêtre. Elle s'endormit bercée par les mouvements du wagon, et fit les rêves les plus tumultueux qu'elle eût jamais faits. Elle s'en étonna, dans son sommeil, puis elle se calma et y prit plaisir, moins soucieuse de devenir folle.

Le jour suivant fut baigné d'un brouillard vert et roux de pins gris, d'épinettes noires et de pins rouges tandis que le train poursuivait sa route vers le nord. Les fermes se raréfièrent et les champs de blé cédèrent la place aux pâturages,

24

puis au bush. Après le repas du soir, le prêtre annonça à Victoria qu'ils arriveraient le lendemain à l'hôpital où elle demeurerait jusqu'à sa guérison.

Y aurait-il des gens qui parlaient sa langue ?

Oui.

Victoria souhaita bonne nuit au Père Raymond et se glissa dans sa couchette. Derrière le rideau de feutre noir elle ôta sa robe et enfila sa chemise de nuit de laine grossière que les religieuses lui avaient donnée à Montréal. Avant de s'endormir elle entendit le prêtre murmurer ses prières, interminablement, égrainant son chapelet comme un contrepoint au vacarme du train.

Après le tohu-bohu de Montréal et de Winnipeg, The Pas avait un aspect particulièrement morne. Dès l'entrée du train en gare, Victoria en avait vu assez pour se sentir désappointée par cette ville du bush avec ses rues boueuses, son magasin d'outillage et ses bars sinistres. À la gare vint les accueillir une aide-soignante de l'hôpital, une Indienne Cree du nom de Donelda Pierce. Le Père Raymond resta immobile à côté du train et ne fit pas un mouvement lorsque Donelda fit signe à Victoria de la suivre. Il poursuivait son voyage vers le nord, vers Churchill sur la baie d'Hudson. Victoria aurait voulu rester avec lui. Quand il descendrait du train à la fin de son voyage, il ne serait qu'à cinq cents kilomètres de sa famille. Il avait vécu sur l'île de Baffin et devait savoir mener des chiens – deux semaines de route, une fois la glace prise. Le prêtre remonta et lui fit un geste d'adieu au moment où le train se remettait en marche.

À l'hôpital, les enfants dormaient dans de grandes salles communes sur des lits métalliques peints en blanc. La nuit, les lumières étaient éteintes à neuf heures et plus aucune conversation ni lecture n'étaient autorisées. On rallumait à six heures du matin. Le petit déjeuner était servi à sept heures et les visites commençaient à huit. Les enfants devaient se tenir debout à côté de leurs lits pendant que le phtisiologue faisait sa tournée pour ausculter leurs poitrines et examiner leurs courbes de température. Tous les huit jours on venait

25

les peser et recueillir leurs crachats ; tous les quinze jours on leur faisait une prise de sang, ce qui donnait lieu à moult grimaces et gémissements.

Ils prenaient leurs médicaments – une injection hebdomadaire de streptomycine, des cachets tous les deux jours : isoniazide, pyrazinamide, ethambutol. Un des garçons finit par avoir le teint jaune vif à force d'avaler ces pilules ; le blanc de ses yeux ressemblait à du jaune d'œuf, et son urine, prétendait-il, était de la couleur du thé.

La santé de la plupart des enfants s'améliora. Ils prirent du poids et retrouvèrent leur dynamisme, mais ils avaient tous le mal du pays. La nuit, surtout chez les garçons, le son des sanglots dominait presque les accès de toux. Il y avait au total vingt-cinq autres enfants et une douzaine d'adultes – dans une autre salle – originaires du territoire de *Keewatin*, un terme que Victoria n'avait pas entendu utiliser jusqu'alors pour décrire son pays. Donelda, qui venait tous les matins aider les plus petits à manger et à s'habiller, lui dit que *Keewatin* était un mot cree – la langue de Donelda – et signifiait « Vent du Nord. » Les gens de sa tribu considéraient que le pays de Victoria était hostile aux humains. Lors de sa première promenade dans le parc avec les autres enfants, Victoria avait rencontré des adultes qui venaient du sud et du nord des territoires où son père chassait le long de la baie d'Hudson. En marchant parmi cette végétation inhabituelle, elle rencontra un vieil homme et une femme qui s'agenouillèrent pour lui parler, mais leur dialecte était différent du sien et elle comprit à peine ce qu'ils disaient. C'était frustrant de se trouver au milieu de gens qui ressemblaient à sa famille, dont la langue était presque identique à la sienne. Les voyant renoncer à lui parler et s'éloigner, Victoria se mit à pleurer et courut se réfugier à l'intérieur.

Les autres Inuits du sanatorium étaient en majorité des Padleimiuts, originaires de l'île située près de Churchill, au sud des terres où chassait le père de Victoria. Leur dialecte était presque aussi inintelligible que celui du prêtre. Pour merci, ils disaient *mutna* au lieu de *koyenamee* et les différences ne s'arrêtaient pas là. On aurait dit qu'ils parlaient avec du gravier dans la bouche.

Pour Victoria, et deux autres enfants, les médicaments restèrent sans effet. Au bout de six mois, elle n'avait pas pris un kilo, et Donelda lui demanda, dans son inuktitut hésitant, si elle avait le mal du pays. Victoria répondit que oui, mais qu'elle mangeait à chaque repas autant de nourriture que son ventre pouvait en contenir.

Avec les deux « réfractaires » elle subissait un examen particulièrement détaillé une fois par semaine. Les médicaments furent changés – des doses renforcées de différents antibiotiques – et ils passèrent plus souvent à la radio. Ses compagnons d'infortune étaient un frère et une sœur, ils venaient de Salluit, un village de Southampton Island, où la famille de Victoria avait chassé le morse deux hivers auparavant. Ils s'appelaient Abraham et Faith Nakoolak, et leur dialecte ressemblait davantage à celui de Victoria. Faith avait seize ans et son frère sept. Ils avaient deux sœurs jumelles plus jeunes, Hope et Charity, auxquelles Faith faisait souvent allusion devant les adultes du sanatorium afin de s'attirer un sourire. En apprenant leur nom Victoria se borna à hocher gravement la tête et s'enquit de leur santé.

Une fois sa fille partie à bord du *C.D. Howe*, Emo décida de ramener sa famille à Chesterfield Inlet jusqu'à la prise des glaces. Ils établirent leur campement deux jours après que le bateau du gouvernement eut disparu à l'horizon et se mirent en route le long de la côte en direction du sud. Winnie en voulait à Emo d'avoir laissé les médecins emmener Victoria, et ne lui adressa pas la parole pendant les premiers cent kilomètres. C'est-à-dire pendant plusieurs jours de marche au milieu des touffes d'herbe de la toundra et des eskers. Tagak et son père durent se contenter de leur seule conversation.

Il était déjà tard dans l'été et la pluie commençait à tomber. La nuit, elle se transformait en neige fondue. Mais il n'avait pas encore réellement neigé et ils utilisaient toujours leur tente, achetée plusieurs années auparavant avec les gains d'un bon hiver de piégeage de renards. Elle était rapiécée en plusieurs endroits et ressemblait autant à un vieux vêtement qu'à un abri. Elle fuyait par endroits, là où la toile n'était pas parfaitement tendue.

Quand l'hôpital Sainte-Thérèse leur apparut, Tagak le montra du doigt et ses parents levèrent les yeux du sol herbeux détrempé qui s'étendait à leurs pieds. La bâtisse de bois à deux étages se dressait comme un amer, aussi haute que large, visible à vingt kilomètres dans toutes les directions. Ils furent surpris par la tombée de la nuit et durent camper dans la toundra sous la pluie, les lumières scintillantes de l'hôpital à portée de leur vue.

Les chiens d'Emo étaient restés à Chesterfield Inlet et son matériel d'hiver était entreposé en bordure du village près de l'endroit où ils étaient attachés. Il avait demandé à son frère de leur donner du poisson qu'il avait fait sécher dans cette intention. Le poisson est une piètre nourriture pour engraisser les chiens, mais ce n'était pas encore l'hiver et ils ne travaillaient pas, et de toute manière la chasse au caribou n'était pas fameuse. Assis à l'entrée de la tente, Emo regardait en direction du village tandis que les dernières lueurs du soleil disparaissaient au sud-ouest. Il entendit des chiens aboyer et crut reconnaître les siens. Ils lui manquaient. Un chasseur sans ses chiens n'est pas vraiment un homme.

Dans la tente derrière lui Tagak essayait d'attacher une ligne à la tête d'un harpon d'acier. Le harpon était destiné à la chasse au phoque et, si la saison n'était pas trop avancée, à l'*arviaat*, le béluga. Ils en avaient harponné un au début de l'été et avaient partagé le *muqtuq*[1] avec toute la communauté. La nourriture s'était rapidement tarie. Les bélugas n'étaient pas réapparus sur la côte pendant l'été. Mais surtout il y avait eu très peu de caribous cette année, comme les deux années précédentes. Emo pensait que les moustiques, encore plus féroces qu'à l'habitude, les avaient tués. Il avait fait part de

---

1. Muqtuq : peau de baleine.

cette hypothèse aux autres chasseurs qui ne l'avaient pas cru. Il restait néanmoins persuadé de sa véracité.

Que Victoria soit partie n'était pas un drame en soi. Il y avait de quoi manger à bord du bateau, et la fillette était en mauvaise santé depuis des mois, transpirait beaucoup la nuit. Il ne savait pas s'ils la reverraient un jour ni combien de temps durerait son absence. Depuis dix ans les Kablunauks venaient tous les étés dans le nord à la recherche des personnes atteintes de *puvaluq*. Certains étaient réapparus un an ou deux plus tard, grossis et étrangement vêtus. Mais beaucoup, beaucoup n'étaient pas revenus, et personne ne savait s'ils étaient morts ou avaient décidé de rester dans le Sud. Il avait aussi entendu dire que les enfants – Dieu leur vienne en aide – étaient élevés par des Crees. On disait qu'ils ne retourneraient jamais chez leurs parents. Voilà pourquoi Winnie était si fâchée contre lui.

Ce n'était pas l'unique raison. Emo avait décidé qu'après avoir récupéré son matériel il emmènerait sa famille à Rankin Inlet, où la mine de nickel venait d'ouvrir. Les propriétaires de la mine fournissaient des maisons de bois aux Inuits qui étaient prêts à y travailler, à vivre au même endroit, à manger du pain bannock et de la viande en conserve. Après ces dernières années de chasse misérable, Emo estimait cette proposition raisonnable. Winnie n'était pas de cet avis. Pour elle, c'était une atteinte à leur dignité de vivre dans ces cabanes construites par la compagnie, serrées les unes contre les autres comme des niches à chiens. Pour Emo cela valait mieux que de mourir de faim. Pas pour Winnie. Un débat difficile à résoudre, certes, mais c'était à lui, en fin de compte, de prendre la décision.

Elle ne comprenait pas qu'il lui avait fallu chasser avec acharnement pour rapporter une maigre pitance à la maison au cours des deux dernières années. Elle ne se rendait pas compte qu'il ne voyait plus aussi bien, ne courait plus aussi vite qu'à l'époque où les caribous avaient commencé à disparaître. S'il pouvait seulement lui expliquer combien il était dur d'être toujours dehors, elle comprendrait pourquoi vivre dans la ville kablunauk lui paraissait raisonnable. Mais il était incapable de lui parler de ces choses. Il pensait qu'elle en serait embarrassée. Il se disait qu'elle n'avait jamais imaginé l'ardeur qu'il avait mis à chasser.

Les religieuses apprenaient aux enfants à compter et à lire, et elles leur enseignaient le catéchisme. Ces femmes étaient en général jeunes, encore assez souples d'esprit pour concevoir que ces leçons pouvaient paraître d'une immatérialité sidérante à ceux qui essayaient de tirer leur subsistance de la toundra. Victoria les absorbait comme le pudding à la vanille qu'on leur servait, un mélange si doux et sucré qu'il ne semblait pas réel. Les enfants Nakoolak et elle étaient incités à manger autant qu'ils le voulaient. Néanmoins ils ne prenaient toujours pas un gramme et continuaient à transpirer dans leur sommeil. Toutes les nuits à minuit ils se réveillaient pour changer leurs draps, et recommençaient à quatre heures, les infirmières s'étant lassées de se lever pour le faire à leur place. Victoria et Faith aidaient Abraham puis tous regagnaient leurs lits pour se lever le matin à peine reposés, encore en nage, fiévreux et les joues rouges.

La classe distrayait Victoria du cours obstiné de sa maladie. Elle se passionnait pour les cartes géographiques, en particulier, parcourait des yeux atlas et mappemondes, suivant la ligne des côtes de l'océan Arctique autour du pôle jusqu'au Groenland et au Spitzberg, longeant l'immensité de la Sibérie, presque jusqu'à l'Alaska. Les religieuses leur enseignaient l'anglais et le français ; les auxiliaires les initiaient à la langue cree, de façon moins formelle. Ensemble ils apprenaient que, aussi différent que soit le monde dans lequel ils vivaient de celui qu'ils avaient connu, il existait un univers plus large, infiniment plus divers et plus étrange. Cette constatation changea leur regard sur le sanatorium, les amena même à le considérer comme une sorte de sanctuaire.

Dans cet univers étrangement réconfortant, le petit Abraham affichait une gravité si intense qu'il en était comique. Chaque fois que les trois réfractaires se retrouvaient après le dîner pour leur promenade rituelle autour des bâtiments de l'hôpital, il déclarait avec le plus grand sérieux que la température allait se refroidir. Faith était le chef naturel du groupe, et quand venait le moment de rentrer elle les emmenait à la cuisine, où des portions supplémentaires de pudding les attendaient. Ils en mangeaient tous les soirs à s'en faire éclater, puis ils allaient se coucher se sentant rassasiés, heureux et en bonne santé – jusqu'à ce que les sueurs nocturnes les réveillent à nouveau.

Pendant de nombreux mois l'état de santé des trois enfants resta stationnaire. Ils ne prenaient pas de poids, mais n'en perdaient pas non plus. Tous les huit jours, l'*iqswaksayee* leur disait qu'ils commençaient à remonter la pente. Ils se demandaient s'il s'agissait d'une bonne ou d'une mauvaise nouvelle. Faith disait en riant à Victoria qu'il faisait allusion au ciel, mais elle s'arrangeait pour qu'Abraham ne l'entende pas.

Les choses changèrent en février du premier hiver. Abraham se réveilla une nuit avec une toux paroxystique et en l'espace d'un quart d'heure réveilla tous les enfants du dortoir. L'une des filles les plus âgées alla chercher l'infirmière de nuit. Quand cette dernière apparut, les cheveux ébouriffés et puant du bec, elle alluma le plafonnier et découvrit les draps du garçon souillés de caillots de sang. Elle prit l'enfant livide dans ses bras et se précipita dans le couloir, laissant un filet sanguinolent goutter derrière eux. Avant de disparaître, il fit un clin d'œil à sa sœur par-dessus l'épaule de l'infirmière.

Emo, Winnie et Tagak avaient voyagé en traîneau pendant deux jours avant d'arriver enfin au pied de Rankin Inlet, épuisés et frigorifiés. Tagak, âgé de cinq ans, dormait dans les bras de sa mère, qui somnolait de son côté et ne se réveilla qu'en entendant Emo crier aux chiens de s'arrêter. Emo fit quelques pas, contemplant la baie qui s'étendait autour de lui dans l'obscurité. Il distinguait l'entrée de la mine dans la pénombre. Sous la voûte des étoiles et de la lune, se détachait l'énorme tas de minerai de nickel concassé qui serait embarqué le printemps suivant, et il entendait les grincements de la machinerie. Il n'était pas revenu depuis que la mine avait rouvert ; la chasse dans la région avait été mauvaise depuis –

conséquence, selon Emo, de la promiscuité des hommes, une situation qui n'était favorable ni à eux ni aux animaux.

Winnie se leva et descendit du traîneau, réveillant Tagak du même coup. Dans la lumière incertaine tous trois contemplèrent l'entrée de la mine et écoutèrent les bruits qui en sortaient. Le père d'Emo n'avait jamais eu à prendre pareille décision. Emo éprouva la solidité de la neige autour d'eux avec sa lame avant d'y découper des blocs. Elle était assez dure. Winnie commença à déballer leur matériel.

Au matin, Emo s'habilla et sortit de l'igloo. Winnie alluma le poêle et emplit de neige la bouilloire du thé. Emo se dirigea vers l'entrée de la mine.

Le bureau était une construction basse en bois peinte en rouge, autour de laquelle la neige soufflée par le vent s'était accumulée jusqu'à la hauteur des fenêtres. À l'intérieur un homme corpulent buvait du café, ses bretelles tendues sur son ventre. Il parlait au téléphone et ignora Emo pendant un quart d'heure.

Une fois qu'il eut raccroché, il demanda : « Vous cherchez du travail ? »

Emo haussa les sourcils.

« Vous pouvez commencer aujourd'hui si vous voulez. Venez avec moi. Je m'appelle M. Johnson. »

Emo le suivit dans la réserve à l'arrière du bureau. M. Johnson nota son nom, utilisant sa propre orthographe anglaise et l'abrégeant. Il lui donna un numéro d'employé et l'inscrivit dans les registres de la compagnie. Il remit à Emo des gants, chaussettes et sous-vêtements de laine, une salopette de toile, des chaussures de cuir et une lampe frontale. « À partir d'aujourd'hui, vous viendrez au travail dans ces vêtements. Prenez-en soin car ils seront déduits de votre paie. » Il montra à Emo où se trouvaient les douches, et lui dit de se laver. Emo se tint sous l'eau, qui était plus ou moins froide ou chaude selon la manière dont on tournait le robinet, mais surtout froide.

Puis M. Johnson lui expliqua comment enfiler ses vêtements, y compris les sous-vêtements. Et une fois qu'Emo fut emmitouflé des pieds à la tête, quasiment immobilisé, il le conduisit jusqu'au puits de mine. Pendant qu'ils marchaient, il lui dit : « Il vous faudra un endroit où habiter. Nous avons des chambres disponibles, je vous y conduirai demain. Est-ce que vous vivez dans les terres ? »

Emo opina du chef, sa tête et son cou s'inclinant d'un seul mouvement.

« Avez-vous de la famille avec vous ? »

Emo haussa à nouveau les sourcils et puis hocha la tête pour faire bonne mesure.

« Bon, dans ce cas, il importe d'autant plus que nous vous logions dans une maison. Des enfants ? »

Deux hochements de tête. « Un. Deux.

– Pas sûr ?

– L'une est dans le Sud.

– Elle va revenir ?

– Sais pas.

– Malade ?

– Oui.

– De quoi ?

– De problèmes de dents, dit-il, se souvenant des réactions des gens en apprenant qu'il y avait des cas de tuberculose dans la famille.

– Ils l'ont emmenée dans le Sud à cause de maux de dents, et vous ne savez pas si elle doit revenir ?

– Ouais.

– Ben, c'est une bonne raison pour la forcer à les brosser régulièrement. »

Après la mort d'Abraham, Faith cessa de se lever la nuit pour changer ses draps ; Victoria la regardait rester immobile tandis qu'elle changeait les siens, et pendant un moment elle lui envia cette tranquillité. Puis elle l'entendit tousser et comprit que Faith était tout à fait réveillée mais n'avait pas envie de bouger même pour son propre confort. Et un matin, un mois plus tard, quand Faith ne se leva pas à l'heure où s'allumaient les lumières, mais resta dans son lit, pale et hâve, aussi belle qu'un saule en fleurs, elle n'éprouva aucune surprise.

Victoria fut opérée la semaine où mourut Faith. Par la suite, les médicaments commencèrent à faire de l'effet. Les sueurs nocturnes diminuèrent peu à peu et ses cheveux cessèrent de tomber. Au bout de trois mois il fut décidé qu'elle n'avait plus besoin de dormir à l'hôpital, et elle alla séjourner dans la maison de Donelda, où elle améliora son cree et aida Donelda à s'occuper de son bébé, Beatrice. Donelda avait un autre enfant, un garçon de treize ans, qui semblait aussi heureux que sa mère d'avoir quelqu'un de nouveau à qui parler. Il s'appelait Alexander.

L'invitation de Donelda fut accueillie par Victoria comme un soleil d'été en plein hiver. Elle avait empaqueté ses affaires dans son petit sac et resta à attendre des heures avant le moment prévu qu'Alexander vint la chercher.

La maison que M. Johnson attribua à Emo avait vingt mètres carrés ; le poêle à charbon rougeoyait quand il était chargé et les planches autour du tuyau se mettaient alors à fumer, au risque de provoquer un incendie. Il y avait trois petites fenêtres et du linoléum au sol, deux minuscules chambres à coucher et une cuisine intégrée au séjour. Le loyer coûtait à Emo les deux tiers de son salaire à la mine. Entre le loyer et l'achat de ses vêtements de travail, une pendule, de la farine et de l'huile, il lui fallut attendre trois mois pour toucher sa première paye.

Tagak, maintenant âgé de six ans, avait grandi rapidement, et prenait du poids tous les mois : bannock et thé le matin ; de l'omble congelé et du thé l'après-midi ; et lorsque son père rentrait le soir, du caribou ou du phoque, selon ce qu'Emo avait chassé pendant le week-end.

Ils mangeaient plus de nourriture kablunauk que jamais auparavant, confrontés au même problème qu'à Chesterfield, en pire : trop d'hommes au même endroit qui parcouraient le pays en quête de nourriture. Le caribou restait à l'écart, et avait tendance à ne plus se montrer nulle part. Des histoires couraient sur des familles qui arrivaient à Baker Lake : des enfants aux yeux creux, les côtes saillant sous leurs vêtements, les cheveux réduits à un fragile duvet blanc.

Mais on pouvait encore attraper des phoques, et au printemps les ombles revenaient. Winnie installa un séchoir à l'extérieur de la maison et y suspendit les poissons fendus en deux, face au vent, tandis que ses voisines en faisaient autant tout en bavardant.

La mine ne ressemblait à rien de ce que Emo avait connu. Le premier jour, lorsqu'il était arrivé au tunnel avec le reste de l'équipe, l'homme qui marchait derrière lui et parlait avec un fort accent de Repulse Bay, avait dit : « Ça va, c'est noir et bruyant à l'intérieur, mais tout s'arrange une fois qu'on est habitué à l'obscurité. »

Ils se mirent en rang tandis que les hommes devant eux grimpaient dans un wagonnet qui descendait dans le puits de mine. Emo le vit ensuite remonter pour prendre un autre groupe de cinq hommes avant de redescendre. Quand vint son tour il hésita, les yeux agrandis par la peur. « Qu'est-ce qui se passe là-bas ? » cria une voix dans l'obscurité, et le contremaître apparut, un énorme Kablunauk barbu. « Avance ! » cria-t-il à Emo. Emo le regarda, incapable de dire un mot, incapable de bouger. L'homme le poussa en avant dans le wagon, et Emo ferma les yeux.

L'homme à l'accent de Repulse Bay murmura : « T'inquiète pas – on va descendre et y aura plus de lumière. » Le chariot fit une embardée et la descente commença. Les yeux fermés, Emo se cramponna au rebord, plus étroitement qu'il n'avait jamais serré la ligne d'un harpon enfoncé dans un *arviaat* batailleur. Il aurait préféré se trouver dans un kayak aux prises avec un troupeau de bélugas. Le wagon poursuivit sa course en bringuebalant pendant de longues minutes, puis s'arrêta.

Il découvrit qu'il faisait chaud dans la mine, beaucoup plus chaud qu'à la surface. « Plus on descend, plus la température monte, expliqua Eric, l'homme de Repulse Bay.

– Pourquoi ?

– J'en sais rien, répondit Eric. On s'y habitue. » Il aida Emo à allumer sa lampe frontale et s'avança dans la galerie. Emo le suivit avec hésitation, la tête courbée, clignant les yeux.

Le travail était pénible ; il fallait dégager le minerai et le mettre dans les petits wagonnets. Les Kablunauks et les mineurs inuits qui étaient là depuis un certain temps déplaçaient les gros blocs à l'aide de machines. Les plus petits étaient dégagés à la main et chargés dans les chariots. C'était la tâche d'Emo et d'Eric. Ils travaillèrent côte à côte, transpirant dans cette chaleur improbable, s'interrompant souvent pour se reposer et boire l'eau tiède et huileuse qu'on leur avait fournie. Dès que le contremaître barbu les voyait s'arrêter, il leur criait de se remettre au travail. Il s'appelait Johanson, et était venu de Norvège pour travailler à la mine. Eric raconta qu'il vivait au village avec une femme inuit, la fille d'un mineur de Coral Harbour, et on disait qu'il ne la traitait pas bien. Ça ne regardait personne, bien sûr. Mais il était du genre à hurler.

Emo et Eric peinèrent ainsi toute la journée, à remplir un wagonnet de minerai qu'ils renvoyaient le long du tunnel dans le noir, puis à remplir le suivant, jusqu'à ce qu'ils entendent le coup de sifflet. Ils remontèrent alors à la surface dans le noir. Il faisait nuit quand ils étaient descendus dans le puits et il faisait nuit quand ils sortirent à l'air libre. C'est ainsi que débuta la vie de mineur d'Emo.

Durant cette période, l'absence de Victoria fut rarement évoquée, même si elle était cruellement ressentie. Winnie prenait l'air triste chaque fois que le nom de sa fille était mentionné, et si elle n'abordait pas le sujet avec son mari, elle demandait régulièrement au prêtre s'il avait de ses nouvelles. Elle avait l'impression que le contact entre les familles et les enfants partis dans le Sud n'était guère encouragé, de peur d'accroître le poids de leur nostalgie. Winnie priait souvent le Père Bernard d'écrire à sa fille de sa part, mais il trouvait toujours une excuse. Il devait s'assurer de l'endroit où elle se trouvait, et en outre serait-elle capable de lire sa lettre ?

Au bout de plusieurs visites, le Père Bernard lui dit qu'il avait eu des nouvelles du sanatorium et que l'état de Victoria s'améliorait. Il ignorait combien de temps il lui faudrait encore rester, mais les médicaments faisaient leur effet à présent. Elle avait subi une opération, qui avait réussi, et il avertirait Winnie dès qu'il en saurait davantage.

Les cinq années suivantes se déroulèrent tel un rêve fiévreux. Victoria parla bientôt cree sans accent, selon Donelda. Toutes les trois s'attardaient à plaisanter le soir après le dîner, dans ce langage mélodieux qui semblait naître sur les bords de la langue et à l'arrière des molaires, si riches en voyelles aspirées qu'il semblait plus exhalé que parlé. Beatrice apprit à se mettre debout puis à marcher, et Victoria passa tant de temps à promener l'enfant dans les rues boueuses de The Pas, que Beatrice prononça son premier mot en inuktitut – *aka*, non, fit-elle en plissant le nez pour refuser un morceau de pain bannock.

Quelques mois après son installation chez Donelda, Victoria avait commencé à ressembler davantage aux autres filles de son âge et moins à Alexander. Et les médecins du sanatorium semblaient l'avoir oubliée. Elle assistait aux cours des religieuses, qui savaient que sa maladie avait été lente à réagir aux médicaments et se réjouissaient de sa présence dans leurs classes. Elle était appréciée de tous, et personne ne demandait pourquoi elle était là depuis si longtemps. Victoria était devenue la confidente de Donelda, elles papotaient ensemble en cree, discutaient des personnalités compliquées des religieuses et de leurs motivations, ou de la compétence inégale des médecins. Dans cet aimable univers, le souvenir de l'autre pays, de cette terre plus rude où elle avait vécu, s'estompait peu à peu au point que la toundra était presque devenue une abstraction, un point sur la carte au-dessus du tracé qui indiquait la lisière de la forêt. La première année elle avait souvent demandé des nouvelles de ses parents, puis la notion d'un autre foyer que celui où elle vivait aujourd'hui devint de plus en plus floue dans son souvenir et elle cessa de poser des questions sur ses parents et son petit frère. Elle apprit à lire et à compter en anglais. Il lui arriva de passer des semaines sans penser en inuktitut. Les religieuses n'encourageaient pas cette langue en classe et elle ne se promenait plus dans le parc avec les autres enfants mais se hâtait de rentrer

37

à la maison pour retrouver Donelda, Alexander et Beatrice, aider à la préparation du dîner et parler avec entrain des livres qu'elle avait lus.

Le soir, Victoria veillait après que Donelda eut couché Beatrice et écoutait la radio : les nouvelles locales, puis BBC World Service et *Voice of America*. Il y avait une mappemonde dans la cuisine. Donelda lui avait dit que le seul moyen de devenir intelligent était de s'intéresser au monde. Elle avait demandé à Victoria si elle aimerait un jour visiter un de ces pays, et Victoria avait haussé les épaules. Elle n'était pas convaincue de l'existence concrète de l'Algérie, de la Malaisie et du Vietnam. Peu importait. Même sous forme écrite, ils la ravissaient.

Alexander avait deux ans de plus qu'elle et ils furent vite comme frère et sœur, se disputant, défendant à cor et à cri leur intimité et leurs habitudes. Donelda les renvoyait dans leurs chambres respectives à coups de balai si bien qu'une sorte de complicité s'établit naturellement entre eux.

Pendant quatre ans les cargos longèrent la côte jusqu'à Rankin Inlet afin de charger le minerai de nickel destiné aux fonderies du Québec. La guerre froide battait son plein et l'armée américaine passait d'importantes commandes d'acier inoxydable auprès de toutes les aciéries du continent.

En 1965, l'*Ithaca*, un minéralier de dix mille tonnes en provenance de Trois Rivières, chargea la dernière cargaison de minerai de la saison. La glace, tardive, ne s'était pas encore formée, et les propriétaires de la mine avaient pris le risque de transporter une cargaison supplémentaire avant que la mer ne soit totalement gelée. L'*Ithaca* se dirigeait vers le détroit de Davis quand une dépression arctique atteignit la baie d'Hudson, des vents de cent trente kilomètres/heure charriant une pluie glacée et balayant les crêtes des vagues le forcèrent à se dérouter vers le sud ; au commencement il navigua dans les eaux libres jusqu'à la côte sous le vent, à six cents kilomètres plus au sud, mais la tempête ne faiblissait pas et, lourdement chargé, il menaçait de se mettre en travers et de chavirer à chaque tentative de changement de cap. Le minéralier finit par s'échouer sur des rochers à l'est de l'embouchure de la Churchill River, et devint au fil des ans un repère familier pour les passagers des avions qui se dirigeaient vers le nord, sa carcasse rouillant lentement sur les récifs, le nickel s'échappant de ses cales pour se répandre sur la plage. Lorsque la tempête cessa, la partie immergée du navire était pratiquement intacte. Mais les fonds étaient déchiquetés, et il n'était pas question de le remettre à flot. Étant donné le coût des travaux dans ces régions, le navire ne fut même pas découpé en tronçons pour la récupération, mais simplement abandonné, point de repère orange jaillissant des glaces à cinq cents mètres de la plage. En hiver, les ours polaires venaient y dormir par mauvais temps.

La perte du navire porta un coup fatal à l'entreprise. On découvrit du nickel dans le nord du Manitoba et de l'Ontario, ainsi que dans l'Utah, au Mexique et au Brésil – près des lignes de chemin de fer et des villes où mineurs et mécaniciens n'hésitaient pas à venir s'installer. La guerre froide tiédissant peu à peu, les besoins en alliages de nickel diminuèrent. Le prix du minerai commença à fléchir tandis que s'accroissaient les frais d'exploitation au grand dam des investisseurs du Sud.

La fermeture fut annoncée aux mineurs à l'automne 1966. L'humeur morose des contremaîtres et du personnel administratif ne leur avait pas échappé, mais ils avaient longtemps cru que c'était l'expression de leur comportement naturel. Qu'on ait pu au prix de tant d'efforts apporter sur place des équipements aussi lourds, construire les maisons des mineurs, creuser la mine à travers des centaines de mètres de roche volcanique, si profond sous la surface que les puits de mine étaient toujours chauds même en hiver – tout cela semblait miraculeux aux yeux d'Emo et devait rester ancré dans sa mémoire par la suite. La pensée que cette entreprise gigantesque puisse être purement et simplement abandonnée leur paraissait à tous absurde.

C'est ainsi qu'en apprenant qu'il leur faudrait rendre leurs vêtements de travail, qu'ils pouvaient continuer à vivre dans leurs maisons pour l'instant, mais devaient s'arranger pour déménager dans un avenir proche, leur surprise fut totale. Autant la perspective de ramper dans les entrailles de la terre et d'y piocher des blocs de roche que chargeaient les Kablunauks sur des bateaux pour les emporter au loin leur avait paru étrange, autant celle de s'interrompre maintenant, de remettre leurs habits de chasse et de ramener leurs familles dans la toundra leur semblait encore plus insensée. Après avoir reçu l'ordre de rentrer chez lui, Emo s'éloigna de la mine et se dirigea vers le bord de mer, où ses chiens étaient attachés sur la glace. Il contempla le ciel, ses chiens mal soignés et les vêtements de toile qu'il avait sur le dos. Puis il se dirigea vers la maison pour apprendre à Winnie la même nouvelle consternante que les autres hommes apportaient à leurs femmes ce soir-là.

Au printemps sur l'Oiseau River, au nord de The Pas, le soleil oblique de l'après-midi perce les rideaux de peupliers de ses rayons orange. Le lien qui avait grandi entre Victoria et Alexander les incita un jour à venir s'y promener sans but précis. Victoria vivait dans le Sud depuis six ans, et elle avait maintenant seize ans. Ils s'assirent sur l'une des dalles de granit au bord de la rivière, sentant le soleil presque chaud caresser leur visage alors que des plaques de neige brillaient encore à travers les bosquets de tamarack et de pin noir. La froidure de l'hiver, lente à se dissiper, montait encore du sol et de la roche, et la chaleur tombait sur eux du haut du ciel. Les pieds trempés après avoir traversé la rivière, ils délacèrent leurs chaussures et les posèrent avec leurs chaussettes à côté d'eux, réchauffant au soleil leurs orteils d'un blanc éclatant libérés du carcan de l'hiver.

Elle avait allongé ses mains derrière elle, repoussant ses cheveux noirs, ployant son long cou, et lorsque ses doigts avaient rencontré ceux du garçon sur la roche, elle ne les avait pas retirés. Ils restèrent ainsi, les yeux fermés, à se prélasser au soleil comme des tortues, jusqu'à ce qu'elle sente sa bouche glisser sur son cou, ses dents courir le long de sa clavicule. Elle se mordit les lèvres, ses doigts se crispèrent dans une cavité de granit. L'haleine tiède du garçon se répandit sur son épaule, dans son cou, dans le creux moelleux de l'articulation. Bien qu'il ne fît qu'effleurer sa peau, elle souleva ses hanches dans le vide, ne sentant peser sur elle que ses seuls vêtements, frustrée qu'ils fûssent si légers et inconsistants. Elle se hissa sur les coudes, et son cou s'inclina si loin en arrière que sa tête toucha la pierre. Il lui retira doucement ses lunettes.

Alexander était vigoureux, comme ces garçons orphelins de père que leur instinct poussait très tôt à assumer leur condition. Tous les matins avant de partir à l'école, il coupait du bois pour le poêle pendant que sa mère préparait le petit déjeuner – il en avait la responsabilité depuis l'âge de huit ans. Il ne se plaignait pas, même par temps glacial. L'école, cependant, ne l'inspirait guère. Il avait l'intention de trouver un emploi à la Compagnie de la baie d'Hudson et de travailler dans le réseau de magasins qui fournissaient nourriture et matériel à deux cents villages de l'Arctique et de la forêt boréale. Il s'imaginait seul la plupart du temps, occupé à parcourir le bush, se débrouillant par ses propres moyens. C'était la première fois que Victoria était confrontée à l'image romantique de l'indépendance. Son propre père, l'homme le plus indépendant qu'elle ait connu, n'aurait jamais recherché l'isolement, la solitude. Elle contempla Alexander ce jour-là, sentant ses doigts courir sur son ventre, et pensa qu'il nourrissait un rêve dangereux.

Elle vit clairement l'accueil qui lui serait réservé quand il irait se présenter à la Compagnie pour y trouver du travail. De part et d'autre de la ligne de la végétation, ceux qu'on appelait les « Bay Boys », étaient blancs. Sa clairvoyance la chagrina et cette tristesse s'ajouta à son affection pour lui. Quand ils allaient se promener vers l'Oiseau River au printemps, ils se tenaient par la main, attentifs à rester hors de vue. Ils parlaient de choses insignifiantes, des événements de la journée, et elle évitait les discussions qui dépassaient l'horizon de la semaine. Plus âgé qu'elle, il était enclin à faire des projets. Elle s'y refusait.

Lorsque l'école prit fin, Victoria et Alexander passèrent leurs journées dans le bush. Le matin, ils se réveillaient et se

41

levaient en même temps, prenaient leurs cannes à pêche et –
à la demande de Victoria – un sac de livres, puis se dirigeaient vers la rivière. La pêche étant réputée médiocre dans
le coin, ils étaient presque toujours seuls. Et n'avaient guère
de mal à rapporter leurs prises à la maison. Donelda taqui-
nait son fils sur son piètre talent de pêcheur, et proposait de
lui montrer comment s'y prendre. Victoria intervenait : « Il
s'améliore. Bientôt il sera tout à fait à la hauteur. » Elle leur
racontait qu'elle avait pêché un omble dans l'Arctique avec
un simple *kavitok*, un harpon à poisson : Alexander et sa
mère la soupçonnaient d'enjoliver un peu ses exploits – de
même qu'elle n'avait sans doute pas nourri toute la famille,
comme elle le laissait entendre. La vérité était que Victoria ne
distinguait plus parmi ses souvenirs ceux qui reflétaient la
réalité et ceux qui étaient le fruit de son imagination.

La plupart du temps Alexander et elle restaient allongés
sur les berges de la rivière, profitant du soleil estival ; Victoria
lisait *Le Seigneur des Anneaux*, la tête d'Alexander posée sur
son ventre nu. Sa canne était coincée parmi les rochers au
bord de l'eau, la ligne mollement tendue, entraînée par le
courant.

Le village était resté sous le choc après la fermeture de la
mine. Johanson, Johnson et les autres Kablunauks montèrent
à bord d'un avion et disparurent, laissant leurs femmes sur
place. Ils n'étaient pas les premiers à avoir fondé une famille
dans l'Arctique et à l'abandonner, mais le plus inattendu,
c'était le désarroi de ces chasseurs devenus mineurs. Ils
avaient quitté leur terre, troqué leur mode de vie traditionnel
pour une existence qui leur offrait logement et salaires, négo-
cié habilement cette transition. Et les payes s'étaient soudain
taries et personne ne savait quoi faire. Certains d'entre eux
avaient creusé la neige sous laquelle étaient enfouis leurs traîneaux et pris le chemin du retour avec leurs familles déso-
rientées. Mais la plupart étaient incapables d'affronter la
perspective de renouer avec la vie d'autrefois. Se repérer
dans la toundra exigeait des connaissances particulières, des
qualités qui s'étaient atrophiées dès leur installation dans des

maisons. La pensée de devoir les acquérir à nouveau en rebuta plusieurs.

Winnie, qui s'était au départ opposée à leur venue ici, n'avait aucune envie de retourner vivre dans la toundra. Emo pensait que ce n'était pas impossible. Mais pour le moment, se disait-il, ils pouvaient demeurer dans la maison et vivre de la chasse. C'était une illusion et il le savait dès le début. Les nomades se déplacent parce qu'ils y sont obligés. Une terre comme celle-ci ne pouvait pas nourrir une population de chasseurs sédentaires, même en petit nombre. Les *tuktus* restaient obstinément à l'écart de Rankin Inlet. Pendant une année, Emo fit des incursions à l'intérieur des terres, tentant de s'en approcher. Mais quand il trouvait un troupeau, plutôt que de camper à proximité et de le suivre, il était obligé de tuer un seul animal et de regagner Rankin Inlet. Lui et les chiens mangeaient une bonne partie de la viande sur le chemin du retour. Le principe était vicié dès le départ.

La compagnie minière ne mit pas à exécution sa menace d'expulser les mineurs de leurs maisons. Elle disparut tout bonnement. Le gouvernement anticipa les difficultés des mineurs et dans une certaine mesure se mobilisa pour les aider. Des aides alimentaires furent acheminées par bateau l'été suivant, avec un fonctionnaire chargé de l'administration, et l'affaire en resta là : ils avaient tous profondément changé.

Victoria était assise sur une chaise droite devant une table dans l'infirmerie de la salle d'hôpital – occupée à présent par des enfants qu'elle n'avait encore jamais vus. Ils la regardaient à travers la vitre qui séparait la salle de la petite pièce blanche encombrée d'armoires pleines de bandages et d'instruments d'acier inoxydable. Ils la prenaient pour une version hybride de ce qu'ils étaient eux-mêmes, une femme inuit dans une longue robe de coton au col raide, robuste et en pleine santé. Le phtisiologue avait fini de l'examiner et se lavait les mains dans le lavabo de l'infirmerie. Son regard croisa celui de Donelda.

« Les fausses couches sont fréquentes chez les personnes atteintes de tuberculose. Nous le constatons souvent chez les jeunes filles plus âgées et les jeunes femmes, en particulier si elles réagissent mal aux traitements. Mais elle – il fit un signe en direction de Victoria – s'en est très bien sortie, elle est guérie depuis longtemps en réalité. J'ignore pourquoi il en est ainsi, mais elle devrait se remettre. »

Donelda hocha la tête, redoutant la question qui allait suivre.

« Ce qui m'amène à demander pourquoi elle est encore ici. Son traitement est terminé depuis longtemps. Et elle a seize ans, de toute façon. Il est temps pour elle de retourner dans sa famille. » Il remonta ses lunettes sur son nez. « Je vais prier la directrice d'écrire à ses parents à Chesterfield Inlet. Pourquoi ne l'avez-vous pas fait ? »

Donelda fut incapable de répondre.

« Je pense que c'était notre responsabilité. Pauvre petite. Je me demande si quelqu'un là-bas se souvient encore d'elle. Se rappelle-t-elle seulement à quoi ressemble la vie en hiver là-bas ? » Sur ces paroles le médecin sortit de la pièce.

Ce soir-là, droit comme un piquet à la table de la cuisine, Alexander dit à sa mère : « Je vais l'épouser. » Victoria le regarda sans dire un mot, à la fois effrayée et émue par cet élan chevaleresque.

Donelda répondit : « C'est impossible », et passa les petits pois.

« Écoute, je l'aime, je prendrai soin d'elle ici. C'est ici qu'elle vit à présent. »

Donelda ne regardait pas Victoria. « J'ai pris ma décision. Victoria est pratiquement ta sœur. Comment ai-je pu vous laisser passer autant de temps ensemble, de toute façon ? »

À ces mots, Victoria se leva, dans un fracas de couverts, et s'élança hors de la cuisine.

Donelda la regarda sortir en courant dans la nuit. Elle baissa la tête un moment puis la releva. Elle remplit de pommes de terre l'assiette de Béatrice.

Lorsque le Norseman atterrit, soulevant une gerbe de neige sous ses patins, deux familles s'avancèrent vers l'avion. Victoria reconnut son père et sa mère qui l'attendaient au bord de la piste.

Siruqsuk, la vieille femme avec laquelle elle était partie six ans plus tôt, n'avait pas profité des effets bénéfiques du sanatorium. Elle n'était devenue ni grande ni belle, elle n'avait pas plus appris à parler correctement cree qu'anglais ou français. Dans le Détroit de Belle Isle, avec Terre-Neuve sur bâbord et la côte tout aussi désolée du Labrador sur tribord, la vieille femme s'était jetée par-dessus bord. Victoria l'avait regardée flotter dans l'eau, de plus en plus petite et indistincte dans le jour déclinant. Le soir, elle n'était pas allée dîner. Au matin on lui avait demandé si la vieille femme allait bien et Victoria avait dit qu'elle ne l'avait pas vue.

Peter Irnuk, le fils de Siruqsuk, était venu accueillir Victoria et lui souhaiter bon retour dans l'Arctique. Il lui demanda ce qu'elle savait de sa mère. Sur l'aérodrome balayé par le vent, tandis que le Norseman roulait dans un grondement jusqu'à l'extrémité de la piste, prêt à repartir, elle expliqua ce qui était arrivé, et il se détourna d'elle. Son fils, Simionie, de deux ans plus jeune que Victoria, ne se détourna pas mais resta immobile à la fixer, tandis qu'elle prenait sa valise et se dirigeait vers ses parents, s'apprêtant à renouer avec sa famille.

3

Après l'avoir accueillie sur le tarmac, les parents de Victoria la conduisirent à leur petite maison de Rankin Inlet. En pénétrant dans le village, Victoria regarda autour d'elle sans prononcer un mot. Elle était venue ici à l'âge de six ans, se rappela-t-elle, mais elle ne se souvenait pas que c'était aussi construit. L'idée même que ses parents habitaient une maison de bois la surprit. Cependant elle pensa qu'il lui serait plus facile de s'y habituer qu'elle ne l'avait craint.

La maison ressemblait à celle de Donelda, construite sur le même plan et fournie par le Département des Affaires indiennes et du Nord : du pin de 6 cm d'épaisseur sur 10 de largeur et du contreplaqué, facile à monter sur de la roche ou sur un sol gelé en permanence. La mine, l'église, les bâtiments administratifs, tous étaient bâtis selon le même schéma, et partout dans le nord ils avaient le même style, peints en blanc cassé à l'intérieur, et, sans raison particulière, vert canard à l'extérieur, la peinture s'écaillant vite sous les rafales de neige, comme sous l'effet d'un jet d'eau sous pression.

Tagak était plus grand qu'elle ne l'avait imaginé : presque un mètre quatre-vingts et il n'en finissait pas de grandir à force de manger de la viande en conserve et du pain bannock. Ses parents n'étaient plus tout jeunes, et Victoria pouvait à peine communiquer avec eux. Son inuktitut était gauche et imprécis ; même Tagak paraissait plus doué qu'elle. Elle avait dix centimètres de plus que son père. Elle eut un haut-le-cœur quand elle tenta de manger de l'*igunak*, et se précipita dehors en pleurant à la vue des expressions horrifiées de sa mère et de son père. Ils ne la suivirent pas. Elle se ressaisit et rentra à l'intérieur, tremblant encore au souvenir du goût de la viande de morse à moitié pourrie. Personne ne commenta sa réaction.

Il n'y avait pas encore d'école au village. Certains enfants avaient été envoyés au pensionnat catholique de Chesterfield Inlet, à quatre-vingts kilomètres au nord-est, mais les parents de Victoria refusèrent cette idée – elle était déjà restée trop longtemps absente. Elle passa donc les après-midi à l'église, avec le Père Bernard, qui était venu de Chesterfield Inlet et dont le visage familier la réconfortait autant que ceux de ses parents. Il lui prêta des livres : *Les Chroniques de Narnia* ; Le *Journal de la cinquième expédition de Thulé* de Knud Rasmussen ; *La Puissance et la Gloire*. Quand elle ne rendait pas visite au prêtre, elle passait son temps dans le magasin de la Compagnie. Y venaient des hommes qui s'amusaient de l'entendre parler anglais, et lui donnaient des bonbons, et des babioles à offrir à ses parents. Ils faisaient parfois des plaisanteries douteuses, insinuant que quelques bâtons de réglisse méritaient une récompense, hein ?

Elle y rencontra un homme qu'elle ne connaissait pas, John Robertson – plus calme, plus sérieux et plus attentionné que les autres. Le seul des « Bay Boys » – la seule personne dans sa vie à présent, à l'exception du prêtre – qui lui parlât comme Donelda, comme si elle avait des opinions qui valaient la peine d'être écoutées.

Elle lui demanda s'il avait des nouvelles du Sud – les Soviétiques avaient-ils finalement envahi Prague ? Il n'en était pas certain, mais pareille question l'amena à repousser mentalement tout ce que les autres « Bay Boys » lui avaient raconté concernant la nature inuit.

Le lendemain matin, il lui dit : « Les choses vont aussi mal que vous l'aviez imaginé. Une division de chars est entrée dans Prague, et la frontière est fermée.

– Et Dubcek, l'a-t-on arrêté ?

47

– Il est à Moscou en ce moment. "Pour des consultations", disent les Russes ».

Elle secoua la tête.

« J'ai écouté les nouvelles sur BBC World Service hier soir. Vous pouvez venir profiter de la radio un jour, si vous le désirez. »

« *Victoria,* commença le Père Bernard, *je te vois rendre visite aux hommes du magasin. Tu dois comprendre que tu es devenue très belle, et ils s'en aperçoivent. Je ne crois pas qu'ils aient les meilleures intentions à ton égard*[1]. »

Elle hocha la tête en s'asseyant dans sa cuisine. Il laissa la porte de sa cabane ouverte lorsqu'elle lui fit une visite, pour une raison qu'elle ne comprit pas tout à fait. Même en été, le vent était froid. Les gens qui passaient sur la route les virent en train de boire du thé, et leur firent signe, se demandant sans doute pourquoi le prêtre laissait sa porte ouverte et gardait sa parka à table.

« *Je ne suis plus une enfant, mon Père.*

– *Tu n'as que dix-sept ans.*

– *À mon âge, ma mère était déjà mariée depuis un an.*

– *Tu n'es pas ta mère, Victoria.*

– *Évidemment.*

– *C'est difficile, n'est-ce pas*[2] ? »

Elle hocha la tête.

« Je comprends que tu te sentes seule, et que les hommes au magasin se montrent amicaux, et te parlent de l'endroit où tu as vécu. Mais tu dois te montrer prudente avec eux. Aucun ne t'épousera ; ils veulent des femmes originaires de là d'où ils viennent. Et quand ils auront fait assez d'argent, ils partiront. Même s'ils ont des enfants ici. Même si on a besoin d'eux. »

Assise sur les rochers près des bas-fonds à l'entrée de la baie, Victoria se demandait ce qu'Alexander faisait en ce

---

1. En français dans le texte.
2. En français dans le texte.

moment. (Il posait un filet dans la partie nord du lac Winnipeg, la pluie commençait à tomber en cette fin d'après-midi, le vent se levait, menaçant, et les nuages s'amoncelaient à l'ouest. Bien que ce fût sa première année de pêcheur professionnel, il se rendait compte qu'il était temps de regagner le rivage.) Il lui manquait. Elle lui avait envoyé une demi-douzaine de lettres, écrites sur du papier que lui avait donné le Père Bernard, et auxquelles il n'avait pas répondu. Elle n'en avait pas été surprise. Elles avaient sans doute éveillé chez lui un sentiment de culpabilité, l'embarrassant au point qu'il ne pouvait répondre. C'était probablement lorsque ses lettres lui parvenaient qu'elle lui manquait le plus, pensait-elle, et sans espoir de la revoir jamais il préférait qu'elle ne lui écrive plus. Elle avait en partie raison.

Il lui manquait. Elle avait envie de faire l'amour avec lui, de s'allonger au soleil avec lui, de sentir son odeur sur elle. Elle s'imagina en train de l'embrasser avec avidité. Elle sentit sa gorge la chatouiller et toussa. Elle toussa à nouveau, pressant sa main sur ses lèvres. Rien, pas même une trace. Elle respira à fond, à la recherche d'une sensation d'infection, de malaise. Mais non, elle se sentait capable de courir trente kilomètres. Elle courba les épaules sous l'effet de la déception. Le prêtre pouvait se mêler de ses propres affaires. Sa mère aussi. Une semaine auparavant elle avait rapporté à la maison un exemplaire du *Winnipeg Free Press*, qu'elle avait lu un mois auparavant sous la lampe à huile de leur cuisine. Le lendemain matin elle s'était levée et avait trouvé sa mère en train de s'en servir pour allumer le poêle, employant ostensiblement le journal entier alors qu'elle se contentait en général d'une poignée de mousse séchée. Plus tard, Victoria essaya de se souvenir des articles qu'elle avait lus la veille, sur les Beatles, la guerre du Vietnam, la Trudeaumania. Elle n'y était pas parvenue en réalité. Elle avait demandé à son père d'acheter une radio. Il s'était borné à la regarder fixement.

« Bonjour », dit la voix. Elle se retourna et vit Robertson, qui se tenait timidement à cinq mètres du rocher sur lequel elle était assise. Elle se leva et lui fit un signe de la tête.

« Bonjour.

– Belle journée », dit-il, désignant le ciel gris strié de nuages, abrasifs comme de la paille d'acier. La mer à l'arrière-plan était violette et couverte de crêtes blanches, avec des vagues de plus en plus grosses à mesure que forcissait le vent.

« Ce n'est pas aussi beau que ça.

– Non, ce n'est pas tellement beau. » Il eut un sourire amusé. « Mais dans ce climat, on prend les choses comme elles viennent.

– Je suppose que l'on pourrait dire qu'il s'agit d'une journée normale.

– Vous êtes la seule personne dans ce village à parler ainsi. »

Elle haussa les épaules. « C'est à cause des religieuses. Avez-vous des nouvelles ? »

Il cligna des paupières. « La guerre du Vietnam se présente mal pour les Américains. Le Vietcong ne s'est jamais montré aussi audacieux.

– Comment cela va-t-il finir ? »

Il fit une moue. « Difficile d'imaginer que les Américains puissent perdre.

– Asseyez-vous et dites-m'en davantage.

– Il y a eu des émeutes d'étudiants à Paris. Il semblerait qu'ils manifestent contre le Vietnam eux aussi, mais je ne sais pas réellement pourquoi. Les gens ont peur là-bas. Ils redoutent une insurrection.

– C'est-à-dire ?

– Une révolte. Comme à Prague. Sauf que les étudiants là-bas paraissent vouloir un gouvernement communiste. » Le vent souleva ses cheveux clairsemés et les ébouriffa.

Elle prit plaisir à regarder sa tête couronnée de cheveux semblables à des chatons de saule.

« Il paraît que le président des États-Unis ne va pas se représenter. À cause de la guerre du Vietnam.

– Les gens sont inquiets, n'est-ce pas ?

– On dirait, oui.

– Et qu'y a-t-il d'autre ?

– J'ai oublié.

50

– Non, ce n'est pas vrai. Vous semblez embarrassé tout à coup.

– Pas vraiment.

– Ah bon. »

Ils contemplèrent la baie.

Ils s'étaient à peine rencontrés trois fois sur le rocher plat à l'entrée de la baie que tout le village était déjà au courant. Winnie et Emo n'avaient fait aucune allusion. Victoria avait introduit un sentiment de gêne dans leur foyer, et ils en conclurent qu'elle était sans doute davantage faite pour devenir la femme d'un Kablunauk que d'un Inuit. C'était une perspective trop douloureuse pour qu'ils l'expriment à voix haute.

Un jour, Victoria revenait de l'église quand elle rencontra Simionie, le fils de Peter Irnuk, celui qui l'avait accompagné à l'aéroport le jour où elle était rentrée au pays en leur apportant la terrible nouvelle. Il lui fit un signe de la main. Peu accoutumée à ce qu'on la salue, elle pensa qu'il faisait un geste à l'intention de quelqu'un d'autre et ne lui répondit pas. Il la salua à nouveau et se dirigea d'un pas rapide vers elle.

« *Qanuipiit* ?

– Euh… d'accord, dit-elle, passant au kablunuktitut.

– Je veux dire, te voilà revenue, après une longue absence.

– Oui.

– C'est difficile ?

– Pas vraiment », dit-elle, dansant d'un pied sur l'autre, sentant les moindres aspérités du sol sous ses pieds à travers ses *kamiks* – après avoir porté pendant six ans des chaussures à semelles de cuir et des bottes, c'était une impression étrange, comme de retirer d'un coup des bouchons de cérumen et d'entendre à nouveau.

« Bon, dit-il.

– Il faut que je rentre à la maison maintenant, dit-elle.

– D'accord. »

Elle se surprit à sourire malgré elle.

Robertson acheta sa cabane de chasse au vieux gérant du magasin à qui son penchant pour la boisson interdisait d'entreprendre de longs trajets dans la toundra, le cantonnant à son magasin et à sa maison de l'autre côté de la rue. Le vieil Écossais allait d'un endroit à l'autre en titubant tout au long des jours de la semaine, le pas de plus en plus branlant. Les gens s'étaient habitués au cycle de vie des hommes de la Compagnie de la baie d'Hudson et ils comprirent qu'il avait atteint la phase terminale. La seule question était de savoir s'il allait devenir tout jaune et mourir sur place, ou survivre assez longtemps pour embarquer sur le cargo l'été suivant, et mourir quelque part dans le Sud, inconnu, sans faire l'objet de compassion ou de médisance.

Dans cette situation de délabrement, Robertson s'épanouissait. Il faisait le travail de son patron sans commentaires ni récriminations, et ne laissait aucun des autres « Bay Boys » afficher le dédain qu'ils étaient prêts à exprimer. Le magasin continua à fonctionner normalement, et le village s'en réjouit. Robertson était considéré comme un gérant juste et compétent, malgré son peu d'expérience. Le Père Bernard jugeait que sa relation avec Victoria n'était pas convenable, critique au demeurant peu partagée. Robertson ne la battait pas, et il n'avait que quelques années de plus qu'elle. Les villageois lui firent savoir qu'ils souhaitaient le voir rester et en firent part à Victoria. Elle se bornait à hausser les épaules quand on faisait allusion à son amitié pour Robertson. Il avait une radio. Et il lui permettait de l'écouter.

« Il n'y avait pas d'avenir là-bas et c'est pourquoi je suis parti. Ces villes du nord, Birmingham, Manchester, elles me paraissaient sur le déclin. Tous les mois une nouvelle usine fermait, un millier d'hommes se trouvaient privés de travail sans espoir de retrouver un emploi. Les mineurs, les ouvriers des aciéries, tous étaient logés à la même enseigne. Cela peut paraître insensé mais on avait l'impression que c'était la fin du monde. Chaque année était pire que la précédente. » Robertson s'interrompit pour boire une gorgée de whiskey. Une tempête soufflait au large de la baie, et les fenêtres tremblaient. Elle l'écoutait, incapable d'imaginer réellement l'endroit qu'il décrivait, mais plus à même à présent de comprendre l'homme qui se tenait devant elle.

« C'était dans les pubs que la réalité apparaissait le plus clairement. Il y avait cet endroit dans la rue où habitaient mes parents. *Flagging Stallion*. On s'y bousculait à l'heure du déjeuner autrefois, puis il n'y avait plus personne jusqu'au dîner, et foule à nouveau toute la nuit durant. Lorsque je suis parti, c'était la cohue dès onze heures du matin, sans arrêt jusqu'à huit ou neuf heures du soir, mais ensuite les gens étaient trop fatigués pour continuer à boire. Il y avait aussi davantage de bagarres. Des querelles continuelles, des femmes, soûles comme des matelots, qui vomissaient dehors. Personne n'avait rien de mieux à faire. »

La lumière uniforme du sud-ouest perça sous les nuages et éclaira brièvement la cabane. Elle le regarda dans la clarté orange. Il avait l'air étonné et presque en colère.

« Je n'accuse personne. Le monde change et les gens doivent changer eux aussi. Mais ces transformations, en si peu de temps. C'était très dur pour ces gens.

« Ma sœur Ethel est tombée enceinte. L'homme était un mécanicien d'entretien au chômage. Ils sont allés s'installer en Australie. Puis mon frère Harold, machiniste, est parti pour Londres et a trouvé un boulot de livreur. Je n'avais pas envisagé de quitter le pays jusqu'alors, mais soudain il n'y a plus eu d'hésitation possible : il était temps de partir. On m'avait dit qu'on obtenait facilement un visa pour le Canada. En débarquant, je suis allé ici et là, à la recherche de travail, avant d'échouer ici. C'est comme un rêve pour moi. J'ai encore du mal à y croire. »

« Simionie Irnuk est venu me parler aujourd'hui », dit Robertson, contemplant le coucher du soleil par la porte de la cabane un soir de juin, peu avant minuit, dans un ciel tourmenté violet et orange. Elle éteignit la radio et arrangea ses vêtements. Il était temps de rentrer à la maison.

« Qu'a-t-il dit ?
– Il a demandé si je t'aimais.

53

– Et que lui as-tu répondu ?
– Que cela me paraissait une bonne idée.
– Tu n'as pas dit ça. » Elle rit.
« Si.
– Tu ne devrais pas plaisanter avec lui.
– Je ne plaisantais pas. »
Victoria le regarda à nouveau, et vit s'adoucir le visage de son nouvel amant. Elle effleura son oreille, il lui prit la main et l'embrassa.
« Bonne nuit », dit-elle.
Il se contenta d'incliner la tête.

Quand elle tomba enceinte, elle le sut tout de suite. Elle l'annonça à Robertson un soir où ils étaient assis sur les marches devant sa cabane, à contempler une aurore boréale. Elle ne distingua pas son expression dans le noir. Il hocha la tête sans rien dire. Par la suite l'un et l'autre évitèrent de mentionner sa grossesse, tout en continuant à passer leurs soirées ensemble dès qu'il quittait son travail.

Emo et Winnie montraient encore moins d'empressement à discuter de l'état de leur fille. Leur lien avec elle était trop ténu, et si ce qu'ils présumaient était exact, que le Kablunauk était le père, elle s'éloignerait inévitablement d'eux. Elle, leur seule fille. Winnie pleurait en secret. Emo était pris de panique chaque fois qu'il y pensait, chaque fois que Winnie y faisait allusion, aussi refusait-il purement et simplement d'aborder le sujet. Lorsque Victoria rentrait à la maison après avoir passé un moment dans la cabane du Kablunauk, elle s'inquiétait de l'humeur de ses parents, qui lui semblaient beaucoup plus nerveux que dans ses souvenirs d'enfance.

Même enceinte de huit mois, avec son ventre gros comme un ballon sur son long corps mince de tuberculeuse, elle refusait de participer, avec Robertson ou quiconque d'autre, à toute discussion portant sur la procréation. Elle assistait à la messe du Père Bernard avec ses parents le dimanche matin, souriait, saluait ceux qui la saluaient. Elle ne faisait jamais allusion à Robertson, elle ne l'amenait pas à l'église avec elle, elle feignait d'ignorer le fait qu'elle devait sortir deux fois pendant le service pour uriner, sans parler du comique de sa démarche chaloupée. Elle finit par ne plus entrer dans sa parka et dut acheter un imperméable de nylon avec une fermeture à glissière au magasin de la Compagnie. Puis elle ne parvint plus à la fermer, et demanda à sa mère de coudre une pièce de tissu sur le devant afin de protéger son ventre. Le vêtement était bleu marine, et pour des raisons que Winnie était seule à connaître, la pièce rajoutée était écarlate. À la fin, Victoria ressemblait à un canard se dandinant sur les chemins glissants du hameau, refusant toujours obstinément de parler de son état. Quand Elizabeth Makpah, qui était assise de l'autre côté de l'allée sur le même banc que la famille de Victoria à l'église, l'aborda dans le magasin et lui demanda sans détour quels étaient ses projets, Victoria répondit qu'elle allait manger des pommes de terre ce soir-là avec du rôti de caribou. Peut-être une boîte de maïs.

Lorsque le Dr Balthazar fit son apparition au village, il fallut des semaines avant que tout le monde comprenne vraiment ce qu'il était venu faire parmi eux. Avec son pas lourd et son visage barbu, il ressemblait davantage à un chercheur d'or qu'aux médecins du gouvernement à l'allure militaire auxquels ils étaient habitués. Il était américain et jeune. On présuma chez les « Bay Boys » qu'il était là pour échapper à la conscription. La défiance tenace due à l'influence des vieilles cultures inuit et britannique était assez vivace pour que personne ne l'ait interrogé sur ce point.

Avant lui, le médecin le plus proche exerçait à l'hôpital catholique de Chesterfield Inlet. Le poste avait été occupé par une succession d'individus au caractère étrange attirés par l'isolement et la satisfaction potentielle de leur ego. Joseph Moody, le dernier d'entre eux, avait quitté Chesterfield Inlet en 1969. Il avait pratiqué la chirurgie générale, y compris des césariennes et des interventions abdominales majeures, et exercé sa mission tel le général MacArthur pataugeant jusqu'à la plage à Inchon. Inévitablement, un livre, *Arctic Doctor*, avait relaté ses exploits.

55

Balthazar était d'un autre genre, respectueux et malléable. Les infirmières de la clinique de Rankin Inlet l'acceptèrent rapidement et les conflits qui avaient émaillé le mandat de Moody ne se reproduisirent pas. Les infirmières lui en surent gré, ce qui ne signifiait pas qu'elles avaient confiance en ses capacités.

Victoria était allongée dans la salle de soins, terrifiée, retenant sa respiration, tandis qu'une infirmière irlandaise, une rousse à l'air sardonique, l'examinait. Personne ne l'avait préparée à ça. L'Irlandaise pinçait les lèvres en évaluant la largeur et l'épaisseur du col de l'utérus dilaté de Victoria. Quand elle eut fini, elle s'assit sur un tabouret à la tête du lit et s'adressa à Victoria en fixant son menton. « Ma petite, vous allez avoir votre bébé dans une heure ou deux. Nous allons vous accoucher ici. Pas le temps de vous envoyer ailleurs – vous accoucheriez probablement dans l'avion. » Puis elle décrocha le téléphone pour informer le nouveau médecin de sa décision.

Balthazar avait à peine franchi le seuil de la porte, son bonnet et sa barbe blancs de neige, quand Victoria ressentit le besoin de pousser, ce qu'elle fit, et en vingt minutes – Balthazar accompagnant chacun de ses halètements, l'encourageant de la voix jusqu'à s'enrouer – son petit *irnuq* s'était faufilé dans l'existence. Un petit miracle aux cheveux hirsutes, avec des yeux d'un noir brillant grand ouverts, plus paisible même que Victoria, que des ondes d'épuisement et de bonheur parcouraient, légères comme une pluie d'été. Douze heures plus tard, l'infirmière renvoya Victoria et Pauloosie chez eux, et ils s'endormirent ensemble dans la maison en panneaux d'aggloméré de ses parents.

Balthazar avait confié par la suite à Victoria qu'il n'avait pas une grande expérience en matière d'obstétrique. L'infirmière irlandaise dit laconiquement qu'elle aurait trouvé plus inquiétant qu'il ait pratiqué de nombreux accouchements et se soit montré si nerveux devant une affaire aussi facile. « Facile », se répétait Victoria, se demandant si l'Irlandaise avait été présente dans la salle. Une sorte d'affection un peu coupable s'était développée entre elle et le jeune médecin.

Mais Victoria leur fut reconnaissante à tous les deux de lui avoir épargné tout sentiment de honte ce soir-là dans le dispensaire, cette honte qui l'avait accompagnée durant sa grossesse, surtout après l'avoir annoncée à Robertson. Après la naissance de leur petit-fils, son père et sa mère s'adoucirent à leur tour, et sa mère ne reparla plus du prêtre dont elle n'osait pas croiser le regard.

Un bébé change tout. Dès l'instant où Pauloosie vint au monde, portant le nom de Robertson, son père fit immédiatement partie de la communauté. Père d'un petit Inuit, il bénéficia dans le village d'une reconnaissance nouvelle. Et dans son attachement à l'enfant, la façon dont il parcourait le village revêtu de l'*amoutie* traditionnel, la minuscule tête de son fils pointant à l'arrière de son capuchon, il était clair qu'il voulait aussi affirmer ses droits. Aucun des Blancs qui avaient quitté le pays ne s'était jamais comporté ainsi.

Trois ans après la naissance de Pauloosie, Victoria mit au monde Justine. Deux ans plus tard vint Marie. Ce furent des temps heureux. Robertson était devenu officiellement le nouveau gérant du magasin de la Compagnie, bien qu'il occupât ce poste depuis déjà un certain temps. Il partait pour de longues parties de chasse avec son beau-père et de jeunes chasseurs, qui lui trouvaient une certaine adresse, du moins pour un Kablunauk n'ayant jamais tiré un coup de fusil avant son arrivée. Curieusement, c'est grâce à Robertson que Victoria revint dans la communauté. Quand ils faisaient leurs visites habituelles après la chasse, partageant la viande qu'ils avaient rapportée de leur expédition dans les terres, les gens se moquaient gentiment de la forme bizarre de ses igloos et de ses manières d'homme blanc, des paroles bienveillantes qui s'adressaient aussi à elle.

C'est plus tard que la situation commença à se gâter dans leur mariage. Il y eut un quatrième enfant, un garçon. Le drame ne fut jamais évoqué par la suite ni par Robertson ni par Victoria, néanmoins il devait toujours demeurer entre eux.

La grossesse avait été encore plus facile que les autres. Quand Victoria avait commencé à ressentir les premières douleurs, elle avait demandé à sa mère de venir garder les enfants, puis avait rassemblé ses affaires et était partie au dispensaire.

Lorsque l'infirmière avertit le Dr Balthazar – qui à cette époque avait mis au monde un nombre conséquent de bébés – il voulut savoir si on pouvait organiser un transport par avion. Non, lui dit l'infirmière, on n'avait plus le temps. Il arriva dix minutes plus tard, avec le regard hagard qu'il avait souvent quand on l'appelait chez lui à l'improviste. Il se lava les mains, enfila une blouse et Victoria lui dit en plaisantant qu'il finirait un jour par comprendre qu'elle avait des bébés facilement et qu'il n'avait pas besoin de se déguiser. Ils levèrent les yeux en entendant Robertson arriver au dispensaire, bavardant avec le personnel, l'air décontracté.

Le premier stade fut terminé en une heure, et elle sentit le bébé bouger en elle avec vigueur et force. Elle l'aimait déjà, savait que c'était un garçon. Quand elle l'avait dit à sa mère après l'échographie, Winnie l'avait appelé Anguilik, du nom de son propre père, qui renaîtrait ainsi à nouveau. Elle avait doucement posé sa tête sur le ventre de sa fille et murmuré : « Béni soit ton retour, Père. » L'histoire de la rencontre d'Emo et d'Anguilik, un soir de printemps sur la banquise à l'extérieur de Repulse Bay, quand Emo était venu dans le Nord à la recherche d'une femme, faisait partie de la mythologie familiale. La pensée du retour d'Anguilik parmi eux enchantait tout le monde à l'exception de Robertson. Mais il savait qu'il valait mieux ne pas se moquer de ces sornettes.

Lorsque Victoria avait quitté sa mère avant de partir en se dandinant pour le dispensaire, Winnie était en larmes et Victoria l'avait longuement serrée dans ses bras – jusqu'à ce que les contractions augmentent au point qu'on ne pouvait les ignorer. Le père de Winnie, mort vingt ans auparavant, avait été le chef officieux de son petit groupe ; les jeunes ne parlaient plus de lui, mais tous ceux qui avaient plus de quarante ans se souvenaient de son nom. Le fils de Victoria était attendu avec impatience. À l'épicerie la semaine précédente, elle avait eu droit à plus de félicitations et de questions sur sa santé qu'elle n'en avait reçues pour les trois autres enfants. Elle en avait été troublée pour deux raisons : elle s'était habituée à passer presque inaperçue au village ; et elle était assez âgée pour se rappeler cette idée ancienne qui voulait que les bébés pour la plupart n'ont pas la force de s'accrocher à la vie, tant que leur fontanelle, telle une voie ouverte vers le ciel, n'est pas totalement refermée.

Et puis le crâne du bébé apparut, sortit et Balthazar sourit à Victoria. L'infirmière retint brusquement sa respiration. Robertson se tourna dans la direction qu'elle indiquait, immédiatement imité par Balthazar. La tête du bébé s'était rétractée jusqu'aux oreilles. « Le syndrome de la tortue », murmurèrent Balthazar et l'infirmière d'une même voix. L'infirmière attira Victoria jusqu'à l'extrême bord du lit et, soulevant ses genoux sur sa poitrine, poussa sur son abdomen alors que Balthazar agrippait la tête du bébé et tirait. Robertson se mit à blêmir. L'infirmière appela à l'aide et, quand arriva la seconde infirmière, murmura entre ses dents : « dystocie des épaules ». La femme saisit l'autre jambe de Victoria et la pressa également, tandis que Balthazar s'escrimait désespérément à extraire l'enfant.

Si les épaules d'un bébé sont trop larges pour franchir le pelvis, il faut réagir en dix minutes, pas une de plus. Le cordon ombilical est compressé dans le canal pelvien, l'enfant ne parvient pas à dilater sa poitrine pour respirer et devient de plus en plus bleu jusqu'à ce qu'il soit délivré, en entier et à temps, ou en partie. Le premier geste est de ramener les genoux de la patiente sur la poitrine, le second est de lui soulever les fesses à l'extrémité du lit – le tout afin de diminuer l'angle d'inclinaison. Si ce n'est pas suffisant, l'obstétricien peut imprimer un mouvement de rotation au bébé dans le canal pelvien, au cours d'une manœuvre dite du tournevis. Lorsque cette manœuvre ne marche pas, fracturer les clavicules du fœtus permettra aux épaules de se replier suffisamment pour passer dans le canal. À ce stade, toutes les mesures sont désespérées. Dans un hôpital de ville, avec un anesthésiste dans la pièce, et un chirurgien prêt à intervenir, une césarienne peut sauver la vie de l'enfant. Mais dix minutes passent très vite.

Le sang s'écoulait de Victoria en un flot continu ; elle devenait de plus en plus pâle, et l'enfant, qui pointait sa tête de la taille d'un pamplemousse, bleuissait de minute en minute jusqu'à devenir couleur aubergine. Une intervention chirurgicale n'était pas envisageable, et constatant que toutes les manœuvres qu'il avait tentées successivement étaient vaines, Balthazar se sentit paralysé par le désespoir, ralentit ses gestes au lieu d'accélérer et le bébé finit par mourir.

Quand son fils fut enfin retiré de son ventre, Victoria tendit les bras et Balthazar, en larmes, y plaça le bébé mort. Elle le porta à son sein, tremblante, en chuchotant « Tête, petit, je t'en prie, tète... » Les larmes roulaient le long de ses joues et de son menton, coulaient sur la tête du nouveau-né. Robertson lui caressa les cheveux, murmurant : « Chuuut, Victoria, tout va bien. Tout ira bien désormais. » Son visible soulagement à la pensée qu'elle avait survécu, pour continuer à s'occuper de lui et de ses autres enfants, bouleversa Victoria qui y vit une inconcevable réaction d'égoïsme. Avec ce qui lui restait de force elle lui siffla : « Sors d'ici ! »

Il rejeta la tête en arrière.

Voyant qu'il ne bougeait pas, elle hurla : « Faites-le sortir d'ici ! » Il se redressa alors du tabouret sur lequel il était courbé et quitta la pièce, sous le regard horrifié des infirmières et du médecin, lui-même paralysé par le remords et le chagrin.

Lorsque Balthazar vint la voir quelques heures plus tard, Robertson n'était pas réapparu. « Victoria, commença le médecin, je n'ai pas réagi aussi vite que j'aurais dû... » Mais elle n'eut pas la force d'apaiser sa culpabilité et se détourna de lui sur la table d'accouchement. « Ce n'est la faute de personne », dit-elle. Et ce n'est que beaucoup plus tard, quand elle le connut mieux, qu'elle en fut persuadée.

Les parents de Victoria, le prêtre et les autres mères du village attribuèrent la mort de son fils soit à la volonté de Dieu soit à l'orgueil excessif de Victoria. Mais son fils n'était pas destiné à mourir. Il aurait dû grandir, en force et en beauté. Il aurait dû se marier à l'aînée de Faith Nakoolak, qui n'était pas née elle non plus, à cause d'un sort funeste. Faith aurait dû vivre, tout comme le fils de Victoria. Ils auraient dû vivre et être heureux. Il aurait été le fils préféré de Victoria, à l'évidence, quoi qu'elle s'en serait défendue. Il aurait été le fils de Robertson, aussi, comme Pauloosie ne pourrait jamais l'être. Il aurait été l'enfant censé les réunir.

En mourant, il sépara Victoria de Robertson, la détacha de lui comme une feuille de schiste. Robertson se montra attentionné quand Victoria revint à la maison le lendemain. Il avait confié les enfants à une voisine, et préparé le repas. Mais l'intuition de Victoria s'était avérée juste – il était soulagé que sa femme soit saine et sauve, il n'avait pas réellement désiré un autre enfant. Face au chagrin de Victoria, il se montrait extrêmement peu perturbé. Il ne pleurait pas cet enfant, son propre fils, l'incarnation de son grand-père. Chaque fois qu'il lui assurait stupidement que « tout irait bien », il la confortait dans sa certitude qu'ils ne seraient plus jamais bien ensemble. Et qu'il était aussi étranger, aussi égoïste, qu'il le paraissait.

Tout changea en un instant pour eux. Comme un front orageux d'été cache le soleil.

Les Maux de l'Abondance
par le Dr Keith Balthazar

LES YEUX

Ce sont eux qui prennent connaissance du monde et nous ne devrions pas nous étonner que le monde les marque distinctement de son sceau. L'arc sénile, *tel était le nom donné par les anciens médecins aux anneaux gris opaque autour des pupilles qui apparaissent chez les hommes à la cinquantaine, chez les femmes à la soixantaine. Ceux qui ont un taux élevé de cholestérol sont censés développer ce symptôme plus tôt et de manière plus visible, supposition qui fait peut-être partie de ce « savoir médical » qui voit dans les rides diagonales du lobe des oreilles le signe de troubles cardiaques à venir : c'est plus ou moins vrai.*

Nous savons mieux comment expliquer les anneaux bruns sur la cornée des personnes jeunes dont le foie est atteint et qui souffrent de troubles neurologiques : ils barbotent dans le cuivre – c'est la maladie de Wilson. Les sels de cuivre s'accumulent dans les yeux, le foie et le cerveau. Une fois le problème identifié, le cuivre peut être extirpé grâce à certains médicaments appropriés, mais uniquement si quelqu'un a d'abord pris le temps de repérer l'anneau brun et de se demander ce qu'il signifie.

La cornée est l'élément transparent qui recouvre l'iris dans lequel s'accumulent les dépôts de cuivre et où les arcs séniles apparaissent en premier. Une cornée saine est parfaitement transparente. La teinte particulière de chaque iris a inspiré quantité de chansons et ballades épiques, mais la cornée, dont l'importance est bien plus grande, n'a pas d'intérêt poétique. C'est une bizarrerie – un cas unique d'indépendance d'un organe, presque totalement isolé du système immunitaire. La détermination de son type n'est pas nécessaire en cas de greffe, et la cornée est la seule partie du corps que le cancer n'attaque jamais. Pensez aux Suisses, restés à l'abri des massacres pendant des siècles simplement parce qu'ils avaient choisi la neutralité..

Mais quand la cornée est atteinte, la disparition de sa fonction est une catastrophe. L'opacification de la cornée est une des causes les plus fréquentes de cécité parmi les enfants, spécialement quand des soins médicaux ne sont pas accessibles ; il s'agit habituellement d'une infection à chlamydia trachomatis, *contractée durant le passage à travers la filière génitale. Les yeux gonflés, larmoyants, sont les premiers symptômes du trachome, maladie qui se manifeste partout où existe la* chlamydia trachomatis *– c'est-à-dire partout où les hommes et les femmes ont des relations sexuelles. Lorsque l'infirmière tamponne les petits yeux hermétiquement clos de votre enfant avec une lotion à l'erythromycine, tandis que vous retenez votre souffle après sa naissance, elle met en doute votre vertu et accomplit l'acte qui réduit la cécité infantile de 90 %. Une seule pulvérisation de la lotion et l'enfant voit.*

Entre la cornée et l'iris se trouve l'humeur aqueuse : transparente, liquide, c'est la base sur laquelle se détachent les fibrilles et les filaments enchevêtrés multicolores de l'iris. Les iridologues pensent que les motifs complexes des parties les plus brillantes de nos yeux ont une signification proportionnelle à leur complexité. Ils ont peut-être raison : la question est de savoir si nous pouvons en tirer une interprétation utile. Les cristaux de neige sont aussi infiniment et fractalement variés et leurs variations reflètent la structure atomique de l'eau et les forces de van der Waals agissant sur les molécules d'hydrogène. Des enseignements majeurs concernant la structure de la matière ou, en tout cas, de l'eau, peuvent être tirés de l'infinie diversité interne des cristaux de neige, mais – bien que l'histoire serait intéressante – ce n'est pas seulement en contemplant une paire de moufles dans une tempête de neige que fut découverte la théorie moléculaire.

Derrière l'iris, la lentille se bombe, seconde poche transparente renfermant une gelée claire. À l'intérieur de ce gel transparent se forment les cristaux et les cicatrices dues à des centaines de milliers d'heures passées à fixer la lumière et à rassembler des impressions. Ces cicatri-

ces sont la cause d'opacités appelées cataractes, qui possèdent le même potentiel catastrophique que leurs homonymes. Leur réparation est un domaine dans lequel les médecins excellent. Les Inuits vieillissaient dès qu'ils n'y voyaient plus assez clair pour tirer au fusil – la vue diminuait bien avant la volonté, ou la connaissance. L'Arctique, où se déplacent les hommes, est inondé de lumière ; tout ce que la terre noire absorbe dans le Sud, la neige le renvoie vers le ciel dans le Nord. Venant d'en bas et d'en haut, la lumière est simplement éblouissante. À l'intérieur de l'œil mi-clos, qui la reçoit, la lentille est peu à peu brûlée.

La cataracte peut être guérie par une intervention chirurgicale qui dure un quart d'heure et ne demande ni soins ni médicaments coûteux. Une semaine après l'opération, des vieillards, hommes et femmes, aveugles depuis dix ans, se lancent d'un pas léger et assuré sur les pierres et la mousse. Par comparaison, toute autre thérapie paraît incroyablement rudimentaire.

La plus rudimentaire étant le port de lunettes, naturellement – qui condamne les myopes à dépendre, une vie durant, de cet accessoire fragile qu'ils doivent garder attaché à leur tête. Cela ne présente peut-être aucune difficulté pour les comptables, mais pour des hommes et des femmes qui courent, chassent, partent en mer, les lunettes sont aussi handicapantes que des béquilles. Sans compter que la myopie est aujourd'hui répandue parmi les enfants et les jeunes Inuits. Il y a une génération ou deux, elle était si rare qu'elle méritait d'être signalée ; lorsque Victoria avait eu besoin de verres puissants, le médecin du C.D. Howe avait vérifié à trois reprises son erreur de réfraction.

Imaginez l'état d'infériorité d'une personne qui n'a pas accès à un optométriste. Elle est aussi handicapée qu'un unijambiste. Peut-être davantage – avec une jambe en moins vous pouvez encore sautiller le long d'une crête et viser juste.

Et pourtant nous ignorons la cause de la plus commune des maladies liées à la prospérité. Si elle était liée aux travaux délicats, les femmes auraient dû en souffrir plus que les hommes, ce qui n'a pas été le cas. Et maintenant que les ophtalmologues s'achètent de grandes maisons avec les bénéfices de la chirurgie oculaire, on peut se demander s'il existe un intérêt véritable pour la compréhension et la disparition de la pathogénie de la myopie.

64

Dans la lumière du nord

Je lis volontiers les journaux que je reçois pour l'intérêt qu'ils représentent. Le Journal of the American Medical Association, le New England Journal of Medicine, le Lancet, le British Medical Journal, les Annals of Internal Medicine : *ce sont des mines d'information, bourrées d'articles parfaitement documentés traitant de tous les aspects physiologiques de l'humanité, aussi précis qu'un gamma knife*[1]. *Il y a une sorte de poésie dans cette précision. L'aridité du contenu disparaît dès que l'on se penche sur les études de cas – des anecdotes concernant des enfants et des adultes atteints d'affections et de maladies défiant tout diagnostic initial : lymphomes et fièvres tropicales, automutilations cachées, syndrome de malabsorption. Dans les rapports tels qu'ils sont relatés, un médecin particulièrement astucieux et généralement originaire de Boston dégage la solution des indices contenus dans les données et le patient est sauvé. Comment ne pas applaudir ?*

Ces rapports m'intéressent, mais j'avoue qu'ils ne me sont pas d'une grande aide. Je me plonge dans les revues, m'efforçant d'apprendre, mais quand tout va très vite, ce qui est la norme dans la plupart des cas difficiles en médecine, toute cette connaissance semble m'échapper. J'ai mis au monde le fils de Victoria, et ses deux filles – l'aînée, Justine, qui est une originale et Marie, une petite maigrichonne émotive – et à chaque fois je n'ai fait que regarder d'un air béat les bébés me tomber dans les mains. Pourtant elle n'a manifesté aucune impatience à mon égard. Elle n'a même pas montré d'amertume quand son dernier enfant est mort alors que je tentais de le mettre au monde.

Si j'avais été aussi intelligent que ces Bostoniens, je serais devenu ophtalmologue. C'était mon souhait, j'avais postulé auprès de tous les internats possibles en Amérique. Mais alors que les réponses me parvenaient, brèves et évasives, je m'aperçus que parmi les hommes dont j'avais sollicité les recommandations, l'un au moins m'avait percé à jour. Je terminai mon internat de généraliste dans un hôpital de Yonkers et cherchai du travail. Le gouvernement canadien demandait des médecins prêts à partir en Arctique, où la rotation était rapide. J'ai donc débarqué ici.

---

1. *Gamma knife* : appareil permettant d'opérer le cerveau avec des rayons ionisants.

Derrière la lentille, et l'humeur vitreuse, constituée d'une gelée transparente, il y a la rétine, qui joue le rôle du film dans l'appareil photographique qu'est l'œil. On y trouve les seuls vaisseaux sanguins qui peuvent être directement observés dans un corps sans incision. Ils sont logés dans un réseau transparent à l'arrière de l'œil. Toutes les maladies des riches y apparaissent. Les pauvres contractent la cécité des rivières, le trachome et les cataractes congénitales : toutes à l'avant de l'œil, et durant leur jeunesse. L'âge et le mode de vie des riches sont localisés dans la partie postérieure de l'œil. C'est là que les riches deviennent aveugles. L'hypertension du banquier transforme les artères de la rétine en minces fils d'apparence cuivrée ou argentée. Le diabète incite de nouveaux vaisseaux à se développer à l'avant de la rétine, la privant lentement de lumière, puis ces vaisseaux malformés éclatent et répandent leur sang dans le champ de vision.

Le disque optique est situé à l'arrière de l'œil lui aussi, excroissance visible du cerveau. Lorsque des tumeurs se développent à l'intérieur du crâne, les signes de la pression qu'elles exercent apparaissent dans la déformation du disque optique. Un banal mal de tête peut être le signe d'une inflammation et d'une déformation du disque optique. C'est ce qu'on appelle l'œdème de la papille, et c'est en général une très mauvaise nouvelle. Le patient, à cet instant, verra son médecin retenir sa respiration, se pencher brusquement en avant, faire tourner la molette à cliquet de son ophtalmoscope – soudain conscient des problèmes à venir.

Les poètes disent avec leur exagération innée que les yeux sont les fenêtres de l'âme. Peut-être le sont-ils en effet. Mais ils révèlent aussi l'envers de cette âme. Le désespoir des pauvres s'imprime à l'avant, les excès des riches à l'arrière. Dans les yeux est partout inscrite l'essence de notre être et de nos vies, prête à se révéler à l'observateur perspicace. Cornées brillantes, sclères rougies, paupières engorgées, œdème périorbital : aucun de nous n'est aussi serein, ou obscur, que nous tentons obstinément de le paraître.

4

Victoria enchaînait allègrement les larges virages de la Little Medialine River au volant de sa motoneige. La tempête qui les avait tous tenus enfermés pendant cette interminable semaine avait cessé depuis cinq jours, et un système de hautes pressions s'était depuis installé au-dessus de la toundra, accompagné d'un air aussi limpide et mordant que du verre. La motoneige faisait le raffut d'un mixer électrique broyant des cailloux. Elle gémissait, claquait, hurlait, propulsant Victoria sur la neige, si vite que ses larmes gelaient.

Sur le côté, le long du talus, les saules herbacés bordant la rivière pointaient hors de la neige, comme des grains de poivre pulvérisés ici et là. Les congères avaient été piétinées par endroits par les *tuktus* et les saules étaient mâchonnés jusqu'au niveau de la mousse gelée qui ailleurs tapissait le sol. Le grondement de l'engin se répercuta le long de la rivière et les *tuktus* qui paissaient non loin se levèrent de la rive basse comme une troupe de grands chiens et s'éloignèrent en trottinant vers les crêtes des collines voisines pour regarder Victoria passer. Elle se trouvait à cinquante kilomètres et à une heure du village. Leur cabane, tout près de Twin Lakes, était l'une des plus éloignées de toutes les huttes de chasse. Robertson n'en était pas peu fier.

Il avait téléphoné dans la matinée pour l'avertir qu'il resterait une semaine de plus à Yellowknife. Ses affaires le retenaient plus longtemps que prévu. Il n'avait pas pris la peine de s'excuser. Elle l'avait remercié de l'avoir prévenue. À son voyage précédent, elle était allée l'attendre à l'aéroport trois jours de suite avant qu'il ne songe à l'appeler pour lui dire qu'il avait été retardé. Elle s'en était irritée. Personne n'aime perdre son temps. Mais elle n'avait pas ressenti de déception pour autant, ni alors ni aujourd'hui. Et, bien qu'elle ne l'eût sans doute pas exprimé aussi directement, même en son for intérieur, il lui fournissait des munitions pour leur prochaine dispute. Si toutefois ils parvenaient à surmonter leur indifférence réciproque au point de se quereller.

Sa machine fit une embardée et se retrouva sur la glace lisse de la rivière, mais Victoria ne ralentit pas avant d'apercevoir sa cabane au loin, cinq kilomètres en aval. Elle lâcha alors l'accélérateur et continua au ralenti, regardant avec attention autour d'elle. Elle s'agenouilla sur le siège et leva la tête, afin de mieux voir. Des volutes de fumée s'élevaient au-dessus de la cheminée.

Quand elle atteignit la courbe de la rivière, elle ralentit, gardant juste assez d'élan pour gravir lentement la berge, puis caler. Elle observa la cabane pendant un moment. Elle ne perçut aucun mouvement à l'intérieur. Mais le feu avait été allumé. Elle arrêta le moteur et mit à pied à terre.

Un courant d'air chaud l'enveloppa au moment où elle ouvrait la porte. Ses yeux s'habituant à la pénombre, elle vit le poêle rougeoyant et l'homme penché par-dessus, le chargeant de bois. Elle se débarrassa de sa parka et s'approcha de lui, le poussant en arrière sur l'étroite couchette le long de la cloison.

« Depuis combien de temps es-tu là ? demanda-t-elle en l'embrassant.

— Dix minutes, répondit Simionie.

— Il fait bon pourtant.

— Mettons un peu plus d'une demi-heure.

— Ou une heure. » Elle se pressa contre lui et eut l'impression de sortir d'un engourdissement.

« Ou une heure », admit-il.

Emo enveloppa son fusil dans une toile raide et tachée, puis attacha son paquetage sur le traîneau. Les chiens jappaient et dansaient au bout de leurs traits, attachés sur la glace à la lisière du village. Ceux des autres chasseurs regardaient, assis, hors de portée. À l'ouest le ciel était dégagé. Les chiens étaient affamés et impatients de se mettre en route.

Il siffla l'animal de tête, une chienne nommée Kanyak, pour laquelle il éprouvait une affection sans égal. Elle se jeta en avant, tirant sur son trait, et le traîneau démarra d'un bond. Forcés de se mettre en ligne à sa suite, les autres chiens s'élancèrent en haletant dans le vent. Le vieil homme courut le long de l'attelage pendant une vingtaine de mètres puis s'agenouilla sur le traîneau, une main posée sur le fouet en peau de morse, l'autre tenant une ligne attachée aux traverses. Les chiens connaissaient le chemin.

Ils passèrent devant les bateaux de Peterhead en bois qui avaient été tirés à terre à l'automne précédent. Ils disparaissaient à moitié sous les congères. Les plus anciens dataient des années 1950 et avaient été maintenus en service grâce à des remplacements de moteurs successifs et à de multiples consolidations. Les bordés de cèdre avaient été réparés avec des planches de pin rouge retaillées à la dimension, au point que ces bateaux ressemblaient dans une certaine mesure aux « Bay Boys », issus de ce pays autant que de leur lieu d'origine. La neige s'entassait dans les timoneries, soufflée par le vent entre les bordés mal jointés et les hublots mal ajustés. Tous les étés, pendant douze semaines, ces bateaux sillonnaient la baie d'Hudson, vers Churchill au sud pour y charger des marchandises apportées par voie ferrée, ou vers le nord jusqu'à Coral Harbour pour chasser l'*iviak*, tirant à terre des morses sanglants, mugissants, frappant l'air de leurs défenses avant de mourir.

Le père d'Emo était allé à Terre-Neuve en 1925 pour convoyer des bateaux de ce type à l'intention des trappeurs qui s'étaient trop vite enrichis grâce aux renards arctiques. En été, lorsque les renards perdaient leur fourrure, les hommes chassaient l'*arviaat* à bord de ces bateaux, planquant de la viande séchée le long de la côte, ainsi que de l'huile pour les lampes et des munitions, en prévision des longues expéditions hivernales. Le chasseur devait se déplacer rapidement pour dépister le caribou, ce qui l'obligeait à réduire la quantité de nourriture qu'il transportait pour les chiens. Au retour, ils avaient toute la viande nécessaire, et de toute façon la rapidité n'était plus un problème.

Les motoneiges étaient apparues dans l'Arctique à la fin des années 1960 et au début des années 1970, au moment du départ des dernières familles qui résidaient encore à l'intérieur des terres. L'enchaînement des décisions – habiter une maison, tuer les chiens – s'était répété dans tous les hameaux le long de la côte jusqu'à qu'il ne reste plus personne. Whale Cove, Repulse Bay, Chesterfield Inlet et Coral Harbour s'étaient développés inexorablement, grossissant comme des cristaux dans une solution sursaturée, la toundra se vidant au fur et à mesure que s'accroissaient les villages. Deux familles et douze individus par maison, et la tuberculose se répandant comme une rumeur. La vie dans les villages était par de nombreux aspects aussi dure qu'à l'intérieur des terres. Un igloo, voire une petite vallée parcourue par une rivière, n'aurait jamais contenu plus d'une famille, après tout.

La mort des chiens avait été douloureuse. Les chiens de traîneau avaient des filiations aussi mémorables que celles des chasseurs qui dépendaient d'eux. Ils étaient capables de sentir l'approche d'un ours la nuit, de retrouver leur chemin dans des blizzards si intenses que la seule issue était de leur faire confiance. En l'espace de six ans, ils avaient presque tous été abattus – si vous viviez dans une maison, une motoneige était un objet moins encombrant qui demandait infiniment moins d'attention. Vous pouviez l'abandonner pendant deux ou trois semaines, et la retrouver à la même place à vous attendre, prête à démarrer. Pour ceux qui vivaient encore dans les terres, l'entraînement des chiens faisait partie des activités de la journée, et la compagnie de ces animaux, tout ombrageux et imprévisibles qu'ils fussent, était sans prix dans cet univers isolé. À l'intérieur des terres, le transport de l'essence et de l'huile était malaisé – sauf si vous viviez à proximité d'un dépôt de la Compagnie de la baie d'Hudson.

Cet engin qui avait tant facilité les voyages rapides dans les terres rendait impossible désormais d'y séjourner.

Après s'être installés dans les villages, certains abandonnèrent leurs chiens dans les îles de la baie pendant l'été, avec des carcasses de phoques. Les vieux secouèrent la tête à cette vue ; ce n'était pas ainsi qu'on les avait habitués à traiter les chiens. Quelques-uns, comme Emo, conservèrent leurs attelages, mais en cinq ans les chiens passèrent du statut d'indispensable à celui de décoratif.

Lorsque les chiens d'Emo atteignirent la limite du floe, à quinze kilomètres de la côte, il leur cria d'arrêter et jeta l'ancre à neige. Il se mit debout sur le traîneau et observa attentivement la banquise. Il distingua des *nautsiaq*, des phoques marbrés, au vent – minuscules taches noires en direction du nord. Emo pesa du pied sur l'ancre, l'enfonçant dans la neige tassée, peu profonde, pour s'assurer qu'elle tenait bien. Il sortit son fusil de son emballage et passa la bretelle à son épaule. La marée poussait des glaces flottantes contre le bord du floe tels des biscuits éparpillés dans une assiette. Entre eux s'étendait l'eau visqueuse et violette, parcourue de crêtes blanches qui laissaient derrière elles des traînées d'écume mêlées à des fragments de glace.

Emo s'avança en direction des phoques, sans les quitter des yeux. Ils dormaient, mais se réveillaient à tour de rôle au bout de quelques minutes pour humer l'air, guettant l'odeur des ours ou des hommes. Vus de loin, leurs mouvements étaient incertains, et imperceptibles – un point noir sur la glace qui miroitait pendant un instant. Emo s'immobilisa. Les chiens l'observèrent, silencieux.

En ce même samedi après-midi, le Dr Balthazar était assis dans son bureau au dispensaire, entouré d'une montagne de dossiers médicaux. Il était seul ; peu auparavant, l'infirmière de service avait accompli sa tournée, examinant des enfants qui souffraient d'otites. Balthazar lui avait dit qu'il devait s'occuper de ses dossiers en retard, et elle avait hoché la tête, « comme vous voulez », puis était rentrée chez elle. Il n'avait fait que ça pendant la plus grande partie de la journée, résumant avec soin de son écriture presque féminine l'état des patients qu'il connaissait bien, avec des lettres de recommandation à des spécialistes dans le Sud. C'est ensuite qu'il s'était mis à rêvasser. Dans le dispensaire désert, rien ne l'empêchait de remettre à plus tard sa tâche et d'imaginer une existence différente. Autour de lui s'empilaient les dossiers de deux mille patients. Cela faisait dix-sept ans qu'il faisait des séjours de trois mois dans le Nord, et il connaissait presque tout le monde, hormis quelques hommes exceptionnellement robustes. Mais les enfants, les femmes, les personnes âgées – c'est-à-dire de plus de soixante ans – il les connaissait tous et toutes. Parcourant la salle des archives, son regard se portait sur des noms au hasard et lui revenaient en mémoire presque deux décennies de blessures, de dépressions, d'accouchements compliqués : le clan des Katoongie et leurs méchantes crises d'asthme quand ils étaient enfants, l'incendie qui avait infligé de si terribles brûlures aux Panigoniak. Sans parler des Robertson. Il apporta le dossier de Victoria dans son bureau et compulsa les premiers rapports, les pages qui commençaient à s'effriter. Bientôt, le dossier serait divisé en deux parties, et le premier volume relégué à la cave, où séjournaient les archives de plus de vingt-cinq ans. Mais en attendant, dans ce vocabulaire concis et chargé d'informations médicales – que de malheurs ! Il tourna les pages, les unes après les autres, comme hypnotisé, imaginant l'enfant qu'elle était alors.

Son souvenir le plus précis de l'opération était probablement l'odeur suffocante de l'éther à l'instant où ils l'avaient appliquée – l'équivalent olfactif d'une ampoule qu'on allume devant vos yeux grand ouverts. Elle avait dû penser, *quelle odeur épouvantable*, puis s'était arrêtée de compter à l'envers.

L'anesthésiste avait inséré un tube endotrachéal à double lumière dans sa gorge, une branche dans la bronche de droite, l'autre dans celle de gauche. La cavité tuberculeuse se trouvait dans son poumon droit, l'air avait été aspiré par le tube et le poumon s'était affaissé sur lui-même, comme un ballon qui se dégonfle. La ventilation avait été maintenue dans l'autre poumon – l'anesthésiste avait branché la deuxième moitié du tube à un ventilateur, qui avait continué à gémir et soupirer pendant deux heures tandis que le chirurgien pratiquait une profonde incision entre les côtes de Victoria, en haut du côté droit. Les muscles intercostaux ainsi mis à nu, le chirurgien avait introduit un clamp dans la cavité pulmonaire. Le bruit de l'air se précipitant au moment où s'ouvrait l'espace pleural faisait un bruit de hoquet. Il avait inséré et ouvert les écarteurs, révélant la cavité thoracique brillante béante en dessous. Au sanatorium de Clearwater où l'on avait envoyé Victoria, le chirurgien ne faisait guère autre chose qu'opérer des poumons atteints de tuberculose, et avait l'expérience de ces techniques qu'il avait pratiquées pendant vingt ans. Exciser un poumon était considéré comme une opération banale, presque vulgaire dans sa simplicité – rien qui ressemblât à l'anatomie complexe de l'abdomen, voire du cou.

Le poumon droit reposait dans la cavité thoracique de l'enfant comme une fleur fanée, aplatie et sans vie. Le chirurgien avait tâté le lobe supérieur entre ses doigts et identifié l'abcès purulent et durci, semblable au toucher à un biscuit sec cousu à l'intérieur d'une éponge. Il avait appliqué la pince occlusive sur la bronche du lobe supérieur droit, se préparant à la diviser. Les veines et les artères pulmonaires avaient été à leur tour ligaturées de chaque côté de la pince. Après avoir sectionné et obturé les canaux qui fournissaient et recevaient l'air et le sang du lobe, le chirurgien s'était intéressé aux ligaments qu'il avait sectionnés. Puis il avait soulevé le lobe à travers les écarteurs des côtes comme on sort un enfant de l'utérus, le prenant entre ses deux mains, pinces et ligatures pendouillant en même temps que la membrane amniotique et les vaisseaux ombilicaux.

Il s'était emparé ensuite d'un instrument qui ressemblait à une pince coupante tronquée en acier inoxydable. D'un clic sourd, il avait sectionné les côtes de la petite fille, retirant un tiers du centre de chacune des côtes recouvrant la cavité.

Une fois les côtes sectionnées, il avait recousu les muscles intercostaux avec de longues sutures de soie. Cette opération

73

terminée, la poitrine de Victoria semblait tatouée de longs traits d'encre noire qui dessinaient des zigzags depuis le sternum jusqu'au centre du dos. Il avait rabattu la peau et placé deux tubes dans l'espace contenu entre le poumon et la poitrine. Puis l'anesthésiste s'était mis à pomper de l'air dans le poumon droit qui s'était regonflé rapidement tandis qu'une mousse écarlate sortait des tubes en même temps que l'air expulsé. Comme le poumon commençait à se dilater et à se contracter à l'intérieur de la paroi thoracique, la peau recouvrant ce qui avait été la cavité pulmonaire s'était gonflée et dégonflée à chaque respiration du ventilateur.

Bientôt Victoria avait pu respirer par elle-même et l'anesthésiste avait retiré le tube de sa gorge. Elle avait toussé, vomi, sans pouvoir s'arrêter.

Le chirurgien s'appelait C.W. Henderson, et il avait rédigé à la main un compte rendu de la thoracoplastie à l'attention de l'hôpital. Une copie avait été envoyée à Fort Churchill, et était restée consignée depuis dans son dossier médical, déchirée et jaunie avec le passage du temps. Des années plus tard, ces pages fragiles seraient lues religieusement dans le dispensaire de Rankin Inlet, et celui qui les lirait aurait le cœur serré en songeant à cette petite fille, ouverte en deux comme un omble chevalier et si seule.

Simionie contemplait le renfoncement dans le côté droit de la poitrine de Victoria, qui se remplissait et se creusait à mesure que se calmait sa respiration. Ses longs cheveux noirs mouillés de sueur recouvraient leurs deux corps comme des algues humides. Il bougea, tendit la main, effleura sa clavicule, le creux de sa poitrine, plus pâle et de texture plus rêche que la peau tout autour. Elle gardait les yeux fermés, la tête posée sur l'oreiller.

Il craignit de l'embarrasser en touchant sa cicatrice, à laquelle elle ne faisait jamais allusion mais qu'elle ne dissimulait pas. Il observa son visage avec plus d'attention, et à cette minute, dans l'intimité de ce moment, il lui sembla que son geste était simplement la preuve de la tendresse qui existait entre eux. Dans quelques instants, quand leur ardeur se serait dissipée, cette intimité ne serait plus possible.

Il faisait froid dans la cabane, le poêle n'était resté allumé qu'une heure et leur haleine montait dans la faible lueur qui filtrait de la fenêtre à côté d'eux. Le soleil des premières heures de l'après-midi passait juste au-dessus de l'horizon, pas assez puissant pour répandre de la lumière mais suffisant pour se refléter doucement sur les murs – de la même manière que le clair de lune donne à la neige un éclat plus brillant qu'il ne l'est dans la réalité.

Simionie connaissait l'origine de sa cicatrice et l'histoire compliquée de Victoria avec Robertson, il savait comment elle avait été pratiquement poussée vers lui. Il n'était pas intervenu alors ni plus tard, du moins pas ouvertement, mais il n'avait jamais cessé de la regarder. Comme il la regardait à présent.

À son retour à Rankin Inlet, elle avait l'air d'une étrangère, comme tous les Kablunauks qui venaient travailler dans le Nord. Elle se déplaçait d'un pas maladroit sur la glace dans ses *kamiks*, et tombait souvent. Elle mangeait du phoque du bout des lèvres, et on la voyait souvent au comptoir de la Compagnie, en train d'acheter des bonbons. Elle se rendait fréquemment à la maison du prêtre, lui empruntant des livres et des magazines. Et lorsque le bateau arrivait au printemps, elle se tenait debout sur la rive, impatiente, s'adressant aux marins sans la moindre gêne, recevant d'eux des cadeaux que les autres villageois inspectaient soigneusement, bien qu'à une certaine distance. Pourtant, bien qu'étrangère, elle se souvenait de certains de leurs secrets et comprenait leurs chuchotements. Certains pensaient qu'il eût mieux valu pour tout le monde qu'elle ne soit pas revenue.

Quand elle avait débarqué de l'avion, il avait été frappé de la voir si grande, et si droite, tandis qu'elle cherchait du regard ses parents ou quelqu'un de connaissance. Elle portait des lunettes à montures métalliques trop petites pour son visage, et ses vêtements sentaient la lessive bon marché ; sa robe à col montant ne pouvait lui avoir été fournie que par des religieuses ou un hôpital, et personne d'aussi maigre ne pouvait être considéré en bonne santé. Mais elle parlait leur langue.

Elle avait une bonne tête de plus que toutes les femmes autour d'elle, trente centimètres au moins de plus que sa mère. Elle ne passait pas inaperçue dans un groupe – elle était si belle, on l'aurait remarquée de toute façon – et elle ne recherchait ni la faveur ni l'amitié des autres femmes, qui la jugeaient arrogante et affectée. Son isolement s'était accru avec le temps. Elle ne ressemblait pas aux gens de son peuple.

Il en avait été conscient dès le premier regard. L'hélice du Norseman avait soulevé un nuage de poussière et de graviers, et les personnes présentes s'étaient détournées en attendant que se calme le souffle de l'hélice, toutes sauf Simionie qui était resté bouche bée. Et à présent sa bouche s'abaissait vers la poitrine de Victoria, ses lèvres couraient le long de ses côtes, cherchant les aspérités de sa cicatrice. Et elle arqua sa poitrine pour la presser contre sa bouche.

C'était un mâle qu'Emo avait tué, de deux cents livres, engraissé par un hiver entier à se nourrir des mollusques et des capelans qui grouillaient dans la vase du fond de la baie. Le phoque était resté la tête dressée aux aguets pendant qu'Emo s'approchait, et il était sur le point de conclure que quelque chose clochait quand la balle l'avait atteint. Lorsqu'il était jeune, dans de pareils moments, Emo restait allongé et immobile, le visage pressé contre la neige, les yeux fermés, sans respirer, espérant que sa traque n'avait pas été vaine. Et quand il relevait la tête, souvent, il regardait les cercles se propager dans le trou d'eau – de la neige se solidifiant sur leurs bords.

Il avait appris à ne jamais cesser de regarder sa proie et à ne pas perdre son temps à espérer mais plutôt à attendre sans bouger l'instant propice avant de faire feu. Parfois il entendait la balle claquer sur le cuir de l'animal au moment où ce dernier entrait dans l'eau. Le phoque était souvent perdu dans ce cas, se vidant de son sang avant de mourir sous la glace, mais cette fois, la balle l'avait atteint au cou et projeté sur le côté, l'éloignant du trou vers lequel il se dirigeait à bonne allure. Il était mort à quelques mètres de son refuge – un flot régulier de sang absorbé par la neige. Un petit ruisseau s'écoulait de son cou dans le trou, se répandant lentement dans la mer comme un minuscule estuaire rouge.

Il retourna l'animal et plaça la pointe de son couteau à la base du pelvis. Il découpa la peau autour de l'anus et des parties génitales, puis agrandit l'ouverture de chaque côté jusqu'aux nageoires. Il déroula la peau, l'entaillant si nécessaire, la tirant comme on ôte un pull-over. Débarrassé de sa peau, le phoque apparut comme un amas tubulaire rose et fumant composé d'une tête, de muscles et de nageoires.

Il fit remonter son couteau le long du ventre de l'animal, et ses intestins se répandirent sur la neige. Il fendit le sternum, ouvrit la poitrine d'un seul trait, passa le couteau à l'extérieur du diaphragme et détacha le cœur des artères et des veines pulmonaires. Il le posa sur la neige. La trachée et les poumons suivirent, puis l'estomac, les intestins, le foie et les reins. Les chiens avaient reniflé l'odeur et hurlaient d'impatience.

Il retira la graisse qui enveloppait les intestins et la déposa avec précaution sur la neige : c'était la partie la plus recherchée du phoque, celle que l'on réservait aux bébés et aux personnes âgées de santé délicate. Emo l'enveloppa, ainsi que le foie, les reins, le cœur et l'estomac, dans du papier brun huilé et les enfouit dans sa poche. Il découpa les côtes de l'animal, puis la poitrine et la croupe. En quelques minutes il avait réduit le phoque à une douzaine de quartiers soigneusement choisis, plus les côtes et la colonne vertébrale. Il nettoya son couteau dans la neige, l'essuya sur le cuir et le remit dans son fourreau. Il plaça le tout dans un sac plastique, à l'exception de la colonne vertébrale, et jeta le sac sur son épaule. Il ramassa son fusil, regagna son traîneau, décrocha l'ancre de neige et laissa la meute dévorer les restes de l'animal.

5

La matinée débuta par les coups frappés sur la porte de la cuisine par Pauloosie qui s'efforçait de dégager un omble de sa gangue de glace. Il avait décrété qu'il ne mangerait plus désormais de céréales au petit déjeuner. Le tapage réveilla Victoria et les filles, et elles l'écoutèrent se démener et haussèrent les yeux au ciel. Victoria finit par se lever et se dirigea vers la cuisine, allumant les lampes sur son passage. Passant une main dans ses cheveux embroussaillés, elle sortit le lait du réfrigérateur, refermant la porte d'un coup de hanche tout en attrapant les bols dans le buffet. Les filles avaient une prédilection pour les pétales de Weetabix, dont le nom évoquait pour Victoria un animal tiré d'un livre pour enfants. Elle emplit leurs bols, mit le pain à griller, et posa la cafetière sur le poêle. « Les filles ! » cria-t-elle en s'apercevant qu'il était déjà sept heures et demie. En l'entendant, Pauloosie apparut à la porte de la cuisine. Victoria lui fit un signe de la main d'un air résigné. Il se remit à battre son poisson.

Justine et Marie pénétrèrent dans la cuisine, Marie vêtue d'un sweater enfilé à la va-vite, Justine semblable à une hôtesse de l'air, les cheveux tirés en arrière, sans une mèche de travers, la peau impeccablement lisse. Elles s'assirent sans dire un mot et se mirent à manger leurs céréales. Victoria leur versa à toutes les deux du café et du lait. Marie avait l'air fatigué, prête à tomber de sa chaise d'un moment à l'autre – les yeux rougis et les paupières tombantes, la tête penchée de

78

côté, appuyée sur sa main tandis qu'elle portait maladroitement sa cuillère à sa bouche.

« Tu as lu hier soir après t'être couchée, Marie ? » demanda Victoria.

Sa fille hocha de la tête sans lever les yeux de son bol.

« Que lisais-tu ? poursuivit Victoria.

– *Les Chroniques de Narnia,* répondit Justine à la place de sa sœur.

– Tu es restée éveillée jusqu'à quelle heure ?

– Deux heures, répondit Justine.

– Il n'était pas deux heures, dit Marie.

– Si, il était deux heures.

– Plus de lecture au lit, Marie. Tu as besoin de sommeil. » La petite était trop fatiguée pour discuter. Mais cette nuit, elle recommencerait.

Pauloosie entra et un courant d'air glacé les enveloppa toutes les trois avant que la porte ne se soit refermée. Il se mit à découper des lamelles de poisson et à les manger. Victoria l'observa. Elle avait eu ce genre de petit déjeuner jusqu'à l'âge de dix ans – elle était moins dégoûtée qu'amusée par les habitudes alimentaires de son fils, bien qu'elle reconnût une nuance de reproche dans son refus de tout ce qui était kablunauk. Marie et Justine refusaient obstinément de le regarder.

Que devait ressentir son père ?

Puis vint l'heure pour les enfants de partir au collège Victoria les pressa dans la galerie, où les filles enfilèrent leurs parkas de nylon et Pauloosie sa veste de cuir de caribou. Il parlait souvent d'abandonner les études, mais c'était le seul point sur lequel Robertson oubliait sa passivité naturelle. Pauloosie irait au collège, sinon il dormirait dans la neige. C'était une façon d'aborder les problèmes qui était typique des gens du Sud et elle mettait Pauloosie en rage, mais Robertson se montrait inflexible. Puis il partait pour un autre voyage d'affaires, laissant sa femme rétablir la paix dans la maison.

Victoria les regarda s'éloigner dans la nuit, Pauloosie précédant ses sœurs à grands pas rapides, puis elle regagna la cuisine pour faire la lessive. Elle alluma la radio. Le présentateur du matin, avec sa voix rauque de fumeur discourait avec un charme bonhomme de la stratégie réinventée par Wayne Gretzky[1] de la passe en diagonale. Depuis l'arrivée de la télévision quelques années plus tôt, elle avait comme le reste du village acquis la culture du hockey, et le stade qui avait été construit à la même époque avait immédiatement attiré des fans enthousiastes qui venaient tous les week-ends voir des gosses de onze ans donner réalité au rêve de chacun de relier son existence à un monde lointain. Le groupe scolaire était à deux kilomètres. Pour les enfants des classes élémentaires, il y avait un bus de ramassage qui faisait le tour du hameau le matin, mais les plus âgés étaient censés y aller à pied – c'était le compromis qui avait suivi un débat houleux sur l'achat du bus. Pour ceux qui partageaient le point de vue de Pauloosie, le bus était un sujet de désaccord : les parents de Victoria étaient partis un jour en traîneau pour assister à un mariage à deux cents kilomètres de là, et étaient revenus trois jours plus tard. Emo éprouvait probablement les mêmes sentiments, mais était moins prompt à discuter de cette question. Pauloosie aurait dit que le sens de la dignité du vieil homme ne le lui permettait pas ; Victoria aurait dit que c'était par indifférence.

Les enfants Robertson arrivèrent au collège quelques minutes avant la sonnerie de la cloche, Pauloosie toujours devant. Sans jeter un coup d'œil en arrière à ses sœurs, il se mêla aux formes agglutinées qui se pressaient derrière les portes de verre dépoli. Il se dirigea vers son casier et y fourra sa parka – un anachronisme aux yeux de ses condisciples. Quand il entra dans la classe où avait lieu l'appel, Mme Stevenson buvait son thé et regardait par la fenêtre en direction de l'est, où le ciel commençait à peine à s'éclaircir. Elle vit Pauloosie s'avancer en traînant les pieds et s'asseoir. Elle reposa sa tasse sur son bureau et ouvrit son cahier.

Les filles se rendirent dans la moyenne section. Elles ouvrirent leurs casiers, situés de part et d'autre du couloir, sans

---

1. Wayne Gretzky : le plus célèbre des joueurs de hockey sur glace canadiens.

dire un mot. Celui de Justine était décoré à l'intérieur de photos de David Lee Roth, Tiffany, Michael J. Fox, Def Leppard, Poison, Bryan Adams, Madonna (inévitablement), Olivia Newton John, ABBA, the Cars, Tom Petty, Lynyrd Skynyrd, Huey Lewis and the News, Duran Duran, et The Eagles. Toutes recouvraient un assemblage plus ancien de Donna Summer, des Bee Gees, et de stars désormais démodées de la période disco.

Justine tirait ses goûts musicaux des émissions tardives de la radio. En hiver elle parvenait à capter quelques bribes des stations commerciales de Winnipeg et parfois même de Chicago. Il y avait aussi un programme sur CBC, *Brave New Waves*, qu'elle commençait à écouter tard le soir, dans son lit, quand tout le monde était endormi à l'exception de Marie toujours plongée dans un livre. Elle mettait en général un certain temps à apprécier leur musique dépouillée et souvent anglaise, mais elle possédait la réceptivité aiguë des adolescents au style cool et soupçonnait qu'elle n'aurait peut-être pas dû être aussi fan de Huey Lewis qu'elle l'était devenue.

Les origines mixtes de Justine l'empêchaient d'être totalement populaire. Ses préférences pour une musique inhabituelle la rendaient encore plus différente – mais lui donnaient une image de décontraction qui lui permettait d'exister aux marges de la popularité. Tel un centre de quatrième ligne dans une bonne équipe de hockey, elle n'était pas vraiment une vedette, mais elle existait. Les garçons auraient sûrement compris cette analogie : leurs casiers étaient également décorés de posters de Gretzky, Messier, Anderson, Lowe et Fuhr – suivant l'équipier des Oilers qui occupait la place dans laquelle jouait aussi le propriétaire du casier.

Les parois du casier de Marie étaient nues. Elle y suspendait sa parka de duvet en nylon rouge vif et plaçait ses *Chroniques de Narnia* au milieu de ses livres de classe. La quasi-popularité de sa sœur ne rejaillissait pas sur elle. Elle était plus jeune, donc moins intéressante dans l'absolu, et ne possédait ni son flegme ni son goût pour la musique populaire. Elle lisait des romans que la vieille bibliothécaire lui confiait comme des secrets. Elle était trop maigre, trop garçon manqué, et elle ressemblait trop à une Kablunauk, avec sa peau très blanche sous ses cheveux d'un noir bleuté et ses yeux gris au regard mélancolique. Dans un autre contexte, on aurait pu la trouver plus attirante que sa sœur, mais personne à la Middle School Maani Uluyuk n'avait jamais entendu parler du mouvement gothique. Et de toute façon, elle voulait passer inaperçue, qu'on la laisse tranquille avec ses livres. Ce qui ne signifiait pas qu'elle était heureuse de ne pas avoir d'amis. Mais c'était un choix.

Johanna Stevenson, la prof chargée de l'appel du matin, était arrivée l'année précédente à Rankin Inlet, à la suite de son divorce. C'était une histoire classique chez les enseignants et les infirmières – il avait fallu une impulsion assez forte pour les propulser aussi loin. Elle avait pour amie Penny Bleskie, arrivée quelques mois après elle, à peine sortie de l'université et pleine d'enthousiasme. Johanna, plus réservée, se plaisait en sa compagnie. Toutes deux se rendaient à pied ensemble à l'école le matin depuis les appartements de fonction qui leur avaient été attribués. Ce matin-là, Penny parla à son amie de l'équipage de chiens qu'elle avait acheté, de ses vêtements en peau de caribou, et du fusil qu'elle emportait avec elle à l'intérieur des terres, où elle apprenait à conduire son attelage de chiens. Le grand-père de Pauloosie lui servait d'instructeur. Johanna fut tentée de mettre le garçon au courant, histoire d'engager la conversation, mais il était allé s'installer au fond de la classe, et tous les autres enfants étaient ensuite entrés à la suite les uns des autres, si bien qu'elle avait à nouveau raté l'occasion.

Johanna aimait entendre Penny raconter ses aventures. Elle avait l'impression d'être à cheval entre deux âges de sa vie : encore trop jeune pour éprouver l'aigreur des autres enseignants divorcés, mais un poil trop âgée pour être aussi casse-cou que Penny. Peut-être même n'avait-elle jamais été assez jeune pour se montrer aussi hardie que son amie, se disait-elle, se rappelant l'histoire de Penny qui s'était retrouvée emmêlée dans les harnais de ses chiens, tous les sept roulant ensemble sur la glace, comme s'ils jouaient dans une séquence comique de *Nanouk l'Esquimau*. Elle se demandait comment Penny avait pu entrer en contact avec Emo, le grand-père de Pauloosie. Johanna avait trouvé le vieil homme inquiétant quand elle l'avait vu déambuler à travers les rayons du supermarché Northern Store. Elle prédisait que Pauloosie laisserait bientôt tomber l'école. Exactement comme tous les garçons.

La cloche sonna et les élèves se dispersèrent. Elle commençait sa journée par un cours d'anglais donné aux élèves de sixième. Ils lisaient *Les Révoltés du Bounty* de Nordhoff et Hall, un exemple des programmes scolaires officiels particulièrement éloigné de la sensibilité de ces gosses, qui assimilaient difficilement les notions de mers tropicales et d'îles polynésiennes. Elle en avait discuté avec les autres professeurs d'anglais. « Mais ces sujets sont-ils plus familiers aux enfants d'autres endroits du Canada ? avait-elle demandé. Les livres vous emmènent ailleurs. C'est leur but. »

Elle faisait la lecture à ses élèves, et les regardait sommeiller, dodelinant de la tête au-dessus de leur bureau, ou se faire des grimaces. Ces enfants… Dans les banlieues comme dans les petits villages de l'Arctique, ou ailleurs – que faire pour retenir leur attention ? Depuis dix ans à présent elle faisait la lecture à haute voix dans des classes pleines de gamins qui s'ennuyaient et elle avait appris aussi bien à dissimuler son propre désintérêt qu'à rêvasser, même debout, en racontant la frustration de Fletcher Christian en face de son capitaine. Elle rêvait qu'elle avait à nouveau dix ans, et qu'elle était allongée sur la jetée devant la maison de ses parents au nord de Toronto. La chaleur de l'été, son corps brûlant.

Après les cours, Johanna chercha à retrouver Penny, mais elle était partie, sans doute s'occuper de ses chiens. Johanna rentra seule chez elle, ouvrit la porte, ôta sa parka. Elle s'assit à la table de la cuisine, fournie en même temps que l'appartement et contempla les copies qu'elle avait à corriger ce soir-là. Elle se sentait soudain si seule. Cet espace dénudé et banal dans lequel elle vivait était à peine marqué par sa présence.

Deux gravures de Matisse au mur, et les inévitables sculptures inuits en stéatite sur la table basse. Elle vivait ici depuis dix-huit mois. Penny partie sur la banquise, il n'y avait personne dans l'immeuble qu'elle connût suffisamment pour lui rendre visite. Quand elle s'en irait, tout le monde aurait vite fait de l'oublier, elle ferait partie du long cortège d'institutrices, infirmières, mécaniciens kablunauks, qui venaient ici chercher l'aventure et retournaient dans le Sud avec une quantité d'histoires sur les autochtones et un éventail de leur artisanat exposé en bonne place. Elle regretta de ne pas avoir de vin.

D'un geste machinal, elle décrocha le téléphone et composa un numéro. Elle écouta la sonnerie retentir, deux fois, trois fois. Elle s'apprêtait à raccrocher quand elle entendit une voix et porta le récepteur à son oreille.

« Allo ?

– Salut, dit-elle.

– Salut, c'est toi.

– Qu'as-tu fait aujourd'hui ?

– J'ai vendu un pick-up Chevrolet neuf, neuf mille dollars.

– Formidable.

– Ouais, je suis dans une bonne passe en ce moment.

– Pour ce genre de chose en tout cas.

– Et toi, qu'est-ce que tu as fait ?

– J'ai écouté Penny me parler de ses virées en traîneau.

– Avec ce vieux type ?

– Non, elle essaye de s'y mettre toute seule.

– Et comment ça marche ?

– Il lui reste du chemin à faire.

– Les chiens ne lui obéissent pas ?

– C'est pas croyable. Ils sont tellement entêtés.

– Méchants ?

– Ça arrive.

– Est-ce qu'elle a un fouet, comme au cinéma ?

– Ouais.

– Dis donc. C'est une dure à cuire.

– Je commence à comprendre ce qui lui plaît dans tout ça.

– Fais gaffe, chérie.

– Tu n'aimes pas cette idée ?

– Une Johanna du Nord. Sale et sans pitié.

– Elle part seule sur la glace tous les week-ends. Le mois dernier elle a vu un ours.

– Qui nourrit ses chiens quand elle est à l'école ?

– Elle se lève à cinq heures pour aller leur donner à manger.

– Qu'est-ce qui te plaît dans cette histoire ?

– L'indépendance.

– Bon, tu ne pourrais pas l'être davantage.

– C'est vrai.

– Maintenant, en tout cas.

– Doug.

– Désolé.

– Dis, est-ce que tu sors avec quelqu'un ?

– Non.

– Tu me le dirais si c'était le cas ?

– Non.

– Pourquoi ?

– Parce que j'espère que tu en concluras que je vais me languir jusqu'à ce que tu décides à revenir.

– Que se passera-t-il si je reviens et qu'une nana partage ton appartement ?

– La nana ira se faire voir.

– Tu ne peux pas savoir à quel point ça me fait plaisir.

– Pour toi, je ferai n'importe quoi.

– Eh bien, à propos…

– De quoi as-tu envie ?

– De bien bouffer, une envie terrible, soudaine. Des poivrons rouges à l'huile, du pesto, de l'ail frais, du camembert, de la cardamome, du thym…. Des trucs comme ça. Je ne pourrai pas avaler une boîte de soupe Campbell de plus.

– Je vais aller chez David Wood's.

– Génial. Je te rembourserai.

– Dis donc, j'ai vendu un pick-up, n'oublie pas. C'est moi qui régale.

– D'accord. Tu me l'enverras en express ?

– Bien sûr. Tu es certaine de ne pas vouloir revenir ?

– Cela se pourrait si tu m'envoies du bon pesto.

– Et moi, je compte pour quoi là-dedans ? »

Victoria rentra à pied du Northern Store avec quatre sacs d'épicerie à chaque bras. Elle s'arrêtait tous les cent mètres pour soulager ses épaules. Elle s'était trouvée à court d'huile et de sauce tomate. Normalement les denrées non périssables étaient transportées en été par le chaland dans un container chargé de conserves et d'emballages sous vide, payés à l'avance, mais il est impossible d'estimer exactement les besoins d'une année, depuis les pansements adhésifs jusqu'aux petits gâteaux, et tous les ans il manquait quelque chose. Les filles avaient pris l'habitude de se préparer des spaghettis en rentrant de l'école, et il ne restait plus de sauce tomate. Et à quoi avait-elle pensé en calculant que cinq litres d'huile leur suffiraient ? En revanche, il y aurait du papier toilette pour dix ans et plus. Perspective plutôt réconfortante.

La porte d'entrée s'ouvrit d'un coup au moment où elle abaissait la poignée, et elle faillit trébucher. Elle alluma la lumière d'un coup d'épaule : à trois heures de l'après-midi le soleil se couchait et il allait bientôt faire nuit. Elle déposa les sacs sur la table et inspecta la pièce : elle avait une impression bizarre. Elle fit le tour des placards, humant l'air, scrutant chaque recoin. Elle jeta un regard méfiant dans le couloir, puis à l'instant où elle reconnaissait son odeur, vit que la porte du bureau de Robertson était entrebâillée. Il était assis à sa table, penché sur la pile de courrier accumulé pendant son absence.

« Je ne m'étais pas rendu compte que tu étais rentré.

– Tu vois, dit-il, sans lever les yeux de la lettre qu'il tenait à la main.

– Oui. »

Elle regagna la cuisine, et bien qu'il en fût ainsi depuis longtemps entre eux, elle éprouva une tristesse si familière, si profondément ancrée, qu'elle était à peine perceptible, aussi impalpable que l'air qui pénètre dans les poumons ou que le poids de sa coquille pour l'escargot.

Elle éteignit l'électricité en se retirant, et resta debout au milieu de la pièce. Tout alentour était plongé dans une obscurité presque totale. Sous la porte du bureau filtrait un mince rai de lumière – sinon, rien.

Elle alla prendre des oignons dans la réserve ; un seul sac de cinquante livres n'avait pas suffi, l'année prochaine elle en commanderait deux. Les oignons étaient mous et la plupart avaient germé. Il aurait fallu les conserver au froid ainsi que les pommes de terre. Ce n'était pas un problème en soi – il suffisait de voir les carcasses de *tuktu* empilées sur tous les toits – mais ce qui convenait aux oignons et aux pommes de terre était un endroit « frais ». Ce qui demandait davantage de réflexion, car « frais » signifiait vingt ou trente degrés de plus que la température régnant à l'extérieur de la maison. Elle tâta les bulbes, choisissant les plus fermes, et les emporta dans la cuisine, où elle commença à les émincer.

Dans l'émission de radio *La Parole est aux auditeurs,* Emeline Kowmuk se plaignait de la saleté qui régnait dans les rues. Il fallait faire quelque chose. Madeleine Makigak suggérait que certaines personnes pouvaient commencer par empêcher leurs chiens d'éventrer les sacs-poubelle de leurs voisins. Georgina Kapuk proposait que d'autres aient des poubelles en bois comme la plupart des gens. Ce qui éviterait, si un chien se détachait de sa laisse, que soient répandus dans les rues des cartons entiers de magazines dégoûtants, contenant des photos qu'elle ne voulait même pas mentionner, exposées à la vue des enfants. Emeline, j'ignore d'où viennent ces magazines, mais ce n'est pas la question, n'est-ce pas ? Nous parlons de la saleté dans les rues, et des gens qui laissent leurs chiens vagabonder à travers la propriété d'autrui et s'attaquer à leurs ordures. Emeline, c'est la saleté dans notre village dont nous parlions, et vous avez raison, cela concerne les rues et le reste. Aussi…. Parlons d'autre chose. Quelqu'un a-t-il remarqué à quel point les marées sont hautes depuis peu ?

On passa ensuite à la langue anglaise pour le bulletin d'information, et Victoria écouta attentivement le présentateur parler de la guerre au Nicaragua et des manifestations contre les armes nucléaires à Hampstead Heath en Angleterre. De la famine dans l'Ogaden. Les Canadiens de Montréal continuaient sur leur lancée victorieuse et la

Reaganomics commençait heureusement à faire de l'effet, affirmait le gouvernement.

La voix de son mari la fit sursauter.

« Oh mon Dieu, s'exclama-t-elle en inspectant l'extrémité de ses doigts, craignant de s'être blessée.

– Tu t'es fait mal ?

– Je ne crois pas.

– Je croyais que tu m'avais entendu.

– J'écoutais la radio. Tu veux quelque chose ?

– Je voulais seulement te raconter mon voyage.

– Alors ?

– Très intéressant.

– En quoi ? demanda-t-elle, recommençant à hacher les oignons. Va-t-on construire l'hôpital ?

– Il semble que oui, finalement.

– Alors quoi de nouveau ?

– Je pense qu'on va ouvrir une mine de diamants.

– Tu plaisantes.

– Pourquoi pas ?

– Depuis quand y a-t-il des diamants dans l'Arctique ?

– Figure-toi qu'on en a trouvé.

– Vraiment ?

– Oui.

– Où ?

– En haut près de la Back River.

– Hum.

– George Miller veut que j'aille les aider à Rankin.

– À quel titre ?

– Comme conseil.

– De quel genre de conseils ont-ils besoin ?

– Sur la politique locale et le reste.

– Ça ressemble à une escroquerie.

– Personne ne me demande de l'argent.

– On n'a jamais entendu parler de diamants par ici. Les diamants viennent d'Afrique.

– Et de Sibérie.

– Vraiment ?

– Ouais.

– Hum.

– Ils en ont trouvé.

– Qui est derrière tout ça ?

– Des Sud-Africains.

– Hum. »

C'est ainsi qu'ils se tenaient, lui appuyé au mur du couloir, elle lui tournant le dos, en train d'émincer les oignons, quand Marie et Justine gravirent les marches de la galerie en tapant des pieds et franchirent la porte.

« Salut, les filles », dit Robertson. Elles se montrèrent aussi surprises que Victoria à sa vue mais plus chaleureuses. Elles sourirent, en particulier Marie et, se débarrassant de leurs bottes, se jetèrent dans ses bras. Elles l'étreignirent, l'étouffant presque, de la neige dégoulinant de leurs parkas sur sa chemise et son pantalon, et il les serra contre lui, emmitouflées de duvet comme des oreillers vivants.

« C'est bon les filles, allez faire vos devoirs », dit Victoria. Et elles se dégagèrent des bras de leur père et allèrent suspendre leurs vêtements imperméables dans la galerie. Puis elles s'assirent en face l'une de l'autre à la table de la cuisine et se mirent à étudier leur arithmétique. Une minute après qu'elles se furent installées, la porte de la galerie s'ouvrit à nouveau et Pauloosie entra brusquement, frappant du pied pour faire tomber la neige de ses *kamiks* tout en passant son blouson en peau de caribou par-dessus sa tête pour l'accrocher ensuite à un clou. Son père et sa mère l'observèrent.

« Salut », dit Robertson.

Pauloosie leva les yeux, comme s'il s'apercevait seulement de la présence de quelqu'un dans la pièce.

« Comment ça va ? demanda son père.

– Ça va », répondit le garçon. Il disparut dans le couloir et on entendit le claquement de la porte de sa chambre.

« Tu dois le reprendre quand il te parle ainsi. Tu es son père, dit Victoria. Personne n'a jamais parlé à mon père de cette façon. »

Marie et Justine se regardèrent d'un air inquiet.

« Ne vous en mêlez pas vous deux », dit leur mère, et elles baissèrent la tête et reprirent leur devoir.

« Je ne vais pas l'élever comme ton père a élevé Tagak.

– C'est-à-dire ?

– Que se serait-il passé si Tagak avait répondu à ton père, en fait ?

– Ça n'est jamais arrivé.

– Je suis sûr que si, quand tu n'étais pas là.

– Tu as l'air de savoir à quoi ressemblait ma famille alors que tu vivais encore en Angleterre. »

Un sourire moqueur imperceptible flotta sur les lèvres de Justine. Mais Marie semblait toujours prise de panique quand ses parents se disputaient, presque aussitôt au bord des larmes.

Robertson quitta la cuisine d'un pas rageur. Le couteau de Victoria trancha un autre oignon – le quinzième – par petites saccades. Les filles rouvrirent leurs cahiers. Huit multiplications plus tard ; une poêlée de foie, de bacon, avec une quantité d'oignons frits ; une courte dissertation sur l'histoire du British North America Act ; une longue fable relatant la longue traque d'un carcajou – et Victoria invita sa famille à passer à table.

Robertson émergea en silence de son bureau, la tête raide et l'air furibond – le garçon ne provoqua pas son père ce soir-là. Ils mangèrent rapidement, sans parler, et l'impression de danger imminent subsista jusqu'à ce que Marie attire le regard de son père et lui fasse un clin d'œil. Dans un instant d'inattention, il s'adoucit et sa colère s'apaisa.

« Qui t'a appris à faire ça ? » demanda sa mère, consciente de la soudaine détente de l'atmosphère et cherchant à la prolonger.

« Stacey Smith, répondit Justine à la place de sa sœur.

– Qui est-ce ? demanda son père.

– Demande à Pauloosie », dit Marie.

Pauloosie devint écarlate.

« Pauloosie ? » demanda Victoria, ravie de la tournure que prenaient les choses.

Il se pencha sur sa purée de pommes de terre et se mit à manger gloutonnement.

« On touche une corde sensible, fit remarquer son père. Peut-être ferions-nous mieux de le laisser tranquille. » Soulagé, le garçon releva la tête et croisa le regard de Robertson.

« Dis donc, toi aussi tu as l'air d'avoir appris une ou deux choses de Stacey Smith, dit Marie à Justine.

– La ferme ! » glapit sa sœur.

Les quolibets fusèrent comme une pluie d'août sur un feu de tourbe. Sur les ronflements de Robertson ; la mauvaise haleine de Victoria ; les bouderies de Pauloosie. Le goût de la solitude de Marie. Les ambitions de rock-star de Justine. Les enfants s'y jetèrent à corps perdu, attirant leurs parents dans la mêlée. Ils comprenaient que c'était à cause d'eux que ces deux-là continuaient d'habiter sous le même toit ; ce qui restait de l'amour de Victoria et de Robertson était l'amour mutuel qu'ils éprouvaient pour leurs enfants. Un maigre substitut de la passion et de la tendresse, certes, mais ce n'était pas rien, et cela suffisait à les rapprocher parfois, comme en ce moment.

La vaisselle faite, Justine regagna sa chambre. Elle laissa tomber ses cahiers sur le sol et alluma sa radio à ondes courtes. C'était l'heure du programme du World Service de la BBC, *Top of the Pops*. La fin de l'ère Boy George, le déclin du groupe Culture Club qui avait dominé les classements britanniques pendant six ans. Il ne ressemblait à personne, n'avait la voix de personne, chanteur ou autre – bien qu'il eût probablement beaucoup écouté Smokey Robinson, à son avis. Et on ne pouvait éprouver pour lui ni amour ni désir, du moins en ce qui la concernait. Plus tard, quand il serait devenu un junkie obèse, elle se désolerait comme tout le monde. Mais dans sa jeunesse il était monté au firmament, et elle ne pouvait s'empêcher d'y grimper avec lui, du moins dans une faible mesure, quand il se joignait au chœur. *Brave New Waves* vint plus tard, et les Ramones et Iggy Pop et très peu de Duran Duran à cette heure-là. *Twenty, twenty, twenty-four hours to go oh-oh. I wanna be sedated. Nothing to do, no where to go-oh. I wanna be sedated.*

« Justine ! »

Elle ôta ses écouteurs. C'était Marie. Elle voulait dormir. Elle était en pyjama, et au lit. Justine éteignit la radio et la lumière.

« C'est chouette que papa soit à la maison », dit Marie.

Le garçon nettoya à nouveau son fusil avec soin, passant un chiffon imbibé d'huile dans le canon en le dirigeant vers la lampe. Les rainurages paraissaient en bon état. Il revissa la détente sur la crosse, puis replaça le canon et la culasse. Le tout s'assembla presque sans bruit. Il admira le poli de la ronce de noyer et épaula le fusil. Visa la lampe. Clic. Clic.

L'école. Dans la matinée – un examen de chimie. Clic. Pas passionnant, ni important. Clic. Son grand-père se rappelait avoir vu son propre père fabriquer un arc avec des andouillers de *turku* et du bois flotté – qu'aurait-il donné pour avoir pareil fusil à l'âge de Pauloosie ? Il pourrait sans doute se fabriquer un arc. Ce serait formidable, non ? S'approcher suffisamment pour atteindre l'animal d'une flèche. Difficile d'imaginer qu'on puisse nourrir toute une famille de cette façon. Les *umingmaks,* les bœufs musqués, étaient différents – ils ne prenaient pas la fuite, mais se mettaient en cercle en position défensive, les jeunes au milieu, comme si tous les prédateurs étaient des loups vulnérables à leurs cornes recourbées. Il aurait aimé chasser l'*unmingmak*. Clic. Il avait essayé une fois. C'était intéressant. Pas aussi chouette que la chasse au *turku,* rien n'était comparable.

« Hé ! » Victoria passa la tête dans le bureau de Robertson, des heures plus tard. Il n'avait pas réapparu pour écouter les dernières informations.

« Hé ! fit-il, sans lever la tête du formulaire qu'il parcourait.

– Les enfants sont couchés. Je vais me mettre au plumard moi aussi.

– Bonne nuit.

– Robertson ?
– Oui ? » Sans lever les yeux.
« Bonsoir. »

Il se déshabilla dans le noir, suspendit sa chemise au dossier d'une chaise et vida les poches de son pantalon, puis le plia et le posa sur le siège de la chaise avant de se glisser dans le lit. Elle était immobile, tournée de l'autre côté. Il contempla son long dos creusé d'un sillon et se souvint de ce qu'il avait ressenti la première fois.

« Victoria, murmura-t-il. Victoria ? »

Il n'aurait su dire si elle dormait ou faisait semblant. Il supposa qu'elle était éveillée. Il avait raison.

Deux semaines après avoir demandé à Doug de lui envoyer un colis de nourriture, Johanna n'avait toujours rien reçu et commençait à penser qu'il l'avait une fois de plus laissée tomber. Lorsqu'elle alla à la poste la fois suivante, elle aperçut la caisse de contreplaqué et se mordit les lèvres. De retour chez elle, elle découvrit à l'intérieur plus qu'elle ne l'avait jamais rêvé. Il y avait un jambon cru entier. Elle le déballa des couches de papier journal qui le protégeaient et le posa sur le comptoir. *Prosciutto di Parma.* Il était aussi sombre que du cassis, aussi parfumé que du fromage fumé. L'odeur qui s'en échappait ne ressemblait à rien de ce qu'elle avait senti depuis son arrivée à Rankin Inlet, des myriades de plateaux télé auparavant : il sentait le poivre et la Méditerranée, la noix de muscade, les clous de girofle et le vin rouge. « Nous apportons ici ce que nous avons de pire », avait-elle dit la veille à Penny, quand la jeune femme l'avait rencontrée au Northern Store en train d'inspecter les différentes marques de gâteaux apéritif.

Elle trouva aussi trois bouteilles de marc coincées dans les angles de la caisse, enveloppées dans de la flanelle. Dans le quatrième angle un flacon de vinaigre balsamique de quarante ans d'âge. Des truffes en conserve et un fromage entier, de l'asiago, des noix fraîches, du canard fumé et un carton de pommes Pippin de Newbury, les feuilles encore accrochées aux tiges, les fruits orange, rouge et jaune comme des pastels ensoleillés. Il y avait des boîtes en bois pleines de pignons, du gravlax, des câpres, des bocaux et des bocaux de pesto italien. Une bouteille de la taille de son avant-bras et étiquetée en croate était remplie d'huile d'olive et de poivrons rouges grillés auxquels adhéraient encore quelques fragments de peau calcinée. Des tomates séchées, du roquefort et des figues couleur chocolat. Une poche de toile remplie de basilic frais qui n'avait miraculeusement pas gelé (Doug avait mis un chauffe-chaussettes électrique à l'intérieur de la botte de basilic, puis fourré le tout dans un bonnet de laine quelques minutes avant de clouer la caisse) et du cumin, du safran, des noix de muscade, des gousses de vanille et des bocaux de piments chipotle.

Les yeux de Johanna s'emplirent de larmes tandis qu'elle sortait ces trésors les uns après les autres et les disposait sur le comptoir de sa cuisine. Elle fendit le sac qui renfermait le prosciutto, découpa une tranche mince comme un souffle, la plaça sur un morceau d'Asiago et disposa le tout sur un cracker qu'elle avait sorti d'une boîte métallique aussi volumineuse que sa tête. Elle mordit une bouchée et le goût la submergea comme une vague. Elle dut s'asseoir par terre et fermer les yeux ; elle demeura ainsi pendant de longues minutes, incapable d'avaler. Elle ouvrit les yeux et se remit à pleurer.

Penny lui avait apporté un ptarmigan deux jours auparavant et elle s'était demandé ce qu'elle pourrait bien en faire ; elle n'avait pu refuser le cadeau. Elle sortit le canard du réfrigérateur et l'examina. De la caisse elle sortit un bouquet de romarin. Elle en brisa quelques feuilles et huma le bout de ses doigts, sentant l'odeur de l'herbe aromatique se répandre en effluves puissants. Alléchée, elle hacha menu le romarin sur sa planche à découper. Quand elle eut terminé, elle examina le petit monticule gris vert puis, se déplaçant à la manière d'un peintre admirant sa composition, les yeux dans le vague, ses membres semblant suivre leur propre inspiration, elle plongea à nouveau la main dans la caisse et en retira un bulbe de fenouil, un bocal de crème épaisse et un citron.

Elle coupa le citron en deux et en frotta l'oiseau. Puis elle versa du sel dans sa main et la passa sur la chair de l'animal. Ajouta quelques tours de moulin à poivre à l'extérieur et à l'intérieur. La chair brune du ptarmigan luisait. Elle le farcit avec des quartiers d'oignon de la taille d'une cerise et frotta la surface avec le romarin haché, de la sauge et de l'huile d'olive. Elle prit une tête d'ail et éplucha des gousses aussi grosses que son pouce, qu'elle introduisit avec les oignons. Pour finir elle découpa une pomme et plaça les tranches autour du canard dans un petit plat qu'elle mit au four.

Il était tard quand sa cuisine commença à sentir la viande rôtie, la pomme et l'ail. Elle se versa un verre de marc et il était un peu plus d'une heure du matin quand elle sortit le plat du four. Au moment où elle souleva le couvercle, l'odeur lui monta à la tête. Elle se tenait comme une de ces grands-mères qu'on voit dans les aéroports, serrant un nouveau petit-fils dans ses bras, les paupières mi-closes, battant des cils. Le riz sauvage était cuit lui aussi.

Elle dressa la table avec une nappe, une assiette et des couverts. Elle plaça le ptarmigan dans un plat, disposa les pommes cuites sur le côté. Elle arrosa le tout avec le jus de cuisson, et le riz aussi. Après s'être versé un verre de marc plus généreux, elle s'assit pour manger, s'interrompant toutes les trois ou quatre bouchées pour s'essuyer les yeux.

Les Maux de l'Abondance
par le Dr Keith Balthazar

LES ONGLES

Ils sont les premiers à vous renseigner sur l'état de santé de leur propriétaire. S'ils sont vigoureux, roses et lisses, cela signifie que ce dernier est soit bien portant soit en mauvaise santé depuis peu de temps. Ils blanchissent sous l'effet de diverses maladies chroniques, qui entraînent une perte de vitalité : c'est ce qu'on appelle la leuconychie, ou plus simplement, le syndrome des ongles blancs. C'est toujours mauvais signe.

Mais ce qu'ils révèlent en réalité peut être plus spécifique. Un cancer du poumon, par exemple, provoque un renflement geckoïde du bout des doigts. Les ongles s'incurvent en forme de spatules, comme si un instinct de conservation vital cherchait à échapper aux désordres à venir mais restait coincé dans les terminaisons. L'hépatite chronique produit des effets semblables, tout comme les lésions cardiaques qui affectent la respiration et donnent une coloration bleue à la peau. C'est ce qu'on appelle des doigts en baguettes de tambour ou hippocratisme digital, et quand il est lié à des problèmes de santé, ce sont des problèmes sérieux. Mais il peut aussi n'y avoir aucune raison particulière, si ce n'est peut-être de modérer les certitudes des jeunes médecins.

Lorsque Victoria revint à Rankin Inlet, elle n'avait pas son dossier médical avec elle et il fallut attendre un an avant qu'il soit envoyé dans le Nord... Je n'avais aucun détail concernant son traitement

96

médical au sanatorium. Visiblement elle avait subi une thoracoplastie – il suffisait de la regarder. Et elle était partie assez longtemps pour avoir suivi une année et demie de thérapie antibiotique ; elle pesait un peu moins que son poids normal. Elle ne toussait pas.

Je fus parmi les premiers à remarquer son amitié pour l'homme de la Compagnie de la baie d'Hudson. À cette époque nous étions neuf étrangers à vivre au village : moi, le prêtre, le gars de la Police Montée, les trois « Bay Boys », et elle.

Elle vivait dans une sorte d'exil intérieur au sein de la communauté. Été comme hiver, on la voyait presque tous les jours marcher seule le long de la baie, silhouette droite – les religieuses et leur souci du maintien – fleurant la solitude comme un parfum.

Médecin, il vous suffit souvent d'être prudent pour prévenir la plupart des problèmes. Il n'est pas nécessaire d'établir des diagnostics précis tant que l'on sait reconnaître la présence et la gravité de l'affection. Des éruptions chez des individus en bonne santé, par exemple, n'ont pas besoin d'être traitées en urgence ; il en est autrement pour les éruptions chez des gens fiévreux. Tant que ces principes sont clairs, vous n'aurez pas besoin de vous entretenir avec les autorités locales.

Victoria s'attardait volontiers au bord de la baie, assez loin du village. Nous pouvions tous la voir. Nous la surveillions. J'étais censé suivre médicalement les patients à leur retour du sanatorium, afin de m'assurer que le traitement avait réussi. Elle me rendait visite dans mon petit bureau chaque fois que je le lui demandais, et elle se sentait en bonne santé, disait-elle, mais sans manifester le soulagement auquel je me serais attendu. Elle examinait longuement les livres sur mes rayons. Elle me demandait si j'avais quelque chose à lui faire lire. Je n'avais alors que des ouvrages de médecine, mais j'écrivis à un ami de m'envoyer des romans.

Le jour où ils arrivèrent, je partis à sa recherche, et la trouvai naturellement assise sur la plage. Je l'observai un moment pour m'assurer qu'elle était seule et n'attendait personne. Elle me regarda m'avancer vers elle.

« J'ai quelque chose pour vous. » Et elle leva les yeux vers moi, l'air déçu.

« L'Attrape-cœurs. *C'est l'histoire d'un garçon qui grandit en ville.* La Route des Indes *et* La Montagne magique. » *Je les lui tendis. Elle n'en avait jamais entendu parler. Elle parut contente.*

« *Il y en a d'autres ? demanda-t-elle.*

— Non, c'est tout ce que contenait le colis, dis-je. Quand vous aurez terminé ceux-ci, si vous le voulez, je pourrai en obtenir d'autres. »

Elle semblait attendre que j'ajoute quelque chose. J'étais gêné. Je ne trouvai rien d'autre à dire, et m'éloignai. À partir de ce moment, cependant, chaque fois que me parvenaient les questionnaires des services de tuberculose, j'inscrivais : « rétablissement normal » et ne l'ennuyais plus à ce sujet.

Les traits noirs qui suivent parallèlement le contour du doigt et se logent à l'extrémité des ongles sont des altérations qui ont pour nom hémorragies en flammèches, et ressemblent à des échardes d'acajou prises sous les ongles. Ils semblent douloureux, bien qu'ils ne le soient pas, et sont signe d'une infection cardiaque, notamment des valves. La communication entre le centre du corps et ses extrémités est surprenante : c'est l'idée maîtresse de ce livre, après tout — suivant laquelle la périphérie explique le centre. C'est aussi vrai en anatomie qu'en géographie.

Les hémorragies en flammèches se produisent lorsque de petits agrégats de bactéries et de fibrine se libèrent des valves infectées du cœur et se répandent dans les artères, se logeant à l'extrémité des ongles, où elles finissent par provoquer des lésions. Des taches apparaissent en même temps sur la rétine, appelées emboles septiques, sur les paumes des mains — les lésions de Janeway. Et sur le bout des doigts — la maladie d'Osler. Elles entraînent une dilatation de la rate et des micro thromboses dans les reins, le cerveau, les os. Mais les ongles sont presque aussi révélateurs que l'œil, témoins de ravages qui seraient sinon indécelables..

Quand la thyroïde est déréglée et que la température corporelle est trop élevée, les ongles se décollent de la matrice unguéale. C'est ce qu'on appelle l'onycholyse : les ongles se fendillent, se soulèvent, jaunissent, et prennent un aspect déplaisant à l'œil, même si certains malades atteints d'hyperthyroïdie peuvent rester indifférents ou, au contraire, s'en soucier exagérément.

Dans la lumière du nord

Lorsque de petites dépressions apparaissent à la surface des ongles, comme les marques des divots sur un parcours de golf, elles sont parfois uniquement un des symptômes du psoriasis, mais peuvent aussi être le signe d'une arthrite active et érosive. Si un patient vient vous voir avec un genou douloureux et que vous vous appesantissez sur les lésions à peine visibles de ses ongles, il vous faudra un certain temps pour le convaincre qu'il ne se trouve pas en présence d'un idiot. Mais l'information est utile, et révèle la nature de l'arthrite. La périphérie, une fois encore, joue son rôle de révélateur.

Chaque fois que j'examinais Victoria, je commençais par ses doigts. Une longue minute de silence s'écoulait tandis qu'elle me regardait inspecter les lunules de ses ongles, la texture de la matrice, les angles entre la peau et les ongles. Je gardais ses mains dans les miennes, ignorant son sourire interrogateur. Je puis affirmer avec une certitude inhabituelle de ma part qu'elle n'a jamais présenté aucun signe d'endocardite, ni de récente chimiothérapie cytotoxique. Elle pensait sans doute que ce n'était qu'une excuse pour tenir sa main pendant un moment, quelques fois par an. Elle ne manquait pas de perspicacité. Mais elle n'a jamais protesté.

Le saturnisme : imaginez le plomb des sondes qui se répand dans les profondeurs des océans, l'exposition aux canalisations de plomb, la maladie des ouvriers de la métallurgie – le plomb se dépose en traverses caractéristiques appelées lignes de Mees. L'argyria est l'affection dont souffrent ceux qui travaillent l'argent ; dans ce cas les stries et la peau deviennent bleues, ainsi que le bout du nez. La chimiothérapie met le corps en pièces de manière systémique et systématique. Elle laisse ses traces sous forme de lignes brunes parallèles.

Et à ce stade l'art admirable du diagnostic échoue sur les récifs de l'artifice. Trop de symptômes, signes et désignations à connaître : la méthode de Castell, le signe du flot, les pulsations fémorales, les bruits rétro-oculaires, le signe de Kernig, les manœuvres de Leopold – presque tous d'un intérêt purement ésotérique, limité à la poésie de leurs appellations et à l'histoire de leur évolution. Les médecins qui ne disposent pas de scanners découvrent une pathologie au moment de l'autopsie et croient qu'ils auraient pu la détecter assez tôt s'ils avaient palpé la partie inférieure du foie tandis que le patient expirait à fond. Les alchimistes possédaient des ouvrages ésotériques eux aussi, et ces livres, bourrés d'appellations et théories complexes, leur donnaient l'illusion d'être compétents.

Le Journal of the American Medical Association *publie une série d'articles intitulés* The rational clinical exam. *Les diverses techniques d'examens physiques y sont évaluées objectivement en fonction de la spécificité et de l'exactitude de leurs résultats. Dans presque toutes les circonstances, qu'il s'agisse de la précision de l'auscultation comparée à un électrocardiogramme dans le cas de bruits cardiaques, ou de l'utilité de palper l'abdomen pour diagnostiquer une dilatation de la rate, les techniques d'imagerie ont révélé que ces méthodes révérées sont malheureusement peu fiables. On pourrait se montrer cynique à propos des examens physiques, et en conclure que le plus utile pour un médecin serait de faire précéder chaque consultation d'une série d'analyses tomographiques et de partir de là. Même si l'argument est valable dans l'abstrait, aucun patient ne voudrait avoir affaire à un médecin se comportant ainsi, et aucun médecin ne voudrait être un tel clinicien. Il est nécessaire de conserver certains rites. Nécessaire de persister dans notre foi.*

L'information ne manque pas, elle s'amoncelle dans chaque recoin du monde : ésotérique ou fondamentale, honnête ou fabriquée. Mes échecs sont dus en général au fait que je n'avais pas établi de priorités, donné de poids relatif à des sources contradictoires de fiabilité variable. Mes pires erreurs viennent de là.

Mais il n'en reste pas moins que la meilleure façon pour un médecin de commencer une consultation est de serrer la main de son patient, de la garder dans la sienne, de le regarder dans les yeux et de palper entre ses doigts la texture de sa peau. Et tandis qu'il observe les opacités de la cornée, perçoit les petites lésions sur la gaine des tendons, le patient s'apaisera, se sentira moins effrayé. Tout comme le médecin. Quand la crainte disparaît, la vérité est deux fois plus apparente.

6

L'église avait été bâtie en face du château d'eau, un réservoir monumental à côté duquel tous les autres bâtiments du village paraissaient minuscules. Elle avait la chance de se trouver à l'abri du réservoir, protégée des vents d'ouest dominants. En hiver elle se dressait au milieu d'une cuvette entourée de murs de neige. Les prêtres de passage, les novices venus des États-Unis et de France, répétaient à l'envi que c'était la preuve de la faveur accordée par le Seigneur à ce bâtiment béni, mais le Père Bernard n'avait jamais recours à ce genre d'explication surnaturelle. Il avait construit suffisamment d'igloos dans la toundra pour comprendre les effets d'un obstacle sur l'écoulement de l'air et l'accumulation de la neige.

Le jour de la confirmation de Marie et de Justine, Winnie conduisit fièrement sa famille jusqu'en haut des marches de l'église. Le Père les y accueillit, en soutane, inspectant le ciel du regard. Pendant que les enfants ôtaient leurs parkas et leurs protège-pantalons, il demanda à Winnie son avis sur le temps. L'inuktitut que parlait le vieux prêtre était sans accent, plus sophistiqué et plus imagé que celui de la plupart des jeunes adultes du village. Winnie disait que ceux qui avaient fait toutes leurs études au lycée parlaient un inuktitut enfantin, accumulant des phrases toutes faites dénuées d'harmonie et de subtilité.

Mais les missionnaires âgés comme Bernard avaient étudié et pratiqué la langue dans leurs congrégations au point qu'ils savaient non seulement réciter la liturgie mais séduire une âme en inuktitut. C'était toute la différence, aux yeux de Winnie, entre la manière de penser des anciens et celle qui prévalait chez les nouveaux médecins et instituteurs. Il semblait que les nouveaux venus avaient décrété qu'ils n'avaient pas besoin d'apprendre la langue du pays, qu'ils ne resteraient jamais assez longtemps pour être reconnus, ou avoir une influence quelconque. Ils s'intéressaient davantage à l'impact que les lieux avaient sur eux, comme s'ils pouvaient être affectés par un endroit dont ils ne comprenaient pas la langue.

Tagak rejoignit son père et le prêtre sur les marches. Il était marié à une femme du nom de Catharine, qui était seule parmi les autres villageoises à aimer Victoria. Tagak écouta les hommes plus âgés discuter du temps et s'abstint de donner son opinion, qu'on ne lui demandait d'ailleurs pas. Il avait la réputation d'être un chasseur malchanceux et maladroit. Bien qu'il s'en désolât, Emo avait renoncé à parfaire les talents de son fils et s'appliquait à nourrir seul sa maisonnée.

Lorsque Catharine et leurs deux filles montèrent les marches de l'église, Tagak s'éloigna des autres hommes et conduisit en silence sa famille à l'intérieur.

Bernard avait mis trois longues années à construire son église avec des pierres qu'il avait extraites de la toundra. Il avait recruté un petit groupe d'individus pour l'aider, des marginaux de caractère difficile – mais personne d'autre ne se présentait sur le chantier le matin. Assisté de ces hommes taciturnes, il avait transporté en bateau des cargaisons entières de pierres jusqu'au site de l'église et ils les avaient hissées à mains nues sur les échafaudages, sans grues ni treuils. Alors que s'achevait la construction, d'autres hommes étaient venus se joindre à eux, tous plus bizarres les uns que les autres. Le transport des pierres en fut facilité mais le prêtre eut à calmer encore davantage de conflits, à apaiser davantage de crises. Il en conclut que la moitié de ces hommes, s'ils avaient résidé dans le Sud, auraient dû suivre un traitement psychiatrique.

Depuis le haut des marches, Bernard vit Simionie Irnuk s'approcher de l'église. Il faisait partie de l'équipe qui l'avait aidé à bâtir l'église. Simionie n'était ni instable ni excentrique dans ses propos, mais il était aussi excessif que les autres, à son avis. Il avait une méfiance profonde à l'égard des gens du Sud, refusait de parler le kablunuktitut, et tolérait le prêtre uniquement parce qu'il était nécessaire au projet et qu'il parlait couramment inuktitut. Bernard l'avait rarement vu durant les années qui avaient suivi la construction de l'église. Il en avait conclu que la foi de Simionie n'avait pas résisté au temps, ou qu'il s'était mis à boire, choses dont il avait décelé les prémisses à l'époque où ils travaillaient ensemble. Le voyant gravir les marches de l'église, suivi par un petit groupe de paroissiens plus dévots ou plus solitaires, il lui fit un signe de tête. Simionie le lui rendit. Le groupe suivit le prêtre à l'intérieur et Simionie s'assit à sa place sur un banc quelques rangées derrière Victoria et sa famille.

Victoria suçait subrepticement un Tic Tac quand elle vit Simionie franchir le porche de l'église. Ses yeux s'agrandirent, sa gorge se dilata et le bonbon à la menthe qu'elle suçait subrepticement alla se loger de travers dans son larynx. Elle s'étrangla, devint cramoisie, les veines saillant sur son front. Elle essaya en vain d'aspirer l'air et quand elle voulut parler, ne put émettre qu'un son sifflant qui semblait provenir de quelque part entre la trachée et le diaphragme. Elle eut l'impression que sa poitrine allait jaillir hors de son chemisier – mais elle sombra alors dans l'inconscience et se sentit soudain beaucoup mieux.

Au moment où sa poitrine heurtait le banc dans sa chute, le bonbon à la menthe s'échappa de sa bouche, projeté en l'air, décrivant un arc parfait. Étendue sur le sol de pierre de l'église, Victoria retrouva sa respiration dans un grand hoquet. Se poussant du coude pour se trouver au premier rang, Robertson et sa mère s'agenouillèrent pour lui prodiguer leur soins, les autres se pressant derrière eux. Lorsque la vision de Victoria s'éclaircit et qu'elle aperçut tous ces gens penchés au-dessus d'elle, elle murmura d'une voix rauque : « Jésus, Marie, Joseph. »

7

Tous les samedis pendant l'hiver, Penny Bleskie et Emo partirent dans les terres avec leurs chiens. Durant les trois premiers mois, Emo conduisit l'attelage, puis elle le relaya, suivant les contours de la Meliadine River avant de s'enfoncer dans la toundra. Elle se vantait d'avoir une carte, mais la vérité était qu'elle refusait de la déplier, préférant s'arrêter et consulter Emo aussi souvent que nécessaire pour mémoriser la configuration des lieux. Penny était originaire de l'Alberta, et son sens de l'orientation reposait sur la notion qu'une chaîne indistincte de montagnes violettes se dessinait toujours à l'ouest, repère fiable et facile. Lorsqu'elle s'égarait dans la toundra, elle était rapidement désorientée, ne savait plus où se trouvait le nord. Il lui suffisait de ne plus voir le soleil, la vallée de la rivière ou la ligne des crêtes pour se sentir complètement perdue. Le vieil homme venait alors à son secours, montrant le chemin sans hésiter. Peu à peu, au fil des semaines, elle eut de moins en moins besoin de lui demander où ils étaient.

Ce matin-là, elle s'était levée à cinq heures et à six elle était auprès des chiens, les brossait et les nourrissait. Le seul autre mouvement dans l'atmosphère provenait de la motoneige de Pauloosie, qui s'éloignait du village, scintillant dans sa course en direction du Nord. Ils étaient peu nombreux à passer une partie de leur temps dans les terres, capables de reconnaître de loin les motoneiges et les *komatiks* des uns et des autres.

Bien que leur but soit en partie d'échapper à leurs congénères, ils trouvaient rassurant de pouvoir repérer un ami dans le lointain. Une présence étrangère était si rare qu'on la suivait du regard attentivement, apprenant vite à connaître le rythme particulier du trot de son attelage, la vibration d'un pot d'échappement, le jaune délavé du capot d'une machine.

Elle enchaîna ses chiens avec ceux des chasseurs, sur la glace de la petite baie à l'orée du village. Les chiens étaient considérés comme dangereux, rien à voir avec des animaux de compagnie, et mieux valait les tenir éloignés des enfants. Des agressions avaient eu lieu ici et là dans les agglomérations alentour, et presque chaque hiver un enfant était dévoré pour s'être approché de trop près. Tout le monde savait que les chiens faisaient partie de la vie dans le Nord, et que leur proximité était à la fois normale et dangereuse. Certes ils n'étaient plus une nécessité, mais restaient toujours essentiels à l'image que les gens se faisaient d'eux-mêmes. Et pour cette raison, ils étaient toujours tolérés. Un jour viendra sans doute où seuls seront admis à Rankin Inlet des chiens de compagnie – caniches castrés et saint-bernard baveux qui sauteront joyeusement sur les canapés avec des bambins de six ans. En attendant, ces créatures menaçantes étaient repoussées toujours plus loin sur la mer. L'autre avantage d'enchaîner les attelages sur la banquise était qu'au printemps la marée emportait les déjections accumulées en l'espace d'une lunaison.

Le vieil homme avait été un instructeur efficace. Penny avait appris à mettre fin à une bagarre à force de coups de pied et à démêler les traits enchevêtrés des chiens qui se débattaient et cherchaient à mordre. Elle avait eu peur la première fois mais l'étincelle dans l'œil du vieux chasseur avait été si éloquente qu'elle n'eut plus jamais d'hésitation.

Au bout de six semaines, elle en eut assez de faire des boucles sans fin autour du village et des allers-retours jusqu'à la limite du floe. Elle supplia Emo de l'emmener plus loin dans la toundra. Il accepta sans faire de commentaire et un samedi, deux semaines plus tard, elle le suivit le long de la

Meliadine River, ses chiens haletant de plaisir en traçant leur route dans la neige profonde. Au milieu de l'après-midi il s'arrêta et la laissa le rattraper. Il l'avertit que s'ils voulaient rentrer avant le coucher du soleil, il leur fallait faire demi-tour. Elle lui répondit qu'elle ne voyait pas d'inconvénient à passer la nuit dehors. Elle avait emporté un sac de couchage dans son traîneau. Il hocha la tête et releva son frein à neige. Les chiens bondirent aussitôt en avant.

Quand le soleil commença à s'incliner sur l'horizon au sud-ouest, Emo fit halte, rejoint par Penny quelques instants plus tard. Ils ne s'étaient pas arrêtés de toute la journée et elle éprouvait une sensation d'euphorie. Ses chiens étaient heureux et épuisés, et même ceux d'Emo paraissaient contents de se reposer – elle ne les avait jamais vus comme ça. Emo sortit sa *panna* à large lame triangulaire et se mit à sonder la neige. Il trouva une congère qui lui convint et sans dire un mot commença à la découper en blocs. Pendant l'heure qui suivit, debout au centre du cercle, il monta lentement un mur en spirale. La nuit tombait vite à présent. Penny détacha les chiens et mit les traîneaux sur chant, puis apporta les sacs jusqu'à l'igloo en construction. Emo ne lui prêta pas attention. Elle le regarda travailler dans la lumière mourante, lever enfin les bras au-dessus de sa tête pour déposer le dernier bloc de l'igloo, s'enfermant à l'intérieur.

Il découpa ensuite une arche à la base de la construction, puis son pied apparut un instant plus tard dégageant la neige de l'entrée. Penny lui tendit leurs affaires et entra en rampant à la suite.

Après cette première nuit passée dehors, ils se retrouvèrent tous les samedis matin, progressant aussi loin que possible dans une direction choisie avant le coucher du soleil. Le lendemain, ils regagnaient le village. Ils mettaient toujours plus de temps au retour, en partie parce que les chiens n'étaient plus aussi frais, mais surtout parce qu'ils n'avaient pas envie de se presser.

Pauloosie arrêta sa motoneige sous le vent à quatre cents mètres des caribous, une trentaine de bêtes broutaient les

106

lichens qui perçaient sous la neige, sans même réagir au tintamarre du moteur deux-temps et au reflet du capot et du pare-brise de plastique. Le soleil brillait, doublement réfléchi par le miroitement de la neige. Il portait des lunettes d'aviateur sous son casque moulant doublé de laine, et il les releva sur son front en descendant de son engin, laissa ce dernier entre lui et les animaux, s'accroupit pour récupérer le fusil protégé par une couverture et un ciré dans le traîneau accroché à la motoneige. Il ôta ses moufles pour défaire la corde gelée qui entourait le ciré. Le nœud céda au moment où ses doigts engourdis par le froid ne lui obéissaient plus. Il renfila ses moufles et respira doucement, sentant ses extrémités revenir douloureusement à la vie. Ses yeux étaient cerclés de disques blancs. Lorsqu'il se mettait nu, il avait l'air d'avoir le visage, le cou et les mains enduits d'huile de teck, avec des rondelles de concombre sur les yeux, à l'endroit où s'appliquaient ses lunettes noires.

Sans quitter les bêtes du regard, Pauloosie ramena en arrière la culasse de son fusil puis la repoussa en avant, et abaissa le levier pour le bloquer. La balle était maintenant logée dans la chambre. Il se laissa tomber à genoux dans un mouvement de ralenti tel un héros de western et, prenant appui sur ses coudes, remonta en rampant la pente de la crête où se tenait le caribou.

Neige et roche recouvrent la toundra. Et les doutes sur ce point s'évanouissent dès la première tentative de reptation. De près, on dirait le sol d'un parking recouvert de gravier concassé ponctué par des eskers : de grandes traînées qui serpentent pendant trois ou quatre kilomètres avant de disparaître. Une couche de neige impalpable les saupoudre ici et là. Aux endroits piétinés par les caribous apparaissent des mottes d'herbe et de mousse sèches et gelées, aussi nourrissantes en apparence qu'une poignée de sciure de bois. Les animaux doivent paître sur de si grandes surfaces pour trouver la plus infime nourriture que les empreintes de leurs larges sabots marquent la moindre plaque de neige tassée par le vent.

L'hiver pour les caribous est une période de pénurie : ils ne peuvent espérer trouver autant de calories dans la mousse

107

gelée qu'ils n'en dépensent à conserver leur chaleur et à courir pour échapper aux loups. Ils subviennent à leurs besoins dans un sprint frénétique de trois mois suivi d'une longue parenthèse à regarder l'heure tourner. En été, la toundra devient un festin vert et voluptueux. Dans les creux, l'herbe monte à mi-jarret et les caribous y opèrent telles des tondeuses marchant de front. Le soleil brille pendant la plus grande partie de la journée puis le crépuscule prend le relais. Quand vient août, leurs ventres ballonnent, leurs cous sont gonflés comme des outres.

Tel est le miracle de ces animaux : capables de survivre dans un vent et un froid si intenses que la peau gèle dans l'instant, ils ne tombent pas raides morts tant qu'ils ont suffisamment à manger mais continuent obstinément à gratter le sol, raclant les pierres de leurs dents pour en détacher des brins de lichens, des tiges d'herbe, des fragments de buissons.

Grâce à cette maigre pitance et à la graisse qui enrobe leurs panses, ils survivent aux hivers, et sur cette improbabilité repose tout un enchaînement vital. Les loups les suivent, et se régalent des jeunes et des animaux blessés par des chasseurs inexpérimentés. Derrière les loups viennent les renards, qui liquident les os brisés, les restes d'entrailles et de peau laissés par les loups. Et à la suite des renards surgissent les corbeaux, dont l'endurance est aussi exemplaire que celle des rennes, seuls grands oiseaux présents toute l'année dans l'Arctique, et qui imprudemment conservent leur plumage noir dans un paysage d'un blanc uniforme. Les corbeaux survolent les hardes, guettant un moment d'immobilité dans cette mer en mouvement – un jeune mort-né, un vieux mâle abandonné.

Dernier des grands mammifères terrestres d'Amérique du Nord, le caribou vit en énormes hardes qui se dispersent et se regroupent lorsque vient le moment de mettre bas ou de quitter les pâtures d'été pour celles d'hiver : des troupeaux de cent mille bêtes qui se développent régulièrement depuis quarante ans, depuis que l'homme s'est retiré aux lisières de la toundra et que le climat se réchauffe. La population a été à son plus bas niveau durant les dernières années de la présence de l'homme dans la toundra. La famine qui sévissait alors poussa les chasseurs à se réfugier dans les petits villages. Lorsque ce mouvement atteignit le point de non-retour, le caribou réapparut, et il s'est multiplié rapidement et régulièrement depuis. Chaque journée sans gel augmente notablement le taux de survie des nouveau-nés, et les hardes offrent aujourd'hui un spectacle étonnant : des masses de vitalité dans un paysage de roche gelée.

Pauloosie sentait la toundra lui râcler le ventre, désagréablement froide et rugueuse. Il gardait son fusil à son côté tout en rampant comme son grand-père le lui avait enseigné, la mire tournée à l'intérieur et protégée par son bras, le canon reposant dans le creux de son coude. Il observait les caribous, s'immobilisant au moindre tressaillement ou signe d'anxiété.

Quand il fut suffisamment près, il s'arrêta, approcha la crosse de son visage, à hauteur de joue, les coudes enfoncés dans des creux entre les rochers. Prenant sa respiration, il leva lentement le fusil et le cala au creux de son épaule, puis il regarda le mâle le plus gros venir vers lui. Et. Enfin. Un moment d'hésitation. Il essaya de garder son calme. *Pan.*

Raté. La balle ricocha sur un rocher et siffla dans l'air. Les caribous sursautèrent et d'un même mouvement tournèrent la tête dans la direction du projectile, à l'opposé de Pauloosie. Ce faisant, ils se rapprochèrent de lui. *Pan.* Raté à nouveau. Les caribous firent un écart tandis que Pauloosie introduisait une autre balle dans la chambre, puis abaissait la tête à hauteur de la mire et visait approximativement un gros mâle qui s'était placé en travers de lui, regardant de tous les côtés. Retenant sa respiration, il rata son coup encore une fois. Comme s'il comprenait soudain d'où venait le danger, l'animal se rua vers le bas de la colline, à angle droit de l'endroit où se trouvait Pauloosie, qui se redressa sur ses genoux et tira à nouveau, raisonnant comme un joueur – cette malchance devait finir par cesser. Il manqua à nouveau sa cible. Il fourra la dernière balle dans le fusil et, négligemment, comme animé d'une arrière-pensée, tira en direction

109

du troupeau de caribous, qui détalaient maintenant, s'élançant comme s'ils étaient en suspens dans l'air, pattes à l'horizontale dans le prolongement de leurs corps, leurs sabots soulevant des gerbes de neige jusqu'à la hauteur de leurs têtes. L'un d'eux s'écroula, puis se redressa d'un bond et poursuivit sa course avec les autres.

Une partie de lui-même cherchait à se persuader que la bête avait simplement glissé sur la neige et repris son équilibre aussitôt, rebondissant sur ses pattes avant de rejoindre le troupeau lancé à toute allure, et de disparaître derrière une crête, alors que lui-même restait planté là, se maudissant d'avoir tiré ce dernier coup au jugé. Il regagna sa motoneige, la fit démarrer et se lança à leur poursuite.

Au sommet de l'esker, Pauloosie s'arrêta. Les caribous se trouvaient à cinq cents mètres à présent, et couraient toujours, tous groupés. Il fit pivoter sa machine face à la pente qu'il avait gravie et dévala l'esker jusqu'à la vallée. Quand il atteignit le plat où il les avait aperçus pour la dernière fois, il ne vit rien d'autre que des traces qui se dirigeaient vers une autre crête à un kilomètre de là. Il les suivit.

Trois heures plus tard, il prit conscience de l'obscurité grandissante autour de lui et s'aperçut que dans son obstination à retrouver le mâle qu'il avait tiré, il avait plus ou moins perdu ses repères. Il savait vaguement qu'il se trouvait à l'ouest du village et au nord de la Meliadine River – peut-être à une distance de quatre-vingts kilomètres. Mais il était quatre heures de l'après-midi et le jour déclinait.

Il arrêta la motoneige. Il ouvrit son sac d'où il tira sa *panna* en acier et se mit à décrire des cercles de plus en plus larges autour de sa machine, testant la neige à intervalles réguliers. Lorsqu'elle lui parut suffisamment tassée, il en découpa un petit bloc. Cela ferait l'affaire, pensa-t-il. Il avait observé comment s'y prenait son grand-père, mais ne s'y était jamais essayé lui-même. Il se remémora les gestes du vieil homme pour assembler les blocs, les placer autour de lui, les découper de manière à édifier une spirale ascendante. Le soleil s'inclinait déjà sur l'horizon quand il s'aperçut que son igloo prenait la forme d'un cornet de glace à l'envers. Il s'efforça d'incliner davantage ses blocs de neige au fur et à mesure qu'il se redressait, mais sans parvenir à obtenir une sphère. Lorsque les parois se rejoignirent, ses bras étaient tendus au maximum. Il s'accroupit dans l'espace sombre, tâta la paroi en face de lui, et trouva un joint. Il découpa une ouverture de la largeur de ses épaules et sortit dans le crépuscule. Il alla prendre son sac sur le traîneau et rentra en rampant à l'intérieur de l'igloo. La place n'était pas suffisante pour qu'il puisse étendre son sac de couchage et il s'assit dessus, la tête posée sur ses genoux. Il avait eu très peur. Il se sentait mieux maintenant.

Le vendredi soir, Penny n'avait pas téléphoné au vieil homme pour discuter du temps et arranger un rendez-vous. Après son dîner habituel de poisson fumé et de riz, elle s'était glissée dans son lit à huit heures et s'était endormie. Le lendemain, dans le crépuscule pourpre et glacé du petit matin, elle partit voir ses bêtes. Un concert de jappements accueillit son arrivée, repris en chœur par les attelages voisins. Bientôt toute la baie s'emplit de l'écho des hurlements des chiens qui bondissaient vers le ciel en tirant sur leurs chaînes, dans un air si froid qu'il semblait se fracturer à chaque glapissement.

Elle fit rapidement le tour des collines qui dominaient la baie, courant à côté des chiens qui faisaient crisser la neige si sèche et légère sous leurs pattes que le traîneau semblait presque flotter à la surface. Ils se déplaçaient sans effort dans l'obscurité, plus contents dans ce froid que s'il avait fait dix degrés de plus, se sentant capables de courir indéfiniment à ce rythme s'ils en avaient le choix, ou si cette femme qui allait à leur côté décidait pour une fois de ne pas rebrousser chemin, de poursuivre vers l'horizon et l'univers qui s'étendait au-delà, sans plus jamais revenir à la longue et lourde chaîne prise dans la glace aux deux extrémités, entourés d'un déploiement déconcertant d'odeurs et de congénères belliqueux et mal dressés.

Deux heures plus tard Penny courait toujours en se demandant s'il était normal de se sentir aussi légère. L'excitation des chiens s'était répandue dans l'air, pénétrait la croûte de gelée blanche qui adhérait au capuchon de sa parka, s'infiltrait dans ses poumons et son système sanguin. Elle se rappela qu'elle devait surveiller l'heure pour s'assurer de faire demi-tour suffisamment tôt dans la journée. Les chiens désiraient précisément le contraire, et une lutte s'engagea pendant leur course, ses compagnons désireux de la voir mettre en veilleuse sa prudence instinctive, allonger sa foulée et accélérer l'allure en même temps qu'eux, aller d'une crête à la suivante. Le ciel s'éclaircissait au sud-est et on distinguait sans peine certains repères. Penny constata avec étonnement que tout lui était plus facile quand elle était seule avec ses chiens intempestifs et audacieux, accompagnée de leurs encouragements téméraires, sans se reposer sur l'expérience d'Emo. Elle conservait constamment sa position dans un coin de son cerveau – comme fixée derrière son oreille gauche – et ne se demandait jamais où elle était.

Puis elle franchit une crête et vit une motoneige étinceler à l'horizon. S'approchant, elle reconnut la parka du vieil homme. Sa machine était de très loin la plus vieille du village et elle ne l'avait jamais vu l'utiliser. Elle craignit qu'il fût parti à sa recherche et se prépara à s'excuser. Elle venait de tirer sur son frein à neige quand il lui demanda si elle avait vu quelqu'un à l'intérieur des terres, des traces quelconques. Elle répondit qu'elle n'avait vu personne, et il lui dit que son petit-fils, Pauloosie, le garçon qui était dans l'une des classes de Johanna, n'était pas rentré de la chasse la veille au soir.

Les chiens de Penny remarquèrent avant elle le monticule qui se détachait à l'horizon. Elle les laissa suivre la direction qu'ils avaient décidé d'emprunter. Elle vit que la motoneige avait son capot ouvert, le moteur à l'air libre. Non loin se dressait une version d'un igloo digne du Greco, conique plutôt que sphérique, ridiculement haut et étroit.

Elle y passa la tête. Dans la pénombre elle aperçut une silhouette immobile recroquevillée contre la paroi. Elle tendit la main – et Pauloosie remua et roula sur le côté. « Bonjour, dit-elle. Ça va ?

– Ma motoneige ne démarre pas.

– Je peux te prendre avec moi.

– Ce serait super. »

Elle sortit à reculons du petit igloo et il la suivit. Ils se redressèrent ensemble. Il était plus grand qu'elle et c'était la première fois qu'elle lui voyait un tel sourire.

« Ton grand-père s'inquiète.

– Je sais.

– Il est parti à ta recherche.

– Je pensais que ce serait lui qui me trouverait.

– Je ne m'étais jamais aventurée seule dans les terres auparavant.

– Moi non plus.

– Tu sais au moins construire un igloo.

– Si on peut appeler ça un igloo.

– Il t'a tenu chaud.

– Pas tellement.

– La nuit a dû te paraître longue.

– Je n'ai pas beaucoup dormi jusqu'à ce qu'il fasse moins froid ce matin.

– Probablement une bonne idée.

– Pas vraiment une décision. Ce n'était pas très confortable.

– J'aurais eu une frousse de tous les diables à ta place.

– J'étais sûr que mon *attatatiak* viendrait me chercher. »

Pauloosie s'installa sur le traîneau et Penny fit démarrer l'attelage. « Ho, ho, ho », cria-t-elle, dirigeant les chiens vers la gauche, en direction du village.

« Tu sais quoi ? » lui cria Pauloosie.

Elle enclencha le frein à neige et arrêta les chiens pour mieux l'entendre.

« Quoi ?

– En fait, on dit plutôt Hé, hé, hé.

– Merci de l'information.

– J'ai pensé que tu aimerais le savoir.

– Ton igloo là-bas, il paraissait drôlement confortable.

– C'était ce que j'avais prévu. »

Elle lui rendit son sourire et poussa un grognement à l'adresse des chiens, qui s'élancèrent en bondissant.

Ils retrouvèrent Emo au bord du lac à cinq kilomètres à l'ouest du village. Il avait vu deux silhouettes courir à côté du traîneau, et lorsqu'ils arrivèrent son inquiétude avait déjà cédé la place à une colère froide, à peine décelable.

« Salut, Emo, dit Penny.

– Salut, répondit le vieil homme sans la regarder, s'adressant plutôt à son petit-fils, qui contemplait ses pieds.

– Sa machine est tombée en panne. Cela peut arriver à tout le monde.

– Monte, mon garçon. » Emo indiqua sa motoneige d'un signe de tête, peu disposé à discuter de la conduite de son petit-fils avec une Kablunauk, en particulier avec celle-ci.

« Merci, Miss Bleskie », dit Pauloosie, et il s'installa sur la motoneige.

Emo tira sur le démarreur. Le moteur toussa, mais ne démarra pas. Il leva les yeux vers Penny. L'intimité qui s'était développée entre eux durant l'hiver s'était évanouie comme une traînée de neige. Il tira une deuxième fois. Avec succès. Il lui fit un signe de tête. Le garçon l'imita. Ils partirent dans un grondement.

8

Le Dr Balthazar monta d'un pas lourd les marches qui conduisaient à la cuisine de Robertson et Victoria. L'ébranlement du plancher parvint jusqu'aux oreilles de Victoria dans la salle de séjour et elle sut aussitôt qui venait lui rendre visite. Quand elle alla l'accueillir, elle trouva Justine qui l'avait précédée et ouvrait largement la porte. L'air glacial pénétra dans la maison.

« Victoria, je suis heureux de vous revoir, dit Balthazar. J'espère que je n'arrive pas trop tôt.

– Vous êtes juste à l'heure, Keith.

– Votre maison est très agréable », dit-il derrière elle tandis qu'elle allait dans le garde-manger pour y puiser des pommes de terre dans un sac de toile.

« Nous avons fait le ménage toute la journée, fit remarquer Justine.

– Cela se voit. » Balthazar adressa à l'adolescente un de ses grands sourires en coin qui lui attiraient l'affection de ses jeunes patients malgré les doutes de leurs aînés.

« Robertson est-il là ? demanda Balthazar.

– Papa va arriver d'une minute à l'autre », répondit Justine, et elle disparut dans sa chambre au fond du couloir. Victoria se mit à éplucher les pommes de terre. Elle ouvrit le four pour jeter un coup d'œil au rôti et le referma. Le fumet de la viande se répandit dans l'air.

« Comment va Pauloosie ?

– Encore un peu choqué, je pense, bien qu'il ne veuille pas l'admettre. Mon père a plus de mal à s'en remettre.

– Imaginer son enfant égaré dans la toundra est une expérience terrifiante pour les parents.

– Bon, cela arrive à tous les fils, un jour ou l'autre. Je me demande si nous n'avons pas exagéré. Pauloosie prétend qu'il ne s'est pas perdu, mais que sa motoneige est tombée en panne et qu'il était tard. Il s'est construit un igloo et y a passé la nuit sans problème.

– Il n'a pas tout à fait tort.

– Quand même. J'étais horriblement inquiète.

– Et les filles ?

– Justine ne cessait de répéter : "Je ne vois pas pourquoi tu t'en fais autant. Il est dans les terres. Il sait ce qu'il doit faire."

– Il est normal de s'inquiéter.

– Les enfants et moi sommes des Inuits, avant tout. La toundra ne devrait pas être la chose la plus effrayante du monde pour nous.

– Pauloosie a dix-sept ans, Victoria.

– Mon grand-père en avait quinze quand il s'est marié.

– C'était une autre époque.

– Peut-être ne devrait-elle pas être aussi différente.

– C'est ce que pense Pauloosie.

– Oui.

– Qu'est-ce que les filles voudraient faire plus tard, d'après vous ?

– Justine voudrait être Pat Benatar[1]. Marie voudrait simplement être Justine. Qui sait ?

– C'est charmant.

– Pas le matin. » Et elle fredonna un morceau de *Love is a Battlefield*. « Et vous, comment va votre famille ?

– Tout le monde va bien. Ma mère a pris sa retraite dans l'Arizona, et mon frère s'est installé à Newark avec femme et enfant. Je suis heureux qu'il soit près d'ici – je suis très pro-

---

1. Pat Benatar : chanteuse américaine de hard rock des années 70.

che de ma nièce, Amanda. Je vous en ai déjà parlé, elle est un peu plus âgée que Justine.

– Et votre livre ? Où en êtes-vous ? »

Balthazar fit une grimace. Personne d'autre au village, à l'exception du Père Bernard, ne lui aurait posé la question. Il tenait un journal dans lequel il relatait ses journées – surtout d'un point de vue médical. Cette habitude faisait l'objet de discussions dans la petite communauté parce qu'il refusait d'en parler. Étant donné sa réputation, la question dominante était : que peut-il avoir à raconter ?

Ce n'était pas tout à fait l'avis de Victoria, mais elle savait qu'elle bénéficiait d'une certaine indulgence de sa part à laquelle les autres n'avaient pas droit, et elle ne pouvait s'empêcher de le taquiner. Bien que cela fût loin de lui déplaire, il éluda la question.

« Avez-vous refait les peintures depuis ma dernière visite ? »

Elle sourit. « Non. »

La porte s'ouvrit et Robertson pénétra dans la pièce, abaissant la fermeture à glissière de son coupe-vent en nylon. Il était connu dans le village pour porter ce blouson léger par tous les temps. Il avait raconté à Victoria qu'il étouffait dans des vêtements trop épais, mais elle le soupçonnait de vouloir se donner l'image d'un homme capable de supporter le froid quand rien ne l'y obligeait. Comme un architecte qui inspecterait un chantier en costume-cravate. C'était le sujet de conversation pratiquement obligé et Balthazar s'en empara.

« Seigneur, Robertson, je ne comprends pas comment vous n'êtes pas transi par un froid pareil. »

Robertson le regarda tout en délaçant ses chaussures. « Ravi de vous voir, Keith. Cela fait une paye.

– Oui. Presque un an. »

Robertson se releva et tendit la main. Balthazar la serra.

« Les enfants ! C'est servi ! cria Victoria.

– Hello, Marie, dit Balthazar au moment où les filles entraient dans la pièce.

– Hello », répondit-elle sagement.

Pauloosie les suivit, avec un temps de retard bien marqué.

« Bonsoir ! fit Balthazar en hésitant.

– 'Soir ! », dit le garçon, et il s'affala sur une chaise. Les enfants connaissaient suffisamment le médecin pour ne pas se donner la peine de faire des manières.

Justine récita le bénédicité. Victoria plaça le rôti devant Robertson, qui le découpa pendant que les filles se servaient de pommes de terre et de légumes. Robertson poussa le plat au centre de la table. Chacun des enfants le rapprocha de son assiette et prit plusieurs tranches. Robertson émit un tss-tss désapprobateur à la vue de leurs manières mais ne dit mot.

« Comment ça va au dispensaire, Keith ?

– Oh, très bien. Tous les ans un peu plus de travail, naturellement. Mais les infirmières sont épatantes.

– Je crois que les crédits pour l'hôpital vont enfin être débloqués.

– Je ne sais même pas s'il faut l'espérer. Vingt millions de dollars pour la construction, dit-on, sans parler des frais de personnel.

– Pourtant, il y a des choses qui arrivent. »

Balthazar décela une insistance dans la voix de Robertson qu'il n'avait pas remarquée précédemment quand ils avaient évoqué ce même sujet. Il leva les yeux. « Qu'avez-vous appris ?

– On dit qu'ils seraient prêts à signer un contrat au cours des six prochains mois.

– En combien de temps pourrait-on le construire ?

– C'est plus une question de financement qu'autre chose. Le gouvernement a accepté de couvrir les frais de fonctionnement, mais ils prétendent qu'ils ne peuvent prendre en charge la construction, ce qui vaut mieux. L'hôpital pourrait être terminé en un été une fois les fonds réunis.

– Y a-t-il de bonnes raisons de penser que ce soit le cas ?

– Oui.

– Pourquoi ?

– Je ne peux pas encore le dire. » Seul un bruit de mastication remplit le silence qui suivit. Robertson regrettait d'en

118

avoir dit autant. Balthazar était troublé par la certitude qu'il affichait.

Robertson tenta d'amener la conversation sur des aspects médicaux. « D'après vous, combien de lits faudrait-il ? »

Balthazar mâcha lentement avant d'avaler. Il regarda Victoria. « En vérité, je ne crois pas qu'un hôpital changerait les choses ici. Je sais que tout le monde pense le contraire, mais il faudra toujours transporter les gens par avion pour les interventions chirurgicales, les scanners, ce genre de choses. Nous ne pourrons traiter localement qu'un petit nombre d'affections : des cas de bronchiolite et de diphtérie, peut-être, et des pneumonies. Mais trouver du personnel sera un gros problème : nous avons déjà du mal à recruter suffisamment d'infirmières. Comment ferons-nous pour en faire venir le double ? »

Robertson coupait sa viande tout en écoutant. « Pourquoi les petits villages du Sud ont-ils leurs propres hôpitaux et pas nous ? Les gens n'ont pas à faire huit cents kilomètres pour se rendre à l'hôpital le plus proche.

– Je sais.

– C'est tellement difficile de réaliser quelque chose de nouveau ici.

– Si vous le dites.

– Qui peut se sentir menacé par un hôpital au point d'en faire toute une histoire ? Je peux comprendre que les gens s'opposent d'instinct à toutes les mines et exploitations de ressources naturelles, mais un hôpital ?

– Les hôpitaux paralysent une politique de soins. Ils assèchent tout l'argent d'un seul coup et semblent apporter une solution à tous les problèmes, alors qu'il n'en est rien.

– Keith, écoutez-moi. » Lorsque Robertson s'enflammait, son accent du Northumberland prenait le dessus. « Vous pourriez avoir un peu plus d'influence sur ce sujet que vous ne l'imaginez. Votre avis pourrait être pris en considération. C'est pourquoi vous ne pouvez pas vous payer le luxe de vous retrancher derrière votre timidité naturelle. »

Balthazar rougit. « On peut voir les choses ainsi en effet.

– Bon, les interrompit Victoria, qui veut se resservir ?

– Moi », dit Pauloosie. Il regarda le médecin. « Vous dites que la construction de l'hôpital obligera davantage de Kablunauks à venir vivre ici.

– Oui.

– Combien ?

– L'hôpital de Churchill emploie cent personnes, depuis les employés de l'entretien jusqu'aux médecins.

– Cent emplois, dit Robertson, plutôt qu'être assisté par le gouvernement.

– Ces gens viendront donc s'installer ici et il faudra les loger ?

– Oui.

– Et qui fournira les logements ?

– L'hôpital sera obligé de faire certains arrangements en complément du recrutement, dit Robertson.

– Pourquoi ne construisent-ils pas les cent maisons tout de suite ? Il y a des gens qui en ont besoin.

– C'est compliqué, répondit Balthazar, le nez dans son assiette.

– Ce n'est pas tellement compliqué, répliqua Robertson, en se tournant vers son fils. On a besoin de maisons. On a besoin de l'hôpital. On a besoin d'argent pour payer les travaux.

– Il est temps de passer au dessert », annonça Victoria.

9

Deux semaines plus tard, Balthazar descendit en trébuchant d'un taxi devant son appartement de Yonkers. Il s'était habillé tôt dans la matinée à Rankin Inlet, et s'était peu à peu débarrassé d'une partie de ses vêtements dans l'avion ou dans les toilettes des aéroports au fur et à mesure que la latitude diminuait. À présent, il portait son pull sous son bras, une paire de chaussettes de laine roulées dans sa poche, et une veste légère sur l'épaule. Il avait abandonné son caleçon long à Winnipeg, dans une poubelle destinée aux serviettes en papier. Quand il sortit du taxi, sa chemise était largement ouverte et de larges auréoles de transpiration marquaient le dessous de ses bras.

C'était l'été en ville, et une pluie fine et chaude tombait régulièrement. L'eau fumait au contact du trottoir, charriant la poussière hors des ruelles en une mélasse orange de mégots et de capsules de bouteilles de soda. L'air, pourtant, était complètement lavé ; il aurait empesté la pourriture sinon.

La parka doublée de fourrure de Balthazar, qui dépassait de son sac de voyage, attira l'œil du chauffeur, et l'odeur de ses *kamiks* en peau de phoque non tannée enfouis dans les bagages monta à ses narines tandis qu'il aidait son client à décharger. Balthazar paya la course, donna vingt dollars de pourboire, et tira sa malle jusqu'à l'entrée de l'immeuble à l'abri de la pluie. Le portier sortit de son bureau en s'excusant. Samuel Tillman était habitué à Balthazar et à ses voyages. Il porta la malle dans l'ascenseur. Pendant la montée, il examina l'attirail du médecin. « Quelle température fait-il dans le Nord en ce moment ? demanda-t-il, une sorte de rituel entre eux.

– Moins vingt-cinq.

– Seigneur !

– Ce n'est pas si terrible. La température se réchauffe de jour en jour.

– La clim ne fonctionne plus chez moi et je n'ai pas pu fermer l'œil depuis trois jours. Qu'il fasse moins vingt-cinq ne me dérangerait pas tellement.

– C'est plus facile d'avoir chaud là-bas que de trouver de la fraîcheur par ici.

– Je veux bien le croire. »

Arrivés à l'étage, ils s'avancèrent jusqu'à la porte de l'appartement, titubant, trébuchant et se cognant sous le poids des bagages.

« Vous n'avez jamais pensé à acheter un de ces trucs à roulettes ? demanda Balthazar.

– Pour qu'on puisse se passer de moi ? »

Balthazar fouilla dans sa poche à la recherche de ses clefs – qui n'avaient pas servi depuis trois mois. Quand il eut ouvert la porte, il donna à Tillman un billet de vingt dollars et ils posèrent la malle sur le tapis de l'entrée. Il attendit que l'homme se fût éloigné pour tirer le tapis suffisamment loin de la porte afin de pouvoir la refermer, puis laissa tomber tous ses paquets en tas sur le sol.

Le médecin jeta un regard circulaire autour de lui. Il était manifestement pressé lorsqu'il avait quitté l'appartement la dernière fois. Un monceau de magazines et de lettres avait dégringolé de la fente de la boîte à lettres. Il y avait des toiles d'araignées aux encadrements de fenêtre et des insectes morts éparpillés sur le parquet. Il se pencha sur la montagne de courrier – des magazines de décoration et des journaux médicaux mêlés à des prospectus. Ici et là des lettres personnelles, qu'il ramassa. Une facture égarée – la plupart avaient été payées à l'avance, mais chaque fois qu'il se rendait dans le Nord il oubliait quelque chose. Il chercha à repérer les derniers avis avant poursuite.

Tout en se dirigeant vers la salle de bain il se débarrassa de ses vêtements. Il ouvrit les robinets et laissa couler l'eau pour éliminer la couche de poussière qui s'était déposée dans la baignoire. Puis il la remplit d'eau froide et s'y plongea, inondant presque la pièce. Pour la première fois depuis qu'il avait quitté Rankin Inlet, il eut la sensation de pouvoir réellement souffler.

Après son bain, encore ruisselant, il regagna sa chambre et sortit de la commode des vêtements propres dont le tissu lui parut étrangement souple après la flanelle, une chemise de coton et un pantalon de lin d'un tombé léger. Il enfila une paire de mocassins, et, ramassant au passage les lettres qui lui parurent les plus intéressantes, il sortit dans la nuit. Il était presque minuit et il y avait toujours autant d'animation.

Au Burger King en bas de la rue – après avoir dévoré plusieurs Whopper au fromage et à l'oignon – il s'appuya au dossier de sa chaise et contempla l'obscurité par la fenêtre. Il n'y avait aucune étoile dans le ciel, aucune aurore boréale, seulement un sombre néant suspendu au-dessus de lui et des dix millions d'êtres humains qui l'entouraient.

Son frère, un professeur d'anglais de Newark, lui avait écrit, l'invitant à venir voir sa nièce. Il semblait persuadé a) que l'on faisait suivre son courrier dans l'Arctique, b) que le téléphone n'existait pas là-haut. Balthazar ne comprenait toujours pas comment une telle distance s'était établie entre eux. Il faudrait qu'il s'en explique avec sa mère, qu'il lui demande si elle en connaissait la raison. Mais il avait oublié de la prévenir qu'il repartait dans le Nord la dernière fois, d'où la quantité de cartes postales provenant de sa résidence de retraités en Arizona, lui reprochant de ne pas répondre à ses appels. Son père vivait à Seattle et n'avait pas écrit depuis plusieurs années. Dans une de ses cartes, sa mère demandait à Balthazar s'il avait de ses nouvelles. Ils étaient mal partis, se dit-il, s'il était devenu le ciment censé les réunir.

Simionie prit la bouilloire sur le poêle et versa l'eau bouillante dans un quart, un cylindre d'aluminium noirci par des années de fumée et de résidus de thé. D'ailleurs le thé y prenait un goût de feu de bois. Il le remua avec son couteau pendant qu'il infusait, les yeux fixés sur les sachets qui tournoyaient dans l'eau. Victoria l'observait, regardant le nuage de vapeur monter dans l'air glacial, éclairé par le mince rayon de lumière oblique filtrant par la fenêtre.

Ils parlaient en inuktitut, et les consonances palatales des mots clapotaient doucement contre les parois de la cabane. Simionie lui racontait l'histoire de sa grand-mère, celle qui avait disparu en mer. « Elle marchait avec son premier mari dans la toundra au sud de Repulse Bay quand il avait glissé sur une pierre et s'était cassé la cheville.

« Elle l'a porté sur son dos deux jours durant, s'arrêtant tous les six mètres, puis elle n'a plus eu la force de le soulever. Il s'est efforcé de se mettre debout et de marcher mais l'état de son pied empirait d'heure en heure, jusqu'à devenir noir. Elle est restée près de lui jusqu'à la fin. Ensuite elle a marché jusqu'à la côte et a trouvé le camp de pêche de son oncle. Elle a dit qu'elle ne s'en était jamais remise. »

Victoria hocha la tête et il versa le thé dans leurs gobelets. Il ajouta du lait condensé, un peu de sucre maculé de taches de mouches, lui tendit le sien et s'assit à côté d'elle sur le banc sous la fenêtre.

Elle dit : « Mon grand-père assistait autrefois le Dr Moody à Chester Inlet. Un jour un garçon est venu au village chercher Moody, et il est reparti sur le traîneau de mon grand-père, et leur a indiqué l'igloo où sa mère accouchait. L'enfant se présentait par le siège, et était coincé. Je crois qu'ils ont fini par sortir le bébé, mais l'utérus de la femme était tellement endommagé qu'il ne pouvait plus se contracter et qu'elle a continué à saigner jusqu'à en mourir. Mon grand-père a dormi avec l'enfant sur sa poitrine cette nuit-là, et l'a ramené au village. Il a proposé de l'élever, mais il avait de la famille et ils ont voulu le garder. Il habite à Chesterfield Inlet à présent, Okpatayauk Iqapsiak – as-tu entendu parler de lui ?

124

– Il s'est installé ici il y a quelques semaines. Maintenant il vit avec Elizabeth Angutetuar.

– C'est vrai ?

– Ouais.

– Nos parents doivent nous prendre pour des enfants. Avec nos vies si faciles aujourd'hui.

– Pas faciles.

– Quoi alors ?

– Favorisées. » Simionie fit tourner son gobelet, observant le fond de son quart.

« Ils se trompent.

– Vraiment ?

– Ce sont eux qui ont de la chance. Ils vivent confortablement à présent, mais ne sont pas dépendants de ce confort.

– Il n'y a qu'une génération qui peut être comme ça, cependant.

– Oui.

– Tu veux encore du thé ?

– Oui, s'il te plaît. »

La petite cabane était maintenant tellement embuée que la lumière s'y diffusait comme dans un aquarium. Simionie alluma une cigarette, accentuant l'effet sous-marin. Ils rirent. Puis Victoria lui demanda de l'éteindre de crainte que l'odeur demeure. Il s'exécuta et ils cessèrent de rire.

Robertson souleva Marie du chesterfield, où elle s'était endormie en regardant *Hockey Night in Canada*. Les Canadiens de Montréal avaient battu Pittsburgh et tout était pour le mieux dans le meilleur des mondes. Elle s'était mise à respirer plus bruyamment à la troisième période. Victoria et Justine étaient allées se coucher depuis longtemps et Pauloosie était parti dans la toundra avec son grand-père qui lui apprenait à construire correctement un igloo. Ému par l'effort de sa fille pour lui tenir compagnie, Robertson éteignit la télévision et la regarda respirer pendant un long moment. Se penchant pour l'embrasser, il s'immobilisa pour sentir son haleine, fraîche et parfumée. Pourquoi l'haleine des enfants ne s'imprègne-t-elle jamais de ce qu'ils ont mangé ? Il jeta un coup d'œil au sachet de chips à la tomate sur la table basse à côté d'eux.

Il la porta dans le couloir, passa devant la chambre de Victoria, devant la tanière malodorante de Pauloosie (ils devaient lui parler, lui demander ce qu'il conservait ou faisait sécher dans sa chambre) et ouvrit la porte avec son pied. Allongée dans son lit, le visage tourné vers le mur, Justine respirait doucement. Il coucha Marie et remonta la couverture jusqu'à son menton. Elle se mit sur le côté et toussa légèrement. Il lui toucha la joue. Il sentit quelque chose d'humide sur son doigt. Malgré l'obscurité, il sut que c'était du sang.

10

Robertson détestait ce qu'il avait à faire, et il détestait l'endroit où il devait le faire. L'horizon gris de Toronto s'étendait par-delà l'aéroport dépourvu de tout contour et de toute texture, hormis l'asphalte, une brume jaune, et les alignées d'arbres fournis par les pépinières et régulièrement remplacés. Il avait débarqué ici en 1967 quand il avait immigré, et avait séjourné une semaine dans une pension située dans Bathurst Street. À chacun de ses entretiens avec les fonctionnaires de l'Immigration, on lui avait recommandé de venir s'installer en ville, c'était là qu'était l'avenir, les emplois, les carrières. Robertson avait regardé ces hommes. Comment pouvaient-ils être aussi entichés de leur pays ? Toronto lui rappelait étrangement les villes du nord de l'Angleterre après la guerre, indifférentes, mornes, fermées, avec des bars qui se vidaient à onze heures du soir. Il n'avait eu qu'une envie, s'en échapper.

C'était différent aujourd'hui, un peu plus chaque fois qu'il y revenait. Dans les années 1970, l'immigration avait explosé. La ville était devenue plus colorée, moins mélancolique, des odeurs de pain indien, de curry et de viande de chèvre pimentée au barbecue flottaient dans l'air.

Pendant son trajet en taxi depuis l'aéroport, Robertson s'était abstenu de porter un jugement sur ces transformations, conscient que lui aussi avait sérieusement vieilli. Comme si son désaccord avec son fils l'en avait déjà per-

127

suadé. Mais ce qui primait pour lui était son inquiétude au sujet de Marie. Elle avait toujours été sa préférée. Dans son manque d'assurance et son goût de la solitude, il se reconnaissait enfant, et il imaginait que son avenir l'emmènerait loin de sa famille, de même qu'il avait été propulsé hors de la sienne. Il espérait que ses sentiments envers leur petite sœur n'étaient pas trop visibles aux yeux de Pauloosie et de Justine, mais il savait qu'il s'aveuglait. La question des préférences dans les familles est une chose compliquée. Dans ce cas, comme toujours, la préférée était celle qui en avait le plus besoin. Pauloosie avait affirmé son autonomie avant même qu'elle naisse, et Justine avançait dans l'existence comme un train sur ses rails.

Pendant le trajet à pied depuis son hôtel ce matin-là, Robertson avait réfléchi au comportement fuyant de Pauloosie. Quand son fils n'était encore qu'un jeune garçon, il avait espéré qu'il l'aiderait à mieux comprendre la culture de sa femme, et qu'il lui ferait connaître la sienne. Au lieu de cela, en particulier depuis l'enfant mort-né, ils étaient devenus de plus en plus étrangers l'un à l'autre. Tout comme son père l'était devenu pour lui, jusqu'à ce qu'il quitte sa famille, comme emporté par la marée, indifférent à tout effort spécial de la part du vieil homme, à Noël ou quand il rentrait du pub saoul et larmoyant.

On hérite du ressentiment aussi sûrement que d'un accent. Et la décision de Robertson de quitter son pays à jamais avait été dictée par cette intuition. Et s'il avait perdu son accent des Midlands dans l'affaire, c'était tant mieux. La langue de Pauloosie s'était formée exclusivement dans l'Arctique, il ne savait rien du nord de l'Angleterre excepté cette rare habitude de terminer ses déclarations par « quoi ? ». Mais le ressentiment lui avait été transmis aussi irréversiblement que son type sanguin.

En arrivant au siège de l'organisation, Robertson avait été accueilli par un géologue sud-africain et par un ingénieur – il avait rencontré les deux hommes un mois plus tôt à Yellowknife et c'était à leur demande qu'il se trouvait à Toronto.

Ils s'appelaient Van Rensburg et De Kock, avaient tous les deux une trentaine d'années et un air emprunté dans leurs costumes et leurs chaussures neuves. Quand il leur serra la main, le contact de leurs paumes calleuses le rassura. Ils le conduisirent dans un petit bureau, où ils l'installèrent et lui offrirent du café. Tandis qu'il remuait la cuillère dans sa tasse, ses deux interlocuteurs se regardèrent d'un air anxieux. « Bon, peut-être pourriez-vous me dire ce que vous attendez de moi ? » demanda-t-il.

Van Rensburg était visiblement le porte-parole désigné. « Monsieur Robertson, ce que nous attendons de vous est que vous calmiez les craintes de nos investisseurs concernant le climat politique. En particulier s'agissant d'opérations minières de grande envergure.

– Comment voyez-vous les choses ?

– Les négociations engagées sur l'attribution des concessions les inquiètent, et ils veulent savoir si les groupes qui défendent les droits des Inuits pourraient s'opposer purement et simplement à tout développement, afin de réserver la terre à un usage traditionnel.

– Ils le pourraient, en effet.

– La question que nous vous posons est la suivante : que peut-on faire pour les persuader du contraire ?

– La moindre action pourrait faire naître une opposition au projet, dit-il en buvant lentement son café. Vous êtes étrangers et vous parlez une drôle de langue. »

De Kock haussa les épaules comme pour lui signifier qu'il n'y pouvait rien. « En conséquence tout ce qui sera fait devra être soigneusement préparé, suggéra Van Rensburg, se penchant en avant sur sa chaise.

– Oui.... »

De Kock reprit : « Je me demande si vous pourriez dire à nos compatriotes que vous allez chercher une solution à nous recommander. Leur recommander.

– Je suis ici pour donner l'impression que vous avez envisagé toutes les éventualités. »

Ils répondirent en chœur : « Exactement. »

Robertson hocha la tête.

« Si la mine voit le jour, cela pourrait être très bénéfique pour votre communauté. Pour vous, dit De Kock.

– J'ai quelques idées sur ce que vous pourriez faire.

– Parfait. » Les trois hommes se regardèrent.

« Allons retrouver les autres », dit Van Rensburg.

Ils l'introduisirent dans une salle de réunion déserte. Face à la baie vitrée, les zones résidentielles de Toronto se développaient vers le nord, dans toute leur étendue verdoyante. Il vit une femme descendre Yonge Street à bicyclette. À l'est il aperçut le lac Ontario qui, avec son aspect civilisé, ne pouvait en rien rappeler la baie d'Hudson même si elle avait été remplie de gélatine verte.

Les financiers entrèrent les uns après les autres, suivis par un groupe d'ingénieurs et de géologues. Tous s'assirent, et Van Rensburg présenta Robertson à l'assistance. Il sourit à chacun d'eux, les vit le jauger du regard, noter son costume bon marché, se demander quoi en penser, étant donné qui il était et d'où il venait. De Kock commença son exposé. Il avait apporté un tableau à feuilles détachables et des diapositives de la toundra, des graphiques des cours du diamant, des analyses des coûts d'exploitation de mines sibériennes.

Le site retenu se trouvait à cent kilomètres au nord-ouest de Rankin Inlet. La terre à cet endroit avait été peu peuplée, même pour un territoire inuit avant le contact avec la civilisation occidentale. Ensuite, avec la construction des villages, toute trace d'humanité en avait pratiquement disparu. La Back River dominait le paysage, poissonneuse au printemps et, quatre semaines plus tard, en automne ; mais l'herbe était rare et les caribous plus petits et moins nombreux que dans d'autres parties de la toundra. Les Netsilkmiuts, qui habitaient jadis les rives de la Back River, s'étaient au début tournés vers la mer avant de se fixer dans les villages plus riches et plus peuplés alentour. Les populations autrefois établies dans la région de la mine avaient été dispersées dans différentes communautés – Repulse Bay, Baker Lake, Rankin Inlet. Les anthropologues en avaient étudié les habitants, mais le problème pour les promoteurs de la mine restait qu'ils étaient difficiles à identifier et ne parlaient pas d'une même voix. Robertson révisa son jugement sur Van Rensburg : ces gens n'étaient pas des amateurs. Le géologue se rassit.

L'un des financiers remit de l'ordre dans ses papiers. Il s'appelait Stumpf. D'une corpulence impressionnante, il portait avec aisance des vêtements coûteux. Robertson décela chez lui de l'enthousiasme pour le projet en même temps qu'une certaine exaspération. Stumpf compulsa ses notes, ses joues rubicondes animées d'un léger tremblement, puis tourna les yeux vers la fenêtre, sans croiser un seul regard. « Monsieur Robertson, au nom de notre société, j'aimerais vous remercier d'assister à cette réunion. Comme vous l'avez sans doute compris, nous sommes tous extrêmement excités par les hauts rendements potentiels d'une mine près de la Back River. Les problèmes de conception ou les soucis techniques ne semblent pas insurmontables. C'est la nature de la politique locale que nous souhaitons connaître par votre intermédiaire. Vos concitoyens s'opposeront-ils à un tel projet ? Comment gagner leur faveur ? Comment devrons-nous procéder ? » Le plus âgé des participants, assis face à Robertson, se renfonça dans son siège et joignit les mains derrière sa tête, sans le quitter des yeux. Robertson décida de s'adresser directement à lui, visiblement le véritable décideur parmi cette assemblée.

« Mes concitoyens ont besoin de travail, monsieur Stumpf. Soixante pour cent de nos jeunes sont au chômage. Notre gouvernement territorial enregistre un déficit de cinquante millions de dollars pour une population de trente mille personnes et malgré tout nous manquons de logements. Nous avons besoin d'emplois, nous avons besoin de revenus, et nous avons besoin que cette mine soit construite.

– Est-ce un point de vue unanime ?

– Non.

– Qui ne le partage pas ?

– Vous devez savoir qu'il existe deux camps. L'un parle fort mais n'a pas de poids : les instituteurs écologistes et les jeunes fonctionnaires qui restent peu de temps dans le Nord et

131

aiment se rappeler les joyeuses manifestations d'étudiants contre l'exploitation des forêts sur la côte Ouest. »

Stumpf cligna les yeux sans comprendre.

« Mais personne ne les prend au sérieux, ni le gouvernement ni la population. Le plus embêtant pour vous, ce sont les organisations indépendantes inuits qui ont pour objet les revendications territoriales, NTI et KTI. Elles ont été fondées pour recevoir les subventions allouées par le gouvernement, les investir et administrer leur répartition. Les jeunes Inuits influents travaillent tous pour elles ; ces organisations emploient à plein temps plusieurs avocats brillants et pugnaces et elles ont pour conseils permanents trois des plus grands cabinets juridiques du pays. Certains autochtones pensent que ces organisations ont été cooptées, mais ce n'est pas le sentiment général. NTI et KTI ont de l'argent, et elles ont des avocats. Quand elles auront vent de votre projet, elles ne vous laisseront pas une minute de répit.

– Que peut-on faire ?

– Les acheter.

– C'est aussi simple que ça ?

– Offrez une somme à titre d'avance à chaque foyer et faites-le savoir. Il n'y a jamais eu d'investissement de cette taille dans la région. Personne ne sait à l'avance combien d'argent cela représente. Plus vite vous agirez, moins cela vous coûtera.

– Combien vont-ils demander ?

– Je n'en sais rien.

– Pouvez-vous vous informer ?

– Oui.

– Il va sans dire que tout devra rester parfaitement légal.

– Naturellement. Vous pourriez faire autre chose aussi.

– Quoi ?

– Il n'existe aucun hôpital sur la côte ouest de la baie d'Hudson au nord du Manitoba. Le gouvernement envisage enfin d'en construire un au cours des prochaines années, mais le financement en est encore au stade de l'étude. Cela risque de prendre des années.

– Nous en construirons un de première catégorie, il sera terminé l'été prochain. »

La conversation prit un tour qui ne le concernait pas, portant sur le montant de l'investissement – environ un milliard de livres sterling en capital pendant les trois premières années. *Il y a vraiment des diamants dans cette toundra*, pensa Robertson. Cinq milliards supplémentaires pendant les dix années suivantes et la mine sera sans doute profitable dès la quatrième année. Robertson se demanda comment il allait arranger ce coup-là.

Il avait du temps à tuer avant le départ de son vol. Il prit la direction de Queen Street West, espérant y trouver des cadeaux pour Justine et Marie, de la musique ou un vêtement pour sa fille aînée. Il fut déconcerté par l'étalage qui s'offrait à lui. Il demanda conseil à un jeune vendeur qui jaugea d'un coup d'œil sa tenue de banlieusard et lui suggéra un T-shirt Duran-Duran. Momentanément confiant dans le succès de sa mission, il trouva la librairie Edwards Books & Art et en parcourut les rayons – Marie lui avait demandé *Le Silmarillion*. En revenant à pied dans la nuit tiède, il feuilleta le livre et s'émerveilla des goûts originaux de sa fille. Comment les avait-elle acquis dans leur minuscule village ? Pauloosie n'avait rien désiré qui provienne de la grande ville.

Il s'arrêta à la Horseshoe Tavern et but une canette de Labatt Blue. Il commanda un bacon cheeseburger avec des cornichons et une deuxième bière. Regardant autour de lui, il constata avec surprise qu'il était le plus âgé des clients de l'établissement, et le seul à ne pas porter de jean. Il paya l'addition, prit ses cadeaux et ressortit dans la rue. Il y avait une cabine téléphonique non loin. Il était une heure plus tôt à Rankin Inlet et il décida d'appeler chez lui. La transmission par satellite fut longue à s'établir.

« Salut, répondit-elle.

– Comment ça va ?

– Tout va bien. Et la réunion ?

– Tout s'est passé très rapidement. Je reviens demain.

133

– Dis donc, on t'a drôlement bien payé pour une seule journée de travail.

– Une heure et demie en tout et pour tout.

– Encore mieux.

– Qu'a dit Balthazar à propos de Marie ?

– Il dit qu'il n'y a rien de nouveau à la radio. Il y a encore des cicatrices, qui datent de l'époque où elle est tombée malade bébé, mais rien d'autre. Il a envoyé le prélèvement pour les analyses. Il faut un mois pour que la culture se développe, tu sais.

– Tu lui as dit qu'elle crachait du sang ?

– Non, je n'ai rien dit. »

Silence.

« Tu te fais beaucoup de souci pour elle, hein ? dit-elle.

– Oui.

– Je suis contente que tu reviennes plus tôt. J'espère que les analyses seront bonnes.

– Je serai là à huit heures.

– Je viendrai te chercher.

– Pas la peine, j'ai laissé mon pick-up près de la piste d'atterrissage. Je rentrerai avec.

– D'accord. »

Robertson marcha jusqu'à son hôtel dans la chaleur estivale. Elle avait dit qu'elle était heureuse qu'il rentre à la maison. Elle l'avait vraiment dit.

Cet été-là, les journées de Marie et de Justine se déroulèrent dans une vacuité extensible, presque infinie, qui s'accordait aux horizons lointains de la toundra. Elles se levaient quand ça leur chantait – il faisait jour hormis quelques heures après minuit – puis mangeaient un morceau et sortaient, dans des endroits où tout le monde riait et parlait fort à toute heure de la journée. Dans la rue, les enfants jouaient au hockey à quatre heures du matin avec autant d'entrain qu'en plein après-midi.

Marie avait passé les étés précédents dans la toundra à ramasser des mûres arctiques et à collectionner des spécimens d'insectes et de fleurs. Une année, elle avait rapporté à la maison un animal ailé fantastique qu'aucun des anciens n'avait reconnu, alors que ceux du Sud l'avaient immédiatement identifié : c'était une libellule, personne n'en avait jamais vue aussi haut dans le Nord auparavant.

Mais, cet été-là, Marie semblait manquer d'énergie. Elle passait la plus grande partie de son temps dans sa chambre, à lire. Elle avait froid quand tout le monde avait chaud, et elle s'enveloppait de pulls et de couvertures. Assise à la table de la cuisine, buvant du thé avec sa mère, elle paraissait absente. Quand on lui en demandait la raison, elle répondait seulement qu'elle rêvassait. Elle affirmait qu'elle n'était pas triste, mais personne ne l'avait jamais vue aussi renfermée. Quand elle en parlait avec Robertson, Victoria attribuait le comportement de leur fille à la puberté, bien qu'elle n'en fût pas convaincue. L'attente des résultats des analyses était si longue, l'angoisse la rongeait comme un ulcère. Elle reconnaissait cette apathie. Elle l'avait vécue tous les matins pendant six ans après avoir accouché de son bébé mort-né. Mais Marie s'obstinait à répéter qu'elle allait bien. Puis elle se levait et regagnait sa chambre.

Pauloosie était parti dans la toundra avec son grand-père dès le dernier jour de l'école. Il revenait de temps en temps avec du linge d'une saleté innommable et repartait aussitôt. Robertson était à peine plus souvent à la maison. C'était la saison des constructions dans l'Arctique, et les desseins et projets mûris pendant les dix mois de l'hiver devaient être réalisés en quelques courtes semaines. Une perpétuelle course contre la montre pour ceux qui voulaient absolument que le Nord ressemble au Sud. De profondes ornières creusées dans la boue et des talus de tourbe sillonnaient le village et Robertson se tenait au centre d'un chantier, regardant attentivement les lourds engins – d'une utilisation absurdement coûteuse dans cette région – manœuvrer en pétaradant pour préparer les fondations et mettre les containers en place.

Victoria était la seule à rester constamment à la maison – bien que l'été n'eût rien d'invariable, même pour elle. Elle prenait son petit déjeuner seule à trois heures du matin, dor-

mait lorsque tombait l'après-midi. Elle écoutait les portes
s'ouvrir et se refermer à toute heure selon les allées et venues
des uns et des autres et avait renoncé à savoir où se trouvait
chacun. En l'absence de métronome solaire, les rythmes indi-
viduels devenaient improvisés et spécifiques. Les personnes
âgées s'étaient toujours méfiées de l'été. Il était difficile de
parcourir la toundra quand elle dégelait, et la saison était si
courte qu'il valait mieux accepter quelques semaines de
confusion et attendre d'en voir la fin.

Ce fut l'été où Justine tomba amoureuse, en même temps
que des millions d'autres jeunes filles, d'Axl Rose, le chanteur vedette de Guns N'Roses. La télévision par satellite était
arrivée au village au cours de l'hiver précédent, et Justine
regardait sur MTV la vidéo de « *Sweet Child O'Mine* », prête à
suffoquer. Elle restait plantée devant l'écran, imaginant des
scénarios qui comprenaient, au choix, une panne de moteur
d'avion, un hôtel bondé, et où elle jouait le rôle du bon
Samaritain et venait au secours du chanteur.

Pourtant, elle savait qu'il était néfaste pour elle. Pendant
de longues heures d'affilée, elle parvenait à l'éliminer de sa
pensée, mais la nuit venue, quand sa sœur était au lit, ses
parents dans leurs sphères opposées, et son frère dans les terres, elle allumait la télévision et attendait qu'il apparaisse.
Elle s'était abonnée à *Rolling Stones*, et découpait soigneusement chacune de ses photos qu'elle épinglait au mur. Lorsque la rubrique des potins relatait les extravagances d'Axl,
elle souffrait mais lui pardonnait ses cuites, ses violences, toutes ses femmes. « *Sweet Child O'mine.* » Aussi insaisissable
qu'un phoque.

La télévision par satellite était arrivée au moment où Justine commençait à appréhender le monde. Si elle avait été
mise en service un an plus tard, elle n'aurait pas été aussi
réceptive à ces images venues du Sud, trop âgée pour les
inclure dans sa conception de ce qui était normal et désira-
ble. Mais les choses étant ce qu'elles étaient, les photos de
Hollywood Boulevard, les images de longues chevelures blon-
des, de plages de surf, et d'arbres jaillissant de chaque carré

de terre laissé à la nature l'imprégnèrent à l'âge où elle s'ouvrait au monde. Tout lui paraissait tellement merveilleux, enthousiasmant. Et pour la première fois l'endroit où elle vivait lui parut stérile.

Ceux qui copiaient Axl ne servaient qu'à le magnifier. Poison, David Lee Roth, Billy Idol – tous étaient fascinants dans leur genre, mais finalement banals en comparaison du royal et dédaigneux chanteur de Guns N' Roses. Qui eût pu imaginer qu'une star du rock aurait une telle allure en kilt ?

Le frère de Balthazar, Matthew, habitait si loin au sud de la ville qu'il dut y aller en voiture. Il prit un taxi jusqu'au garage où il laissait sa Thunderbird 1978 et s'attarda un moment pour vérifier l'huile, s'étonnant que la voiture n'ait pas été volée durant les neuf ou dix mois écoulés depuis sa dernière sortie. Quand il la fit démarrer, un nuage de fumée bleue s'en échappa pendant une minute avant que le moteur se stabilise dans un grondement régulier, puis il passa la marche arrière et recula. Il heurta un poteau de béton. Il passa la marche avant, recula à nouveau. Le poteau était toujours là. Il recommença, et parvint enfin à sortir.

Il s'engagea sur le Garden State Parkway en direction du sud, vit peu à peu la ville se transformer, laisser place à une vaste étendue de banlieue. Matthew était professeur d'anglais dans un lycée. Sa femme, Angela, était expert-comptable. Sa nièce avait quatorze ans, jouait de l'alto, et fréquentait une école privée coûteuse. Deux ans plus tôt, Angela avait été mutée par sa société de Sausalito à leur filiale de Newark, en principe pour une durée de deux ans, afin de mettre les choses « à niveau », comme elle le disait elle-même avec humour. Mais des changements avaient eu lieu à la direction des ressources humaines, la conjoncture n'était pas bonne, et leur retour avait été retardé. La plus grande partie de leur mobilier était encore soigneusement emballée dans un garde-meubles en Californie. Ils ne connaissaient aucun de leurs voisins. L'école d'Amanda était à vingt minutes en voiture et ils l'avaient choisie en grande partie pour limiter l'influence que pourrait avoir Newark sur elle.

Matthew l'accueillit sur les marches et l'étreignit chaleureusement. « Hello, Keith, lui lança Angela depuis la cuisine quand il pénétra dans la maison.

– Content de te voir, vieux frère », dit Matthew en refermant la porte derrière lui.

Matthew s'assit à côté de Balthazar sur le canapé de la salle de séjour après avoir servi deux whiskys. « Il y a une éternité que nous voulions t'avoir à la maison.

– Je regrette d'être tellement absent.

– Pour combien de temps es-tu en ville cette fois-ci ?

– En réalité, je suis arrivé il y a huit semaines environ, et je pense repartir dans trois ou quatre semaines.

– Mon vieux, tu n'arriveras jamais à trouver une femme qui supporte un tel programme.

– En fait, je me plais bien dans le Nord.

– Et c'est correctement payé ?

– Raisonnablement. »

Angela vint les rejoindre, un verre de jus de canneberge à la main, et s'installa dans le fauteuil qui leur faisait face. Amanda sortit de sa chambre, des écouteurs sur les oreilles, tenant négligemment un alto électrique.

« Vous savez, j'ai été surpris qu'on vous ait mutés dans une ville comme Newark. C'est une chance extraordinaire, non ? Sans rire ? dit Balthazar d'un ton enjoué.

– Une coïncidence incroyable, c'est vrai, répliqua Matthew, hochant lentement la tête.

– Ils ne m'ont même pas proposé un autre choix, ajouta Angela.

– Le destin. » Balthazar sourit. Debout derrière sa mère, Amanda lui fit un petit signe du bout des doigts à la manière d'une gamine espiègle de quatorze ans.

« Salut, Amanda.

– Salut, Keith.

– Oncle Keith, corrigea sa mère.

– Tu m'as entendue jouer ?

– C'était superbe.

– Vraiment ?

– Oui.

– Parce que j'avais éteint le son, et on ne peut l'entendre qu'avec les écouteurs.

– Amanda ! » la reprit son père. Elle regarda Balthazar, un soupçon de sourire aux lèvres.

« Tu m'as eu, reconnut Balthazar.

– Je sais. »

Décontenancée par la situation, comme elle l'était souvent en de nombreuses circonstances, Angela se leva. « Bon, je crois que nous pourrions passer à table maintenant. » Balthazar l'imita en même temps que son frère, et ils se dirigèrent vers la salle à manger, leurs verres à la main. Comme ils écartaient leurs chaises de la table élégamment mise, sans un pli de serviette qui ne soit parfaitement aligné, Angela s'excusa : « Notre argenterie est restée en...

– Californie, dit Balthazar, surpris par sa propre impertinence.

– Oui. »

Amanda alla se débarrasser de ses écouteurs et arriva à table un instant après les autres. Son père lui lança un regard rapide au moment où elle se glissait sur sa chaise, dévoilant son nombril entre son jean et son T-shirt trop serré, et il rougit. Il détourna rapidement les yeux. « Depuis quand viens-tu à table à moitié nue ? demanda-t-il.

– Nous en discuterons plus tard, Matthew », dit Angela d'un air sombre et elle passa à la ronde les petits pois au beurre citronné.

Matthew regarda fixement sa femme, et Balthazar aurait tout donné pour s'en aller, courir jusqu'à sa voiture et s'enfuir. Au lieu de quoi il se servit tout en échangeant un regard avec sa nièce. Elle avait l'air de lire dans ses pensées : *Je suis contente que tu sois là*, disait-elle.

Mû par la même télépathie, il répondit : *Pas moi.*

Enfants, Matthew et Balthazar avaient supporté le caractère explosif de leurs parents avec des stratégies très différentes. Matthew se souvenait que son frère passait son temps à plat ventre sur son lit en se bouchant les oreilles. Les relations passionnelles de leurs parents étaient plus complexes que celles d'Angela et de Matthew, croyait se rappeler Balthazar. Alors qu'Angela et Matthew restaient figés dans un antagonisme froid, tournant l'un autour de l'autre avec méfiance en attendant leurs éruptions périodiques, ses parents – quand ils n'étaient pas occupés à se détruire systématiquement – ressentaient un évident et profond désir l'un pour l'autre. Les deux formes de lutte paraissaient à Balthazar diamétralement opposées. Angela et Matthew étaient accrochés l'un à l'autre comme les cerfs qu'il avait vus à la télévision, bois emmêlés, mourant lentement sans cesser de combattre.

Outre les petits pois frais, agréablement relevés par la saveur du beurre citronné, il y avait des crêpes au saumon fumé accompagnées de courgettes et de riz sauvage. Angela avait dû consacrer sa journée à la préparation du repas, songea Balthazar en dégustant chaque plat. Elle l'avait depuis longtemps inclus dans ses problèmes avec Matthew, et il était probable qu'elle avait d'abord rechigné à l'inviter, mais on ne pouvait méconnaître le soin qu'elle avait mis à préparer ce dîner.

Devoir. Détermination. Déception. Balthazar ne s'était jamais marié, ni même n'avait connu d'aventure sérieuse depuis qu'il avait commencé à travailler dans l'Arctique. Sa propre explication – celle qu'il proposait à qui se montrait assez maladroit pour aborder le sujet – était que sa vie partagée entre un endroit et un autre était un obstacle. Mais ça l'arrangeait en vérité. Il n'aurait pas pu supporter l'existence que menait son frère, et tous les couples de sa connaissance étaient plus ou moins confrontés aux mêmes affrontements. Ce qui était un prix plutôt élevé à payer pour éviter la solitude.

Après le dîner, Amanda dit bonsoir à ses parents et à son oncle et se retira dans sa chambre, laissant derrière elle le silence et la conversation contrainte des adultes. Les hommes débarrassèrent la table tandis qu'Angela remplissait le lave-vaisselle. « Est-ce que ça va à la machine ? demanda Matthew en apportant les plats dans la cuisine.

140

– Tu sais bien que non, répondit-elle avec un haussement d'épaules, sans se donner la peine de rien dissimuler devant Balthazar.

– Je posais la question, c'est tout.

– Pourquoi ne me laissez-vous pas finir seule ? demanda-t-elle en rinçant les assiettes sous le robinet.

– D'accord », dit Matthew. Il prit deux grands verres propres et une bouteille de scotch. Balthazar suivit son frère dans le jardin à l'arrière de la maison. Les stridulations des cigales emplissaient la nuit. Les deux hommes burent lentement en contemplant le ciel nocturne embrasé par les lumières de la ville et où perçaient seulement les étoiles les plus brillantes.

« Dans le Nord, par une nuit pareille, le ciel est éblouissant.

– C'est une chose que j'aimerais venir voir un jour », dit Matthew.

Un long silence s'établit entre les deux hommes tandis qu'ils écoutaient le bruit de la circulation et des sirènes. Matthew remplit à nouveau leurs verres et ils continuèrent à boire, sans quitter le ciel des yeux jusqu'à ce qu'ils entendent la porte du patio s'ouvrir et qu'Angela vienne se joindre à eux.

Ils regardèrent les nuages bas défiler au-dessus d'eux, baignés d'une lueur rouge. Balthazar chercha une excuse pour s'en aller.

« Keith, tu sembles être le seul parmi les gens que je connais à avoir sérieusement réfléchi à sa vie », murmura Angela dans la pénombre humide et chaude.

Balthazar, en dépit de ses efforts, fut incapable de trouver une réponse.

« Nous travaillons tous les deux tellement que nous ne connaissons aucun de nos voisins, et désormais c'est à peine si nous connaissons Amanda. La plupart du temps, nous ne savons rien l'un de l'autre », dit-elle, avec un signe de tête en direction de son mari. Matthew se tourna vers elle, étonné par cette inhabituelle manifestation de vulnérabilité de sa part.

141

« Mais toi, tu vis là-bas, tu mènes cette vie étrange dans le Nord, et puis tu reviens dans ton appartement en ville, tu assistes à tous les spectacles, tu entres dans toutes les libraires. Mon Dieu, tu fais exactement ce que tu veux, n'est-ce pas ?

– Je pense que personne ne fait ce qu'il veut, en réalité. Je pense que nous idéalisons tous ce que nous n'avons pas. Tu ne crois pas que j'aimerais avoir une partie de ce que vous avez ici ?

– Pas vraiment. Et si tu le souhaites réellement, tu l'auras un jour. Tu as tout le reste, dit Angela.

– Ce n'est pas vrai.

– Que te manque-t-il ?

– Je voulais être chercheur universitaire. Je voulais être interne en ophtalmologie, vivre à Boston. »

Ils restèrent assis, leur verre à la main. Ils entendaient Amanda parler au téléphone, sa voix se répercuter dans l'air humide.

« Nous sommes frustrés de nature, dit Matthew. Les insatisfaits sont les seuls qui accomplissent quelque chose. C'est normal – c'est ce qui nous pousse en avant.

– Ce n'est pas normal. Courant, peut-être, mais pas normal – ce n'est pas ainsi que nous sommes censés vivre. À toujours râler. À toujours s'en prendre à quelque chose ou à quelqu'un. » Angela était catégorique.

« Vous avez besoin de vacances tous les deux », conclut Balthazar.

Au contraire de tout autre endroit, l'Arctique ne se lasse jamais du soleil, même à la fin de l'été. Les buissons bas et les petits saules têtus restent verts et cherchent à prendre de la hauteur en attendant le moment où ils devront lutter contre la neige. Quand il fait chaud, la nature s'anime sans retenue ; les tâches de reproduction et de nutrition sont non seulement accomplies mais condensées dans un minimum de temps disponible. L'accumulation de réserves suffisantes pour survivre en hiver est démontrée par l'improbable réapparition de la végétation dix mois plus tard.

Les oies des neiges réapparurent à la fin août, en route vers le sud depuis les îles de l'archipel arctique, se rassemblant en nuée pour leur grand vol jusqu'aux terres d'hivernage du Texas. Le même jour commencèrent à revenir les professeurs de l'école.

C'est avec un sourire réjoui que Johanna retrouva Penny dans la salle de réunion. Elle avait donné des cours d'été dans une école de Vancouver et venait de rentrer, sans être sûre de retrouver Penny. Penny avait disparu en juin, s'éclipsant de la fête de fin d'année avant même qu'on ait débouché les bouteilles.

Ses cheveux étaient décolorés par le soleil, ses joues couleur de cuir huilé. Elle rendit son sourire à Joanna. « J'ai passé tout l'été dans la toundra.

— Sans blague.

— Je suis allée jusqu'à la Back River avec mes chiens, j'ai établi mon camp et posé des filets pour les ombles — une semaine plus tard je me suis aperçue que j'avais assez de poisson pour tout l'été, et j'ai passé le reste du temps à le faire sécher et à le fumer. Je suis revenue avec quatre cents kilos de poisson séché. Je l'ai entreposé à l'embouchure de la Meliadine.

— Vraiment ?

— C'était comme un rêve. Je suis restée huit semaines là-bas.

— Je me demande s'il faut t'envier ou s'inquiéter pour toi.

— Envie-moi, s'il te plaît.

— Tu as vu des ours ?

— Pas de *nanuqs* si loin à l'intérieur des terres, mais j'ai vu un grizzly.

— Vraiment ? Et tes chiens t'ont protégée ? Je suppose que oui, sinon tu ne serais pas là pour me le raconter. »

Penny baissa la voix. « C'est moi qui les ai protégés. La peau est dans mon freezer. »

Johanna ne sut que dire.

« J'ai d'abord tiré un coup en l'air, puis il a tué Percy, le chien blanc pas très rapide, tu te souviens ? »

Johanna baissa à son tour la voix, chuchotant tandis que le professeur de chimie s'approchait d'elles pour leur dire bonjour. « Vraiment ? »

15 août 1988

Chère Johanna,
Voici les pulls que tu m'as demandés. J'espère qu'ils t'iront. J'ai rajouté des chaussettes car je me doute que tu dois avoir froid aux pieds de temps en temps.
Je suis allé à la pêche avec mon père la semaine dernière, dans la Moon River, au nord d'Etobicoke. Il m'a montré comment monter une canne pour la pêche à la mouche. J'ai pris deux perches et une truite arc-en-ciel, et me suis beaucoup plus amusé que je ne l'aurais cru. Je commence à comprendre ce qui plaît tant à cette femme, ton amie Penny, dans l'Arctique. Ensuite, nous avons nettoyé les poissons, les avons fait frire dans de la pâte à crêpe et nous les avons mangés au bord de l'eau. C'est une chose que j'aurais aimé faire avec toi dans le temps. Bon, ce n'est pas le moment de faire du sentiment. J'espère que tu vas bien.

Affectueusement, Doug.

21 août 1988

Cher Doug,
C'est la fin de l'été dans l'Arctique. Les oies retournent chez elles et les professeurs reviennent. Les classes ont été nettoyées de fond en comble et hier nous avons fait la connaissance des nouveaux enseignants – je pense qu'un tiers de ceux de l'année dernière sont partis définitivement. Pour certains nous étions au courant, d'autres ont laissé une lettre de démission dans le casier du directeur. J'ai été soulagée de voir que Penny était restée ; elle a passé l'été dans les terres, au bord de la Back River, à pêcher et à faire sécher le poisson. On croirait qu'elle a gravi l'Everest, elle a le visage boucané d'un vieux chasseur. Pourvu qu'elle ne maigrisse pas davantage.

L'admiration que j'éprouve pour elle me laisse perplexe. Je regrette de ne pas avoir eu la même assurance quand j'avais son âge. J'aimerais l'avoir aujourd'hui. Elle lui confère une forme d'autonomie qui est une véritable force à mes yeux. Tu m'as fait remarquer que cela peut être une arme à double tranchant, et tu as raison : se suffire à soi-même équivaut parfois à être seul. Mais je ne crois pas que ce soit le cas de Penny. Je considère qu'elle a une vie plus riche qu'aucune autre personne de ma connaissance.

En même temps, je crains de me laisser emporter par mon enthousiasme. Ce qu'elle fait – rester seule dans la toundra pendant des semaines d'affilée – ne convient pas à tout le monde, et probablement pas à moi, et ce n'est, au fond, qu'une chose difficile comme une autre. Nous accomplissons tous des choses difficiles. Vivre avec moi, par exemple, l'année précédant mon départ, n'a sûrement pas été facile.

Doug, dès le jour où j'aurai posté cette lettre, je vais commencer à attendre ta réponse. J'ai passé l'été à Vancouver à enseigner. J'avais l'impression qu'il valait mieux ne pas revenir dans l'Ontario à moins de savoir vraiment ce que je voulais te dire. Et je ne le savais pas. Je ne le sais toujours pas. Mais j'aime avoir de tes nouvelles.

Merci pour les très jolis pulls, et oui c'est vrai, j'ai froid aux pieds ici, alors merci beaucoup pour les chaussettes. Et pour ta patience. Si jamais tu trouves un bon couteau de chasse, pourrais-tu me l'envoyer ? Penny m'a emmenée chasser le *tuktu*, pardon, le caribou et j'ai admiré son habileté à manier le sien. Encore un des points où j'aimerais lui ressembler.

> Avec toute mon affection,
> Johanna.

> 1ᵉʳ septembre 1988

Chère Johanna,

Les couteaux finlandais sont censés être le nec plus ultra et les vendeurs de Central Knife & Cutlery m'ont recommandé celui-ci. Il a une rainure qui permet au sang de s'écouler. C'est une image un peu glauque, si tu veux mon avis.

C'est peut-être la fin de l'été là-haut, mais ici il fait encore très chaud. Te souviens-tu du ventilateur que tu m'as fait acheter au milieu de la nuit voilà trois ans quand nous ne pouvions pas dormir ? Je le mets à côté de mon lit tous les soirs. Certaines choses sont bien pratiques, hein ?

Si tu m'envoies une photo de ton amie Penny, je pourrais m'efforcer de m'habiller comme elle, si cela peut te décider à revenir.

Affectueusement
Doug.

Autour de Coats Island, au sud de Coral Harbour au large de la baie d'Hudson, se dressent des îlots désertiques, simples rochers de couleur brique, sur lesquels les morses viennent se reposer et se dorer au soleil. Les *iviaqs* ont une très mauvaise vue, mais leur odorat est presque extrasensoriel. Accompagné de son petit-fils, Emo attendit d'en être distant de plusieurs miles avant de mettre le cap sur l'île afin de l'aborder sous le vent. L'été touchait à sa fin et les animaux étaient indécemment gras, avec de grands plis de chair ondulant à chacun de leurs mouvements. Pauloosie les observa du bateau et, au fur et à mesure qu'ils s'en approchaient, son observation fit place à de l'étonnement qui se mua bientôt en véritable stupéfaction. Il était rare que les *iviaqs* s'aventurent aussi loin au sud. Les phoques de la région pesaient en général entre cinquante et cent kilos. Ces mastodontes-là ne ressemblaient à rien qu'il ait jamais vu de si près.

Ils s'étaient nourris plus tôt dans la journée, plongeant à trente mètres ou davantage, engloutissant des quantités de vase pour y trouver des mollusques, comme on recherche les pistaches dans la crème glacée de ce parfum. Les moules étaient prises à l'intérieur de ces énormes abdomens, s'efforçant de maintenir leurs valves serrées, lâchant prise sous l'action des acides gastriques et des enzymes. Les morses n'avaient plus qu'à attendre que les moules se fatiguent et se relâchent. Quand les chasseurs tuaient un morse, leur pre-

146

mier geste était de leur ouvrir l'estomac, d'y recueillir les moules et de les manger, encore chaudes et fumantes. C'est ce qu'on appelle le *qalluk*, considéré comme l'un des délices de l'Arctique. Emo en avait décrit le goût à Pauloosie pendant qu'ils longeaient la côte au moteur.

La baie d'Hudson était toujours enveloppée de brouillard en été, ce qui était plus gênant pour l'homme, capable d'y voir, que pour les *iviaqs*, qui préféraient rester invisibles. Lorsque le bruit du ressac sur les rochers devint perceptible, ils coupèrent le moteur pour aborder l'île en silence. L'odeur des mollusques mal digérés les guidait comme un amer. Ils avaient avec eux des carabines de calibre 303 et des munitions de guerre. Les balles ne s'écrasaient pas à l'impact, mais pénétraient profondément dans les couches de graisse, les poumons et le cœur. Emo et Pauloosie avaient déjà placé les cartouches dans la culasse et tenaient leurs armes parallèles à la surface de l'eau en scrutant le brouillard. Ils ne voyaient pas les animaux, entendaient seulement le bruit de succion des petits qui tétaient leurs mères.

Quand la brume se leva, ils se trouvaient à cinq mètres de la rive, devant des monceaux de chair, de fourrure et de petits yeux en billes de loto, de museaux plissés comme des visages de gros vieillards moustachus, avec des défenses d'un blanc étincelant qui se frottaient les unes aux autres, se grattaient, se caressaient.

La fusillade se déchaîna pendant une longue minute. À chaque tir, Emo et Pauloosie cherchaient le morse qu'ils venaient de toucher, voyaient le sang jaillir de son corps – ou de celui de son voisin ? Ils faisaient feu à nouveau, remettaient en joue, ramenaient la culasse en arrière, recommençaient. Puis il n'y eut plus rien à viser, les morses avaient tous plongé dans la mer, tous sauf trois, mugissant, grondant : deux jeunes mâles et une vieille femelle, qui battaient l'air de leurs défenses, ondulaient, se démenaient, rejetant une humeur rouge qui dérivait jusqu'au bateau, poussant un cri douloureux de protestation suivi d'un long halètement sourd, et enfin le silence.

Accroupi devant le feu, Simionie surveillait la bouilloire. Victoria était assise à la table et le regardait. Elle n'avait pas voulu faire l'amour aujourd'hui, et c'était la première fois. Elle l'assura qu'il n'y avait rien de spécial. Elle était juste un peu tendue. Les cours avaient repris, Marie n'avait pas l'air bien et ils n'avaient pas encore reçu les résultats des analyses. La jeune fille paraissait de plus en plus absente et atone.

« Je pense que c'est le cas de beaucoup d'adolescents, dit Simionie. Si on en croit la télévision, en tout cas.

– Oui, je sais. Pourtant, je ne peux m'empêcher de penser qu'il y a quelque chose d'anormal. »

Il ne la contredit pas. Le teint terreux, amaigrie, Marie avait traîné dans le village durant l'été tel un jeune caribou : avec ses grands yeux, ses longs membres aux articulations proéminentes. Personne en dehors de sa famille ne l'avait entendue prononcer un mot.

« Comment va Pauloosie ?

– Il passe tout son temps libre avec son grand-père. Nous le voyons à peine. Je pense qu'il ne va pas tarder à quitter l'école.

– Bon, ton père sait beaucoup de choses. C'est un bon professeur.

– Et toi, que fais-tu en ce moment ?

– J'ai pas mal chassé. Et j'ai assisté à ce comité, Attatatiak, je ne sais quoi. Avec Okpatayauk et ses amis.

– De quoi s'agit-il ?

– Okpatayauk pense que les rumeurs concernant une nouvelle mine sont fondées. » Il remua les braises.

« Ah ?

– Il pense que Robertson a quelque chose à voir dans l'histoire et il veut savoir pourquoi.

– Je ne connais pas grand-chose de ses affaires.

– Je sais. Mais quand Okpatayauk et ses amis se réunissent, ils ne parlent que de cette mine et se demandent pourquoi ils ne savent rien sur le sujet, contrairement à lui.

– Vous êtes très proches ? Toi et Okpatayauk ?

– Ça nous arrive de prendre un café.

– Je l'ignorais.

148

– Je ne crois pas que nous ayons besoin d'une mine de diamants dans la toundra, dit-il, en se détournant du poêle pour la regarder.

– En tout cas, cela devrait faire l'objet d'un débat.

– Il n'y en aura pas. Le projet sera simplement imposé. Et tous les jobs et l'argent iront aux Kablunauks. Comme ton mari. »

Victoria poussa un soupir et croisa les jambes. À travers la fenêtre, les cumulus étaient de parfaites balles de coton, chacun presque aussi volumineux que son voisin, régulièrement espacés d'un horizon à l'autre.

« Simionie, je ne veux pas que tu aies de différend avec Robertson, tu comprends ? Ce n'est pas un mauvais homme.

– Pourquoi devrais-je rester à l'écart ?

– Parce que c'est comme ça.

– On verra.

– Simionie.

– J'ai dit, on verra. »

Balthazar se réveilla au début de l'après-midi. Autour de lui, le désordre de son appartement l'oppressait de son poids familier et crasseux. Il entendit frapper à la porte. Balançant ses lourdes jambes par dessus le bord du lit, il enfila son pantalon de jogging et un T-shirt et alla ouvrir. Amanda se tenait sur le seuil.

« Samuel m'a fait monter, dit-elle. Il m'a reconnue.

– Je vois.

– Je peux entrer ?

– Bien sûr. » Il s'écarta pour la laisser passer.

Elle examina l'appartement, qu'elle avait visité auparavant. Un moment s'écoula pendant qu'elle scrutait les lieux – les emballages de pizza empilés, les prospectus, les restes de nourriture. « Keith, tu connais les entreprises de nettoyage ?

– Que fais-tu en ville ? » demanda-t-il.

Elle cessa de rire, s'essuya les yeux et regarda son oncle.

« Me permets-tu de rester un peu chez toi ?

– Quoi ? Non !

– S'il te plaîîiiit.

149

– Que se passe-t-il, Amanda ?

– Mes parents ont perdu la boule.

– Allons bon !

– Je voudrais habiter ici jusqu'à ce qu'ils aient repris leurs esprits.

– Ils t'ont frappée, un truc de ce genre ?

– Bien sûr que non.

– Alors, tu dois y retourner. Tu imagines la réaction de ta mère si elle apprenait que tu viens t'installer chez moi ?

– Tu parles sérieusement, hein ?

– Oui. » Sa voix monta involontairement d'un ton.

« Est-ce que tu veux bien m'emmener déjeuner, alors ?

– Nous allons d'abord téléphoner à tes parents.

– Oh mon Dieu. »

Il n'y eut pas de déjeuner, pas après qu'ils eurent parlé à une Angela affolée. Balthazar emmena sa nièce jusqu'au garage où il avait garé sa voiture, prolongeant son moment de sursis. Il avait des remords – pour ce qu'il faisait et ne faisait pas. Un problème sans solution évidente.

Quand Robertson pénétra dans la cuisine, Victoria leva les yeux, vit son visage anxieux et lui sourit. « Les résultats des analyses sont arrivés et ils sont négatifs pour la tuberculose. L'infirmière vient de me téléphoner.

– Dieu soit loué ! » fit-il avec un soupir.

Elle avait gardé la bonne nouvelle pour elle toute la journée, en attendant qu'il rentre à la maison. « Oui », dit-elle, et elle se serra contre lui.

Ses yeux s'agrandirent en sentant les bras de Victoria entourer sa taille. Il posa son menton sur son épaule. C'était une sensation autrefois si familière. Comment avait-il pu l'oublier ? « Quelqu'un sait-il pourquoi elle crachait du sang ?

– Pas vraiment. L'infirmière dit qu'une mauvaise bronchite peut en être la cause. » Ils poussèrent un même soupir, méditant la nouvelle, étonnés de se retrouver l'un contre l'autre.

« Chez une enfant ?

– Je ne sais pas.

– Ça ne me paraît pas très plausible. »

Ils restèrent sans bouger, s'étreignant pour la première fois depuis longtemps. Elle pensait *: C'est bon de pouvoir nous témoigner de l'affection malgré ce que nous sommes devenus.*

Il pensait : *Les choses peuvent s'améliorer, après tout.*

Les Maux de l'Abondance
par le Dr Keith Balthazar

UN PRÉDATEUR PATIENT

La créature est arrivée dans l'Arctique de la même manière qu'elle s'est répandue à travers le monde. Présente à l'état latent dans les poumons d'un individu en assez bonne santé pour entreprendre un tel voyage, elle a attendu qu'il soit affaibli, probablement par la faim, le froid, ou simplement l'isolement, pour reprendre vie d'un coup. Le marin, le missionnaire ou le marchand s'est soudain senti fébrile et saisi d'une toux paroxystique, dans son petit igloo ou sa tente, tandis que les bactéries se répandaient dans ses organes – puis un Inuit des environs a eu le malheur de pénétrer dans l'abri.

À Rankin Inlet j'ai connu une femme qui portait en elle les descendants de la créature. Elle était ma patiente et nous nous sommes vus pendant plus de trente ans. La plupart du temps nous avions de paisibles consultations à propos de contraception ou d'infections urinaires, mais son dossier médical contenait surtout des descriptions sans fin de l'épreuve qu'elle avait endurée dans sa prime jeunesse lorsqu'elle avait contracté la tuberculose. Elle avait passé six ans dans un hôpital lugubre du Sud. Elle est toujours restée belle, avec une énergie brûlante que j'ai eu tendance, irrationnellement, à attribuer à sa maladie. La beauté svelte et fébrile des tuberculeuses a longtemps été une métaphore en Europe. Tout ce que je savais c'était que Victoria m'émouvait plus qu'aucun top-model new-yorkais.

Au début de mon séjour, Rankin Inlet comptait mille huit cents habitants, presque tous des Inuits, et les maisons s'accrochaient aux rochers bas qui longeaient la côte jusqu'à l'Arctique. Le vent nettoyait tout sur son passage. Tout le monde connaissait tout le monde et personne n'ignorait les problèmes de personne.

Les épidémies de tuberculose avaient sévi dès l'arrivée du premier marin ou du premier missionnaire atteint d'accès de toux, l'infection couvant longtemps après l'arrivée des antibiotiques. La maladie est en premier lieu une expression de la pauvreté et de ses conséquences – en particulier la surpopulation – et dans l'Arctique, c'est chose habituelle. L'infection latente perdure chez une grande partie des plus de quarante ans – la créature a toujours mainmise sur eux. Au moment où une nouvelle épidémie est repérée, des douzaines de nouvelles infections surgissent, certaines apparentes, la plupart dormantes. Victoria ignorait auprès de qui elle avait contracté la sienne.

Lorsque le mal fut décelé, une moitié de son poumon gauche était occupée par une cavité géante où logeait la bactérie. Durant sa première année au sanatorium, ses crachats révélèrent de petits bâtonnets de mycobacterium tuberculosis, *colorés en rouge foncé sous le microscope. Elle toussait constamment et était devenue si maigre qu'elle avait froid même recroquevillée dans son lit, enveloppée de couvertures. Après des mois de vains traitements à base d'antibiotiques, elle dut subir une intervention chirurgicale radicale et déformante. La cicatrice sur sa poitrine ressemble à une lacération.*

Les bactéries contenues dans la cavité du poumon s'étaient abritées à l'intérieur du tissu cicatriciel ; le sang ne parvenait pas jusque-là, pas plus que les antibiotiques et les deux agents du système immunitaire – les globules blancs et les anticorps. Victoria avait subi ce qu'on appelle une thoracoplastie qui consiste à sectionner une ou plusieurs côtes afin de réduire les cavités infectées à l'intérieur du poumon. Après la Seconde Guerre mondiale, avec l'avènement de thérapies antimicrobiennes efficaces, les chirurgiens thoraciques furent pratiquement réduits au chômage (avant de voir leur avenir briller à nouveau à la suite de l'augmentation de la consommation de tabac et du développement des cancers du poumon). De telles opérations ne sont presque plus jamais pratiquées aujourd'hui. Beaucoup de chirurgiens expérimentés dans le monde développé n'ont jamais eu l'occasion d'opérer un poumon tuberculeux. C'est une situation étonnante autant qu'imprévue : la chirurgie du poumon est née de la tuberculose, et s'y consacrait presque entièrement voilà encore cinquante ans.

À cette époque, un chirurgien thoracique n'aurait pas cru que le problème pouvait disparaître pour de bon, et si rapidement. Il aurait eu raison.

Parmi les amis de Victoria à Rankin Inlet on compte une poignée d'hommes et de femmes qui ont développé une infection récurrente. Ils supportent leur toux et leur perte de poids pendant un temps, puis vont se faire soigner au dispensaire. Quand ils s'y décident, ils ont déjà contaminé une bonne douzaine de personnes, amis et parents, que nous repérons et soignons. Nous ne prétendons pas les repérer tous. Et chaque année, à travers le monde, dans ce feu de broussaille latent de la maladie, nous identifions de plus en plus de souches bactériennes qui résistent aux antibiotiques existants. On n'a pas produit de nouveau médicament contre la tuberculose depuis 1968. Et l'apparition de souches résistantes a été multipliée par dix depuis lors. Les dangers s'accumulent – ici comme dans le reste du monde.

Si l'on remonte soixante ans en arrière, la tuberculose a été la principale cause de mortalité chez les jeunes adultes. Elle reste un fléau majeur – encore sans doute la principale maladie mortelle infectieuse au niveau mondial, et deux milliards de personnes, un tiers de la population totale, hébergent des bacilles vivants prêts à se manifester..

La tuberculose a été une infection si commune durant notre histoire qu'elle a été considérée comme inhérente, bien que périodiquement mortelle, à la race humaine, telle une addiction, peut-être. Modigliani est mort d'une méningite tuberculeuse, une infection de la paroi du cerveau. Keats, ancien étudiant en médecine, n'avait pas manqué de remarquer le rouge menaçant qui teintait ses crachats. Chopin, Orwell, Vivien Leigh : tous sont morts trop jeunes de la tuberculose. Puis, pendant cinquante années exceptionnelles, en Amérique du Nord et en Europe, la maladie a régressé et une toux persistante n'a plus déclenché de terreur systématique. Après coup, l'indifférence avec laquelle les riches ont considéré la tuberculose est difficile à concevoir. Quand on considère l'énorme coût en vies humaines de la maladie, elle devient carrément incompréhensible.

Les patients soupçonnent leurs médecins de les considérer comme des sujets d'étude, de les réduire à une compilation de symptômes et de diagnostics, et sur ce point ils ont raison. (« Je t'adresse une attaque aiguë », diront mes collègues en guise de préambule.) Chaque diagnostic comporte un caractère particulier : les maladies vasculaires sont propres et mortelles ; les cancers, sombres et menaçants. Les affections liées au tabac et à l'obésité ont droit à un mépris teinté d'impatience. Les diagnostics psychiatriques sont tous considérés dans le cadre de leur domaine spécifique. La tuberculose est d'une certaine façon différente et l'a toujours été – bien qu'il soit aussi périlleux d'aimer une patiente à cause de sa maladie que pour toute autre raison.

Tout chez Victoria est spécial, différent ; il suffit d'observer son port, sa façon de se tenir la tête haute même lorsque les gens autour d'elle l'ignorent. Son cou parfaitement droit quand elle se tourne vers moi à l'épicerie, ses yeux noirs étincelants. Mais la connaissant, il n'est pas surprenant qu'elle ait contracté cette affection légendaire et anachronique qui refuse de rendre les armes devant les antibiotiques qu'on lui jette par poignées.

Le mycobacterium tuberculosis *descend d'un organisme similaire qu'héberge le bétail depuis des milliers d'années. Il y a quatre mille ans, une semaine et demie après que le bétail a été domestiqué, le bacille a contaminé la race humaine. Il s'est depuis adapté, modifiant sa structure génétique pour augmenter sa capacité à se répandre et persister. Sa virulence est essentiellement liée à la paroi épaisse et résistante qui l'enveloppe comme une écorce, lui permettant d'échapper largement à l'action du système immunitaire. Quand le bacille est inhalé, les globules blancs appelés macrophages (gros mangeurs en grec) englobent et digèrent les envahisseurs avec des composants toxiques comme le peroxyde d'oxygène et des enzymes destructeurs de protéines. En dépit de ces tentatives, la créature survit souvent grâce à son épaisse carapace, et se reproduit lentement jusqu'à ce que les macrophages aient absorbé une telle quantité de bactéries de la tuberculose qu'ils en éclatent et meurent. Les organismes ainsi reproduits se disséminent, pour être à leur tour absorbés. La plupart du temps, un équilibre s'établit : il meurt à peu près autant de bactéries qu'il en naît, et la diffusion est enrayée. C'est la phase dormante, qui peut durer des dizaines d'années, jusqu'à ce que pour une raison quelconque, ou sans raison apparente, l'équilibre soit rompu.*

Il se peut que le système immunitaire soit affaibli par la fatigue, une grossesse, ou une infection – spécialement le sida – ou par la malnutrition, voire simplement par l'âge. Dans tous les cas, quand l'équilibre est rompu, les bactéries arrivent en force. Elles envahissent peu à peu les alvéoles adjacentes, bloquant l'échange d'oxygène et de dioxyde de carbone par le sang. Le patient est plus essoufflé qu'à l'accoutumée. L'augmentation graduelle de protéines étrangères dans les poumons accélère l'activité du système immunitaire et les quantités de poison insuffisamment toxique enflamment les parois des conduits respiratoires qui se mettent à saigner. Le patient a de la fièvre, et remarque des traces de sang dans ses crachats. Au début, comme le savait Keats, ce sang est veineux et sombre ; plus tard, lorsque l'infection gagne les artères, il devient rouge vif. Si l'artère affectée est de grande dimension, c'est peut-être l'indication de ce que les médecins qualifient froidement d'événement préterminal. Katherine Mansfield expira ainsi dans un grand geyser. Keats, en raison de ses connaissances médicales, sût qu'il allait mourir quand ses crachats devinrent de plus en plus écarlates.

Même si l'artère n'est pas grande, la semence a été lâchée dans le vent, et la créature est dans le sang – elle se propage dans chaque système organe : le cerveau, les reins, les intestins, les os, les ovaires, la peau, l'utérus, le cœur. La connaissance actuelle des systèmes organe et de leur dysfonctionnement a été en grande partie acquise en observant les effets de leur exposition au mycobacterium tuberculosis. *La destruction des glandes surrénales, appelée aujourd'hui maladie d'Addison, était alors une conséquence de l'érosion par la tuberculose des surrénales ; c'est ce qui provoqua la mort de Jane Austen. Dans tout manuel de médecine vieux d'une ou deux générations la tuberculose apparaît comme la cause probable de presque tous les dysfonctionnements d'organes. La maladie de Pott était la tuberculose osseuse, dont souffraient souvent les bossus, comme le bossu de Notre-Dame de Victor Hugo. Le* lupus vulgaris *était une infection de la peau ; le syndrome cachectique systémique était la consomption, ou phtisie. L'histoire de la médecine, il y a cinquante ans, était en grande partie l'histoire de la tuberculose.*

Des fléaux qui ont frappé le genre humain, la tuberculose fut sans doute le pire qui se soit jamais abattu sur les Inuits, et plus généralement sur les peuples indigènes d'Amérique. Personne ne sait pourquoi la maladie atteignit les Inuits aussi durement. Il existe quantité d'explications : l'exiguïté des habitations faites de glace ou de peaux où s'entassaient les familles, les maladies des poumons dues à la fumée des feux, une vulnérabilité génétique et, plus probablement, la famine récurrente qui rôdait à la lisière des glaces flottantes.

Les Inuits l'appelèrent puvaluq, *ou « mauvais poumon », et la majorité d'entre eux furent contaminés. Sur le continent américain tout entier, elle tua des millions d'Indiens, contribuant à faire le vide dans les Grandes Plaines. Lorsque les colons s'y déployèrent à la fin du XIXe siècle, ils s'étonnèrent devant ces vastes espaces fertiles où n'apparaissait aucune trace d'habitat humain. Mais sans les ravages du bacille (et de ses complices infectieux), ces endroits auraient été peuplés de chasseurs, de femmes et d'enfants vivant de la culture du maïs. Des millions d'individus occupaient ces terres avant l'arrivée du fléau.*

Là où je travaillais, les Inuits avaient été obligés par l'administration canadienne de s'installer dans de tristes petits hameaux érigés sur la rive de la baie d'Hudson, en grande partie afin de faciliter les efforts d'éradication de la maladie. Dans les années 1950 et 1960, des bateaux équipés d'appareils de radiographie mobiles accostaient chaque été, et les hommes, les femmes et les enfants porteurs de la forme active de la maladie étaient évacués vers des sanatoriums dans le Sud. La rupture culturelle résultant de ces années d'exil mettait un terme aux milliers d'années d'enseignement traditionnel et de connaissance de la terre qui avaient permis à ces gens de rester indépendants. Rendus à des parents dont ils se souvenaient à peine, les enfants étaient souvent incapables de leur parler, ayant perdu l'usage de la langue traditionnelle durant leur long séjour dans le Sud. Vers la fin des années 1960, les dernières familles de chasseurs nomades avaient quitté la toundra pour s'établir dans les maisons à bardage de bois fournies par le gouvernement, entamant le cycle d'acculturation qui perdure de nos jours.

Lorsque j'ai quitté l'Arctique en 1992, on signalait des épidémies actives dans les villages de Coral Harbour et d'Arviat. Cinq ans plus tôt des cas étaient apparus à Repulse Bay ; et quelques années auparavant, à Chesterfield Inlet. Historiquement, le degré d'exposition est si élevé que l'on peut s'attendre à ce que la tuberculose réapparaisse au cours des décennies à venir à la suite de la réactivation du bacille dormant.

La menace que représente le mycobacterium tuberculosis *pour les humains n'a rien d'exagéré. Comme un orage qui se forme lors de la réunion de plusieurs systèmes météorologiques différents, c'est en bien des points l'agent pathogène parfait : il présente une longue phase de latence asymptomatique, qui lui permet de s'ancrer durablement au sein des populations ; il se répand invisible dans l'air ; et quand il prend pied il attaque chaque système organe : le cerveau, les reins, les intestins ; et bien entendu son lieu de résidence privilégié : les poumons. Sa vitalité est due avant tout à sa capacité d'être insensible à nos poisons.*

En Amérique du Nord, nous imaginons qu'il s'agit d'une maladie à la marge – de l'histoire et de la géographie. Mais le sida est un exemple éclairant : la souffrance ne reste pas localisée. Les malheurs à la marge se déplacent vers le centre. L'économie se mondialise et, en même temps qu'elle, notre epidémiologie. Des souches multi-résistantes, des isolats de tuberculose résistant à toutes les médications connues sont identifiées dans une prison russe et, six semaines plus tard, elles apparaissent à Brooklyn. Nos retrouvailles avec la vieille ennemie sont déjà bien avancées. Et que cela nous plaise ou non, nous revenons aux problèmes qui ont tant inquiété nos grands-parents.

La notion de latence vaut qu'on s'y attarde un instant. La biologie récompense la patience. Le mycobacterium tuberculosis *le sait parfaitement. Il établit ses têtes de pont puis se met en sommeil. Et cette retenue est la pleine démonstration de son pouvoir. Toute soif ne doit pas nécessairement être étanchée. La retenue d'un désir n'amoindrit ni l'intensité ni le mérite de ce désir. Les prêtres tombent amoureux de paroissiennes et ne s'en cachent pas – nous le lisons dans les journaux. Ce que nous ne lisons pas ce sont les innombrables cas où les mots ne sont pas prononcés, où les baisers ne sont ni offerts ni sollicités. Mais cet amour inexprimé ne se réduit pas à rien. Quand nous aimons c'est parce que nous avons une vision particulièrement claire. Et une vue claire de la beauté humaine est un trésor qui dure aussi longtemps que respire le possesseur d'une telle vision. La permanence est la mesure ultime de l'importance des idées comme des organismes.*

Dans la lumière du nord

L'amour reste parfois dormant, comme la tuberculose – mais, comme tout épidémiologiste vous le dira, dormant ne veut pas dire disparu.

Victoria était obsédée par la crainte que ses enfants puissent avoir le puvaluq. *Tous ceux – infirmières et médecins du dispensaire – qui ne connaissaient pas son histoire écartaient ses inquiétudes d'un revers de main. Ils venaient du Sud, ces optimistes béats, d'un endroit où la créature avait été repoussée, pour le moment. Comment auraient-ils su ?*

11

Elle entendit la sirène du remorqueur dans la baie et consulta son calendrier. Troisième semaine de septembre. Victoria avait passé sa commande en retard et ses provisions d'épicerie n'avaient pas fait partie des cargaisons des deux chalands arrivés plus tôt dans le mois. Elle craignit à nouveau d'être à court de nourriture. Tout dépendait de Pauloosie. Son appétit semblait doubler chaque semaine, bien qu'il devînt particulièrement difficile à contenter, exigeant de manger de la cuisine traditionnelle, insistant pour se préparer une portion d'omble congelé pendant que le reste de la famille mangeait du rôti. Elle aurait tant voulu que Marie ait un peu de l'appétit de son frère. Mais elle se contentait de remuer vaguement la nourriture dans son assiette ; l'omble, les bâtonnets de poisson, le pain grillé, les haricots, le rôti : rien ne l'incitait à manger. Et les conséquences étaient visibles. Le jour de son retour en classe, les professeurs firent tous remarquer sa maigreur.

L'après-midi, Victoria se rendit à l'entrepôt où l'on déchargeait les commandes, enveloppées de polyéthylène et marquées en gros du nom du destinataire. Avec de la chance, votre commande sortait en premier. Johnny Ingutar, un des employés de l'entrepôt, vint à sa rencontre au moment où elle descendait du pick-up. « Ce n'était pas la peine de te déranger, annonça-t-il avec un large sourire.

– Que veux-tu dire ? »

Il fit un signe du doigt. Robertson était déjà sur place, ce qui la surprit. Il était parti deux jours plus tôt pour Yellow-knife et n'était pas censé revenir aussi tôt. Mais il était bel et bien là, dirigeant le chargement d'énormes caisses sur le semi-remorque du bureau du village. Victoria s'avança vers lui.

« Je suis venue prendre nos commandes », dit-elle en lui touchant l'épaule.

Son visage se décomposa comme s'il avait été surpris en train d'accomplir une mauvaise action. Puis il s'empourpra, bégayant, passant par tous les stades de la confusion. Elle finit par lui demander : « Que se passe-t-il ?

– J'ai une surprise pour toi, mais tu ne dois pas encore la voir.

– Bon », dit-elle, et elle regagna le pick-up et rentra chez elle.

Victoria ne revit pas Robertson ce jour-là ni le lendemain. Elle pensa qu'il était reparti à Yellowknife, que la surprise avait un rapport avec l'hôpital. Peut-être allaient-ils commencer le chantier à l'automne, quelque chose du genre.

Une semaine plus tard on frappa à la porte. Elle alla ouvrir, s'attendant à trouver son père de retour de la chasse au morse plus tôt que prévu, et vit son mari, le front plissé d'anxiété.

« Qu'y a-t-il ? » demanda-t-elle.

Il fit un signe en direction de son camion.

« Qu'y a-t-il ? répéta-t-elle

– Viens voir ! » cria-t-il, d'un ton qui la fit sursauter. De quoi s'agissait-il ? Bon, d'accord, elle irait contempler les premières fondations de l'hôpital, ou ce qu'il semblait si désireux de lui montrer.

Elle monta dans le camion et il l'emmena jusqu'à l'entrée de la baie, à l'extrémité ouest du village, à l'endroit où, jadis, elle ramassait des coquillages lorsqu'elle était une adolescente de dix-sept ans, gauche et timide, de retour du Sud. Une maison neuve se dressait devant elle, une construction d'un étage en rondins de cèdre, avec une toiture en bois, des revêtements et des portes neuves, et des fenêtres à triple vitrage, comme il n'en existait pas au nord de la forêt. Robertson s'arrêta.

« Qu'est-ce que c'est ? » dit-elle, se demandant si le consortium de Robertson avait construit un nouveau bâtiment administratif ou autre chose.

« C'est ta nouvelle maison. »

Victoria en eut le souffle coupé. Elle courba la tête pour regarder par-dessous le pare-soleil, la bouche toujours grande ouverte. Ils descendirent du camion.

« J'ai dû engager tous les hommes du village capables de manier une scie circulaire », dit Robertson. Ils gravirent les marches du perron et il insista pour qu'elle soit la première à ouvrir la porte.

Elle embrassa d'un coup d'œil les placards rutilants de la cuisine, les planchers de bouleau, les peintures claires, la lucarne du plafond. Elle était sans voix. Il y avait un lave-vaisselle et une cuisinière neuve. Et même un comptoir central en érable, comme dans les magazines. Elle ouvrit la porte du garde-manger, et y vit ses provisions bien rangées.

La cuisine donnait sur la salle de séjour, où trônait un poêle à bois en fonte muni d'une fenêtre. Il y avait une grande télévision couleur dans un coin spécialement aménagé, des fauteuils neufs et un canapé chesterfield du même rose fané disposés en fer à cheval. Les chambres – une pour chacun des enfants – étaient deux fois plus grandes que celles de l'ancienne maison. À la vue de la salle de bains adjacente à la chambre principale, Victoria s'immobilisa, sans pouvoir faire un pas de plus.

Puis elle se mit à pleurer et fut incapable d'en voir davantage.

Elle se précipita vers la porte de la cuisine et sortit. Elle courut jusqu'à la baie, loin de cette grande maison, jusqu'au rivage où elle se tint les pieds dans l'eau, tremblante de froid. Au bout d'un long moment, Robertson apparut sur les marches et la rejoignit. Ils contemplèrent la mer.

« J'espérais qu'elle te plairait, dit-il.

– C'est une superbe maison, dit-elle.

– Est-ce qu'elle te plaît ?

– On dirait que tu essayes de te faire pardonner quelque chose, Robertson. Comme ce qui a été déboursé pour la mine de diamants. »

Il s'éloigna d'elle et regagna le camion. Il démarra et elle demeura au bord de la mer, essayant d'imaginer son avenir. Il neigeait. Dans la baie, le remorqueur relevait l'ancre pour ramener le chaland vide à Montréal.

En entendant le téléphone sonner, Balthazar crut que l'appel provenait de la compagnie de taxis ; ses sacs de voyage et ses valises étaient dans l'entrée et il était encore tout essoufflé après y avoir enfourné à la va-vite ses affaires.

C'était Amanda. « J'appelais seulement pour savoir comment tu allais. Je n'ai pas eu de tes nouvelles depuis un moment.

– Ça va bien.

– Quand repars-tu dans le Nord ?

– Dans vingt minutes.

– Pourquoi ne m'as-tu pas téléphoné, Keith ?

– Je suis désolé. Je sais que ce n'est pas facile pour toi.

– Ce n'est pas ça. Je suis furieuse.

– Contre qui ?

– Contre toi, parce que tu ne m'as pas rappelée. Contre mes parents, à cause de la façon dont ils se comportent.

– Ils se mènent toujours la vie dure, hein ?

– Tu devrais les entendre.

– Je peux l'imaginer.

– Tu crois ?

– Oui.

– Maman dit que tu n'es jamais resté assez longtemps au même endroit pour devoir affronter un problème.

– Je ne vois pas comment elle le saurait, elle ne m'a connu qu'après avoir épousé ton père.

– Elle prétend qu'elle te connaît bien.

– Vraiment ?

– Papa dit qu'il ne te ressemble pas.

– Difficile de dire le contraire.

– Maman tient le coup.

– Tout ça n'est pas drôle, chérie.

– C'est affreux, dit-elle, d'une voix presque inaudible.

– Est-ce que je peux faire quelque chose ? » Balthazar ressentit un pincement au cœur au moment où il prononçait ces mots faciles et faux.

« Je crois que nous sommes tombés d'accord pour dire qu'il n'y a rien à faire.

– Je ne vais pas t'enlever, Amanda.

– Tu veux dire que tu ne peux pas prendre parti pour moi contre mes psychopathes de parents.

– Je ne peux absolument rien faire pour résoudre leurs problèmes.

– Très bien, mais tu pourrais répondre de temps en temps à ce foutu téléphone.

– C'est vrai.

– Ils n'arrêtent pas avant deux heures du matin, ils s'endorment, et ils se réveillent pour se bagarrer encore un peu. C'est épouvantable, Keith.

– L'un d'eux s'en est pris à toi ?

– Tu poses toujours cette question. Qu'est-ce que tu crois ? Entendre ses parents se hurler dessus toute la nuit, tu penses que cela me fait du bien ?

– Je suis désolé.

– En vérité, si toi et moi nous allions les trouver ensemble, et que je leur dise que je vais vivre chez toi jusqu'à ce qu'ils aient pris une décision, ils pourraient peut-être se ressaisir. C'est pas comme si j'avais quatre ans.

– Je suis désolé.

– Tu ne l'es pas tellement, en fait.

– Si. Vraiment.

– Ouais.

– Hé, mon taxi est là, dit-il, regardant par la fenêtre avec soulagement.

– C'est vrai ? Tu pars tout de suite ?

– Oui.

– Tu ne mens pas ?

– Il vient de klaxonner.

164

– Alors, tu allais partir sans téléphoner ?
– Je suppose, oui.
– Je vois.
– Je ne suis pas comme tu le voudrais, Amanda. Je le regrette.
– Fais-moi signe quand tu reviendras.
– Promis. »
Il raccrocha et resta la tête baissée pendant un long moment. Puis il empoigna ses valises.

Dans la salle de conférences du Rankin Inlet Hotel, Betty Peters écrasa sa cigarette dans le cendrier après avoir surpris le regard sévère de Robertson. C'était la première fois depuis des mois que l'Ikhirahlo Group se réunissait. Robertson avait de plus en plus de poids dans le fonctionnement de l'association ; il était dans son intérêt que le groupe, qui comprenait deux Inuits, lui soit affilié, car un individu isolé était susceptible de faire naître des antagonismes personnels. Le succès de Robertson atteignait désormais le stade où il pouvait susciter une réaction brutale de la part de la communauté. Il ne pourrait plus se permettre des fantaisies telles que la nouvelle maison.

Le petit groupe avait été formé dans le but de rassembler des soutiens locaux pour des projets de travaux publics financés par le gouvernement. Le principe était de réunir tous ceux qui avaient les capacités d'organisation et les connaissances financières suffisantes pour répondre à un appel d'offres, afin que les contrats à venir soient établis en des termes favorables à l'ensemble du groupe. Au début, il s'agissait d'un arrangement informel, puis le rythme de la construction s'accélérant, ils avaient déposé des statuts sous le nom de l'Ikhirahlo Group, nom choisi lors d'un jeudi soir particulièrement froid où ils étaient tous restés à boire dans cette même salle de l'hôtel. *Ikhirahlo* : très froid. Le nom avait agi comme un aiguillon sur les villageois. C'était une excellente idée d'avoir choisi un terme iniktitut, tout aussi excellente que d'avoir inclus les frères Killimeet, mais personne ne doutant que c'était les Sudistes qui empochaient tout l'argent, le nom était mal venu : il évoquait des capitalistes se plaignant de l'âpreté de la terre qu'ils avaient volée. Robertson avait vite regretté ce trait d'humour.

Satisfaits des prévisions de bénéfices réguliers, ses cinq partenaires lui laissaient mener la barque. Ils avaient seulement entendu des rumeurs à propos de la mine, et s'étaient mis à le questionner sur son rôle. Il ne leur avait encore donné aucun détail jusque-là, car il n'avait aucune confiance en leur discrétion. Mais les choses étaient trop avancées désormais pour qu'on les arrête.

Robertson ferma la porte, ce qu'il faisait rarement dans les réunions du groupe. Melvin Anders et Josie Killimeet se turent et le regardèrent d'un air interrogateur. Robertson s'assit.

« Bon, j'ai d'excellentes nouvelles. La Back River Diamond Company, une filiale de Boer Gems, propose à l'Ikhirahlo Group une participation minoritaire dans la mine, en échange de conseils d'ordre professionnels et de prestations de relations publiques. Si vous êtes tous d'accord, nous serons propriétaires de 0,25 pour cent de la mine, ce qui double la valeur comptable de notre société. »

Ses collègues se renfoncèrent dans leurs fauteuils.

« Cela paraît trop beau pour être vrai, dit Betty Peters. Et les responsabilités, Robertson ? Y avez-vous pensé ? Si par exemple la mine devient une catastrophe écologique – pourrions-nous être poursuivis ? Même pour une infime participation ?

– Les Sud-Africains ont assuré toute l'opération auprès de la Lloyd's de Londres – ça couvre tous les risques. Vous pouvez jeter un coup d'œil sur les documents si vous le désirez.

– D'accord », dit-elle. Mais elle n'en ferait rien, et tout le monde le savait.

« Je vous en apporterai une copie demain.

– Alors, Robertson, dit Melvin Anders en grattant sa longue barbe, qu'aurons-nous à faire exactement, en échange ?

– En fait, j'ai eu régulièrement des réunions avec ces gens depuis plusieurs mois, et je les conseille déjà en matière de politique locale. J'ai promis de continuer à m'en occuper.

166

Leur souci principal est la campagne que mènent Okpatayauk et ses amis pour stopper le projet.

– Peuvent-ils empêcher l'ouverture de la mine ?

– Probablement pas. Les Sud-Africains bénéficient déjà d'une décision politique autorisant explicitement l'exploitation. Mais ils ont clairement indiqué qu'ils ne désirent pas soulever l'hostilité locale. Ils ont déjà connu des expériences similaires qu'ils ont estimé trop coûteuses. En outre, avec leur propre situation politique, je ne pense pas qu'ils aient envie de s'attirer une publicité négative.

– Que se passera-t-il si l'opinion penche du côté d'Okpatayauk ?

– Rien dans l'immédiat, à mon avis. Mais ils réduiront sans doute leurs ambitions et, si la population leur est résolument opposée, ils essaieront de trouver un repreneur.

– Et quel serait le problème dans ce cas ?

– Ce sont des gens qui savent exploiter profitablement une mine de diamants. Ce sont eux qu'il nous faut ici, dans notre intérêt à tous. Trois mille emplois vont être créés pour construire cette exploitation et mille pour la faire fonctionner. Imaginez.

– Alors comment pouvons-nous monter l'opinion contre Okpatayauk ? »

Robertson resta silencieux un instant. « J'ai quelques idées. »

Installé dans le salon du Père Bernard, Balthazar écoutait *Saturday Night Fish Fry* de Louis Jordan sur le vieil électrophone. Chaque fois qu'il allait en ville, il achetait des disques à l'intention du prêtre, dont la passion dans ce domaine se concentrait sur le blues des années quarante. Il avait trouvé celui-ci dans une boutique de Chelsea. Il avait apporté d'autres cadeaux : une guirlande de têtes d'ail, du fromage, et un carton de bouteilles d'armagnac. Le regard de l'ecclésiastique s'était illuminé à la vue du disque.

Lorsque la nouvelle résidence paroissiale avait été construite derrière l'église en 1973, le Père Bernard avait dû abandonner sa baraque pour s'y installer. Il avait été consterné de devoir vivre à nouveau comme un séminariste, mais n'avait pas protesté. Il était conscient du manque de logements dans le village, et savait qu'il était anormal qu'un célibataire occupe une maison pour lui seul. Et les nouveaux aménagements avaient des aspects positifs. Il n'avait pas à se débattre avec les toilettes ou, lorsque le froid gelait toutes les canalisations, à utiliser un seau. Il pensait aussi que la compagnie des autres prêtres et novices de passage l'aiderait peut-être à lutter contre une certaine tendance à l'isolement. En outre, depuis quelques années, le Département de la Santé avait attribué l'un des appartements inoccupés à Balthazar.

Leur amitié n'avait pas été immédiate. Le Père avait entendu parler du médecin depuis un bon temps avant de le voir apparaître le matin dans les couloirs, traînant les pieds jusqu'aux douches, bâillant sans vergogne. Et Bernard avait partagé la méfiance des habitants du village à son endroit, ou n'avait trouvé aucune raison de les contredire. Mais, lors de leur installation, il s'était rapproché de Balthazar d'une manière qu'il n'avait pas prévue – l'union de deux introvertis marginaux chargés de veiller à la santé physique et morale du village. En hiver, ils étaient seuls à occuper la résidence pendant des mois d'affilée. Bernard avait laissé sa porte ouverte, et la musique se répandait dans le bâtiment désert, ce qui permettait à tout le monde, c'est-à-dire à personne, de l'écouter. C'était osé de leur part de mettre de la musique aussi fort dans un lieu public. Balthazar avait plus de quarante-cinq ans, et Bernard au moins soixante. Ce soir-là, ils avaient l'impression d'en avoir à peine plus de vingt, enivrés par cette musique rocailleuse et dangereuse, et par l'armagnac.

À la fin du disque, le Père s'était levé pour remplir leurs verres et découper le fromage. « Robertson a fait construire une nouvelle maison pour sa femme, un vrai château. Vous l'avez vu ?

– Non.

– Une surprise, apparemment, même pour elle. La seule maison en rondins au nord de la forêt.

– Presque, il y a le vieil hôpital à Chesterfield. Est-ce qu'elle a plu à Victoria ?

– Elle a refusé de s'y installer. »

Balthazar le regarda d'un air interrogateur.

« Et à votre avis, pour quelle raison lui a-t-il construit cette maison ?

– Pour qu'elle l'aime.

– Bien sûr. Je comprends. »

Suivit un bref silence tandis qu'ils réfléchissaient à la place de Robertson dans ce mariage. La sympathie de Balthazar et du prêtre allait en général à Victoria, mais ce soir ils ne pouvaient s'empêcher de plaindre son mari.

Balthazar décida de changer de sujet. « Qu'est-il arrivé d'autre pendant mon absence ?

– L'institutrice, l'amie d'Emo, a passé tout l'été dans la toundra, près de la Back River, à camper seule. Les chasseurs sont allés voir comment elle s'en tirait. Je suppose qu'ils apprécient son courage.

– En tout cas Emo l'apprécie.

– Ce sont des commérages. Comment avance votre livre ?

– Ce n'est pas vraiment un livre, Bernard – vous le savez. Juste quelques réflexions jetées sur le papier.

– Y avez-vous travaillé cet été ?

– Peu. J'en avais l'intention. Mais j'ai été distrait.

– Par quoi ?

– J'ai vu ma nièce à plusieurs reprises. C'est elle qui m'a indiqué où trouver ces disques.

– Vous êtes très proches, n'est-ce pas ?

– Pas vraiment. Mais il semble que nous nous supportions plus facilement l'un l'autre qu'aucun des autres membres de notre famille.

– Les Inuits comprennent mieux ces situations que les gens du Sud. Que les enfants puissent être élevés par un oncle, une tante ou même par leurs grands-parents.

– Bon, je n'en suis pas au point de l'élever, pas exactement.

– Mais cela changerait peut-être si vous le faisiez, un peu.

– Mon frère et sa femme s'entendent mal. Je crois qu'ils vont se séparer.

– Je suis navré de l'apprendre, Keith, mais je suis surtout désolé pour votre nièce. »

Puis Bernard mit *Slim's Jam* : saxophone ténor et allusion indirecte à la marijuana dans les années quarante.

Ils se renversèrent tous les deux dans leurs fauteuils, les yeux mi-clos en écoutant la musique, le vieux prêtre hilare, le nez dans son armagnac. À la fin du morceau, l'aiguille continua à tourner jusqu'à ce que Balthazar se lève et la soulève. Ils écoutèrent ainsi tous les disques qu'il avait achetés l'été dernier. « À propos, Bernard, demanda-t-il en remplissant à nouveau leurs verres, pensez-vous qu'il soit plus difficile de rester marié aujourd'hui qu'autrefois ? »

Bernard n'ouvrit pas les yeux et Balthazar crut qu'il s'était endormi. Puis il répondit, les paupières toujours closes : « Si les gens sont différents, leur mariage sera différent. Le mariage a changé, les gens ont changé.

– Ici aussi ?

– C'est partout pareil – c'est la leçon que nous a apprise la fin du XXe siècle. Vous parlez de votre frère et de sa femme, je présume.

– Oui. Ma nièce s'est enfuie de chez eux. Elle voulait vivre avec moi jusqu'à ce qu'ils aient clarifié leur situation.

– Que lui avez-vous répondu ?

– J'ai éludé le problème.

– Tss-Tss.

– Vous me désapprouvez ?

– Je ne vous critique pas, Keith.

– Ils se disputent comme s'ils se haïssaient.

– Toujours la même histoire.

– Hum.

– Et c'est la famille qui ramasse les morceaux.

– Ce n'est pas tout à fait le cas aujourd'hui. »

Robertson et Victoria étaient assis sur les marches de leur ancienne maison. Les filles faisaient leurs devoirs à l'intérieur et Pauloosie aiguisait un couteau. Victoria fumait une cigarette, ce qu'elle n'avait pas fait en présence de Robertson depuis plus de douze ans.

« C'est simplement que j'aime beaucoup cette maison. Tu aurais dû me dire que tu avais l'intention d'en acheter une nouvelle. C'est ici que j'ai élevé mes enfants, et – je ne sais pas vraiment ce que tu recherches. »

Robertson se frotta le genou. « Victoria, tu ne me laisses jamais rien faire pour toi.

– Je pense que nous avons vécu côte à côte, plutôt qu'ensemble, pendant trop longtemps.

– Est-ce que nous pouvons changer les choses ?

– Je ne sais pas.

– Je ne serai jamais un Inuit, tu le sais. C'est bien le problème, en fin de compte ? »

Elle secoua la tête et tira sur sa cigarette, les larmes perlèrent au coin de ses yeux.

The Appetite For Destruction, la tournée triomphale de Guns N' Roses, donna trois représentations au Madison Square Garden les 7, 8 et 9 octobre 1988. Amanda acheta les billets avec Emma, une camarade d'école, et elles racontèrent à leurs parents qu'elles allaient à un spectacle de danse. Elles se retrouvèrent au centre commercial, se changèrent dans les toilettes, troquant leurs jeans pour des minijupes et s'enduisant d'une telle couche de maquillage que leur peau prit la texture d'une pâte à modeler colorée. Un bus les conduisit au terminal du Port Authority et elles continuèrent à pied jusqu'au Garden. Elles étaient toutes les deux tellement excitées, qu'elles sautillaient en marchant, et ne retrouvèrent leur calme qu'en vue du stade couvert.

Leurs places étaient situées tout en haut des gradins. Avant même que le spectacle commence, elles furent transportées par le bruit, la fumée, l'électricité érotique qui flottait dans l'air. Un peu plus jeunes que la moyenne des spectateurs autour d'elles, elles étaient très jolies et virent plus d'un sourire masculin s'adresser à elles. Alors que les musiciens faisaient leur entrée, Amanda consulta sa montre et calcula l'heure où il leur faudrait partir pour attraper le dernier bus. Puis Axl Rose monta sur scène en se pavanant, suivi de Slash, et ils entamèrent l'introduction de *Welcome To The Jungle* et voilà, c'était parti, Amanda debout sur son siège, se tortillant comme dix-huit mille autres personnes et il ne fut plus question de bus.

Devant elles se tenait un garçon, grand, mince, torse nu dans la chaleur du stade. Il se tourna vers elles, il était complètement défoncé et leur offrit un joint d'un geste machinal. Chacune tira une bouffée, s'étrangla, toussa, avant de le lui rendre. Le spectacle n'en devint que meilleur.

Le garçon s'appelait Lewis et à la fin du concert il les reconduisit à Newark, où il habitait lui aussi. Il déposa Emma devant sa maison plongée dans l'obscurité. Amanda lui indiqua le chemin qui menait à celle de ses parents et après s'être arrêté au bout de l'impasse, il se pencha et l'embrassa au moment où elle tendait la main vers la poignée. Elle en fut stupéfaite. Mais elle lui rendit son baiser, longuement, maladroitement. Il gloussait d'un rire nerveux et elle pensa qu'il se moquait d'elle, mais c'était uniquement parce qu'il était stone. Elle finit par lui gribouiller son numéro de téléphone sur la main, puis elle se glissa hors de la voiture.

Okpatayauk avait vingt-neuf ans. Il avait vécu dans le Sud pendant deux ans, et étudié le droit à l'université d'Ottawa avec l'intention de devenir juriste. Son orgueil l'avait perdu. À Rankin Inlet, considéré comme une sorte de prodige depuis le cours élémentaire, il avait été l'objet de louanges et de comparaisons avec les autres élèves parce qu'il lisait pour son plaisir et était attentif en classe. Son premier semestre à l'université l'avait secoué sur ses bases. Il avait fait des efforts pendant quelque temps, puis avait baissé les bras et était retourné chez lui, renfrogné et amer. Il avait depuis passé neuf ans dans l'administration locale. À plusieurs reprises ses supérieurs lui avaient dit qu'il pourrait avoir un brillant avenir s'il changeait d'attitude. Les gens qui ont ce type de comportement réagissent en général comme Okpatayauk à pareilles remontrances.

Comme tout le monde, il était au courant de la rumeur qui courait dans le village – certains collègues de Robertson étaient trop bavards – et il avait réagi à l'histoire de la mine d'une manière qui n'était pas dans ses habitudes. Il avait commencé par demander à ses collègues s'ils pensaient que

« la mine serait profitable aux Inuits ». La réponse la plus courante était que les Inuits tireraient peu d'avantage de ce genre d'aventure – la part du lion irait à Robertson et à l'Ikhirahlo Group – et que, de toute façon, l'idée qu'il y puisse y avoir des diamants sous la toundra était ridicule.

Okpatayauk vivait avec sa petite amie, Elizabeth Angutetuar, qui occupait un appartement du gouvernement, et était destinée à une belle carrière de fonctionnaire. C'était vivre avec elle ou bien partager une maison avec une demi-douzaine d'autres célibataires. Dans ce cas, l'odeur de bière était le moindre des inconvénients. Et pendant ce temps, ce Kablunauk de Robertson arborait des montres qui valaient le prix d'un pick-up, disait-on.

C'est ainsi qu'Okpatayauk forma un comité d'opposition à la mine. Ils furent bientôt une trentaine à se réunir dans l'appartement d'Elizabeth pour parler du projet en cours, et discuter des moyens de s'y opposer. Okpatayauk pensait qu'il n'était pas dans leur intérêt, à ce stade, de fonder leur opposition sur une question raciale. Cela risquait de brouiller leur action, et de leur aliéner les enseignants qui avaient l'expérience de mouvements de ce genre.

Il avait persuadé le conseil municipal d'organiser une réunion publique au sujet de la mine. Robertson et les membres de l'Ikhirahlo Group s'y attendaient et sauvegardèrent leur capital politique en ne s'opposant pas à cette demande. Une date fut arrêtée et le stade de hockey réservé. Dans les semaines qui précédèrent, des affiches firent leur apparition dans le village – sur le panneau d'affichage du Northern Store, sur celui de l'église, et, dans un geste d'une audace sans précédent, sur les lampadaires. On pouvait y lire : AUJOURD'HUI CE PAYS EST CELUI DES CARIBOUS. DANS DEUX ANS, IL N'Y EN AURA PLUS.

Tous les soirs de la semaine précédant la réunion, le comité d'Okpatayauk se réunit. Les Kablunauks présents prétendaient que, grâce à des actions semblables, l'abattage des arbres avait cessé dans les forêts anciennes de Colombie-Britannique. Les Inuits écoutaient et parlaient avec moins de véhémence mais plus de gravité. Le fondement de leurs objections : et si nous ne voulons pas de ces changements ?

Penny n'avait pas l'habitude de s'impliquer dans la politique locale, affectant un certain mépris envers celui qui parlait de la Terre sans être fichu de savoir construire un igloo. Mais la mine, et les gens qui y étaient associés, valaient la peine qu'on s'en occupe. Elle se remémorait les plaines où elle avait grandi au nord d'Edmonton : les innombrables puits de pétrole dont on voyait monter et descendre les balanciers, les fermes qui n'étaient plus qu'un souvenir, remplacées par deux ou trois mille hectares de colza déployant jusqu'à l'horizon leurs monotones étendues jaunes. Après la disparition du bétail, les mares avaient toutes été comblées. Dans les rares élevages porcins, les animaux étaient enfermés dans d'immenses hangars de tôle chauffés au gaz naturel et peu éclairés, vingt mille bêtes serrées joue contre joue, dont l'odeur se répandait jusque dans la prairie comme un souffle dantesque. Elle avait de la mine une image identique – l'inexorable appauvrissement de la terre et des hommes qui en vivaient.

En dehors de sa relation intense et compliquée avec Emo, elle n'avait presque pas d'amis parmi les adultes de la région. Elle était connue dans le village et savait pourquoi : elle était la femme kablunauk qui conduisait un attelage et passait ses week-ends et ses congés seule à l'intérieur des terres. Sa décision de se rendre chez Okpatayauk fut donc un événement.

« Je me présente, Penny Bleskie », dit-elle à la porte, serrant la main d'Okpatayauk. À l'intérieur, elle salua d'un signe de tête Elizabeth Agutetuar, Madeleine Tuktuk, Jerome Nappigak, Uluyuk Tartuk, l'assistante sociale, les deux infirmières, et les trois professeurs présents, qui tous savaient qui elle était et avaient spéculé des heures durant sur la nature de ses relations avec le vieil homme.

Elle s'assit sur un coussin. Une épaisse fumée régnait dans la pièce et ses yeux la piquaient au point qu'elle ne reconnut pas tout de suite Pauloosie Robertson quand il arriva cinq minutes plus tard. Elle ne l'avait pas revu depuis le jour où elle l'avait trouvé dans la toundra. Sa présence au collège était de plus en plus sporadique, et il était à prévoir qu'il cesserait bientôt d'y venir. Pourtant, le voilà qui assistait à la réunion, et c'était sans nul doute par intérêt pour la mine – dont son père était le principal promoteur.

Le garçon s'assit à même le sol, contre un mur. Penny, Okpatayauk et lui étaient les seuls à avoir moins de trente ans. Il regretta aussitôt d'être venu mais craignit de se faire remarquer s'il partait. Il ne connaissait aucun des Kablunauks présents à part la prof aux chiens dont il avait oublié le nom. Okpatayauk parlait de la mine comme de l'enjeu d'une sorte de lutte de pouvoir. Entre Inuits et Kablunauks, supposa Pauloosie. Pourquoi recevait-il des Kablunauks chez lui, dans ce cas ? Son grand-père lui avait dit que la première mine du pays avait changé leur mode de vie. C'était à cette époque que les gens avaient quitté la terre ; maintenant ils ne s'y aventuraient même plus.

Tout le monde à l'exception de Penny comprit que la présence de Pauloosie était un geste de défi envers son père. Robertson, qui avait appris à parler l'inuktitut, à viser juste et à creuser un trou pour se mettre à l'abri par mauvais temps et qui reniait aujourd'hui ce savoir-faire. C'était pire que mystérieux pour Pauloosie – il ressentait son attitude comme une répudiation.

« L'important est de les amener à comprendre que cette terre est la nôtre, disait Okpatayauk. Les gens du Sud débarquent ici, voient un moyen de gagner de l'argent et commencent à tout détruire autour. Nombreux sont ceux parmi nous qui croient n'avoir pas leur mot à dire, mais ils se trompent.

– Les choses sont en train de changer dit Elizabeth Agutetuar. À l'épicerie aujourd'hui, cinq personnes sont venues vers moi pour me parler de cette réunion, et me féliciter de ce que nous faisons.

– Alors qui veut aller poser les dernières affiches ? » demanda Jerome Nappigak.

Pauloosie leva la main. Tout pour se tirer d'ici. Penny l'imita.

175

« Comment vont tes chiens ? demanda-t-il quand ils furent dehors, chacun avec un paquet sous le bras.

– Très bien, merci, et les tiens ?

– J'ai besoin d'un nouveau chien de tête.

– J'ai entendu dire que Apilardjuk en avait un à vendre.

– Il en veut cinq cents dollars.

– Depuis quand les chiens valent-ils cinq cents dollars ?

– Depuis qu'ils sont devenus à la mode.

– Quand ?

– Devine.

– Ta Ski-Doo marche mieux maintenant ?

– Ouais. »

15 octobre 1988

Cher Keith,

Comment vas-tu ? Moi je vais bien. J'espère qu'il ne fait pas trop froid là-haut. Ha ! ha ! J'aimerais que tu sois là. Je te ferais entendre mon nouvel album des Guns N'Roses. C'est triste à dire, mais mon intérêt pour l'alto diminue. N'en dis rien à ma mère. À propos, les choses de ce côté ne s'améliorent pas. Mon père s'est mis à boire. L'autre soir je suis rentrée tard de ma leçon de musique et il était bourré. Note qu'il s'est montré plutôt gentil, s'excusant et tout et tout. Maman n'a même pas voulu lui adresser la parole.

Quoi qu'il en soit, si tu étais là, j'aurais aussi des questions à te poser sur la contraception. Réponds-moi quand tu auras le temps.

Je t'embrasse, Amanda.

Woodchopper's Ball par Woody Herman et son orchestre, était trop classique et maniéré à son goût ; néanmoins, puisque Balthazar avait trouvé un enregistrement original à New York, le Père Bernard était prêt à l'écouter avec plaisir. La beauté emprunte des courants multiples. Peut-être moins profonds dans un orchestre entièrement blanc dirigé par un égocentrique tel que Woody Herman, mais l'art nous enseigne qu'en dépit d'eux-mêmes les aveugles atteignent parfois le sublime. Et, dans le break, la clarinette était une pure merveille. Il comprenait la ferveur du public. Une des leçons du Créateur.

« Vous avez l'air absent ce soir, Père.

– J'ai pas mal réfléchi à la mine. Plusieurs personnes m'ont demandé d'aborder le sujet à la messe.

– Vous allez en parler ?

– Seigneur, sûrement pas. L'Église n'a pas passé deux mille ans à s'intéresser à l'actualité.

– Mais que pensez-vous du projet ?

– Je pense qu'il y a dix ans, il n'y aurait pas eu la moindre discussion.

– Et maintenant ?

– Les Inuits ont changé.

– Regrettez-vous de les voir plus engagés politiquement ?

– Bien sûr que non.

– Mais vous rejetez l'aspect matérialiste de cet engagement.

– *Bien sûr*[1]. Comment ne pas en être affligé ? Devons-nous être tous exactement semblables ?

– L'Église n'est pas sans y avoir de responsabilité, Père.

– Oh, je le sais.

– Je suis surpris que vous aimiez le disque de Woody Herman.

– Moi aussi, à dire vrai. Mais ne m'apportez pas un Glen Miller, si c'est votre intention.

– Soyez sans crainte.

– À propos, comment va votre nièce ? Il y a quelque temps que vous ne m'en avez pas parlé.

– J'ai reçu une lettre d'elle l'autre jour. Il semble qu'elle devienne rapidement adulte. Ses parents sont pourtant toujours pareils.

– Pauvre enfant.

– Je crois qu'elle a la situation en main. »

---

1. En français dans le texte.

25 octobre, 1988

Chère Amanda,

Je regrette que ton père et ta mère se disputent toujours autant, et que ton père se soit mis à boire. C'est, il faut bien l'avouer, une habitude chez les hommes de notre famille. Ton grand-père paternel avait le même problème, tout comme son père. Mais jusqu'à présent ton père ne buvait pas exagérément, autant que je sache, la raison en est sans doute le climat entre ta mère et lui. Disons donc que le jour où ce problème sera résolu, et il le sera bientôt, je pense qu'il cessera de boire. Mais j'imagine parfaitement l'effet que cela a sur ta mère.

Écoute, si tu le désires, tu pourrais venir me rendre visite ici un de ces jours. C'est particulièrement beau en été, lorsque la toundra est en fleur et que caribous et bœufs musqués se rassemblent. Le spectacle peut vraiment être magnifique. Je regrette de n'avoir pu t'aider avant mon départ. J'en suis encore désolé. Sais-tu ce qui te ferait plaisir pour Noël ?

Je t'embrasse,
Oncle Keith.

La réunion publique était prévue à trois heures de l'après-midi, le premier samedi de décembre. Le temps avait été magnifique pendant toute la semaine, et tous ceux qui s'opposaient au projet de la mine s'étaient sentis réconfortés par le soleil et la chaleur. Si deux cents personnes en faisaient la demande au cours de la séance, un référendum devrait être organisé dans le mois qui suivrait, leur avait dit l'avocat. Les choses s'annonçaient bien. Penny, Pauloosie, Okpatayauk et les autres s'étaient répandus dans tout le village, persuadant les habitants d'assister à la réunion, et ils attendaient impatiemment le moment de leur triomphe.

Le jour se leva en beauté le samedi, vers dix heures du matin, et Penny se réveilla au moment où il se glissait par la fenêtre. Son premier geste fut de bondir hors de son lit pour gagner au plus vite la toundra. Mais elle se souvint de la réunion et regagna son lit. Elle espéra que ce n'était pas la fin du beau temps.

Elle s'habilla et descendit jusqu'à la banquise pour nourrir ses chiens, regardant le ciel prendre un éclat orangé sous le soleil matinal. La plupart des attelages étaient déjà sortis, et elle trouva ses chiens dans un état d'agitation extrême à force d'être restés enchaînés. Ce qui ne les empêcha pas de dévorer la carcasse de phoque qu'elle leur avait apportée. Elle rebroussa chemin et se dirigea vers le stade de hockey. Elle avait proposé d'arriver plus tôt pour aider à la préparation de la réunion.

Le village était étrangement paisible pour un week-end. Le Northern Store aurait dû être bondé et la circulation ininterrompue. Mais on se serait cru en été.

À son arrivée, les autres étaient déjà là, occupés à déplier les chaises. Au pied de l'estrade, serrés l'un contre l'autre, Okpatayauk et Elizabeth Angututuar répétaient ensemble leur discours. Les derniers jours, au supermarché, on ne discutait pratiquement que de cela. *Il pourrait y avoir un feu d'artifice aujourd'hui,* pensa-t-elle. Penny posa son manteau sur une chaise et se mit au travail.

À deux heures de l'après-midi, le stade était prêt et les membres du comité contenaient à peine leur impatience. Tables et chaises étaient à leur place, chacun savait comment se déroulerait la réunion, et quand il faudrait applaudir. Les directeurs de l'Ikhirahlo Group furent les premiers à se présenter, Robertson, Betty Peters et Melvin Anders. Ils s'installèrent dans un coin de la salle et regardèrent leurs adversaires bavarder joyeusement. À deux heures et demie, les élus commencèrent à s'installer. Le maire, qui devait jouer le rôle de modérateur, arriva en dernier, essoufflé, le visage hâlé par le soleil et le vent. Il annonça une nouvelle qui avait échappé au comité. Le beau temps avait poussé les caribous à quitter les vallées pour se répandre en hardes entières à la recherche de nourriture. On les avait aperçus à trente kilomètres de Rankin Inlet. « Je n'ai jamais vu autant de *tuktus* si près du village. Vous devriez les voir, il y en a des milliers ! Clive Akpalik a tiré six gros mâles en dix minutes. Pratiquement tout le village est parti là-bas. »

À trois heures, personne d'autre n'était arrivé. Il y avait plus de monde sur l'estrade que dans l'assistance. Le Père Bernard était assis au premier rang à côté du Dr Balthazar. Johanna derrière eux. À trois heures dix, Pauloosie entra en coup de vent, hors d'haleine. Il commença par s'excuser auprès d'Okpatayauk, qui l'interrompit. « Je sais, c'est sans importance. »

À quatre heures, le maire déclara que la réunion publique était annulée en raison du manque de participants. Les membres du comité commencèrent à replier les tables et à empiler les chaises. Ils échangèrent à peine quelques mots.

Il commença à neiger durant la nuit. Le dimanche, un vrai blizzard s'abattit sur le village, et le vent se mit à hurler.

Le téléphone de Johanna sonna au moment où elle regagnait son appartement le vendredi suivant dans l'après-midi, les bras chargés de copies. Elle les laissa tomber en pluie et décrocha.

« Tu sembles bien nerveuse, dit Doug.
– Je viens de rentrer.
– Tout va bien ?
– Oui. Est-ce que je peux te rappeler dans cinq minutes ?
– Je ne suis pas chez moi.
– Au bureau ?
– Non. » Son ton évasif l'agaça.
« Où alors ?
– À l'aérodrome de Rankin Inlet.
– Quoi ?
– Surprise !
– Tu plaisantes.
– Non.
– Je viens te chercher.
– Chouette !
– Tu n'as pas l'air rassuré.
– Pas très. Il y a un arc de triomphe en bois de caribou devant les portes de l'aéroport.

– Je ne remarque même plus ce genre de trucs.

– Tu devrais te dépêcher.

– J'arrive. »

À l'aéroport, Doug était assis sur un banc, vêtu d'une énorme doudoune jaune vif qui ballonnait autour de lui comme gonflée d'air. Elle lui descendit aux genoux quand il se leva pour accueillir Johanna. Il se tenait les bras écartés comme un enfant en tenue de ski. Elle eut un sourire narquois.

« J'ai dit, je voudrais ce que vous avez de plus chaud. "Ce qu'il y a de plus chaud, monsieur ?" "De plus chaud", ai-je répondu. "Ce ne sera ni à la mode ni bon marché." "Je m'en fiche", ai-je dit.

– Que fais-tu ici ?

– J'ai eu l'idée de te faire une petite visite. Comme ça. Spontanément.

– Et comment crois-tu que j'aurais réagi si tu m'avais d'abord demandé mon avis ?

– Tu aurais dit non.

– Alors c'est peut-être une intrusion en quelque sorte.

– J'espérais que tu aurais pitié de moi dans cet accoutrement.

– Tu as des bagages ?

– Ils sont là.

– Emportons-les chez moi. »

Quand ils franchirent la porte de l'appartement, Doug émit un sifflement à la vue des affaires posées sur la table de la cuisine : les bottes en peau de phoque de Johanna, sa toque garnie de fourrure de lapin, et son pantalon coupe-vent. Une radio VHF était en charge dans une prise murale, et une canne à pêche était appuyée dans un coin, avec à son extrémité un grand leurre vert d'apparence menaçante.

« C'est plus ou moins ce que j'avais imaginé.

– Alors dis-moi pourquoi tu es venu.

– Une impulsion. Pour la même raison que toi.

– Sauf que tu es là à cause de tes impulsions, et que j'y suis aussi à cause de tes impulsions.

– Ces maudites impulsions.

– Comme tu dis. »

Il s'avança d'un pas et l'embrassa, sa bouche effleurant la sienne, à peine perceptible, mais l'enveloppant tout entière. Elle respira profondément et rendit aussitôt les armes. Il l'étreignit plus fort et ils se pressèrent contre la porte, se fondant presque dans le duvet d'oie. Elle était plus avide qu'elle n'avait voulu l'admettre, et quand il posa ses mains sur ses hanches, elle se mordit les lèvres puis, son geste restant sans effet, mordit les siennes.

De loin on eût dit une scène de violence. Il tenait ses poignets levés au-dessus de sa tête, ses bras appliqués contre le mur ; elle se jeta sur lui et son front heurta sa lèvre, la fendit. Il l'embrassa brutalement et quand il s'écarta elle avait du sang sur la bouche, comme une marque rageuse. Elle chercha ses lèvres et il renversa le cou en arrière ; elle saisit sa gorge à pleine bouche, l'embrassant à l'endroit précis où la trachée passe sous le sternum. Il lâcha ses poignets et passa ses bras autour de ses épaules, frissonnant, tandis qu'elle continuait à le mordre.

Le lendemain après-midi à la cafétéria ils restèrent assis sans parler, hébétés. Ils avaient les clavicules marbrées de bleus, et le pubis douloureusement sensible au frottement de leur pantalon. Tout le monde au village savait que Johanna avait un visiteur. Les jeunes, nombreux autour d'eux, l'examinèrent avec attention, remarquant en particulier l'air de lassitude comblée de leur professeur, une expression qu'ils connaissaient bien, vivant dans un endroit où les distractions étaient rares.

Quand ils regagnèrent l'appartement, la porte était à peine refermée qu'ils recommencèrent à se dévêtir mutuellement, violemment. Ils s'interrompirent seulement pour retirer de la poche de Johanna le tube de lubrifiant, qu'ils avaient acheté. Preuve d'une prévoyance dont elle n'aurait pas cru capable son esprit embrumé.

Elle le reconduisit à l'avion le lendemain. Ils n'échangèrent que peu de mots en marchant de la voiture jusqu'à l'aéroport. Quand son vol fut annoncé, il se tourna vers elle pour l'embrasser, et ils oublièrent tout alentour jusqu'à ce qu'un steward lui frappe l'épaule en s'excusant. Elle se sentait si heureuse qu'elle en était devenue stupide. Ses pensées ne dépassaient pas le plaisir intense et sans précédent de ce moment. Elle avait le corps couvert de morsures, l'intérieur des cuisses douloureux, les genoux et les épaules en coton.

Au moment où l'avion décollait, elle eut l'impression qu'une pellicule se détachait de sa peau. De son corps, de son esprit, de partout où réside le désir.

À Baker Lake, l'Igloo Hotel et ses cloisons d'aggloméré avaient résonné de pas, de claquements de portes, et de flatuosités durant toute la semaine où l'équipe du chantier avait résidé au village. Balthazar avait maudit en son for intérieur pareil tintamarre ainsi que l'obligation de partager les lieux avec ces armoires à glace originaires de l'Alberta qui fumaient comme des sapeurs, empestaient la graisse de roulements à bille et n'avaient qu'un seul sujet de conversation : l'interdiction de l'alcool dans le village et dans tous les hameaux aux abords de la baie d'Hudson. Mais quand il rentra du dispensaire le vendredi soir et vit le bâtiment se vider dans les trois pick-ups GMC, son agréable surprise céda rapidement devant le silence pesant qui régnait dans le couloir menant à sa chambre.

Il était obligé de rester à Baker Lake pendant le week-end pour pouvoir assister aux réunions prévues le lundi et le mardi. Et il n'aurait rien à faire. Les infirmières étaient habituées à l'absence de médecin, et ne s'en plaignaient pas. Il savait qu'elles ne feraient pas appel à lui pendant ces deux jours pour rien de moins sérieux qu'une décapitation.

Il allait regretter les conversations des hommes de l'Alberta quand ils jouaient aux cartes, prisaient du tabac et racontaient des obscénités sur les femmes qu'ils connaissaient à Yellowknife. Il était seul dans l'hôtel désormais et ne verrait personne à part la cuisinière pendant quelques minutes à l'heure des repas, une vieille Inuit dénommée Martha qui parlait un dialecte qu'il n'avait jamais entendu et servait, dans des assiettes de céramique blanche, de la purée de pommes de terre à l'eau et des côtes de porc aussi coriaces que des morceaux de pneu. Alors qu'il déposait son stéthoscope sur le lit et commençait à réfléchir aux deux journées qui l'attendaient, il entendit Martha qui claquait la porte en s'en allant. Il était cinq heures et demie. Le directeur, Brian, qui apparaissait parfois à l'improviste au cours de la semaine, était à la pêche dans les terres. Par la fenêtre, Balthazar voyait la neige légère tomber obliquement, poussée par un vent soudain.

Il erra le long des couloirs obscurs, allumant les lumières. Dans la cuisine, il trouva une assiette de navets et de corned-beef recouverte d'un film plastique, avec un petit nuage de condensation, accompagnée d'une cruche de jus d'orange Kool-Aid. Il apporta son dîner dans la salle à manger, s'assit à la longue table et d'un geste méfiant ôta le film transparent. Il tâta le contenu de l'assiette avec sa fourchette, et se résigna à manger, avalant le Kool-Aid avec autant de plaisir qu'un médicament. Le bruit du couteau et de la fourchette sur l'assiette se répercutait dans la salle déserte. Un écran de télévision était fixé au mur, mais Balthazar, incapable de trouver la télécommande, fut obligé de grimper sur une chaise pour allumer le poste. Perché sur la pointe des pieds, il fit le tour des programmes du satellite avant de tomber sur les informations. Il redescendit et s'attaqua à nouveau à son repas.

Ronald Reagan recevait pour la dernière fois Margaret Thatcher en tant que président. Ils ressemblaient à deux vieux mannequins desséchés, sculptés dans du noyer patiné par le temps, grimaçant à l'adresse des photographes depuis le podium. Suivit une manifestation de hooligans anglais lors d'un match de football à Marseille puis un reportage sur des inondations dans la vallée du Mississippi.

Balthazar alla dans la cuisine se préparer un café instantané. Il plaça les assiettes dans l'évier et regagna sa chambre, emportant sa tasse avec lui. Il alluma à nouveau la télé. Il se sentait désoeuvré, et on n'était que vendredi soir.

Il ouvrit sa valise et en sortit ses magazines médicaux. Chaque fois qu'il tournait une page il levait les yeux pour observer la pièce. S'il avait pu, il aurait simplement perdu connaissance jusqu'au moment d'aller travailler. Il se serait volontiers dispensé des deux prochains jours.

Impatient, il remit les magazines dans sa valise et alla faire les cent pas à l'extérieur. Dans le couloir, la clarté de la nuit brillait à travers les petites fenêtres carrées percées en haut des murs afin de rester hors d'atteinte de la neige en hiver. Dehors tournoyait une masse opaque, menaçante. Ils avaient eu droit à deux tempêtes par semaine depuis le fiasco de la réunion publique. Tout le monde se félicitait d'avoir suffisamment de viande. L'Ikhirahlo Group avait annoncé qu'il organiserait une fête spéciale à Noël cette année, et inviterait Stompin' Tom Connors pour assurer le spectacle. La maigre assistance à la réunion avait été considérée comme un encouragement à poursuivre la construction de la mine, à la grande satisfaction des Sud-Africains. Stompin' Tom était le moins qu'ils puissent faire.

Balthazar regarda la tempête se former et se sentit le moral à zéro. Il aurait aimé avoir organisé ce voyage autrement, être déjà de retour à Rankin Inlet, écouter des airs de musique inconnus avec le Père Bernard. C'était ainsi : son principal compagnon était un prêtre qui le connaissait à peine, et qu'il connaissait encore moins.

Il se reprocha l'état dans lequel il avait trouvé son appartement à son retour et celui encore pire dans lequel il l'avait laissé. Il vivait comme un adolescent. En quoi était-ce si difficile de faire la vaisselle avant de quitter New York pour trois mois ? Ou de vider l'eau de l'évier ?

Le vent forcit encore davantage et Balthazar eut une pensée pour le directeur de l'hôtel, parti dans les terres si tard dans la saison. Il ignorait si Brian était seul ou avec des gens du pays, ni même s'il avait une tente. Il présuma qu'il en avait une. Les tempêtes se levaient à tout moment et les gens y survivaient en général. Puis tout le bâtiment se mit à trembler et il se demanda, *mais comment ?*

Une tempête de cette force signifiait qu'il ne se passerait rien pendant plusieurs jours. Quand le vent se calmerait et que le ciel s'éclaircirait, il y aurait à faire : chasseurs et pêcheurs surpris par le mauvais temps, se traîneraient jusqu'au dispensaire, souffrant d'engelures.

C'était dans de pareils moments qu'il comparait l'existence de son frère et de sa belle-sœur à la sienne. Il avait toujours pensé qu'ils étaient un modèle de compétence et d'ordre, et s'était demandé pourquoi la discipline leur était si naturelle alors qu'elle lui était étrangère. Ils se levaient le matin et cherchaient des factures à régler, de la lessive à laver. Lui se réveillait le matin et le regrettait aussitôt.

Cette fois l'image ne collait pas. Il tenta d'imaginer son frère en train de boire. Angela de hurler. Mais quand même. Ils allaient tous les deux travailler, ils entretenaient leur maison, assistaient à des réunions. Quelle était la différence entre lui et pratiquement tous ceux qu'il connaissait ?

De retour dans sa chambre, tel un somnambule, il ouvrit sa trousse de toilette et en sortit une pochette de cuir. Elle contenait plusieurs seringues de plastique et dix ampoules de sulfate de morphine, quelques compresses imbibées d'alcool et un garrot de caoutchouc. Il entoura son biceps du ruban élastique comme s'il accomplissait un rituel religieux. Il déchira une compresse avec ses dents et en tamponna le creux de son coude. La veine brachiale saillit, violette dans la pénombre. Il sortit une seringue de son emballage, brisa le col d'une ampoule et aspira dix milligrammes, puis d'un coup sec il retira la seringue, le regard rivé sur les bulles qui remontaient vers l'aiguille. Il poussa alors le piston jusqu'à ce qu'un mince jet jaillisse de la pointe. Son bras était froid maintenant. Il le déplia et glissa l'aiguille sous sa peau. Une petite dépression se forma, que Balthazar observa, anticipant la suite, puis l'aiguille pénétra dans la veine. Il ressentit une légère explosion au moment où l'extrémité trouvait sa place, tira sur le piston et vit une fleur écarlate se déployer dans la seringue. Il appuya lentement, regarda la fleur se flétrir, se replier sur elle-même et disparaître. Bien que la seringue fût à moitié vide, il sentit un goût métallique envahir sa bouche, suivi d'une vague de chaleur qui remonta le long de son bras, gagna peu à peu sa poitrine, emplit son crâne. La félicité s'empara de lui.

Immobile dans l'obscurité de la salle à manger de l'hôtel, il écoutait la tempête gronder autour de lui. S'il avait été moins shooté, il aurait pris la peine d'enfiler un pull. Il pensa un peu plus longuement à Amanda. Il regrettait sincèrement que ses parents se déchirent autant, mais n'en était pas surpris. Il connaissait trop bien son frère pour penser qu'Angela était entièrement responsable. Il imagina sa nièce étendue sur son lit la nuit, la tête sous l'oreiller, et fut un instant submergé de compassion pour elle.

Il y avait un réverbère éclairé au sodium devant l'entrée de l'hôtel. Martha habitait de l'autre côté de la rue, et Brian le directeur était logé dans une pièce voisine de la cuisine. Quand la neige tombait dru, elle formait de longues traînées jaunes qui se détachaient dans le ciel nocturne. Attiré vers la fenêtre, Balthazar resta à regarder fixement l'absence même de quelque chose à voir. Il pressa son nez contre la vitre et l'y maintint un moment, sentant un froid douloureux gagner son visage, puis la douleur diminuer tandis que son nez s'engourdissait. Il demeura pourtant immobile, son haleine embuant la vitre, peu à peu transformée en givre, une tache en forme d'aile de papillon de chaque côté de son visage. Il appuya son front contre la vitre et le sentit s'ankyloser lentement à son tour.

Balthazar ouvrit à demi les yeux. C'était le matin. Ou plutôt le milieu de l'après-midi, jugea-t-il d'après la faible clarté du jour. Il se frotta le visage et s'étira. Il ne sentait plus les effets de la drogue. Il lui restait encore la plus grande partie du week-end à passer ici. Il ferma les yeux pendant une longue minute.

Il les rouvrit, fouilla dans son sac de voyage, et en sortit un épais carnet à spirale dont la couverture jaune portait l'inscription « SCHOOL DAZE » avec un dessin représentant un garçon en train de pêcher. Il tâta le fond du sac et y trouva un crayon. Il ouvrit le carnet et se mit à relire la dernière mention qu'il y avait portée. Il appuya la gomme du crayon contre ses lèvres. Plissa les yeux. Effaça une phrase. En inscrivit une autre, *accoutumance aux stupéfiants*, puis la biffa.

La ligne grésillait à cause de l'interférence du satellite, et chacun tendait l'oreille, pour entendre respirer l'autre.

« J'avais l'impression d'avoir à nouveau dix-neuf ans. Comme si j'étais ivre.

– Moi aussi.

– Tu pourrais venir le week-end prochain. Je te paierai le voyage.

– Plutôt celui d'après ?

– Oh, tu as des projets.

– C'est juste un peu rapproché.

– Doug, est-ce que tu vois des gens ? »

Bourdonnement du satellite.

« Doug ?

– Pourquoi tu me demandes ça ? »

Les Maux de l'Abondance
par le Dr Keith Balthazar

LA MALÉDICTION D'OMRAN, OU LA CINQUIÈME PHASE
DE LA TRANSITION PHYSIOLOGIQUE

Un soir de 1973, je pris l'une des publications médicales auxquelles j'étais abonné au dispensaire de Rankin Inlet et la rapportai chez moi. J'aimais passer mes soirées à lire des articles sur les anciennes découvertes des hôpitaux où j'avais suivi une formation — cette occupation rendait mon isolement un peu moins pénible et atténuait mon sentiment d'être un imposteur. C'était mon premier poste, et chaque jour je me demandais à quel moment quelqu'un allait me percer à jour. (Une appréhension qui ne m'a jamais complètement quitté.)

Je lus tard dans la nuit un article sur l'utilité des bêta-bloquants et des séquestrants de l'acide biliaire. Je me préparai à me coucher quand je tombai sur la contribution d'Abdel Omran concernant la transition épidémiologique. Lorsque je levai les yeux, le jour se levait, et je pouvais pour la première fois appréhender la maladie et l'Histoire de l'homme. Je ressemblais à un étudiant de deuxième année en sciences physiques qui parvient soudain à maîtriser la théorie de la relativité. Je comprenais ce que les physiciens avaient dû ressentir au début du siècle dernier quand l'employé de l'office des brevets, un certain Einstein, avait commencé à publier des articles dans d'obscures revues.

La transition épidémiologique d'Omran repose sur la notion que notre mode de vie est essentiellement révélé par nos maladies et les causes de notre mort. Lorsque de réels changements ont lieu dans notre manière de nous alimenter, de combattre et d'élever nos enfants, ils apparaissent toujours dans la façon dont nous mourrons.

Les vestiges des hommes de l'époque paléolithique portent les stigmates des dangers auxquels ils étaient confrontés : crânes entaillés de marques de dents, os et cous fracturés, ainsi que les signes de la famine : des petits enfants reposant à côté des adultes. Les marques que portent ces os sont pour nous de précieux indicateurs de ce qu'étaient leurs existences. D'elles nous apprenons qu'il fallait constamment lutter pour se nourrir, et que partout rôdaient des prédateurs — des animaux sauvages prêts à nous prendre à la gorge. Pendant des millions d'années, ce furent les deux causes principales de la mort des êtres humains, la faim et l'effusion de sang. Pendant six millions d'années, nous avons parcouru les plaines du Serengeti, sans changer de mode de vie. Les Inuits ont vécu ainsi jusqu'à la Seconde Guerre mondiale, marchant, chassant, guettant la présence des ours. Nombreux parmi les anciens que j'ai soignés affirmaient regretter cette vie rude, et la dignité qui dans leur esprit s'y attachait.

Tout a changé lorsque les hommes ont appris à ensemencer — à l'origine en Mésopotamie. Nous nous sommes rassemblés pour la première fois dans des villages permanents dont aucune société de chasseurs-cueilleurs n'aurait pu nourrir la population. Nous avons domestiqué des animaux, et cultivé suffisamment de produits agricoles pour subvenir aux besoins d'une société naissante. Un des résultats de cette évolution fut que, regroupés dans des villes et des villages, les hommes sont devenus vulnérables à des infections qui ne les avaient jamais affectés lorsqu'ils étaient nomades.

Dispersés, les nomades ne souffrent pas d'épidémie et leurs populations sont trop réduites pour entretenir un cycle d'infection. Dans une société dont la population est inférieure à un demi-million d'individus, par exemple, les oreillons n'existent pas à l'état endémique, et par conséquent sa population adulte ne bénéficie pas d'une immunité générale. Lorsque des éléments pathogènes pénètrent au sein d'une population restreinte, tout le monde meurt ou est immunisé sur-le-champ. Le plus fréquemment, tout le monde meurt. Les Islandais en ont eu la preuve, pour leur plus grand mal-

heur, quand le commerce nord-atlantique a repris à la fin du Haut Moyen Âge.

En réalité, les seules infections susceptibles d'atteindre les sociétés qui vivent de chasse et de cueillette sont apportées par les insectes – en premier lieu la malaria, mais aussi la dengue, la fièvre jaune et diverses encéphalopathies. Les Inuits, dont les moustiques mouraient de froid dès le mois de septembre, n'étaient affectés d'aucune infection transmissible. Aucune. Ce qui allait changer par la suite.

Avec la révolution du néolithique, la tuberculose commença à sévir chez les humains ; dans les logements exigus des premiers agriculteurs elle se répandit de la même façon que les petits rongeurs poussés à quitter les champs pour se rapprocher de l'homme et de ses détritus. Nous en voyons la preuve dans les os que nous retrouvons, les abcès froids et les marques caractéristiques des infections osseuses. Le virus influenza s'abattit sur nous, apporté par les oiseaux sauvages, et ce sont les moutons malchanceux des éleveurs du néolithique qui transmirent la syphilis.

Telles furent les affections qui caractérisèrent la seconde phase de la transition épidémiologique, un changement dû au développement de l'agriculture, une époque qui vit aussi l'avènement des tyrans et des armées. Proches des terres cultivées, les populations sédentaires pouvaient se priver du nombre d'hommes nécessaires pour faire la guerre. À la même époque, ceux qui vivaient de la chasse et de la cueillette se dispersèrent dans les forêts et se retrouvèrent peu à peu confinés dans des espaces non cultivables. Toutefois, leurs ossements nous enseignent une chose : les nomades en bandes mal organisées étaient mieux nourris que les cultivateurs qui, suivant les théories de Malthus, s'accroissaient jusqu'aux limites de la survie au même rythme que la nourriture disponible. Et ce sont les os des populations civilisées qui portent les marques de l'épée et des fers – que l'on ne voit jamais chez les chasseurs, pour lesquels la guerre n'est généralement qu'un passe-temps peu meurtrier.

Ce sont donc les conditions qui prévalurent depuis l'avènement des civilisations mésopotamiennes jusqu'au début du XIXᵉ siècle en Europe. L'espérance de vie demeura plus ou moins de quarante ans durant toute cette période, dans toutes les sociétés. Les principales causes de mortalité furent la tuberculose, la guerre, la dysenterie, la famine et, en dessous de cinquante degrés de latitude, la malaria.

C'est avec l'apparition de la machine que prit place la troisième phase de la transition épidémiologique. Pour les Européens, elle correspond à la période de la Révolution industrielle. Alors que se modernisaient l'agriculture et les techniques de fabrication, le mouvement des populations rurales vers les villes coïncida avec la production en masse de nourriture et le surpeuplement des habitations. Parallèlement à ce mouvement, la population souffrit d'une exposition sans précédent aux toxines chimiques, de l'apparition de maladies pulmonaires d'origine professionnelle, d'une augmentation de la consommation de graisses animales, et d'une diminution de l'ingestion de fibres. À leur tour, le tabac et l'alcool s'attaquèrent à la santé. Le triste spectacle du Londres victorien se rejoua dans les années suivantes à Berlin et Paris, Ankara et Saint-Pétersbourg. Avant d'atteindre New Delhi, Mexico et Pékin. On vit des corps mutilés par les accidents industriels ou routiers, alors que les denrées alimentaires arrivaient de la campagne à un rythme accéléré. Les ouvriers exténués rentraient chez eux pour se gorger de nourriture industrielle bon marché.

Les « Maux de l'Abondance » – maladies cardiaques, cancers – sont survenus à cette époque, et pour la première fois apparurent des menaces pour l'homme autres que la famine, la violence et les infections. Un des enseignements importants qu'apporte l'analyse de la transition épidémiologique est celui-ci : il n'y a rien d'inéluctable dans l'état sanitaire de notre temps. Les crises cardiaques ne sont pas réservées aux plus de cinquante ou de soixante ans. Avant la Révolution industrielle, les thromboses des artères coronaires – les infarctus du myocarde, comme on les appelle aujourd'hui – n'avaient pas été répertoriées. On avait déjà découvert la vaccination contre la rage et la variole ; identifié les causes de la malaria et de la tuberculose ; les progrès de l'asepsie en chirurgie et de l'anesthésie permettaient d'opérer. La médecine était jeune mais non aveugle. Les crises cardiaques étaient inconnues parce que rares, même parmi les personnes âgées. Avant que la farine blanche ne soit largement utilisée au début du XVIIIe siècle, le cancer du colon était aussi peu courant que dans l'Afrique d'aujourd'hui. Lorsque la Révolution industrielle s'amplifia et se développa en Europe, puis un siècle plus tard en Inde et en Chine, ces maladies sont apparues avec une fréquence prévisible. Le cancer, les crises cardiaques et les attaques cérébrales sont les causes

*de mortalité les plus probables pour quiconque connaît la significa-
tion de ces mots. Parallèlement, les infections continuaient de se propager, en particulier la tuberculose, mais avant même la découverte
d'un traitement efficace, le taux de mortalité avait déjà diminué, les
logements étant moins surpeuplés et la nourriture de meilleure qualité. La violence existait toujours, naturellement, et la vague d'homi-
cides du début du XIXe siècle dépassa tout ce qu'on avait connu
précédemment. La nourriture calme peut-être les bébés affamés et les
touristes en vacances, mais elle ne calme pas les instincts martiaux
des nations.*

*La quatrième phase de la transition épidémiologique a commencé
après la Seconde Guerre mondiale. Elle a été marquée par l'impact
extraordinaire de thérapies médicales telles que les antibiotiques sur la
mortalité infantile. Grâce à elles, et à de meilleures techniques obsté-
triques, l'espérance de vie a gagné deux années par décennie, jusqu'à
atteindre quatre-vingt-cinq ans au Japon et en Scandinavie. En Asie
et en Amérique du Sud, la quatrième phase a pris du retard, mais
dans une faible mesure. Ces traitements sont peu coûteux, et ces tech-
nologies, en particulier les vaccins − ont été facilement introduites
dans les pays en voie de développement. À partir de ce stade, un certain décalage existe entre des sociétés aux niveaux de richesse différents. Les vaccins et antibiotiques peuvent être mis à la disposition de
populations qui par ailleurs dépendent encore de cultures de subsistance. La famine peut persister malgré l'éradication (immédiate et
étonnante) de la polio.*

*On ne peut surestimer l'effet des antibiotiques, même dans les socié-
tés riches. D'innombrables sanatoriums fermèrent tandis que les tuberculeux reprenaient des couleurs et une vie normale. Les maladies
cardiaques et les attaques cérébrales, responsables d'un nombre grandissant de décès depuis l'invention de la machine à égrener le coton,
se révélèrent moins mortelles au milieu des années 1950 quand il
devint possible de soigner l'hypertension. Les décès provoqués par le
cancer ont décliné grâce aux millions de dollars investis dans la
recherche et la thérapie. Les dépenses consacrées aux soins médicaux
aux États-Unis représentent trois fois le montant du budget de
l'armée. Il y a cent ans, elles n'en constituaient qu'un dixième, mais*

à cette époque les bébés toussaient à en mourir des nuits durant, une situation qui n'existe plus aujourd'hui.

Notre prospérité a cru de façon considérable entre-temps ; la richesse a battu de vitesse les maux qu'elle avait engendré. Elle nous a permis d'endiguer les « maux de l'abondance », nous amenant à croire que nous étions devenus fondamentalement plus sains. Voyez la taille de nos enfants, la solidité de leurs incisives bien alignées. Ressurgit alors la vieille notion de l'essence de l'homme ; la tuberculose du phtisique victorien lui était intrinsèque. Nous sommes plus grands et nous vivons plus longtemps, pensons-nous, parce que nous sommes essentiellement plus robustes, et croyons avoir une meilleure hygiène. C'est le point central de la réflexion d'Oman. Les Grecs ont écrit des pièces de théâtre sur ce thème.

Bien qu'Oman ne l'ait pas décrite, une cinquième phase de la transition épidémiologique s'annonce aujourd'hui. Tandis que la mortalité liée aux maladies vasculaires décline sous l'effet des bêta bloquants, des médicaments anti-cholestérol, et des inhibiteurs de l'enzyme de conversion (ACE), toutes les populations des pays développés souffrent d'un surplus de poids. Et chez ceux qui développent un diabète et le syndrome métabolique qui en est le précurseur (40 % des adultes en Amérique du Nord), on relève une amélioration beaucoup plus faible du taux de mortalité lié aux attaques cardiaques.

Les effets de l'obésité sont aujourd'hui en train de dépasser les gains apportés par les progrès du traitement des affections vasculaires : notre excès de poids ne peut plus être compensé par des médicaments. Nous n'avons pas acquis une meilleure santé, nous sommes plutôt moins bien portants, moins robustes et beaucoup plus indolents – même si nous en avons longtemps dissimulé les effets grâce à nos pilules. Mais notre essence profonde semble avoir changé rapidement et récemment. Les Américains – les plus suralimentés de la planète – utilisent largement la voiture depuis un demi-siècle, pourtant ce n'est que récemment que nous nous sommes mis à marcher moins qu'avant. On vous montre des gens qui courent dans les parcs, mais ils ne sont qu'une façade masquant la grande masse immobile que nous sommes devenus. Pour la majorité d'entre nous, la réalité de notre corpulence est révélée par les chiffres : l'incidence des diabètes, pondérée en fonction de l'âge, s'accroît plus vite que toutes les autres maladies mortelles.

Il y a plus d'individus en Afrique du Sud qui meurent du diabète et de maladies vasculaires que du sida. En Malaisie, l'obésité affectait en 1980 1 % des enfants. En 1999, le pourcentage atteignait 5 % – une augmentation de 1000 % en vingt ans. Aux États-Unis, il est passé de 3 à 12 % entre 1989 et 1999 – une augmentation de 400 % en dix ans. Pour la plupart des maladies, en particulier les infections, ce genre d'augmentation se stabilise rapidement. Mais les courbes de l'obésité ne cessent de grimper. Aux États-Unis, les enfants obèses ont des artères de fumeurs quinquagénaires. Malgré l'argent et la technologie mis à notre disposition. Ou peut-être à cause de cela.

Une catastrophe nous menace. Déjà à Constantinople les marins sont frappés par la peste...

Il importe de ne pas laisser la nostalgie et les sentiments fausser notre raisonnement. Les Inuits menaient une vie plus rude, plus difficile quand ils vivaient dans les terres, et c'est pourquoi ils ont choisi de ne pas y revenir. Les enfants mouraient les uns après les autres et leurs mères étaient en proie à un chagrin inextinguible. Les chasseurs qui n'étaient que des pères affectionnés, des conteurs imaginatifs, des maris attentionnés – et non des pisteurs habiles et de bons tireurs – ne parvenaient pas à nourrir leurs familles. Ce n'était pas une existence romantique. Elle ne récompensait qu'un ensemble restreint de qualités – la concentration, l'endurance, et la vision de loin.

Et pourtant. La manière dont nous avons évolué nous conduit aujourd'hui, nous et ceux qui tentent de vivre comme nous, à l'immobilisme et l'engorgement.

Notre habitude de rester collés devant nos écrans en est partiellement responsable. Mais plus généralement, c'est la peur qui nous retient. Les jeunes Inuits abandonnent la toundra, oubliant même les excursions du week-end par beau temps, au désespoir de leurs parents. Dans le New Jersey, les parents scrutent nerveusement les trottoirs et les parcs, n'y conduisent pas leurs enfants, les cloîtrent au contraire dans leurs chambres avec leurs boîtes à images. La peur. Et pourquoi n'aurions-nous pas peur ? Nous avons si peu d'expérience des vrais dangers : toutes les menaces ont été annihilées il y a des années.

DEUXIÈME PARTIE

POÈME ESQUIMAU

Je marcherai avec les muscles de mes jambes
Qui sont forts
Comme les tendons des mollets du jeune caribou.
Je marcherai avec les muscles de mes jambes
Qui sont forts
Comme les tendons des mollets du jeune lièvre.
J'éviterai d'aller vers l'obscurité
Je marcherai vers le jour.

Recueilli et traduit de l'inuktitut
par Knud Rasmussen,
dans le *Rapport de la cinquième expédition de Thulé*, 1921-24

12

Ce fut la construction de la route de glace entre Rankin Inlet et la mine qui démontra clairement qu'il ne s'agissait pas d'une pure abstraction. Les travaux commencèrent sérieusement dès le lendemain de Noël. Des semi-remorques – une première dans l'Est arctique – faisaient la navette entre le port et le campement itinérant, qui une semaine après le démarrage du projet s'enfonçait déjà à dix kilomètres à l'intérieur de la toundra. Le grondement des camions résonnait d'un bout à l'autre du village. De nombreux vols arrivaient simultanément à l'aérodrome – autre nouveauté – débarquant vingt ouvriers à la fois. Depuis le perron de son immeuble à la nuit tombée, Balthazar voyait le tracé de la route de glace serpenter vers l'intérieur, les phares scintiller tout du long comme des organes lumineux dans une eau calme.

Les routes de glace dépendent des innombrables lacs et rivières qui sillonnent la toundra et gèlent au début de l'hiver. Tant que règne le froid, la circulation y est relativement facile, même pour des poids lourds. Quand la glace pourrit en juin et juillet, elles sont abandonnées pendant deux mois. Le gravier s'enfonce dans l'eau trouble du lit des rivières. Emportés par le courant, les panneaux indicateurs atterrissent dans les bras morts ou dans la mer. Les portions de route construites sur les tourbières et la roche sont plus durables et visibles d'avion en été, semblables à des tirets interrompus par les points brillants des petits lacs, un code Morse qui envoie son message à travers la grande terre : Ici Drainage Insuffisant.

Si la route de glace est reconstruite l'hiver suivant, ces sections seront réutilisées, et c'est autant de gagné. La tourbière est plus facile à niveler, car le pourcentage de gravier par rapport à la boue s'accroît lentement. Après plusieurs années le gravier reste visible en été – un ruban gris bordé de végétation humide. Les ingénieurs disent que la chaussée « se fait ».

Tous les soirs, Balthazar regardait par la fenêtre qui faisait face à son bureau le scintillement des phares qui s'étirait vers le nord-est, en une ligne plus droite que tout ce que l'homme avait jamais imposé à la toundra en vingt siècles de présence. Bien qu'il fût homme à apprécier le progrès et le savoir-faire, cette démonstration de technologie offensait sa vue. Le flot rectiligne de lumières tremblotantes retenait son attention, comme la vue fugitive de quelque chose de monstrueux.

Penny se demandait tous les jours s'il ne serait pas préférable pour elle d'être transférée quelque part plus au nord, dans un endroit où elle serait moins exposée aux effets de l'industrie et de l'ambition des hommes. Mais son attachement pour ce pays, même défiguré, la retenait. Elle avait appris à connaître les courbes de la Meliadine River, de Ferguson Lake, de Wager Bay. Elle savait où trouver l'omble et le caribou. Et ses chiens le savaient aussi bien qu'elle. Elle imaginait qu'il lui faudrait autant de temps pour connaître l'île de Baffin, une terre de montagnes et de glaciers, où l'on trouvait beaucoup plus de narvals mais moins de caribous, et où les marées étaient plus fortes – elle s'y sentirait presque aussi inexpérimentée qu'à son arrivée ici quand elle était partie à l'aventure avec Emo pour la première fois. Elle resta.

Durant l'été 1989, une succession ininterrompue de barges couleur rouille remonta le long de la côte de Rankin Inlet, déchargeant des bulldozers, de la dynamite, des caisses de provisions, des radios, du bois de charpente, des préfabriqués, et des quantités de provisions qui eussent suffi à assurer la subsistance des habitants pendant plusieurs années. Le campement du chantier devint une réplique du village, plus moderne, plus opulente, avec son propre dispensaire, sa cafétéria et ses rangées interminables de baraquements. La politique de la compagnie minière était de limiter autant que possible l'influence perturbatrice qu'elle avait sur l'économie locale, et d'engager davantage d'ouvriers kablunauks, qui transitaient directement de l'aérodrome à la mine et inversement.

Les détonations des explosions retentirent le long de la Meliadine River durant tout l'été, et les caribous disparurent pour la première fois depuis la famine qui avait sévi trente ans auparavant.

La route de glace qui menait à la mine fut ouverte au début de l'année. Les tonnes de matériel qui avaient été déposées par le consortium et mises à l'abri sous de grandes bâches – une quantité de rouleaux de câbles d'acier, de bidons d'huile de 200 litres, et de bois de construction trop importante pour être entreposée dans un hangar – furent ensuite amenés jusqu'au site. Cet hiver-là, tous les ouvriers spécialisés du village, quelle que soit leur profession, trouvèrent un engagement – et pour des salaires difficiles à imaginer pour les autres.

Quand ils revenaient au village pour des périodes de congé ou à la fin de leurs contrats, ils vidaient le Northern Store de ses carabines et de ses motoneiges. Tous les quinze jours, des hommes et des femmes arrivaient et repartaient, cuisiniers, soudeurs, mécaniciens et électriciens se pressant au supermarché, avec leurs goûts différents et leurs cartes de crédit illimité. Ceux qui ne travaillaient pas à la mine ne pouvaient presque rien acheter de substantiel, situation qui accroissait le sentiment moins visible mais plus pernicieux de jalousie. Bientôt le village se remplit d'hommes et de femmes furieux contre des frères ou cousins absents.

Lorsque les premiers diamants d'Amérique du Nord firent leur apparition dans les ventes aux enchères d'Anvers, ils soulevèrent un intérêt hors de proportion avec leur nombre ou leur qualité. Les acheteurs étaient moins intéressés par la réalité minéralogique qu'ils représentaient que par leur impact en termes de relations publiques : le mot *sang* avait été indissolublement attaché aux diamants eux-mêmes par les magazines (sans référence à leurs variétés rouges). Après les guerres d'Afrique et les images de désolation régulièrement diffusées, l'arrivée de ces nouveaux diamants canadiens moralement plus acceptables était une bonne nouvelle.

Les habitants de Rankin Inlet n'avaient aucun moyen de savoir si la mine était rentable. Consortium aux capitaux privés, le groupe ne publiait pas de rapport annuel. Les rumeurs circulaient : un jour c'était de l'or que l'on avait trouvé dans le minerai et l'exploitation allait tripler de taille. Un autre jour la mine était un échec et les Sud-Africains s'apprêtaient à l'abandonner. Dans les restaurants et les magasins, on se mit à discuter de la politique de la Namibie et du cartel international du diamant qui contrôlait et dictait la valeur, la production et la vente des pierres dans le monde. Au travail, les gens échangeaient des opinions, fondées comme en matière de hockey sur la lecture des journaux, et prédisaient l'avenir du marché.

Okpatayauk et son groupe ne baissèrent pas les bras après leur tentative ratée de faire échec à la mine. Ils continuèrent de se réunir tous les samedis après-midi (à l'exception des jours ensoleillés), et l'assistance s'accrut régulièrement, incluant ceux qui n'avaient pas réussi à obtenir d'emploi dans la nouvelle exploitation. Les vieux chasseurs commencèrent à venir, pour exprimer leur colère devant les atteintes portées à la terre. Seuls les chasseurs et les employés de la mine en avaient été témoins, et la description qu'en faisaient les premiers était terrible. De grandes tours équipées de projecteurs illuminaient un puits de plus en plus large et profond creusé dans le sol. Des pompes recrachaient une gadoue grise de permafrost fondu et de neige qui prenait des formes fantastiques sur le sol gelé.

Dans un même temps, les villageois étaient conscients que leurs maisons avaient soudainement doublé de valeur. Et beaucoup de leurs enfants avaient cessé de perdre leur temps à étudier et commencé leur apprentissage à la mine. Ce qui libérait de la place dans les logements encombrés de leurs parents. Aussi n'était-il pas évident de parvenir à un consensus sur le sujet. Ceux qui détestaient la mine la détestaient de plus en plus. Mais les avantages qu'elle apportait à ceux qui y travaillaient augmentaient, en même temps que leur reconnaissance.

Des chantiers surgissaient aux alentours du village à présent. Partout où il y avait un espace dégagé dans la toundra, un bulldozer apparaissait. Le rythme était tel que personne ne se préoccupait de construire une habitation différente de celle des autres. Toutes les maisons étaient faites sur le même modèle préfabriqué, revêtues de panneaux de plastique blanc, expédiées en quantité par bateau pendant l'été. Vue du ciel, l'agglomération ressemblait à une fractale cristalline, s'étendant vers l'extérieur en de multiples petites unités bien ordonnées. L'hôpital commençait à sortir de terre sans que presque personne ne s'en aperçoive.

Robertson faisait chaque jour à pied le chemin entre sa nouvelle maison sur la baie et le site du nouvel hôpital. Il regardait les hommes enfoncer les piliers dans la roche, couler le béton, poser les poutres métalliques.

Suivant les plans de l'architecte, c'était un superbe bâtiment. Deux étages, une salle d'opération, et une salle d'accouchement adjacente, un laboratoire, un service de radiologie, une bibliothèque, et un vaste service de consultations externes. Des enfants à la mine réjouie dessinés au crayon jouaient dans la salle d'attente et des arbres de forme invraisemblable se dressaient à l'entrée, avec des bicyclettes rangées sur le côté.

Au début des travaux, Balthazar avait téléphoné au Ministère de la Santé, demandant s'il était trop tard pour réaffecter l'argent à des logements pour les gens qui ne travaillaient pas à la mine – ou à des programmes de santé communautaires. La voix à l'autre bout de la ligne avait paru stupéfaite à cette idée. Au ministère, on considérait l'hôpital de Rankin Inlet comme le grand projet de l'année et, qui plus est, réalisé avec des fonds privés. Ils se félicitaient d'avoir été si habiles. Qui était ce Balthazar, de toute façon ? Depuis combien de temps travaillait-il pour eux ?

Robertson passait beaucoup plus de temps chez lui à présent. Le centre de ses activités ne se trouvait plus à Yellowknife ou Toronto mais à sa porte, et c'était lui désormais qui introduisait dans les salles de réunion des étrangers intéressés ou les conduisait dans la toundra ou sur la banquise. Les dirigeants de la mine l'avaient surnommé « l'Arrangeur », ce qui était exactement sa fonction. Quand un des géologues s'était enivré à l'hôtel et en était venu aux mains avec le fils du maire, c'était Robertson qui avait calmé les choses et trouvé un job à la mine pour le fils édenté.

Il avait l'habitude de se lever avant tout le monde à la maison. Aux premiers jours de l'été, le soleil apparaissait dès trois heures, et ce matin-là Robertson s'était levé à cinq heures. Assis sur les marches du perron de leur maison de rondins, il buvait son café. Victoria vint le rejoindre, sa tasse à la main. « Bonjour », dit-elle, en s'asseyant à côté de lui. Il la regarda d'un air surpris.

« Que se passe-t-il ? demanda-t-il, avec une nuance d'inquiétude dans la voix.

– Rien, le rassura-t-elle.

– Du mal à dormir ?

– Je vais poser une feuille d'aluminium sur la fenêtre à partir d'aujourd'hui.

– Il fait bon dehors ce matin.

– Je m'habitue à cette maison.

– Je suis content que tu aies changé d'avis. Quand Pauloosie doit-il rentrer ?

– Peut-être aujourd'hui, sinon demain. Papa pense qu'il va faire beau.

– Est-ce que sa motoneige marche mieux ?

– Je lui en ai acheté une nouvelle.

– Il est content ?

– Apparemment, dit-elle.

– Bon. Peut-être finira-t-il par penser que je ne suis pas complètement inutile.

– Ne te fais pas trop d'illusions. »

Robertson se rendit compte que, pour la première fois depuis des années, sa femme et lui plaisantaient. Il la regarda puis tourna les yeux vers la toundra étincelante sous le soleil levant et se dit que ce pays était d'une réelle beauté.

Catharine, la femme de Tagak, parcourut le rayon de viande surgelée du Northern Store et pesta contre le prix des rôtis. Son mari était à nouveau parti à la chasse, mais il n'avait pas de chance en général. Son père leur apportait souvent de la viande, ce qui créait des tensions entre Emo et son fils. Ce que le vieil homme avait en trop, il le réservait à Victoria – son Kablunauk de mari était incapable de tenir un fusil – tandis que Tagak…. Qu'est-ce qu'il fabriquait, bon sang ?

À ce moment précis, Tagak était en train d'escalader une crête sur son quad ATV. Il avait cru voir un *tuktu* brouter au sommet, mais en s'approchant, il constata que ce n'était qu'un rocher sombre dont la forme se découpait sur le ciel. Il arrêta son Honda et laissa le moteur tourner au ralenti. Il fouilla dans la poche de son pantalon et en tira un paquet de cigarettes. Il se pencha par-dessus son briquet, tentant en vain de l'allumer dans les tourbillons du vent. Il se mit face au nord. Il se mit face au sud. Finalement il rentra ses bras à l'intérieur de sa veste, baissa la tête et alluma sa cigarette dans l'obscurité. Dès la première bouffée, il sentit qu'il avait mis le feu à sa barbe. Il descendit du quad en vitesse et courut à l'aveuglette, heurta un rocher et s'étala la tête la première. Le feu s'éteignit en grésillant sur son menton.

Au même instant, alors qu'il se redressait et passait la tête par l'ouverture de sa parka, continuant à tirer sur sa cigarette, se frottant le visage, Catharine déposait un rôti de quarante dollars dans son caddy. Victoria lui toucha l'épaule. « *Qanuipiit ?* » demanda-t-elle.

« Pas très bien, répondit Catharine. Tagak n'a pas attrapé un seul caribou en deux mois et le chèque de l'assistance sociale couvre à peine la facture du chauffage. » Elle souleva le rôti. « Et quarante dollars pour un morceau de viande de cette taille.

– Pauloosie a abattu deux caribous hier. Je vais lui dire de t'en apporter un.

– Merci. Mais c'est désagréable de toujours quémander. » Catharine secoua la tête.

« Crois-tu que Tagak accepterait de travailler à la mine ?

– Certainement, qu'il en ait envie ou non.

– Vraiment ?

– Oui.

– Laisse-moi en parler à Robertson. »

Robertson se rendait sur le site deux fois par semaine. En descendant de l'hélicoptère, il allait aussitôt voir Vangelis, le directeur de l'exploitation, et ils analysaient ensemble l'impact de la mine auprès des habitants de Rankin Inlet, la bonne marche des services logistiques, et les besoins en transport pour l'été suivant. Robertson était concis et efficace dans ses propos, une qualité appréciée par l'ingénieur grec, qui semblait incapable de rester sans bouger.

Vangelis avait travaillé pendant vingt ans dans les mines de diamant du Botswana et de Sierra Leone. Robertson l'aimait bien, ayant décelé en lui une sensibilité qu'il partageait largement, sans doute due à la nature du travail et à l'isolement dont les deux hommes avaient façonné une sorte de cuirasse. Durant l'été 1990, deuxième année de l'exploitation, Robertson avait perçu une sincère cordialité dans l'attitude du Grec. Il l'attribua aux progrès plus rapides que prévus de l'exploitation, qui avaient valu à Vangelis l'estime de ses employeurs. Il fit entrer Robertson dans son bureau, une petite pièce chaleureuse agrémentée étrangement de lambris de chêne et de tapis persans. Le Grec haussa les épaules en voyant le regard étonné de Robertson. « Je passe tout mon temps à la mine et j'ai besoin de pouvoir me retirer dans un endroit agréable à l'œil. » Il était tard dans l'après-midi et le départ de l'hélico avait été différé à cause du temps. Robertson serait obligé de passer la nuit sur place. Le Grec lui versa un double scotch et ils prirent place dans des fauteuils en cuir qui n'auraient pas été déplacés dans un club privé new-yorkais.

« Tout le monde semble de bonne humeur, dit Robertson d'un ton prudent, en buvant une gorgée de whisky.

– La mine a été extrêmement profitable cette année.

– Vraiment ? dit Robertson, bien qu'il fût déjà au courant.

– Oui, une année très satisfaisante. Nous avons tous été agréablement surpris.

– Moi également.

– Les mineurs ont l'air content eux aussi.

– Les primes de fin d'année ont été généreuses.

– On m'a demandé de vous parler de votre propre situation. Votre statut est un peu ambigu – vous n'êtes pas un employé, mais nous considérons que vous faites partie de la famille.

– Je vous remercie.

– Par conséquent que vous devez bénéficier de nos bons résultats.

– Oh ? »

Le Grec lui tendit un sac de toile. Robertson le vida, découvrant sept gros diamants non taillés. Ils ressemblaient à du verre poli par la mer, des cailloux opaques et irréguliers qu'il n'aurait jamais remarqués s'il les avait trouvés sur une plage.

« Ils font tous plus de trois carats.

– Je ne sais pas quoi dire.

– Vous les avez simplement mérités. »

Il y eut un silence tandis que Robertson élevait chaque pierre à la lumière pour les admirer.

Vangelis dit tranquillement : « Les règles comptables sont telles que ces pierres ne peuvent apparaître sur aucun bulletin de salaire.

– Je comprends. »

Marble Island est située au nord de Rankin Inlet, tournée vers la baie d'Hudson, de la même manière que Manhattan est tourné vers l'Atlantique. Elle a une triste histoire. En raison de son port parfaitement abrité, des expéditions successives d'explorateurs et de baleiniers choisirent d'y hiverner au cours des trois derniers siècles ; l'expédition de James Knight y mourut lentement de faim en 1719, après que ses trois navires furent pris par les glaces dans le fjord. L'équipage porta les réserves à terre espérant l'arrivée d'un bateau de secours de la Compagnie de la baie d'Hudson. Mais ils restèrent trois ans sans en voir un seul et quand un petit sloop de commerce, à la recherche de gisements de cuivre, toucha terre à Marble Island, il n'y avait plus que quelques tombes et un tas de charbon qui avait été retiré des épaves.

Les Inuits ont toujours considéré Marble Island avec une certaine méfiance. La tradition veut qu'ils franchissent la limite de la marée haute à genoux par déférence pour ses fantômes. Eux aussi ont eu leur part de calamités sur cette île désolée.

En 1990, les croix qui marquaient encore les tombes semblaient narguer Emo tandis qu'il faisait décrire à son bateau de larges cercles à l'intérieur du fjord ; à genoux à l'étrave, Pauloosie tenait le fusil calibre 30.06 de son grand-père. Les baleines étaient en plongée depuis de longues minutes à présent. Emo s'apprêtait à conclure qu'elles étaient parties quand une grande ligne blanche apparut au milieu du fjord, laissant échapper un souffle puissant, puis plongea à nouveau. Les autres suivirent et au moment où souffla la troisième, Pauloosie avait son fusil pointé dans sa direction. Il fit feu et un nuage rouge se forma dans l'eau. La baleine qu'il avait touchée resta à la surface, traçant des cercles de plus en plus serrés. Quand il tira une deuxième fois, elle tressauta, cessa de bouger et commença à lentement s'enfoncer dans le fjord. Emo se lança à toute vitesse dans sa direction et Pauloosie s'empara du harpon et le lança dans l'eau avec un grand cri. Les deux hommes poussèrent un soupir de soulagement en le voyant se planter dans la baleine. Pauloosie amarra la ligne au bateau et Emo se dirigea vers la rive.

Quand ils eurent échoué la barque, ils sautèrent dans l'eau et se mirent à hâler la ligne du harpon. La baleine s'était à présent profondément enfoncée sous l'eau et ils ne parvinrent qu'à la faire bouger de quelques centimètres. Le trait de cuir se raidit, et les deux hommes partirent à la renverse, enfonçant leurs bottes dans le fond caillouteux, glissant et peinant.

La ligne se raccourcit lentement. Pauloosie aperçut les contours de la masse blanche de la baleine et poussa un cri à l'adresse de son grand-père. C'était un mâle, le plus gros qu'il eût jamais vu. Emo hocha la tête et continua à hâler, s'évertuant à rester debout. Lorsque l'animal fut à deux mètres de la plage, Emo tendit la main et la posa sur son dos, avec un large sourire. La bête donna alors un grand coup de sa queue puissante et en frappa Pauloosie, le projetant dans l'eau sur le dos. Pendant qu'il s'efforçait de se redresser, Emo resta seul à retenir le poids de la baleine au bout de la ligne du harpon. Arc-bouté sur ses courtes jambes, il était entraîné dans l'eau par l'animal qui se démenait furieusement. Il en avait jusqu'à la poitrine quand un coup de feu retentit et une gerbe de cervelle fusa dans le fjord. Pauloosie posa son fusil, saisit à nouveau la ligne et tira jusqu'à ce que la baleine repose immobile et flasque sur la rive. Emo lâcha la ligne et, cherchant à reprendre son souffle, remonta tant bien que mal jusqu'à la limite des hautes eaux avant de s'asseoir sur un rocher, plus pâle et épuisé que son petit-fils ne l'avait jamais vu.

« Voilà. C'est... vraiment... une sacrée bête, dit Emo.

– Jamais vu un béluga aussi énorme, répondit Pauloosie. Difficile de croire qu'ils chassaient la baleine blanche en kayak autrefois.

– J'arrive pas à croire que je le faisais dans le temps. » La voix d'Emo était rauque.

Et ensuite, pour la première fois, Emo resta assis et se contenta de regarder Pauloosie éviscérer et découper l'énorme animal, retirer le *muktuk* par grands quartiers de trente centimètres d'épaisseur, semblables à de gros blocs de tourbe rouge et blanc, et le mettre dans des sacs poubelle de plastique vert sur le plancher de leur bateau.

Balthazar alla jusqu'à la pharmacie du dispensaire pendant qu'une patiente attendait dans sa salle d'examen, une main pressée sur son oreille douloureuse. Il trouva la grande bouteille d'amoxicilline et versa une poignée de comprimés sur un plateau. Il les compta à voix haute, trois comprimés de deux cent cinquante milligrammes par jour pendant dix jours. Trente en tout. Il prit une des étiquettes imprimées en inuktitut qui résumaient la posologie courante. *Prendre après chaque selle un maximum de huit comprimés par jour. Aller jusqu'au bout de la prescription, même si les symptômes commencent à disparaître. Éviter tout ce qui est à base de pamplemousse pendant le traitement.*

Il choisit l'étiquette appropriée pour l'amoxicilline et la colla sur le flacon. Il écouta les bruits au-dehors. C'était la fin de la journée et les gens partaient. Il y avait une boîte de morphine sur le rayon au-dessus de l'amoxicilline. Elle avait déjà été ouverte. Il regarda à l'intérieur. Il retira un paquet de douze ampoules de dix milligrammes, le fourra dans la poche de sa blouse. Il referma la porte derrière lui et regagna la salle d'examen. Un de ces jours ils se mettraient à compter les narcotiques, comme dans les hôpitaux du Sud. Il aurait voulu qu'ils commencent tout de suite.

Pauloosie s'arrêta et ramassa une autre pierre de la taille de sa tête. Il la tint calée contre son ventre et la porta en chancelant jusqu'à la rivière.

Quarante ans plus tôt, il y avait eu un barrage à ombles à cet endroit du lit dont les contours étaient encore visibles ; les pierres avaient été éparpillées par les débâcles successives du printemps, les glaces flottantes et les ours en maraude. Le barrage avait été entretenu pendant presque mille ans par les Inuits qui habitaient la région. Il dirigeait les poissons qui descendaient le courant vers une écluse de pierres dont les angles acérés signifiaient la fin de l'évasion. Au lieu de reprendre simplement le chemin par lequel ils étaient venus, ils demeuraient sur place.

Après deux jours de travail, Pauloosie avait presque terminé. Il avait rehaussé les murets à un mètre au-dessus du niveau de l'eau, rapprochant les pierres de telle façon qu'aucun poisson de taille raisonnable ne puisse s'échapper, sans toutefois empêcher l'eau de s'écouler. Une leçon qu'il avait apprise au cours des tentatives précédentes. Après avoir déposé la dernière pierre sur le barrage, il retira le morceau de bois qui obstruait l'entrée de l'écluse et attendit.

Les ombles avaient commencé à remonter et il voyait à intervalles réguliers passer un éclair rouge et argent, mais il eut beau patienter pendant deux heures, aucun poisson n'entra dans son piège. Il décida d'aller faire un tour, et prit son 22 long rifle au cas où il apercevrait un lapin. À son retour, un bouillonnement agitait l'eau à l'intérieur de l'écluse. Il posa à terre la carabine et le ptarmigan qu'il avait tué et se tint au bord du barrage, un large sourire aux lèvres. Une douzaine de poissons tournoyaient furieusement à l'intérieur, prisonniers, certains aussi longs que son bras.

Il détacha le harpon de son sac et resta un moment à les observer. Un des plus gros s'approcha de lui. La pointe partit comme un éclair, atteignit le poisson et Pauloosie le tira plus haut sur la berge avant de retourner au barrage et de recommencer. Le soleil brillait et il eut bientôt trop chaud. Il retira son pull. Les poissons semblaient entrer dans l'écluse aussi vite qu'il les en retirait. Il les lançait derrière lui de manière à ce qu'ils s'entassent, agités de soubresauts, se tortillant sur le sol, assez loin de la rivière pour que leurs bonds ne les y ramènent pas. Ses longs cheveux mouillés volaient autour de sa tête quand il projetait son harpon, s'arquant, faisant pivoter son buste. Ses épaules et son dos se détachaient dans la lumière oblique de l'après-midi, sa peau aussi blanche que celle d'un béluga sous le soleil inhabituel, brillante comme de l'ivoire poli.

Quand il sentit ses bras s'amollir, il s'accroupit et reprit peu à peu son souffle. Il y avait autant de poissons dans l'écluse que lorsqu'il avait commencé. Ceux sur la rive se tortillaient encore, grouillant en un tas aussi haut que ses bottes. Il posa son harpon et retira une pierre du barrage. Les poissons s'enfuirent les uns après les autres, se faufilant à travers le passage qu'il venait de créer. Ils eurent vite fait de rejoindre le large et l'écluse se vida. Pauloosie commença alors à gratter et vider sa pêche. Il dressa les étendoirs qu'il avait achetés au Northern Store et rangea les poissons ventres ouverts exposés au vent et au soleil. Ses dix étendoirs ne suffirent pas pour y disposer toute sa prise.

Tagak étonna tout le monde par ses talents de comptable au bureau d'achat de la mine. Il en fut moins surpris lui-même – il avait toujours supposé qu'un travail requérant de la patience et de la méthode pour résoudre des problèmes clairement définis lui conviendrait. Comme chasseur il avait la réputation d'être paresseux, mais c'était faux et il en faisait la preuve aujourd'hui dans ses nouvelles fonctions, travaillant tard le soir et arrivant le lendemain avant tous les autres.

À la chasse, il avait toujours eu tendance à laisser son esprit vagabonder. Pendant des années, des milliers de caribous avaient gambadé sur les lignes de crête alors que son regard distrait les effleurait sans les voir. Les phoques plongeaient dans leurs trous et en ressortaient pendant qu'il méditait sur les raisons qui avaient amené ses grands-parents à abandonner si rapidement leurs divinités traditionnelles ; les ours blancs prenaient le large à pas feutrés alors qu'il se demandait ce que les chasseurs avaient pensé la première fois qu'ils avaient vu un fusil ; et les ombles chevaliers filaient comme des éclairs dans les cours d'eau tandis qu'il réfléchissait à l'avenir de ses filles.

Cette impossibilité de faire le vide dans son esprit et de se borner à observer était un handicap pour un chasseur mais faisait de lui quelqu'un de particulièrement adapté à son nouveau poste. Il s'interrogeait sur les problèmes qui se posaient constamment, dans un même temps, en tirait des conclusions et trouvait chaque fois des solutions mettant en échec les tentatives des fournisseurs de facturer deux fois les mêmes services, de pratiquer des prix trop élevés, ou de diminuer les livraisons sans aucun scrupule. Tagak, dont les contacts avec le monde des affaires s'étaient jadis limités à éviter le directeur de la banque quand il le rencontrait au Northern Store, fut bientôt nommé responsable du bureau, une décision que tous les Kablunauks du village qui n'avaient pas trouvé de travail à la mine attribuèrent à sa race. Les directeurs de la mine remercièrent Robertson de l'avoir recommandé. Au début, Robertson s'excusa.

13

La neige aurait déjà dû être épaisse. Elle tombait enfin en abondance et Emo la contemplait avec un plaisir qu'il n'avait jamais ressenti à sa vue auparavant. Il faisait nuit à six heures du matin et le froid était intense. Il avait nourri ses chiens et rentrait chez lui pour prendre son petit déjeuner avec Winnie quand les flocons argentés étaient apparus dans le ciel, scintillant dans le clair de lune. Il observa la lune, elle était pleine et baignait la baie et le village d'une lumière qui lui parut d'une intensité inhabituelle. Il plissa les yeux. Il ne restait plus qu'une moitié de lune. Le côté droit de son visage ne ressentait plus le froid. Il tenta de le frictionner et son avant-bras heurta son oreille. Il tomba. Il était incapable de remuer son bras ou sa jambe droite. Chaque fois qu'il tentait de se lever, il tournait en rond dans la neige qui s'accumulait autour de lui.

Penny s'assit à même le sol de la salle de séjour et passa lentement les harnais de cuir des chiens entre ses mains, inspectant les émerillons et les coutures. Ils avaient été rongés par endroits, et elle fit claquer sa langue en passant son doigt sur les marques. Ils lui serviraient de rechange. Elle déballa un des harnais de nylon neuf qu'elle avait commandés dans le Minnesota et l'évalua d'un air approbateur. Il pesait la moitié du poids d'un harnais de cuir et serait, espérait-elle, moins agréable à mâchonner. Elle avait rempli de provisions ses deux sacs à dos, son fusil était huilé et posé dans son étui à côté d'elle. Elle attendait cet instant depuis le début de l'été.

Dans la baie, ses chiens sautèrent de joie en la voyant arriver chargée de son équipement en plus de la nourriture. Les harnais de nylon ne leur étaient pas familiers et ils les reniflèrent, sans rien leur trouver d'appétissant. Ils tentèrent de lui montrer leur désapprobation quand elle les attacha au trait central. Elle n'y prêta pas attention. Elle amarra les sacs et prit l'ancre à neige. Les chiens s'élancèrent et le traîneau fit un bond en avant.

Dans l'aube bleue, la glace paraissait encore plus granuleuse et irrégulière qu'elle ne l'était réellement. Des congères se dressaient ici et là parmi des blocs de plus petite taille. Quand ils atteignirent l'embouchure du bras de mer, Penny guida les chiens vers le nord et ils longèrent la côte pendant une trentaine de kilomètres avant de se diriger vers l'intérieur des terres, où un *inukshuk*, un de ces empilements symboliques de pierres à forme humaine, marquait le début d'une petite vallée qui s'étendait vers l'ouest.

Elle courut avec les chiens pendant des heures jusqu'à un embranchement de la rivière. Il y avait une écluse à poissons à cet endroit, et c'était ce qu'elle cherchait. Elle arrêta le traîneau dans une courbe abritée près de la rivière, puis entreprit de monter sa tente, espérant qu'il y aurait bientôt assez de neige pour pouvoir construire un igloo – tellement plus chaud.

Les chiens de Pauloosie flairèrent l'attelage de Penny longtemps avant de le voir. Ils appelèrent les autres chiens qui leur répondirent. Leurs aboiements réciproques se rapprochèrent, jusqu'à se confondre en une cacophonie continue, et Pauloosie aperçut le dôme de la tente de Penny. Il s'avança vers elle, attacha ses chiens à plusieurs longueurs de traits de l'autre attelage, releva son traîneau et détacha son fusil et son sac. Il se pencha, ouvrit la fermeture à glissière de la tente.

Yvo Nautsiaq découvrit Emo alors qu'il rentrait chez lui après avoir festoyé toute la nuit chez des amis. Il crut d'abord que le vieil homme était mort et se mit à pleurer debout près du corps immobile. Il le retourna sur le côté droit mais Emo leva le bras en poussant un grognement et Yvo fit un bond en arrière comme s'il avait reçu un choc électrique. Il remarqua qu'un côté du visage d'Emo s'était affaissé, et conclut – avec une remarquable clairvoyance, étant donné son niveau d'ébriété – qu'Emo avait eu une attaque. Il le chargea sur ses épaules et le ramena chez lui. Quand il frappa à la porte et appela Winnie à tue-tête, elle refusa d'abord de lui répondre, connaissant depuis longtemps sa réputation d'ivrogne. Décelant pourtant une sorte d'urgence dans la voix d'Yvo, elle finit par lui ouvrir et vit qu'il portait son mari sur son dos. Elle le fit entrer dans le séjour où il déposa lourdement le corps sur le canapé.

Les yeux d'Emo étaient ouverts et Winnie se pencha pour lui dire qu'elle allait appeler le dispensaire. Il se redressa en l'entendant, s'agrippant au dos du canapé de son bras valide, secouant la tête en poussant des cris gutturaux. Pris de panique à nouveau, Yvo battit en retraite jusqu'à la porte. Winnie dit alors qu'elle allait appeler Victoria. Emo tendit son bras gauche, saisit la prise du téléphone et l'arracha du mur. Il se rallongea, hors d'haleine. Les yeux agrandis par la peur, Winnie se mit à pleurer. Emo fit entendre un grondement sourd qui l'effraya encore davantage et redoubla ses larmes. Il jeta son bras gauche autour de sa taille, l'attirant contre lui.

Ils restèrent ainsi toute la journée. Emo s'endormit au bout d'une heure, mais Winnie resta éveillée. Qu'allait-elle faire à présent, quelle serait sa vie si Emo restait incapable de marcher ou de parler ? Finalement, lorsque le soleil se coucha au sud-ouest, elle s'endormit à son tour.

Quand Emo se réveilla quelques heures plus tard, il s'étonna d'être couché avec sa femme sur le canapé. Il en conclut d'abord qu'ils avaient dû se soûler la veille, chose qui ne leur était pas arrivé depuis vingt ans. Puis il se souvint des pleurs de Nautsiaq et se rappela qu'il avait perdu conscience. Il dégagea son épaule du poids de Winnie, constata qu'il pouvait remuer sa jambe droite à nouveau. Il donna quelques coups de pied pour s'en assurer. Elle était encore faible, certes plus engourdie que la droite, mais capable de bouger. Il resta étendu, agitant ses doigts de pied dans ses bottes, et essaya de fermer sa main droite. Il sentit ses doigts remuer.

« Bon Dieu ! » s'écria-t-il, réveillant Winnie, qui commença par le rabrouer en l'entendant jurer, puis se tut quand il lui caressa la joue de sa main droite. Elle posa sa tête sur la poitrine d'Emo et se mit à pleurer.

Avant le dîner ce même soir, Victoria, Justine et Marie étaient assises sur le lit de Victoria et contemplaient le petit sac bosselé posé devant elles. Robertson était parti à Yellow-knife pour effectuer un de ses rares déplacements. Justine avait demandé à Victoria comment les mineurs trouvaient ce qu'ils cherchaient et Victoria avait décidé de montrer aux filles à quoi ressemblaient des diamants bruts. Elle était consciente que derrière son désir d'améliorer les connaissances minéralogiques des filles, se profilait une autre raison plus inattendue – le désir qu'elles soient impressionnées par leur père. Quand elle ouvrit le sac de toile et le renversa, les gemmes opaques et informes s'éparpillèrent sur la courtepointe. Marie s'empara de la plus grosse. « Comment fait-on pour qu'elles brillent ? demanda-t-elle.

– On les taille et on les polit.

– Combien vaut celle-ci ?

– Je ne sais pas. Beaucoup d'argent.

– Autant qu'un pick-up ?

– Peut-être.

– Même si elle ne brille pas ?

– Probablement. »

Pauloosie dit au revoir à Penny et lui fit un signe de la main en repartant, empruntant un embranchement tandis qu'elle prenait l'autre. Ils étaient à quinze kilomètres au nord de Rankin Inlet. Leurs chiens tournèrent la tête, chacun regardant s'éloigner l'attelage de l'autre. La piste que suivait

Penny l'amenait au village par le nord ; celle de Pauloosie par le sud-ouest.

Quand il atteignit la déviation, les patins de son traîneau raclèrent le gravier et le sable qu'on avait versés sur la neige pour la rendre moins glissante. Il sauta à terre et courut à côté des chiens, tenant le trait d'une main. Il les ramena sur la banquise où les autres attelages étaient attachés. Ceux de Penny s'étaient déjà installés dans les amas de neige, le nez enfoui dans leur queue. Son traîneau était redressé et ni elle ni son matériel n'étaient en vue. Il enchaîna ses chiens à leur ligne et déchargea son propre traîneau. Son sac sur l'épaule, il prit son fusil et se dirigea vers sa maison.

Il pénétra dans la cuisine sans faire de bruit, plus heureux qu'il ne l'avait jamais été. Il retira ses bottes et referma doucement la porte, appréciant même le petit déclic que fit le pêne dans la gâche. Il secoua la tête et rit en silence. En passant devant la porte ouverte de la chambre de ses parents, il vit Justine, Marie et Victoria assises en rond sur le lit avec un tas de cailloux ternes à moitié translucides devant elles. Il s'arrêta. Sa mère leva les yeux vers lui, puis Marie et Justine le regardèrent à leur tour.

Les Maux de l'Abondance
par le Dr Keith Balthazar

ACCÈS VASCULAIRES

Si les mammifères se mouvaient aussi lentement que bougent les arbres, ils n'auraient besoin ni d'un cœur ni d'un réseau vasculaire complexe pour alimenter leurs organes et leurs muscles, ces tissus toujours affamés. Mais parce qu'ils passent leur temps à courir, penser et aimer, ils ne peuvent se contenter d'une lente circulation de leur nutrition. Il y a un prix à payer pour ce besoin de sang et de vaisseaux sanguins : transpercés, nous saignons et mourrons. Nous n'avons ni sève pour obturer automatiquement les blessures, ni le pouvoir régénérateur des étoiles de mer. Morsures, projectiles, collisions libèrent le sang qui s'écoule à l'intérieur de nos poumons ou de notre abdomen, ou se répand sur le sol sous nos corps agités de soubresauts.

Lorsque les blessés survivent assez longtemps pour être soignés, la première des priorités est d'insérer un tuyau dans leurs propres conduits : une canule intraveineuse, pour y introduire de l'eau salée, compensant le volume de sang perdu, et donnant au cœur quelque chose à pomper. Les meilleurs accès sont les veines brachiales, épaisses et proches de la surface du coude déplié. On y glisse sans mal des cathéters de l'épaisseur d'un crayon reliés à un sac de solution saline, fixés par des brassards de tensiomètre – qui théoriquement aident le liquide à pénétrer aussi vite qu'il s'échappe.

Mais lorsque le blessé a beaucoup saigné et est en état de choc – la pression sanguine diminue et la peau prend un aspect marbré – il

219

reste trop peu de sang dans le système pour distendre les veines souples des bras et il est parfois impossible d'insérer le moindre tube. Avec les enfants, dont les os grandissent encore, le mieux est d'enfoncer une fiche creuse dans le tibia et de la laisser en place. Le liquide pompé dans le corps par ce canal rejoint rapidement le système vasculaire par l'intermédiaire du réseau veineux qui alimente la moelle de l'enfant. Personne ne pratique une telle intervention sans avoir la bouche sèche d'appréhension. Imaginez le visage des parents pendant l'opération. (Imaginez la gravité de la blessure qui vous pousse à prendre cette décision, la détérioration des tendons, l'intrusion.)

Chez certains, les veines n'affleurent pas suffisamment la surface de la peau. Hormis les enfants qui ont perdu beaucoup de sang, il y a aussi les malades chroniques, soumis à tant d'intraveineuses que leurs veines sont abîmées et inutilisables – c'est le cas des enfants atteints de fibrose cystique et de patients traités par la chimiothérapie.

Mais ceux dont l'accès vasculaire est le plus difficile sont les utilisateurs de drogue par voie intraveineuse. Ce sont eux que l'on rencontre régulièrement dans les services d'urgence de toutes les grandes villes. Les mêmes habitudes qui les amènent à planter des aiguilles dans leur bras semblent les exposer aux coups de couteau, aux infections et aux chocs septiques, qui nécessitent des injections intraveineuses d'antibiotiques et de fluides.

Leurs corps sont les champs de bataille de la pénétration. Les veines de leurs bras sont en général abandonnées, après quelques années de pratique, au profit des pieds, des mains, du cou, de l'aine où des alignements de piqûres révèlent le chemin qu'a tracé cette accoutumance corrosive. Les hommes en viennent à se piquer dans leurs parties génitales. Une possibilité refusée au sexe féminin, bien que des femmes enceintes se piquent couramment dans les veines dilatées de leurs seins. À ce stade, l'ignominie de l'habitude est devenue depuis longtemps une abstraction. Le choix de l'emplacement des injections importe peu, comparé à l'abandon de toute décence dans la vie d'un toxicomane.

Des veines plus grosses et plus profondes ramènent le sang directement au cœur, ce sont les veines centrales – la fémorale, la jugulaire, la subclavière, respectivement situées dans l'aine, le cou et l'épaule –

qui forment les veines caves supérieures et inférieures, vaisseaux qui rejoignent directement le ventricule droit du cœur.

La technique de Seldinger permet de mettre en place de gros cathéters dans ces vaisseaux. Une aiguille est insérée sous la clavicule, sur le côté du cou, ou près du pouls fémoral. La seringue est retirée dès que le sang jaillit, et un guide métallique introduit à travers l'aiguille qui est à son tour retirée laissant le guide en place. On glisse alors autour du guide un cône en plastique destiné à dilater le tissu sous-cutané. Puis un cathéter est enfoncé dans la veine à la suite du guide. Dilatateur et guide sont finalement ôtés, laissant le cathéter en place. S'il est correctement positionné, son extrémité se trouve juste à l'extérieur du cœur.

Cette opération n'est pas sans risque. Le poumon peut être perforé, permettant à l'air de s'échapper dans l'espace pleural, comprimant le poumon et les vaisseaux qui irriguent le cœur. Déjà mal en point, le patient devient soudain bleu et le pouls cesse de battre. Un tube thoracique doit alors être placé à la hâte pour évacuer l'air, et si la situation était précédemment délicate, elle devient critique. Il est rare qu'un problème s'arrange quand on lui en superpose un autre.

Le long de chaque grosse veine court une grosse artère, et une aiguille plantée à l'aveuglette peut pénétrer dans l'artère carotide, fémorale ou subclavière. Si le sang artériel, plus brillant et vigoureux, n'est pas immédiatement identifié et que l'opération continue – le dilatateur élargissant l'ouverture faite dans l'artère – le problème s'aggrave. Perforée, la carotide, ou l'artère subclavière, ne peut être comprimée en attendant la formation d'un caillot. La seule solution est de laisser le cathéter en place et d'appeler d'urgence un chirurgien vasculaire, afin qu'il recouse l'artère.

Les toxicomanes ont une prédilection pour ces sondes. Dès qu'ils se sentent assez bien pour remarcher, ils se faufilent dans les toilettes ou le parking de l'hôpital pour s'inoculer, sans peine, leur drogue favorite. C'est un casse-tête pour le médecin et les infirmières, qui ont l'impression de faciliter le processus fatal pour lequel les patients les ont consultés. Par ailleurs, il est sans doute moins risqué pour eux d'utiliser ces sondes plutôt que de piquer directement dans l'aisselle ou l'aine. Très vite, de toute manière, les sondes s'infectent et doivent être retirées, le plus souvent contre la volonté des usagers, qui les laisseraient volontiers en place jusqu'à la fin.

Dans la lumière du nord

Dans tous les grands hôpitaux, un certain nombre de médecins se préoccuperont peu de savoir ce qui motive les patients à se planter une aiguille dans le bras. Des flacons de morphine, de fentanyl ou d'hydromorphone circulent en quantité sans grand contrôle dans les salles d'opération. Les anesthésistes en sont les premiers responsables. En rentrant chez eux le soir, ils retirent parfois de leur poche un flacon égaré. Les aiguilles neuves étant aussi courantes chez certains médecins qu'un mariage raté, ils se retrouvent dans leurs petits appartements, entourés de photos d'enfants absents, et savent comment se consoler.

Les médecins sont les plus difficiles à identifier parmi les toxicomanes ; ils ne sont généralement pas atteints par les hépatites ou le sida. Ils ne partagent ni ne réutilisent leurs aiguilles. Leur longue expérience leur a enseigné à pratiquer méticuleusement les prises de sang, à nettoyer et préparer les sites d'injection. Ils n'ont pas les mains ou les bras couverts d'ulcères purulents, leurs valves cardiaques ne sont pas abîmées par l'infection, et ils sont à même de subvenir à leurs besoins et d'entretenir leur addiction pendant beaucoup plus longtemps que les usagers courants. Ils trouvent leur réconfort dans la solitude, en secret, et sont donc moins exposés à voir un ami un peu agité leur planter un couteau dans le dos. Ils emploient des drogues aux effets connus, et ont suffisamment de connaissances en pharmacocinétique pour ne pas mourir d'une overdose.

Mais l'ignominie n'épargne pas moins leur existence que celle de tous les toxicomanes ; certains anesthésistes administrent des demi-doses de narcotiques à leurs patients en fin de vie afin d'avoir plus de produit pour leur propre usage. Des internes et des chirurgiens rédigent de fausses prescriptions qu'ils utilisent dans des pharmacies où ils sont inconnus ; d'autres dévalisent les armoires à pharmacie des services où ils exercent. La seule chose qui soit intrinsèquement plus pure chez eux que chez les autres toxicomanes est le produit qu'ils s'injectent.

Pour leurs collègues, ces hommes et ces femmes sont un mystère. Pourquoi des médecins ressentent-ils un vide tel qu'ils sont conduits à agir ainsi ? C'est incompatible avec la profession qu'ils ont choisie.

La question contient sa propre réponse. En religion, les novices sont les plus dévôts. Chez certains la foi perdure, chez d'autres non.

Dans la lumière du nord

Le plus épuisant dans l'existence, c'est l'ennui. Les chirurgiens traumatologues ne deviennent pas des accrocs de la morphine. Ce qu'ils font est dangereux, immédiat, spectaculaire ; ils ne s'usent pas comme le reste d'entre nous, médecins de famille oubliés dans de petits villages, anesthésistes voués à réparer des hernies.

Nous sommes condamnés à devoir affronter des difficultés qui souvent nous surprennent et parfois nous dépassent. Faute de quoi, nous nous ratatinons. Ou nous enflons.

J'avais vingt-sept ans à mon arrivée ici, et j'étais maigre comme un clou. Ceux qui m'entouraient étaient tous comme moi. Il y avait de quoi se nourrir au Northern Store. Du bacon en boîte et du pain blanc, et tout ce qui fait grossir les hommes. Mais personne n'était gros. Je n'étais pas aussi solitaire, et les familles étaient fraîchement arrivées de l'intérieur des terres ; elles y passaient encore plusieurs mois d'affilée. Les blessures causées par les ours blancs et les noyades étaient fréquentes.

Les gens que je soigne aujourd'hui, surtout ceux qui ont le plus souvent besoin de moi, ont définitivement quitté la toundra, et vivent comme mon frère et sa famille à Newark. Ils travaillent à la lumière des néons, mangent des plats préparés, évitent des dangers imaginaires avec un empressement qui ressemble tous les ans davantage à de la couardise. Tout le monde au village porte un casque au volant d'un quad, et on garde les chiens au loin sur la banquise. On n'a pas le droit d'utiliser un fusil, ni même d'acheter des munitions, sans avoir suivi un cours sur la sécurité en matière d'armes à feu. Un comportement certes raisonnable. Je vois moins de blessures à la tête et de morsures que par le passé. Beaucoup des jeunes que je connais ont de bons jobs au village et ne possèdent pas de fusil. Ils épousent des femmes kablunauks qui s'inquiètent, à juste titre, de la santé de leurs enfants. Ensemble ils viennent me voir en se dandinant, et ensemble nous discutons de la manière dont nous pouvons mieux contrôler le diabète.

Ma nièce est allergique aux cacahuètes ; il suffit qu'elle en aperçoive une pour que sa peau se couvre de plaques rouges. Ses parents vivent dans la terreur des rouleaux de printemps. Elle souffre d'asthme également ; ces deux affections sont de plus en plus fréquentes et de plus en plus sévères chez les citadins à une époque où

223

d'autres maladies graves régressent, au fur et à mesure que nous devenons plus riches et mieux soignés.

Le hic est que nos corps sont faits pour combattre autant que nos cerveaux ; les systèmes immunitaires des enfants sont censés faire barrage aux infections. Quand on ne fait jamais appel au système immunitaire, il se comporte comme le feraient des soldats sous-entraînés. S'il ne détecte pas d'infection, c'est qu'il ne cherche pas suffisamment. Il cherche donc avec plus de détermination, et finit par déceler des infections inexistantes : d'où le terrible accroissement des maladies auto-immunes à notre époque de sols aseptisés et de familles d'enfant unique.

Mais que devient l'esprit quand il n'est jamais appelé à combattre un prédateur ? Une masse gélatineuse grisâtre. Un homme ventru d'âge moyen qui regarde à sa fenêtre les gens marcher dans la neige, en pyjama un dimanche à deux heures de l'après-midi, sans s'être lavé les dents depuis le vendredi matin, une quantité de compresses antiseptiques répandues sur le sol et des emballages de sucreries éparpillés d'un bout à l'autre de la pièce.

Je m'étais promis de ne jamais m'y adonner en semaine ou pas plus d'une fois par mois. Et bien que dérober de la morphine soit une transgression, j'étais capable de maintenir ces limites. Je m'interrogeais souvent, même à cette époque : si j'étais capable de me contrôler, pourquoi ne pas m'arrêter carrément ? Et si j'étais incapable de m'arrêter, pourquoi n'en prenais-je pas tous les jours, avec tous les risques que cela comportait pour mes patients et ma carrière ?

La réponse est sans doute double. En premier lieu, c'eût été une décision trop radicale pour un homme de ma nature. J'ai passé ma vie à tergiverser, à me demander ce que je désirais vraiment, ce que je voulais obtenir. J'étais venu dans l'Arctique pour y passer un été à me distraire et gagner un peu d'argent après mes examens. Mais c'est là que j'ai fini par exercer, par habitude et parce que mes choix sont devenus limités. En réalité je n'ai choisi cet endroit qu'après y avoir passé la moitié de ma vie.

Et il y a eu aussi mon goût trop affirmé pour le secret. J'étais heureux qu'il y ait quelque chose de caché en moi, qui ne soit pas évident au premier regard. Ceux qui avaient deviné mes secrets et choisi de ne pas les révéler – Isabelle, Bernard – m'en devenaient plus proches. Ainsi ma solitude était-elle adoucie de deux manières : par la morphine qui s'écoulait dans mon bras, et par la complicité de mes amis. La solitude est un sentiment puissant.

14

En décrochant le téléphone, Victoria se douta qu'il s'agissait de Simionie et se sentit aussitôt coupable. Coupable d'être restée silencieuse depuis des semaines, et tout aussi coupable de lui parler aujourd'hui. Oui, elle aussi avait envie de le voir, dit-elle, avec une grimace gênée en entendant sa voix résonner dans l'appareil.

La cabane était froide et en désordre. Ils s'assirent à la table et burent du thé. Il se pencha et l'embrassa.

« Toi aussi tu m'as manqué », souffla-t-elle en posant sa main sur la poitrine de Simionie, les doigts écartés. Il fit courir ses lèvres le long de son cou. Elle le repoussa doucement. « Je ne peux pas, dit-elle. J'ai mes règles. » Il continua à l'embrasser, humant sa peau, l'attirant vers lui. Elle le repoussa à nouveau, un peu plus fort. Il cessa de l'embrasser et la regarda. Elle se retourna pour prendre la bouilloire, rajouta un peu de thé dans leurs tasses et remua.

« Robertson est beaucoup plus souvent à la maison qu'avant. Je ne sais pas quoi faire. Il semblait incapable de penser à autre chose qu'à ses affaires autrefois, mais avec la mine, la quantité d'argent qui est en jeu est terrifiante. L'autre jour il est rentré avec un sac de diamants bruts, un cadeau du directeur. Dieu sait ce qu'ils valent, mais c'est simplement un exemple du degré de folie de la situation. Et puis il y a cette nouvelle maison dans laquelle il m'a installée, comme si un lave-vaisselle et des comptoirs rutilants pouvaient m'attendrir. » Elle avait honte de ce qu'elle disait, mais était incapable de s'arrêter.

« Je n'aurais pas dû te parler des diamants. Promets-moi de ne jamais le dire à personne. »

Simionie se pencha en arrière et regarda par la fenêtre. Il prit une cigarette dans sa poche. « Bien sûr », dit-il.

Emo et son petit-fils allèrent voir les chiens aux premières lueurs du jour. Ceux de Pauloosie l'accueillirent avec joie, mais l'attelage d'Emo fut pris de frénésie. Les chiens ne l'avaient pas reconnu de loin ; sa démarche et sa silhouette étaient différentes. Puis ils sentirent son odeur apportée par le vent, bien qu'elle eût subtilement changé, et ils bondirent littéralement en l'air, s'élançant jusqu'à la limite de leurs laisses, retombant lourdement sur la glace. Ils étaient efflanqués, s'étaient battus, leur fourrure était emmêlée, arrachée par endroits.

Le visage d'Emo s'empourpra de honte, mais Pauloosie n'en vit rien dans le vent. Il avait nourri les chiens pendant que le vieil homme était malade mais il ne les avait pas emmenés dans les terres car Emo ne le lui avait pas demandé. N'avait pas pu le lui demander. Les autres propriétaires de chiens avaient vu l'attelage d'Emo perdre du poids, et s'en étaient désolés sans pouvoir se décider à intervenir. Pauloosie avait découpé des ombles, du phoque et nourri les bêtes de sa propre initiative, mais les chiens et les hommes ont d'autres besoins que la nourriture. Enchaînés à la même place pendant des semaines, ils étaient devenus à moitié fous, et avaient dépensé autant d'énergie à se battre pour la nourriture qu'ils en avaient gagné à la manger.

Pauloosie ôta d'abord les chaînes de ses chiens et les attacha à leurs harnais. Emo voulut en faire autant, avec beaucoup moins de succès : ses chiens se ruèrent sur lui et le firent trébucher. Tentant de les maîtriser, il les frappa. Ils se reculèrent, apeurés, sans pour autant se calmer.

Les chiens de Pauloosie étaient issus de la même portée que ceux de son grand-père qui les lui avait donnés un par un quand il s'était montré capable de s'en occuper. Il admira la courbe fière de leurs échines, leurs queues dressées en panache, frémissantes, et il regarda leurs frères et sœurs s'agripper à la poitrine de son grand-père. Puis il vit le vieil homme tomber et s'élança sur la glace avant que les épaules d'Emo ne touchent la neige. Les chiens s'étaient déjà précipités sur lui, montrant les dents en un éclair blanc, une réaction instinctive de leur part à un accès de faiblesse.

Pauloosie les envoya valser sur le sol gelé où ils atterrirent les uns sur les autres dans un concert de gémissements. Il tira son grand-père loin d'eux, les talons de ses *kamiks* traçant deux traits parfaitement parallèles dans la neige, une traînée de sang au milieu formant une troisième ligne écarlate.

Il venait de se libérer des chiens quand il sentit son grand-père se débattre. Un grand pan de peau lui cachait les yeux et Emo s'efforçait de le repousser en arrière pour y voir. Son nez avait reçu un coup de dent, et un morceau de chair pendait à l'endroit de la narine droite. Pauloosie distingua les os faciaux, semblables à des coquilles d'escargot. Il cligna des yeux et détourna le regard. Il aida Emo à se redresser et ils se dirigèrent vers le dispensaire, le vieil homme pressant sa moufle contre son visage.

L'infirmière de garde était habituée à réparer et recoudre seule la plupart des lacérations, mais l'importance et la gravité des blessures du vieil homme la décontenancèrent. À regret, elle téléphona au médecin. Pauloosie l'écouta insister, haussant la voix, le persuadant de venir.

Quand Balthazar arriva, il avait l'air de tomber du lit. Il lut et relut le mince dossier médical d'Emo pendant de longues minutes, tandis que le sang du vieil homme imbibait les pansements que l'infirmière avait appliqués sur son visage.

Il finit par se pencher sur Emo pour examiner ses blessures, lui annonça que les lacérations étaient profondes et compliquées et qu'elles laisseraient probablement une grande cicatrice.

« Je me fiche des cicatrices.

– Bon. Nous pouvons commencer dans ce cas. Avez-vous perdu connaissance ?

– Je ne crois pas. »

Pauloosie secoua la tête.

« Vous êtes-vous cogné la tête à un moment quelconque ?

– Pas que je sache. »

Pauloosie haussa les épaules.

Balthazar retroussa ses manches et se lava les mains. Il aida le vieil homme à s'étendre sur une civière et dirigea une lampe sur son visage. Puis il nettoya le muscle et le tissu gras mis à nu avec de l'eau stérilisée. Il tenta d'identifier les extrémités sectionnées du muscle, cherchant les bords à raccorder. Les dents de chien sont pointues mais peu aiguisées : la blessure était une vraie bouillie. À peine faite, chaque suture devait être défaite. Petit à petit, une couche après l'autre, Balthazar travailla, recousut, consultant un manuel d'anatomie faciale placé à côté de lui. L'opération dura des heures.

Il avait presque terminé quand il souleva le drap qui recouvrait le visage d'Emo et lui demanda comment il se sentait.

« J'ai changé d'avis, dit Emo.

– Vous voulez consulter un chirurgien esthétique ?

– Je ne veux pas que la fille parte.

– Quelle fille ?

– Ma fille. Elle doit rester ici. On s'occupera d'elle. »

Balthazar regarda Pauloosie.

« *Attatatiak…*, dit le garçon.

– C'est ma décision.

– Très bien, monsieur, ne vous inquiétez pas, personne ne va partir nulle part.

– Je regrette de changer d'avis comme ça. Mais nous la perdrons de toute façon, si elle part dans le Sud pendant si longtemps.

– D'accord… N'en parlons plus.

– Tout va bien, grand-père », dit Pauloosie.

Lorsque Balthazar retira le dernier champ stérile du visage d'Emo une demi-heure plus tard, le vieil homme reposait immobile, les yeux fermés. Il semblait dormir – ou pire – et Balthazar et Pauloosie commençaient à s'affoler quand il ouvrit les yeux.

« Comment vous sentez-vous ?

– *Nahmuktah*, répondit Emo.

– Il dit qu'il va bien, traduisit Pauloosie.

– Parfait. Bon, il ne nous reste plus grand chose à faire. Une piqûre anti-tétanos et dans une huitaine nous ôterons les fils. S'il y a un signe d'infection, comme une augmentation de la douleur, de la fièvre ou des suintements, il faudra revenir, naturellement... »

Pauloosie ne pouvait détacher ses yeux du visage de son grand-père. Balthazar avait fait du bon travail, pourtant ni l'infirmière ni Pauloosie ne savaient quoi dire. Les cicatrices étaient longues, certes, mais le visage d'Emo avait été mis à vif, et semblait presque normal à présent, bien que gonflé et tuméfié, zébré de fines coutures de nylon.

Emo se regarda dans le miroir au-dessus du lavabo et se déclara satisfait. « *Koyenamee,* dit-il au docteur.

– Je vous en prie », dit Balthazar.

Le vieil homme et son petit-fils partirent. Emo ne parlait plus kablunuktitut désormais.

Pauloosie était allé s'occuper des chiens de son grand-père sur la banquise avec son ami Pierre Karlik. Les chiens se pressaient autour d'eux. Pauloosie leur lança de la viande de phoque, qu'ils avalèrent avec voracité. La chienne de tête, Kanyak, n'y toucha pas. Elle se tint contre la jambe de Pauloosie, raide, l'air digne et solennel. Elle ne chercha ni à grimper sur lui, comme l'avaient fait les autres, ni à s'écarter. Son flanc lui effleurait le genou. Il n'osait pas parler. Karlik lui demanda à nouveau si tous les *mushers* du village avaient refusé de prendre les chiens et Pauloosie fit signe que oui. Ils étaient trop liés au vieil homme. Ils n'accepteraient sans doute pas un autre conducteur, et Kanyak était trop âgée pour s'accoutumer à un nouveau maître. En outre, ils avaient été mal soignés et mal nourris. Sans parler des blessures. Avant même que Pauloosie ait approché le premier propriétaire, l'affaire était entendue.

Karlik gagna le *komatik* qu'ils avaient pris en remorque derrière sa motoneige.

« Pas encore », dit Pauloosie.

Chez Okpatayauk, la porte ne cessa de s'ouvrir et de se refermer, tandis qu'arrivaient successivement Penny, Simionie, Mariano Kringyurak, et enfin Pauloosie. Okpatayauk avait passé l'après-midi au téléphone, invitant tous ceux qui avaient joué un rôle actif dans le comité – à l'exception des gens qui avaient depuis été engagés à la mine – à venir chez lui ce soir-là. Il s'était délibérément montré mystérieux sur l'urgence de la réunion. Une tactique utile, à son avis, pour réveiller l'intérêt déclinant de ses amis.

« Dans deux mois se tiendra l'assemblée générale de la Kivalliq Mining Commission », annonça-t-il quand ils eurent tous pris place dans son séjour. « Il s'agit de l'agence qui contrôle toutes les activités minières dans cette partie de l'Arctique, y compris la mine de Back River. » Il fit une pause.

« Statutairement, ces réunions sont ouvertes au public. L'année dernière j'y ai assisté, et j'étais l'une des quatre personnes présentes. Yvo Nautsiak était venu parce qu'il avait entendu dire qu'il y aurait à boire. Les deux autres à mon avis étaient des sous-marins envoyés par les propriétaires de la mine. Ils étaient en complet veston et chaussés de caoutchoucs. Je ne les ai plus revus par la suite.

« J'ai appris quelque chose qui pourrait être une véritable bombe concernant les relations entre l'Ikhirahlo Group et les propriétaires de la mine. Je veux que chacun de vous encourage ses amis à assister à l'assemblée. Elle aura lieu dans un hôtel. Dites autour de vous qu'il y aura un buffet. »

En faisant la queue à la caisse du Quick Stop pour y acheter du thé, Pauloosie vit Billy Tootoo et Clive Akpalik, qui lui annoncèrent qu'il y avait une fête le soir même. Il y avait des mois qu'il n'avait pas échangé plus de quelques mots avec quelqu'un de son âge. Lorsqu'il eut réglé, il alla rejoindre les garçons.

Ils marchèrent dans la neige fraîche jusqu'à la maison d'un ami, Frank Kapoyee, dont le père possédait un attelage de chiens. Pauloosie savait qu'il en prenait un soin extrême, et il devait être horrifié par le genre de vie que menait son fils. Il n'y avait qu'un seul meuble dans la maison, un canapé chesterfield criblé de brûlures de cigarette. Les invités étaient assis à même le sol au milieu d'un nuage de fumée de cigarettes tellement âcre et épais qu'il avait fallu ouvrir les fenêtres et que tout le monde grelottait dans l'air glacé qui balayait la maison. Ils buvaient, se passaient des bouteilles de Seagram Cinq Étoiles achetées en contrebande.

Pauloosie parcourut la maison, cherchant un endroit confortable où s'installer. Il se retrouva dans la cuisine où trois hommes et une femme chauffaient des couteaux pour sniffer du hasch. Quand ils lui tendirent le tube en carton d'un rouleau de papier toilette, il s'avança jusqu'au fourneau et, fasciné, regarda rougir les extrémités des couteaux. Tim Kaput lui adressa un signe de tête, prit un couteau et l'approcha d'une boulette de hasch. Puis il pressa l'une contre l'autre les extrémités des deux couteaux tandis que Pauloosie aspirait à fond à travers le tube. La fumée brûlante pénétra dans ses poumons, il la retint un long moment, puis en rejeta une pleine bouffée et chancela en arrière, toussant, frissonnant dans l'air froid, avec la sensation que ses poumons éclataient. Cindy Adams lui jeta un regard inquiet en voyant son visage dilaté devenir écarlate. Elle lui retira le tube des mains. « Tu as eu ta dose », dit-elle d'une voix rauque, et elle regagna sa place devant le fourneau.

Pauloosie s'éloigna sans protester. Au bout de trois pas, il était tellement défoncé qu'il ne comprenait plus pourquoi sa poitrine battait si douloureusement. Au quatrième, il aurait été incapable de décrire ce qu'il ressentait, il ne savait même plus en quoi consistait sa poitrine.

Il s'élevait, planait au-dessus de la pièce, sentant son dos énorme toucher le plafond. Il se vit en train de flotter dans la maison, souriant d'un air niais et béat.

Puis il se retrouva en train d'errer au-dehors, incapable de savoir pour quelle raison il était sorti, et incapable de retrouver la maison de Frank. Heureusement qu'il n'avait pas ôté sa parka pendant la soirée ; il la serra étroitement autour de ses épaules et se dirigea d'un pas hésitant jusqu'à l'immeuble des employés du gouvernement, où il trouva le nom de Penny sur l'interphone. Il sonna. Il était minuit. En temps normal, il aurait dû être au lit depuis trois heures tout comme elle, en vue d'une sortie matinale sur la banquise avec ses chiens.

Penny laissa passer les premières sonneries sans répondre, imaginant qu'il s'agissait d'une tentative nocturne d'échanger une sculpture de stéatite contre une somme destinée à de l'alcool de contrebande. Puis elle se leva, enjamba son étui à fusil et son sac à dos et répondit à l'interphone.

« Foutez le camp ! aboya-t-elle.

– Bonsoir », murmura-t-il.

Suivit un long silence.

« Quoi ? » demanda-t-elle. Elle fixa l'appareil, cherchant à sortir des brumes du sommeil.

« Tu y vas ? » Il respira à fond plusieurs fois. « Demain, dans les terres ? »

Pauloosie était en bas, et tout le monde pouvait l'entendre.

« Monte », dit-elle en appuyant sur le bouton.

Il gravit l'escalier tant bien que mal, scrutant l'un après l'autre les couloirs plongés dans l'obscurité, jusqu'au troisième étage où il repéra la porte ouverte.

Toutes les autres étaient fermées, mais Penny ignorait combien d'oreilles indiscrètes avaient pu entendre leur brève conversation.

Elle l'attira à l'intérieur et referma la porte. En le voyant planté debout dans sa cuisine, elle comprit qu'il n'était pas dans son assiette. Elle lui prépara du thé et le força à s'asseoir.

« Tu es complètement défoncé, hein ? demanda-t-elle, en examinant ses pupilles dilatées.

– Je suis un peu fatigué, mais je me sens en super forme, répondit-il.

– Hum-hum.

– Hé, dis-moi quelque chose.

– Quoi ?

– J'ai l'intention d'aller me balader dans la toundra pendant un certain temps. Peut-être un an.

– Vraiment ?

– Tu crois que je pourrais emporter assez de matériel ? Qu'est-ce que tu prendrais, à ma place ?

– Hum…. Il faudrait d'abord que la chasse soit particulièrement bonne. Tu devras mettre assez de viande de phoque de côté pour les chiens. Et en été pêcher une bonne quantité d'ombles. Tu ne pourras pas acheter suffisamment de provisions pour toute la durée de l'expédition. Tu ferais mieux d'emporter un filet et des munitions. Peut-être un calibre 12, pour l'oie au printemps.

– C'est ce que j'ai prévu. Il me faudra aussi être économe avec la lampe à pétrole.

– C'est vrai ? Tu y penses réellement ? Tu t'en crois capable ?

– Je crois que je dois choisir maintenant, que nous devons choisir la direction que nous voulons prendre.

– Je vois exactement ce que tu veux dire.

– Je savais que tu comprendrais, c'est pourquoi je suis venu te voir.

– Tu pars demain ?

– Oui. Très tôt.

– Nous ferions mieux de dormir un peu dans ce cas. »

Quand, au milieu de l'hiver, des hautes pressions s'installent sur les terres et que tout reste immobile, un froid intense s'abat sur le pays. Plus tard un système de basses pressions s'y substituera, le vent se lèvera et la température se radoucira mais en attendant – parfois des semaines durant – l'air semble soudain durci, figé sur la roche et la glace comme si on appliquait du verre dépoli sur vos yeux. Les crevasses gèlent avant même qu'en apparaissent de nouvelles. La banquise n'est pas encore disloquée par le vent et les vagues. Les amateurs sautent sur l'occasion, motoneiges et attelages s'en donnent à cœur joie, assurés de ne pas courir le risque de se retrouver à l'eau dans un moment d'inattention.

Les mammifères marins, en revanche, ne sont pas à la fête. Les phoques entretiennent leurs trous de respiration pendant l'hiver et les maintiennent ouverts en les poussant périodiquement du nez. Mais les baleines blanches et les morses plongent sous la glace, cherchant des endroits où respirer, poussant leur cri dont l'écho les guide vers l'air libre. À mesure que se referment les failles, les alternatives diminuent, forçant les animaux à se rassembler dans celles qui restent ouvertes. Une crevasse restée ouverte grâce à la combinaison de conditions météorologiques locales et de courants océaniques attirera des douzaines de bélugas en quête d'air après chaque plongée, s'enfonçant aussi loin que possible sous la glace, calculant avec une étonnante précision le moment où la moitié de leur endurance est atteinte, pour remonter à la surface à l'endroit qu'ils viennent de quitter. Les morses s'y rassemblent aussi, ainsi que les grands animaux marins de l'Arctique qui se pressent à la suite les uns des autres, prennent leur respiration et plongent à nouveau pleins d'optimisme et de détermination, dans l'attente de la tempête qui brisera la glace.

Tout se déroule sans précipitation ni panique, avec la patience et l'attention nécessaires pour emmagasiner l'oxygène. L'air ne manque pas et il suffit à chaque animal de passer quelques secondes à la surface pour en remplir ses poumons et replonger. Ainsi vont les choses tant que les ours ne découvrent pas la crevasse.

Nanuq (*ursus maritimus*), l'ours polaire, pèse neuf cents kilos à l'âge adulte, et peut d'un grand coup de son énorme patte crocher l'épine dorsale d'un béluga et l'amener jusqu'au bord de la glace. Puis, tel un haltérophile bourré de stéroïdes, il se redresse, tire, hisse la baleine hors de l'eau. Mais l'odeur du sang flotte déjà dans l'air, attirant les autres ours – aussi asociaux que fratricides. Alignés au bord du trou ils balayent l'eau jusqu'à la transformer en un bouillonnement écarlate. Ils trébuchent sous le poids des morses et des baleines, s'écroulent, parfois étouffés sous les tonnes de chair qui leur retombent sur la poitrine. Le plus souvent, ils se dégagent hardiment et se goinfrent jusqu'à tomber en catalepsie, entourés de baleines mourantes – celles qu'ils ont tirées sur la banquise et les autres, innombrables, qui ont pris peur et plongé à la recherche d'autres crevasses. Elles vont au-delà de leur endurance, sans autre choix que de continuer, écouter, espérer. Et s'enfuir.

15

Les Inuits sont essentiellement un peuple maritime. La culture de Thulé reposait sur la chasse des mammifères marins, et elle se répandit à travers l'Arctique au moment où les Norvégiens débarquèrent au Groenland. Les Norvégiens se considéraient comme des marins hors pair, mais l'Arctique les affaiblit peu à peu, et ils finirent par végéter dans leurs petits fjords face à l'Atlantique. Les Inuits à l'inverse prospérèrent, tirant leur subsistance de la mer, sans pointes de lance métalliques, sans compas, et sans dépendre du bois acheté dans des villes lointaines. Il existait bien des branches cousines, les Padleimiuts et les Ihalmiuts, qui parcouraient l'intérieur des terres pour chasser le caribou, mais ils demeurèrent, avant tout, des hommes et des femmes de la mer. Bien que les navires du gouvernement et les barges de la Compagnie de la baie d'Hudson aient mis fin à leurs traditionnelles expéditions en haute mer, l'été quand les poissons ne migraient pas, les gens allaient encore contempler l'océan.

Parfois des petits voiliers apparaissaient à l'horizon. La plupart des marins qui s'aventurent dans la baie d'Hudson ne s'y attardent pas et repartent avant d'être pris dans les glaces. Périodiquement, cependant, un bateau tente le passage du Nord-Ouest. Ce qui l'oblige à hiverner, soit à Iqaluit, ou, comme le fit Amundsen plus à l'ouest, à Gjoa Haven. Certains bateaux choisissent des abris plus au sud dans la baie d'Hudson, ce qui rallonge leur trajet de plusieurs centaines de kilomètres et explique pourquoi on voit plus rarement des voiliers au sud de Repulse Bay.

Ainsi, le jour où un ketch en acier vint mouiller dans la baie à la fin de juillet 1991, presque tout le village se déplaça pour observer le petit homme qui gagnait la terre à la rame. Il s'appelait Simon Alvah, et avait construit son bateau à l'arrière de sa maison de Juneau durant quatre longues années. Il avait passé l'hiver précédent à Gjoa Haven, dégagé son bateau au moment de la fonte des glaces un mois plus tôt et était arrivé ici. Il avait lu des ouvrages sur Marble Island et l'histoire des navigateurs prisonniers des glaces, et décidé de passer un hiver de cette façon. C'était une ambition étrange qu'il n'avait su expliquer à ceux qui l'interrogeaient. Néanmoins, c'était son souhait. Il avait étudié les cartes marines de la région pendant des années, et chaque cap lui était désormais familier comme s'il avait passé la moitié de sa vie sur cette côte. L'endroit l'attirait.

Il avait l'intention de repartir au printemps suivant par le passage du Nord-Ouest jusqu'au détroit de Behring et de regagner ensuite son port d'attache. Il avait fait quatre fois le tour du monde à bord d'autres bateaux, passé l'hiver sur l'île de l'Éléphant, fui les cyclones dans des lagons bordés de palétuviers. Aujourd'hui il tentait cette nouvelle expérience. La vie urbaine lui était pénible, disait-il à qui voulait l'entendre.

Simon Alvah avait quarante-huit ans et en paraissait soixante. Sa barbe nattée était du même gris acier que le ciel. Il avait l'apparence des hommes qui ont renoncé à la compagnie des femmes : pas exactement négligé, mais associant l'esthétique au fonctionnel, principe qui n'avait jamais droit de cité s'agissant de son bateau. Ses cheveux étaient mal coupés, avec des mèches irrégulières témoignant de la maladresse touchante de l'homme armé d'une paire de ciseaux devant son miroir. Ses vêtements étaient rapiécés et recousus avec du fil à voile ciré, à gros points serrés et réguliers ; aucune des coutures n'avait lâché, mais l'effet visuel n'était guère raffiné.

Tirant son annexe sur la grève, il jeta un regard anxieux autour de lui, comme s'il était oppressé par la foule, un comportement étrange pour quelqu'un qui venait de passer un mois seul à longer la côte depuis Gjoa Island. Lorsqu'elles rentraient de leurs longs voyages à l'intérieur des terres, les familles inuits saluaient toujours avec reconnaissance ceux qu'elles rencontraient ; la solitude était considérée comme un mal nécessaire, jamais comme une situation désirée. Alvah était manifestement cinglé, quelle que soit l'admiration que suscitait son endurance.

Au cours de son hivernage à Marble Island, il avait prévu de brûler dans son poêle une partie du charbon laissé par les baleiniers, puis de reprendre la mer aux premiers jours de l'année suivante. Il imaginait qu'il lui resterait suffisamment de temps pour regagner le Pacifique. Il n'avait demandé à personne l'autorisation de mouiller à cet endroit, ni d'utiliser le charbon abandonné. Il voulait atteindre Gjoa Haven à la fin juillet, une obligation s'il voulait retrouver le grand large malgré les courants et les vents dominants. Les anciens qui discutaient de son projet concluaient qu'il était aussi dément que son auteur. Puis l'un d'eux dit en anglais : « Nous sommes sûrs que vous connaissez ces mers mieux que nous. »

Au rayon quincaillerie du Northern Store, Alvah passa de longues heures à examiner l'assortiment de clés, d'arcs à souder, de matériel et de pinces. Ses hésitations prouvaient qu'il était à court d'argent – ce qu'expliquait clairement son choix de rester à bord après avoir été pris par les glaces, à se nourrir de riz, de poisson en conserve et à écouter la radio, plutôt que d'habiter au village ou de prendre l'avion pour rentrer chez lui, où que ce fût. Il représentait un défi déconcertant pour ceux qui s'imaginaient confinés dans ce pays. Il était sans le sou, et malgré tout il parcourait le monde sans se plier à aucune règle. Au fond, il eût été plus confortable de ne l'avoir jamais rencontré.

La mission minière territoriale s'était attendue à ce que dix, voire douze personnes assistent à la réunion. Or il s'en trouva soixante dans la salle de conférences de l'hôtel. Des hommes et des femmes vêtus de parkas se tenaient debout le long des murs. On leur avait annoncé des informations intéressantes et ils attendaient, impassibles. Dès leur arrivée, Robertson et les autres membres de la commission avaient compris que quelque chose se tramait en repérant des visages qu'ils n'avaient jamais vus ailleurs que dans les terres ou au Northern Store.

Okpatayauk se leva le premier quand vint le moment des questions du public. Robertson regarda les deux personnes qui l'entouraient et dit : « Oui, monsieur Iqapsiak ?

– Monsieur Robertson, pourriez-vous me dire pourquoi vous avez accepté des émoluments illégaux de la société minière ? »

Personne ne broncha. L'assistance ne s'attendait pas à une question aussi personnelle. Fixant le sol à leurs pieds ou encore le plafond, les gens étaient affreusement mal à l'aise. S'ils avaient pu partir en douce, ils auraient pour la plupart quitté la salle à l'instant même.

Robertson regarda sa femme, assise dans le public. Elle était venue l'attendre pour faire des courses après la réunion et se demandait de quoi parlait Okpatayauk. Un regard de Robertson lui suffit pour comprendre.

« J'ignore de quoi vous parlez, monsieur Iqapsiak. Le Groupe Ikhirhalo est chargé d'une mission de conseil pour laquelle il est rémunéré.

– Ma question est la suivante, monsieur Robertson : avez-vous accepté un sac de diamants bruts de la part du directeur de la mine ? »

Robertson garda le silence.

« Y a-t-il, au moment où nous parlons, chez vous, un sac de diamants bruts d'une valeur de cent mille dollars ?

– Non, absolument pas.

– Très bien, monsieur Robertson, y a-t-il chez vous un sac de diamants d'une valeur quelconque dans le tiroir d'une commode ? »

Melvin Anders intervint. « Okpatayauk, c'est de la diffamation.

– Non, monsieur Anders. »

Victoria chercha Pauloosie, debout à l'autre bout de la pièce, mais ne parvint pas à croiser ses yeux. Assis à côté de lui, Simionie regardait fixement le sol. Okpatayauk déclara qu'il avait d'autres questions, et tourna la page de son carnet.

Betty Peters et Melvin Anders observaient Robertson, qui semblait suffoquer, le visage écarlate.

Victoria arracha les couvertures du lit de son fils et les porta dans la cuisine. Elle ouvrit la porte et les jeta dans la neige. Puis elle vida la galerie de tout ce qui lui appartenait – ses *kamiks*, les harnais des chiens, son sac de couchage, son harpon, son fusil et les boîtes de cartouches – et jeta également le tout dehors. Le vent souleva les coins du sac de couchage et la neige tomba sur les boîtes de munitions et les cartouches éparpillées qui brillaient sur le sol. Balayé par le vent, un des *kamiks* roula sur lui-même. Elle le regarda, cillant à travers ses larmes, puis referma la porte de la cuisine et la verrouilla pour la première fois de sa vie. Robertson avait quitté la salle de réunion sans lui adresser la parole.

Elle avait été incapable de déterminer qui était l'instigateur de toute l'histoire. Il avait moins de doutes sur la question. Ni Pauloosie ni Simionie n'avaient tourné les yeux vers elle, et elle les accusait tous les deux. Elle s'était fiée à eux, et avait été trahie. Elle avait eu tort, elle ne leur ferait plus confiance. Tout comme on ne lui faisait plus confiance.

16

Amanda devait retrouver Lewis au centre commercial, dans South Newark, en face du restaurant Lung Fung Wok. Il l'attendait, assis à une table en terrasse, comme il le lui avait dit, et lisait *Le Seigneur des Anneaux*, quand elle arriva. Elle lui effleura l'épaule et se glissa sur le siège en face de lui. « Salut, dit-elle.

– Salut, toi. » Son visage s'éclaira quand il leva les yeux de son livre. « Tu es super.

– Merci. » Elle portait un jean délavé, un gilet court sur un T-shirt. Elle était ravissante. « Qu'est-ce que tu fais ?

– Je relis Tolkien.

– C'est la combientième fois ?

– J'ai pas compté.

– Tu devrais figurer dans le *Livre des Records*.

– Il doit y avoir une sacrée concurrence.

– C'est peut-être pas le genre de gens qui figurent dans le classement »

Ils se dirigèrent vers le cinéma multiplex.

Après le film, ils descendirent l'escalier roulant avec le flot hébété des spectateurs de l'après-midi. Ils demeurèrent un instant immobiles, clignant les yeux dans la lumière aveuglante. Ils restèrent sans parler un long moment, savourant le silence, au milieu des conversations autour d'eux.

Ils n'avaient rien à faire des autres ; ils vivaient une vie à part, plus pure. Ils y voyaient plus clair et n'avaient aucune illusion sur le monde qui les entourait. Lewis savait ce qu'elle avait en tête. Elle savait ce que Lewis avait en tête. Elle s'appuya contre lui et il posa ses doigts sur sa hanche osseuse.

« J'ignore quand les choses ont commencé à se dégrader entre nous, dit Matthew, en se penchant sur sa chaise, les mains jointes entre ses genoux, les yeux fixés sur le sol. Je crois que c'est devenu flagrant lorsque nous avons quitté la Californie pour nous installer ici, mais les problèmes avaient débuté avant.

– Que voulez-vous dire, Matthew ? » demanda le Dr Kernaghan. Il y eut un long silence. Angela regardait fixement son mari, qui respirait d'un souffle court et saccadé, à peine perceptible.

« Je veux dire que depuis le début, même avant la naissance d'Amanda, j'ai su que je serai le parent secondaire, tout comme j'étais le soutien secondaire du ménage, secondaire en tout. J'ai l'impression que le rôle que je joue dans la famille est davantage celui d'un fils aîné, ou d'un oncle. Je ne prends jamais aucune décision – je donne seulement à Angela l'assurance qu'elle ne nous néglige ni Amanda, ni moi, qu'elle est une bonne maîtresse de maison, qu'elle…. » Sa voix rauque s'étrangla, et il se tut. Sa bouche s'ouvrit encore deux ou trois fois comme celle d'un poisson hors de l'eau, mais aucun son n'en sortit.

Angela ne laissa pas au médecin le temps de réagir. Elle répondit rapidement et calmement, avec une logique retenue. « Matthew, c'est ta passivité qui me pousse à prendre la plupart des décisions. Je te demande quelle couleur de papier mural tu préfères, et tu te bornes à hausser les épaules. Pizza, cuisine grecque, chinoise – tu ne marques aucune préférence. Tu veux que quelqu'un décide à ta place sur n'importe quel sujet. Et en face d'Amanda, quand elle fait des siennes, ta seule réaction est de m'en parler. Que peux-tu espérer d'une attitude pareille ?

– Je pense que nous devrions faire une pause et réfléchir à ce que vous désirez réellement tous les deux, » proposa le Dr Kernaghan, mais Matthew avait retrouvé sa voix.

« Le problème, c'est que chaque fois que j'exprime une opinion, si elle n'est pas exactement conforme à ce que tu désires ou penses, tu exploses aussitôt. Il n'y a rien entre nous qui ressemble à une conversation. Si j'insiste sur un sujet et que tu cèdes, ce qui n'arrive presque jamais, tu me le fais payer pendant des semaines. Mais d'habitude tu te bornes à t'obstiner, tu avances tout ce qui pourrait t'aider à gagner et cherches des arguments dans d'anciennes disputes qui n'ont rien à voir avec l'objet de la discussion. Partager mon point de vue relève de l'impossible ; seules existent la victoire ou la défaite. Et pour toi la défaite est une humiliation.

– Nous ne devons pas oublier que les deux points de vue sont acceptables, dit le thérapeute.

– Tu te prends pour un homme de convictions et d'opinions ». Angela le fusillait du regard. « Tu imagines que si je ne t'en empêchais pas, tu accomplirais tout ce que tu veux entreprendre. Mais si je n'étais pas là, tu logerais encore dans ce taudis pour étudiants où tu habitais quand nous nous sommes rencontrés. C'est grâce à moi que nous avons une maison, une fille, une vie. Je te porte à bout de bras. Et tu ne sais que me détester.

– Essayons de nous concentrer sur nos propres sentiments, et laissons l'autre décrire les siens.

– Et tu ne ressens que mépris pour moi.

– Peut-être avez-vous besoin d'un peu de répit, de reprendre le fil de vos idées ?

– Mais ce n'était pas le cas autrefois.

– Pour moi non plus.

– On n'y peut rien.

– Je sais.

– J'ai une possibilité lundi prochain dans l'après-midi. Il y a quelques exercices que j'aimerais vous faire essayer.

– Cela risque d'être horrible, n'est-ce pas ?

– Oui. »

Plus tard, Amanda et Lewis allèrent dans une pizzeria ouverte la nuit dans Garden Avenue et Lewis parla des *slashers*, ces sous-films d'horreur qui décrivaient des scènes de sexe mais où les personnages qui s'y livraient étaient punis avec une férocité perverse. *Massacre à la tronçonneuse, L'Enfant du cauchemar, Halloween*, le thème était toujours le même – le diable vous fera payer vos péchés. Amanda aimait la curiosité malicieuse de Lewis, l'ironie avec laquelle il considérait Freddy Krueger, le héros des *Griffes de la nuit* comme un personnage littéraire. Bien plus tard, elle comprendrait tout le mal qu'il s'était donné pour avoir l'air intelligent, mais sur le moment elle avait l'impression de s'être évadée de sa maison, libérée de ses vieux occupants en colère, pour se retrouver dans un endroit où les gens plaisantaient et utilisaient leur cerveau.

« Tu te souviens du concert où nous nous sommes rencontrés – est-ce que c'était ton groupe préféré ? demanda-t-elle, contemplant la glace pilée au fond de son gobelet.

– Avec GN'R, s'ils démarrent, tu peux être sûr que ça va être formidable. Mais tout dépend de ce qu'ont avalé Axl et Slash.

– C'est quoi leur truc ? demanda-t-elle, inquiète de paraître trop directe. Pourquoi se droguent-ils comme des malades – pourquoi ne profitent-ils pas simplement de leur succès ? »

Il s'appuya sur une main et réfléchit. « Ce que nous recherchons en partie c'est le rejet de nos parents. Si nos parents n'aiment pas qu'on boive, tu peux être sûre que c'est ce que font les groupes qui nous plaisent le plus.

– C'est débile.

– Absolument », dit Lewis, et il se pencha pour l'embrasser, dans le clignotement des néons au-dessus d'eux.

Terry Umiak, dix-sept ans, marchait dans la ruelle derrière le Northern Store. Il était en retard pour prendre son travail au Red Top Store et regardait où il posait les pieds, évitant les innombrables flaques de boue des premiers jours d'automne.

Il glissa et trébucha sur le corps, atterrit dans une flaque recouverte d'une pellicule de neige, le visage et les bras éclaboussés de boue. Il cligna les yeux et vit que l'homme était encore en vie et cherchait désespérément sa respiration. Une flaque de sang se répandait autour de lui. Terry jeta un regard alentour, cherchant de l'aide, mais il n'y avait personne. Il tenta en vain de soulever l'homme. C'était bien la première fois de sa vie qu'il lui arrivait une histoire pareille. Il essaya à nouveau de le relever et le laissa retomber. Le sang s'écoulait de la gorge de l'homme qui gisait sur le sol comme d'un tuktu au poumon percé.

Terry Umiak courut vers le dispensaire.

Susan Pazniuk était en train d'examiner le tympan enflammé d'un bébé, quand il fit irruption à travers les lourdes portes métalliques. Tous ceux qui étaient présents – l'enfant, ses parents encore adolescents, la grand-mère qui les accompagnait, et les autres enfants et parents dispersés dans la salle d'attente – tournèrent les yeux vers le garçon dont on aurait cru qu'il venait de découper un *iviak* et de fouiller dans ses entrailles pour y trouver quelque chose d'horrible.

Pazniuk téléphona au domicile de Balthazar et lui demanda de venir sur-le-champ. Au ton de sa voix il était clair qu'il était arrivé quelque chose d'effroyable. Sa première réaction fut de demander s'il y avait d'autres médecins au village. « S'il y en avait, je ne vous aurais pas appelé, lui lança-t-elle. J'ai besoin de vous tout de suite. »

À son arrivée, il trouva plusieurs membres de la Police Montée autour de l'entrée de l'hôpital, ainsi que des badauds rassemblés près du perron. Au moment où il franchissait la porte d'entrée, la deuxième infirmière de garde le saisit par le coude et l'entraîna dans la salle des urgences.

Étendu sur le dos, l'homme se débattait au milieu du brouillard rouge qui s'échappait de sa gorge. Seul un gargouillement sortait de ses lèvres. Pazniuk et les brancardiers avaient placé un masque à oxygène sur son visage et pressaient le ballon de ventilation, s'efforçant de faire pénétrer l'oxygène dans ses poumons. Balthazar s'approcha de la tête du lit. Quand il reconnut John Robertson, il resta un instant interdit. Il saisit le laryngoscope, passa sans mal la sonde endotrachéale entre les cordes vocales et laissa échapper un soupir de soulagement en saisissant l'insufflateur. Mais quand il envoya l'oxygène dans la sonde un bouillonnement apparut, à l'endroit où la gorge avait été tranchée.

Balthazar vit les bulles jaillir de la myriade de tendons, de nerfs et de vaisseaux, rejetant un sang presque noir en un flot indolent. Une partie de son cerveau se mit à identifier les organes exposés : le muscle sternocleidomastoïde, l'os hyoïde, l'isthme thyroïdien, la trachée, la carotide, la veine jugulaire interne, le nerf vague quelque part au milieu, le muscle platysma, et le scalène. Il remarqua alors les visages anxieux autour de lui, saisit la sonde et tenta de l'insérer plus profondément dans la trachée pour atteindre les poumons. Il dégonfla le ballonnet trachéal fixé à la sonde à l'intérieur de la trachée et chercha à l'enfoncer. Il poussa un peu plus fort et le sentit bouger. L'infirmière relia l'insufflateur à la sonde et essaya d'envoyer de l'air dans les poumons de Robertson. La sonde ressortit immédiatement, projetant des morceaux de cartilage et de graisse, tel un mammifère marin au moment de faire surface. Ceux qui étaient penchés autour de lui entendirent Robertson respirer, aspirant et exhalant bruyamment le sang. Puis plus rien.

Balthazar se laissa tomber lourdement dans le fauteuil de son bureau. Ses lunettes étaient maculées de sang. Il prit une profonde inspiration et composa le numéro.

« C'est votre mari, Victoria, murmura-t-il.

– Quoi ? dit-elle, se demandant qui l'appelait

– Il a été assassiné. On l'a découvert il y a quelques minutes derrière le Northern Store.

– Qu'est-ce que vous dites ?

– Je sais que c'est difficile à croire.

– Qui est à l'appareil ?

– Balthazar.

– Keith, de quoi parlez-vous ?

– Robertson.

– Bon, parlez plus fort. Que lui est-il arrivé ?

– Il vaut mieux que vous veniez tout de suite à l'hôpital. »

En arrivant, Victoria se fraya un passage à travers la foule qui se tenait silencieuse, frappée de stupeur. Depuis les premiers jours de la communauté, quarante ans plus tôt, il y avait bien eu des bagarres, des agressions et quelques coups de fusil, mais c'était le premier meurtre. La mort était habituelle en ces lieux, et tous ceux qui venaient de l'intérieur des terres vivaient en contact avec elle, mais le meurtre était une chose qui avait lieu uniquement dans les vieilles histoires, ou avec une fréquence excessive dans les films d'action – mais pas à l'intérieur des petits hameaux arctiques, dont les habitants étaient beaucoup plus enclins à se passer une rallonge électrique autour du cou pour manifester leur colère.

Victoria grimpa les marches quatre à quatre et quand elle franchit brusquement la porte d'entrée, tous se tournèrent vers elle puis se détournèrent aussitôt. Elle se dirigea vers Balthazar et lui agrippa le bras. « Où est-il ? »

Il la conduisit en salle de réanimation et ils contemplèrent ensemble le corps qui s'offrait à leurs yeux. « Oh, mon dieu », s'exclama Victoria d'une voix enfantine. Elle s'approcha de son mari et lui prit la main, la tenant dans la sienne. Des larmes roulèrent le long de ses joues.

Son Walkman aux oreilles, Justine était assise dans la salle de séjour de ce qu'ils appelaient encore la « nouvelle maison » deux ans après leur installation, quand sa mère rentra. Victoria s'assit à la table de la cuisine.

« C'est toi, maman ? demanda Justine.

– Oui », dit Victoria.

En revenant de la bibliothèque, Marie entra dans la cuisine et trouva sa sœur sur les genoux de leur mère, ce qu'elle n'avait pas vu depuis des années. Elle se précipita vers elles.

« Tu as appris ce qui s'est passé ? demanda sa mère.

– Comment est-ce arrivé ? demanda-t-elle en sanglotant.

– Je ne sais pas – ils sont encore en train de chercher, dit Victoria.

– Cela n'a pas duré trop longtemps ? demanda Marie.

– Non.

– Tant mieux. Ç'aurait été horrible s'il avait eu une autre attaque. »

Victoria redressa la tête. « Mais il ne s'agit pas de ton grand-père, Marie. »

L'agent Bridgeford avait été mis au courant des accusations échangées pendant la réunion de la commission. Lorsque Suzanne Pasniuk l'avait appelé, il avait pensé qu'une bagarre avait éclaté. La vue de Robertson la gorge tranchée l'emplit d'effroi et de pitié – autant pour la victime que pour l'individu qui avait accompli un tel acte. Dans ces paisibles villages, les meurtres sont souvent commis par les amis, les parents ou les amants,

Le policier s'assit sur un tabouret de la salle de réanimation et passa en revue ce qu'il avait enregistré. Le fils était un suspect tout trouvé. Il avait été mis à la porte par sa mère, et c'était un garçon renfermé et silencieux, qui adressait à peine la parole à un Kablunauk. Tout le monde connaissait cet aspect de son caractère. Et son propre père était un Blanc.

À moins qu'il ne s'agisse de l'un des associés du défunt, qui se serait senti trahi. Mais qui, dans le Nord, aurait été à ce point naïf ? Il commencerait par le garçon. La déclaration de Terry Umiak n'était pas d'une grande aide.

Pauloosie marchait le long de Water Lake Road avec deux de ses chiens et s'apprêtait à sortir du village quand Bridgeford stoppa le quad de la Police Montée à côté de lui.

« Bonjour, Pauloosie.

– Salut », répondit le garçon, et il continua de marcher. Bridgeford se mit à rouler à côté de lui.

« Pauloosie, j'aimerais que tu poses ton fusil par terre. »

Le garçon s'arrêta. « Pourquoi ?

– Pauloosie, pose ton arme. »

Le garçon fixa le policier pendant une longue minute. Puis il ouvrit la culasse de son fusil et montra qu'il n'était pas chargé. Il le posa contre une pierre avec précaution, évitant que la neige ou la mousse ne pénètre dans le canon. Bridgeford s'avança d'un pas et s'en empara. « Viens avec moi, s'il te plaît. » Pauloosie lui lança un regard interrogateur.

Lorsque Balthazar croisa le Père Bernard dans le couloir, ce dernier s'apprêtait à entrer dans sa chambre une théière à la main. Balthazar lui raconta comment Robertson avait été retrouvé égorgé. Quand le sens des mots l'atteignit, Bernard sembla sur le point de défaillir. À la fin du récit, il était décomposé.

Il s'appuya au mur, renversant quelques gouttes. « Tant de vies, dit-il. Que va faire Victoria à présent ? Et son fils, et la plus jeune des filles ? » Il secoua la tête.

Balthazar le regarda monter l'escalier qui menait à sa chambre, le dos voûté. Il se demanda si le prêtre allait se remettre de cette émotion, puis se demanda comment lui-même s'en remettrait. Il referma la porte derrière lui, se débarrassa de sa parka, et alla s'asseoir dans le living-room. Derrière la fenêtre, les lumières du village scintillaient.

À l'enterrement, Victoria se tenait à côté de son père. Elle lui tenait le coude, soutenant le vieil homme qui semblait croire qu'il assistait aux funérailles de son frère mort depuis des lustres. Il marmonna entre ses dents que sa belle-sœur n'attendrait pas un mois avant de se remarier. Victoria hocha la tête tristement. « C'est très bien, ce sera mieux pour les enfants », dit-il en lui tapotant le bras.

Le Père Bernard avait l'air las et défait en célébrant la messe. Assis dans le fond, Balthazar écouta son ami lire à haute voix la liturgie en inuktitut. Il s'émerveillait de l'entendre s'exprimer sans le moindre accent, lui qui, en vingt années passées dans le Nord, n'avait appris qu'une petite centaine de mots. Il paraissait aussi impensable que le prêtre puisse disposer d'un appartement dans le Sud que d'imaginer que le médecin apprenne un jour la langue de ses patients.

Balthazar fut à nouveau frappé par la gravité religieuse de l'homme qui psalmodiait du haut de sa chaire. Il n'avait jamais su quels étaient ses sentiments réels à l'égard de Robertson. Il aimait bien Victoria, c'était certain – les deux hommes connaissaient leurs sentiments mutuels pour elle – mais Balthazar ne se souvenait pas d'avoir jamais entendu le prêtre émettre un avis sur son mari. Il n'était pourtant pas sans opinion sur les habitants du village, et n'hésitait pas à les exprimer. Dans le chagrin manifesté par l'ecclésiastique, Balthazar s'était découvert une affection insoupçonnée pour cet homme. Mais en ce moment précis le Père Bernard se tenait droit et récitait des passages du livre de Job à l'assemblée des fidèles, refoulant ses sentiments personnels afin de ne pas les imposer à ceux qui pouvaient avoir besoin de lui. Le seul fait de le regarder vous élevait l'esprit, pensa l'athée qu'était Balthazar. C'était probablement le but recherché.

Quand le moment vint de chanter, le médecin se leva avec les autres, et fredonna les cantiques modulés à plusieurs voix avec une harmonie parfois imparfaite. Justine et Marie pleuraient doucement et Victoria luttait pour retenir son émotion. Aucun membre de l'Ikhirahlo Group n'était présent.

Simon Alvah était assis au dernier rang et observait la scène d'un air grave. La tête inclinée, il priait à voix haute en inuktitut avec le reste des paroissiens. Personne ne lui demanda ce qu'il faisait là. Assis sur le même banc, accompagné de l'agent Bridgeford, Pauloosie semblait au supplice, accablé d'un tourment que toute l'assistance était prête à expliquer. Sa mère l'avait ignoré. Ses sœurs lui avaient tendu la main, avant que Victoria les entraîne plus loin.

Justine était postée sur Oiltank Hill au-dessus du port. Le dernier chaland de l'année venait d'arriver de Montréal, juste avant les glaces. Un remorqueur l'aidait à accoster. Dans la lumière de l'après-midi, les hommes et les chariots élévateurs rassemblés sur le quai semblaient vibrer d'impatience. Autour de Justine, des ronces arctiques commençaient à fleurir au milieu des mousses de sphaigne et du thé du Labrador. Un harfang des neiges tournoyait dans le ciel, cherchant à fondre sur une proie. Justine était là depuis les premières lueurs de l'aube.

Quand elle s'était levée, sa sœur s'était retournée pour la regarder s'habiller. En dépit de l'obscurité, Justine avait vu Marie ouvrir des yeux encore endormis et lui avait chuchoté de se taire. La petite n'avait rien dit et après le départ de son aînée elle s'était tournée face au mur, respirant avec difficulté.

Justine avait traversé sur la pointe des pieds la cuisine où la vaisselle était empilée en désordre, les casseroles à moitié pleines de soupe inutilement réchauffée. Elle avait enfilé ses chaussures et un anorak et était sortie sans bruit par la porte de derrière. Le ciel pâlissait à l'est, la lumière naissante éclairait suffisamment les rochers pour lui permettre de trouver son chemin jusqu'au bord de mer, où elle s'assit et contempla l'eau.

Tout ici est en train de s'écrouler. Voilà ce qu'elle pensait. Elle s'étonna de se sentir aussi bouleversée. Elle n'avait pas bien connu son père, et ne s'était jamais sentie très proche de lui. Depuis qu'elle était assez grande pour se livrer à ce genre de réflexions, elle avait toujours eu l'impression d'être la dernière sur la liste de ses priorités, après Pauloosie, après son travail, après ses efforts constants pour sauver son mariage, et même après Marie. Mais avec sa mort, elle sentait son univers s'effondrer sous elle.

Quand il était en vie, mais peu présent, son travail avait été la raison de ses continuelles absences, et ce travail paraissait à Justine sans intérêt et contraignant. Elle s'en préoccupait peu sauf pour s'en irriter. Maintenant, il lui semblait important de savoir s'il était vrai qu'il était corrompu, quel avait été son rôle dans la décision de construire l'hôpital de Rankin Inlet, et ce qu'il avait fait pour le consortium minier. Son odeur était en train de disparaître de la maison, le souvenir de son visage fatigué au sourire las – de sa gentillesse morose – était remplacé par le masque grimaçant blanc et figé qu'elle avait aperçu en dernier. Ce qu'il avait fait ici durerait longtemps une fois que ces images seraient dissipées. Elle le savait.

L'océan s'étendait gris et froid sous le ciel à l'est. L'hiver serait bientôt là. Elle frissonna. Elle ne se souvenait pas que son père ait une seule fois élevé la voix contre elle. Elle se souvenait de la poupée Barbie, qu'il lui avait rapportée de Yellowknife. Elle ferma les yeux et la pluie froide commença à frapper la toundra autour d'elle.

Au poste de police, Pauloosie et Bridgeford étaient assis de part et d'autre d'une table basse.

« Donc, Pauloosie, je te répète que si tu ne peux pas prouver où tu étais le matin où ton père a été tué, si tu ne trouves personne qui t'ait vu à un endroit quelconque, alors je ne pourrai pas t'éliminer de la liste des suspects.

– Je n'ai pas tué mon père.

– Quelqu'un l'a tué.

– Avez-vous pensé aux Kablunauks avec lesquels il était en affaires ?

– Tu as quelque chose de particulier à me dire ?

– Non.

– Sais-tu d'où provenaient les diamants ?

– Quels diamants ?

– Ceux qu'il avait rangés dans le tiroir de sa commode.

– Je ne sais rien de tout ça.

– Est-ce qu'ils y sont encore ?

– Je l'ignore.

– Pauloosie.

– Ouais ?

– Où étais-tu ?

– À la chasse.

– Quelqu'un t'a-t-il vu pendant que tu chassais ?

– Non.

– Où étais-tu exactement ?

– Vous me l'avez déjà demandé.

– Je sais.

– Sur la rive nord de la Meliadine.

– C'est curieux, nous avons parlé à trois personnes qui pêchaient le long de la rivière ce matin-là et aucune d'entre elles ne t'a vu, ni toi ni personne d'autre, dans ces parages.

– Je ne les ai pas vues – pourquoi m'auraient-elles vu ?

– Supposons un instant que tu sois allé quelque part et que tu n'aies pas envie que l'on sache où – avec une fille, par exemple. Il te suffit de me le dire, et si cela se confirme, tout s'arrêtera là. Personne n'en saura rien, ni son père, ni son employeur, personne. »

Pauloosie poussa un soupir et contempla le plafond. Bridgeford se renfonça dans son siège. Le vent ébranlait les fenêtres. Le policier reprit les choses depuis le début.

« Peux-tu me dire ce que tu sais des affaires de ton père ? »

Dehors tombait la première grosse chute de neige de la saison.

Pauloosie fut relâché sur parole après deux jours d'interrogatoire, en particulier pour éviter qu'il n'occupe une des deux cellules de la prison et ne communique avec les deux hommes qui devaient être interrogés, Okpatayauk et Simionie. Il n'y avait aucune route à l'extérieur de Rankin Inlet et il était facile de s'assurer qu'il ne prenne pas l'avion. Pauloosie alla aussitôt chez Penny.

Elle l'attendait. Il sortit son sac de la penderie et y fourra son couchage.

« Qu'est-ce que tu fais ? demanda-t-elle.

– Je m'en vais », dit-il.

17

L'agent Bridgeford faisait face à Okpatayauk, de l'autre côté de la table de jeu. « Sais-tu pourquoi je t'ai fait venir ?

– Pourquoi vous me le dites pas ? » Okpatayauk avait les mains posées sur la table devant lui, les doigts joints.

« Je m'intéresse à ce que tu pourrais me dire au sujet de la mort de Robertson.

– Je n'ai pas grand-chose d'intéressant à dire à ce sujet.

– On dit que vous n'étiez pas amis.

– Vous et moi, nous ne sommes pas amis.

– Je ne suis pas mort.

– Personne n'a été tué par un Inuit depuis que le village a été construit. » Okpatayauk faisait allusion au comportement plus violent des « Bay Boys », et à l'habitude des jeunes membres de la Police Montée – influencés par les séries policières américaines – de sortir leurs pistolets quand ils étaient confrontés à des ivrognes hystériques.

« Que veux-tu dire ?

– Ce serait la première fois, si vous pensez que c'est moi le coupable.

– Tu ne sembles pas te préoccuper de me convaincre du contraire.

– Ce n'est pas mon boulot de vous dire qui l'a fait. »

Bridgeford leva les yeux au ciel. « Pourquoi ne commences-tu pas par me dire que ce n'est pas toi ?

– Pourquoi le ferais-je ? »

Le téléphone sonna.

Soulagé d'avoir une excuse pour s'éloigner du suspect et le laisser mariner un peu, Bridgeport prit la communication. Okpatayauk le vit hausser les sourcils.

Bridgeford se détourna et baissa la voix. « Oui ? » dit-il. Des petits cris stridents s'échappaient du récepteur, et il l'éloigna de son oreille jusqu'à ce qu'ils cessent. « Si vous avez quelque chose à déclarer, je suis tout disposé à vous écouter. » Le piaillement reprit.

Quand Bridgeford s'assit, il dit : « C'était ta petite amie, Elizabeth Agutetuar.

– Elle n'est pas ma petite amie.

– Elle m'a dit que tu étais avec elle toute la matinée, dans son appartement.

– Si elle le dit...

– Elle dit que deux de ses voisins sont venus dans l'après-midi prendre un café, et qu'ils t'ont vu.

– Hum-hum.

– Et une des institutrices.

– Oh.

– Et que lorsque tu es parti, dans l'après-midi, tu t'es arrêté devant chez elle pour parler au prêtre.

– Ouais.

– Fous le camp d'ici. »

Simionie souffrait d'insomnies depuis des années. Peu de gens le savaient. Il passait pour un homme flegmatique, qui n'était pas sujet à l'anxiété et ne manifestait pas ouvertement ce qu'il ressentait. Cette idée qu'on se faisait de lui – que lui-même partageait en partie – s'effondra quand il fut amené au poste pour y être interrogé.

Il avait vu tellement de films policiers qu'il s'attendait à être passé à tabac dans les minutes qui suivaient son arrivée. Il pianota nerveusement des doigts sur la table pendant que Bridgeford préparait du thé. « Tu en veux une tasse, Simionie ?

– Non, répondit-il sèchement.

– Qu'est-ce que tu as ?

– Finissons-en, répondit Simionie, feignant une attitude faussement détachée.

– Bon, dit Bridgeford en s'asseyant en face de lui. Alors, que sais-tu de l'assassinat de Robertson ?

– Rien.

– Tu semblais plutôt remonté à ce sujet. Je pensais que tu aurais peut-être plus à raconter.

– Je n'ai rien à dire.

– Que faisais-tu ce matin-là ?

– J'étais chez moi.

– Il y avait quelqu'un d'autre ?

– Mes parents.

– Tu vis avec eux ?

– Oui. Je peux m'en aller ?

– Ouais. »

Il se leva et se dirigea vers la porte.

« Simionie ?

– Ouais ?

– Qui l'a tué selon toi ?

Simionie s'immobilisa. « Je sais pas. C'est jamais arrivé par ici. »

Okpatayauk frappa à la porte du poste de police. Bridgeford ouvrit. « Oui ? dit-il.

– Je veux avouer le meurtre de Robertson.

– Tu as bu », dit le policier, et il lui referma la porte au nez.

Okpatayauk la rouvrit. « Non, pas du tout. Je lui ai coupé la gorge avec mon couteau parce qu'il avait volé les Inuits. »

Bridgeford le regarda. « Et ta petite amie et tous ces gens qui t'ont vu ce matin chez toi ?

– Ils mentent pour me protéger. Je ne supporte pas la culpabilité.

– Le prêtre lui aussi ment pour te protéger ?

– Ouais. Vous n'avez jamais vu un prêtre mentir ? »

Assis dans la cuisine de la Police Montée, Bridgeford parlait à Anna Kowmik, la standardiste. Okpatayauk était confortablement étendu dans une des cellules. « Le problème, dit

Bridgeford, c'est que si nous le renvoyons, et que nous trouvons un meilleur suspect, la confession d'Okpatayauk introduira une notion de doute raisonnable à moins qu'il ne se rétracte.

– Alors que fait-on ?

– On l'inculpe et on attend qu'il perde son sang-froid.

– Vous ne le croyez pas coupable ?

– Non.

– Pourquoi ?

– C'est un cérébral. Pas un caractère explosif.

– Pour quelle raison s'accuse-t-il alors ?

– C'est un geste politique de sa part.

– Vous en êtes sûr ? »

Il haussa les épaules. « Je me suis déjà trompé dans le passé.

– Et s'il ne se rétracte pas ?

– Alors je me serai peut-être trompé.

– Pensez-vous que ce soit Pauloosie ?

– Je ne sais pas. Je ne crois pas.

– Il fait partie de la famille. Et cette entaille était profonde. »

Elle hocha la tête. « Celui qui a fait ça, quel qu'il soit, le connaissait assez pour le haïr. »

Les Maux de l'Abondance
par le Dr Keith Balthazar

DIABÈTE

À mon arrivée dans l'Arctique, les autres médecins avec lesquels je travaillais m'avertirent que la médecine était très différente ici. Les renards avaient la rage et nous vaccinions tous les ans des trappeurs imprudents ; les blessures causées par les ours et les chiens étaient monnaie courante ; la tuberculose encore endémique ; ainsi que le « doigt de phoque », une infection contractée en dépeçant les phoques, causée par une bactérie rare résistante aux antibiotiques habituels. Les Inuits fumaient beaucoup, une habitude contractée au contact des baleiniers venus de Nouvelle-Angleterre un siècle auparavant et qui payaient en tabac les chasseurs inuits recrutés comme hommes d'équipage. Un cercle d'échange profitable était ainsi bouclé : le tabac passait des Indiens aux Blancs (les Kablunauks en l'occurrence, dont le nom signifie « sourcils et ventres poilus », en hommage à la pilosité excessive des Européens et de leurs descendants), puis aux Inuits. Si bien que nous traitions les emphysèmes et les cancers du poumon, tout comme dans le Sud.

Mais le diabète était inexistant, sauf parmi les Kablunauks, et il y avait peu de maladies cardiaques et d'attaques cérébrales. Ceci dans une population qui, à peine vingt ans auparavant, se nourrissait presque exclusivement de graisse et de protéines animales, à l'exception du contenu de l'estomac des caribous et des bœufs musqués. (Ce qui suffisait à prévenir le scorbut, mais n'était sûrement pas un régal.) Presque toutes les calories provenaient de graisses animales.

258

Dans la lumière du nord

Pendant des années, le dispensaire de Rankin Inlet a conservé sur ses étagères des flacons de thrombolytiques anticoagulants en cas de crise cardiaque, mais le médicament ne fut jamais utilisé.

L'absence d'affections vasculaires dans cette partie de l'Arctique est une chose étonnante pour un médecin formé dans le Sud. En travaillant ici, vous avez l'impression de quitter le bruit d'une rue animée pour entrer dans une cathédrale. Les maladies vasculaires tuent des centaines de millions de personnes chaque année. Dans le monde, le nombre de décès dus à de banales crises cardiaques ou attaques cérébrales est huit fois supérieur aux morts causées par les guerres, la malnutrition et le sida. Un pourcentage de 55 % d'entre nous mourra d'athérosclérose, dans une ou l'autre de ses manifestations : les attaques cérébrales et crises cardiaques déjà mentionnées, mais aussi les maladies vasculaires périphériques et caillots sanguins, l'athérosclérose rénale, ou l'anévrisme de l'aorte abdominale. Nous sommes tous concernés. La minorité qui ne mourra pas directement d'affections vasculaires n'y aura échappé qu'en succombant d'abord à des pneumonies ou des maladies malignes. Tous ceux qui ont vécu dans les villes sont atteints de cette maladie. Mais aucun Inuit.

Nos vaisseaux sanguins finissent par se rétrécir jusqu'à l'étranglement ; nos membres se refroidissent peu à peu et meurent dans une agonie gangréneuse, comme le font nos cœurs et nos cerveaux quand ces vaisseaux se bouchent définitivement. Et pourtant nous y sommes habitués, nous estimons que c'est une chose « normale », une expression essentielle de ce que nous sommes et de ce que nous devons supporter, comme l'était la tuberculose à une autre époque. Vivant dans le Sud, on pense à tort que la maladie vasculaire est la conclusion inévitable d'une existence passée sur cette terre. Dès votre arrivée dans l'Arctique, vous vous demandez pourquoi tout est si bruyant ailleurs.

Le « gène économe » est un concept qui décrit les changements constatés chez les peuples pratiquant la chasse et la cueillette au fur et à mesure de leur acculturation. Il existe en tant que concept et en tant que séquence d'acides nucléiques ; le trait génétique est commun à la plupart des peuples indigènes d'Amérique du Nord et du Sud, et des habitants des îles du Pacifique. Il représente la réponse dictée par l'évolution au problème des famines récurrentes, qui modifie la manière dont communiquent les tissus adipeux et le cerveau, pous-

sant les individus à manger voracement chaque fois que la nourriture est disponible, et à stocker avidement ces calories sous forme de graisse. En clair, affronter une famine avec dix kilos de graisse autour de la ceinture peut être utile, et la pression darwinienne en faveur de ce trait a probablement joué un rôle important dans les îles du Pacifique Sud et dans les communautés indiennes des zones subarctiques d'Amérique du Nord.

Mais ce qui était un mode d'adaptation dans un environnement traditionnel est particulièrement inadapté à une époque de calories illimitées et bon marché. À travers tout le Pacifique tropical et au sein des communautés indigènes d'Amérique, les cas d'obésité, comme les diabètes et affections vasculaires qui en découlent, sont en augmentation constante. Ces populations ont été ravagées par les maladies européennes ; la tuberculose, la variole et la grippe ont tué des millions d'individus en des vagues d'épidémies qui ont balayé ces continents au cours des cinq derniers siècles. Mais du contact entre les cultures traditionnelle et européenne, le pire fut l'introduction de la nourriture industrielle. Sans parler des sodas et des sucreries. Tous disponibles dans les petites boutiques des îles du Pacifique, des réserves indiennes et des villages arctiques, pour quelques sous et sans aucun effort physique.

Ce sont des organismes conçus pour résister aux conditions extrêmes de la saison des pluies ou de l'hiver glacial ; ce sont des corps capables de travailler jusqu'à l'épuisement, avec les quelques calories fournies par des tendons longuement mâchés ou des racines de tarot séchées. L'intérêt de limiter l'apport en calories n'avait jamais été reconnu. Pendant des millénaires, le problème de l'excès de nourriture n'avait pas existé.

Jusqu'à la fin des années 1970, le diabète était rare parmi les peuples indigènes des régions subarctiques, les Crees et les Dénés du nord de l'Ontario, du Québec, du Manitoba et du Saskatchewan. Des études furent entreprises pour comprendre pourquoi, par exemple, les Crees semblaient relativement à l'abri du diabète. Puis la maladie s'est abattue comme un drap mortuaire sur les réserves. Aujourd'hui, dans certaines d'entre elles, la moitié des adultes sont diabétiques. La population sous dialyse double tous les trois ans. L'immunité n'était malheureusement que relative.

Il existe deux types de diabète. Le type I, appelé parfois diabète juvénile, bien qu'il ne se déclare pas nécessairement durant l'enfance, est provoqué par l'incapacité du pancréas de secréter une quantité suffisante d'insuline, conséquence d'une défaillance du système immunitaire. C'était autrefois la forme de diabète la plus répandue, le type auquel Banting et Best s'attaquèrent en le traitant par l'insuline extraite du pancréas de porc et de bœuf. Il n'est pas lié à l'obésité, on ne peut pas le prévenir, et ses conséquences sont restées relativement inchangées depuis un siècle.

90 % des diabétiques aujourd'hui, dans les sociétés développées, sont atteints du diabète de type 2. Cette maladie n'est pas une variante de la précédente mais une affection totalement distincte, aussi différente que l'obésité l'est de l'anorexie. On aurait dû lui donner une dénomination différente. Ici, le pancréas est sain à l'origine, et secrète normalement de l'insuline, mais les récepteurs de l'insuline dans les muscles et les tissus adipeux restent insensibles à ses effets. L'organisme dépend de leur capacité d'absorber le glucose contenu dans le sang et de le transformer en énergie, ou de le stocker sous forme de graisse. Sinon, le niveau de sucre dans le sang s'élève et le pancréas, détectant l'excès de glucose, secrète plus d'insuline que la normale. En produisant régulièrement des quantités accrues d'insuline, il peut, pendant un certain temps, stimuler les récepteurs de plus en plus résistants et maintenir le niveau de glucose approprié dans le sang.

Mais, de même qu'un cœur obligé de surmonter pendant des années une pression artérielle trop élevée, se dilate et cède, le pancréas finit par s'épuiser et ne peut plus secréter assez d'insuline pour maintenir un niveau de sucre correct. En fait, quand le pancréas faiblit, il n'est souvent même plus capable de produire une quantité normale d'insuline dans le sang. Avec le diabète de type 2 dans sa phase finale nous sommes confrontés à une insuffisance d'insuline combinée à une résistance à l'insuline. L'organisme est attaqué de deux côtés, comme un feu de brousse en période de sécheresse – il y a d'une part le problème et de l'autre l'incapacité de le résoudre.

Huit pour cent des Nord-Américains souffrent du diabète tel qu'il est généralement diagnostiqué – par une élévation du taux de glucose dans le sang. Cinq fois plus montrent une résistance à l'insuline – le syndrome métabolique. Pratiquement tous les obèses hypertendus pré-

sentent un état de résistance à l'insuline et, aujourd'hui, la majorité des adultes aux États-Unis souffrent d'un excès de poids. La prévalence du diabète progresse mathématiquement – comme l'obésité et la résistance à l'insuline, ses états antérieurs.

C'est une maladie redoutable et débilitante ; des ulcères apparaissent sur les pieds mal irrigués et progressent régulièrement, attaquant les membres – la lèpre des temps modernes. Le diabète est la cause la plus commune d'amputations. La forte concentration de sucre dans le sang inhibe les globules blancs, permettant le développement de toutes sortes d'infections : infections de la vessie et candidoses, infections malodorantes de la peau causées par des champignons et des bactéries et tout ce qui a envie de dévorer de la chair sucrée. L'odeur d'une personne atteinte d'un diabète mal contrôlé ressemble à celle du lait tourné. Que le diabète soit cause de cécité et d'insuffisance rénale n'a rien de surprenant pour ceux qui connaissent le caractère de cette maladie. L'excès de glucose est la cause la plus courante de ces dégradations chez les gens trop gros.

Rankin Inlet possède deux cultures parallèles qui se mélangent peu à peu au point de n'en faire qu'une. Les Kablunauks en tant qu'individus ne restent qu'un temps – les policiers trois ou quatre ans, les infirmières deux, les enseignants peut-être cinq ou six. (Les médecins en général s'installent pour six mois ou un an). Néanmoins, leur nombre augmente chaque année ainsi que celui des voitures et des pick-ups – une ineptie car le village s'étend sur moins de deux kilomètres de long et aucune route ne mène nulle part ailleurs. Récemment, l'administration scolaire a fait transporter par bateau des cars de ramassage destinés à véhiculer les enfants en hiver.

Quiconque a jamais montré de l'intérêt pour les habitants de cette région dira que les Inuits ont été dégradés par leur contact avec le Sud. De même que les citadins se préoccupent des derniers vestiges de la forêt primitive après avoir rasé un écosystème entier pour construire leurs lotissements. Les peuples indigènes de tout le Nouveau Monde ont été balayés sans la moindre considération, et s'ils avaient le malheur d'occuper des terres de qualité, l'opération a été accomplie il y a plusieurs générations. Mais s'agissant des Inuits, qui vivent dans des régions ne pouvant intéresser aucun habitant du Sud sain d'esprit, nous prétendons nous soucier de leur acculturation. Comme s'ils n'en étaient pas conscients. Comme s'ils n'assumaient pas leur propre renoncement avec exactement la même stoïque détermination que nous.

La résistance à l'insuline commence et finit avec l'obésité ; en l'absence d'obésité, le diabète de type 2 est pratiquement inexistant. Quand le taux d'insuline augmente, le besoin de manger s'accroît, et avec lui l'obésité, la résistance à l'insuline et l'excès d'alimentation dû à l'insuline. Un terrible cercle vicieux.

Les êtres humains mangent tout ce qui est à leur disposition. L'obésité est un problème limité, contrairement à la famine, et elle n'est pas limitée à ceux qui possèdent le « gène économe ». Les Nord-Américains, qui pour la plupart ne descendent pas de chasseurs-cueilleurs, sont les gens les plus gros qui aient jamais existé, et le nombre de ceux qui souffrent du diabète est sans précédent : dix-huit millions au moins. Les obèses, quel que soit leur héritage génétique, sont en effet incapables de réguler leur nourriture ; aucun régime ne peut sur le long terme garantir une perte de poids parce que personne ne s'y tient. Quand les gens cessent de travailler, de transpirer, de souffler et de courir pour gagner leur vie, ils prennent du poids. Puis ils commencent à se désintégrer, et meurent.

Les Inuits sont les derniers indigènes à être arrivés sur le continent par la terre. Quand on s'adresse à un cinquantenaire comme Yvo Nautsiaq, encore jeune et en pleine santé, il ne faut pas oublier qu'il est né dans un igloo et a grandi en se nourrissant de caribou, de chair de baleine et de morse. Plus au sud, les peuples indigènes d'Amérique du Nord ont perdu l'usage de leur langue. Dans les tribus de la côte Pacifique, des professeurs sont généreusement dépêchés par les universités pour enseigner aux enfants le haïda, ou le salish. Les langues indigènes des Amériques disparaissent plus vite qu'elles ne sont recensées – des modes de pensée, des visions du monde, qui s'évanouissent avec les derniers soupirs des anciens. Mais si vous marchez sur la plage durcie par le froid de Coral Harbour, évitant les enfants qui jouent au hockey sur la mer gelée, les cris que vous entendez sont pleins de « q » et de « k » qui ne signifient rien pour ceux qui viennent du Sud.

Ces peuples sont arrivés environ à l'époque où les Norvégiens colonisaient le Groenland. La culture de Thulé, avec ses petites embarcations en peau de phoque et ses techniques évoluées basées sur la chasse

263

des mammifères marins, s'est répandue en l'espace de quelques générations de la mer de Beaufort jusqu'à la côte est du Groenland, où elle rencontra les « ventres poilus » de cette époque, navigant à bord de leurs drakkars et brandissant leurs épées de métal. Les Norvégiens disparurent au bout de quelques générations de refroidissement climatique, à la fin de la période de réchauffement du Moyen Âge. C'est du moins ce que nous supposons. Les Inuits restèrent, supplantant les populations du Dorset qui les avaient précédés dans l'Arctique, après les avoir absorbées ou massacrées. Lorsque les explorateurs européens arrivèrent au début du XIXᵉ siècle, ils ne trouvèrent que les Inuits de Thulé, avec leurs superbes bateaux de peau, leurs harpons et leurs lances avec lesquels ils chassaient des baleines franches : mammifères de quarante tonnes, qu'ils tuaient depuis leurs légères embarcations armés de bâtons auxquels étaient fixées des pierres pointues. Ils inventèrent l'igloo et le traîneau à chiens. Nomades dans l'âme, grâce à leurs techniques et à leur savoir-faire, ils entreprenaient des voyages de milliers de kilomètres à travers les glaces et habitaient – dans la mesure où l'on peut habiter quelque part dans l'Arctique – toute la région au sud de l'île d'Ellesmere.

Les Inuits étaient un simple miracle. Ils vivaient sur une terre dépourvue d'arbres, dans des habitations faites de neige. Quand ils ne trouvaient pas de bois flotté, ils fabriquaient des patins de traîneaux avec des poissons gelés empaquetés. Leurs inventions – le kayak, le harpon à barbillons, les lampes à huile de phoque – étaient les solutions les plus élégantes que l'on puisse apporter au problème de la vie sur cette terre, et l'expression la plus achevée de leur esprit et de leur sens de la beauté. Ils sont le symbole de l'humanité, de ce que nous sommes. Et ce qu'ils ont accompli dans l'Arctique est l'illustration la plus frappante de l'esprit d'invention et de la ténacité de l'homme. Ils – c'est-à-dire nous – ont prospéré dans le milieu le plus hostile du monde, et l'ont fait de manière magnifique.

Mais plus personne ne vit là désormais. Des petits villages qui bordent la baie d'Hudson, on peut découvrir la toundra et imaginer la difficulté qu'il y avait à tirer sa subsistance de cette terre. Des rochers et des lichens, recouverts de neige dix mois par an : il n'est pas étonnant qu'on n'y habite plus.

18

21 octobre 1991

Cher oncle Keith,

J'ai enfin reçu ta lettre. Maman me l'a donnée aujourd'hui au moment du déjeuner. Je suis désolée de ce qui est arrivé à ton ami. J'ai l'impression que vous êtes tous bouleversés. Un meurtre doit vous toucher tellement plus personnellement, là-haut, où tout le monde se connaît. Ici, c'est presque une habitude. On en entend parler tous les jours, et quand ça arrive à quelqu'un que tu connais, tu n'es pas tellement étonné.

Les choses n'ont pas beaucoup changé. Je continue à voir Lewis. Maman et papa ne l'aiment pas, naturellement. En réalité ils me cassent moins les pieds qu'avant. Je pense que tout va s'arranger. Peut-être pas pour eux, mais pour moi sûrement.

Tu devrais venir me voir un jour ou l'autre ! J'ai plein d'autres choses à te dire.

Je t'embrasse, Amanda.

Les gens qu'attirait Lewis étaient fascinants pour Amanda dont les amies avaient toujours été des filles conventionnelles et timides, pour qui le monde était un endroit opaque et dangereux contre lequel n'existait que le rempart des parents. Elle les comparait à Kat, que Lewis avait amené un après-midi quand ils s'étaient rencontrés au centre commercial, avec sa peau semblable à du latex blanc et ses cheveux d'un bleu presque noir. Il était grand, mince et droit comme un i, vêtu de noir, presque toujours muet en présence de plus de deux personnes. Kat connaissait les membres de chacun des groupes hardcore de la ville, et se passionnait pour les mangas et les bandes dessinées. Il s'était assis avec eux au rayon d'alimentation, feuilletant ses albums, et quand Amanda l'avait questionné à leur sujet, il lui avait décrit les connexions entre les films d'animation occidentaux et japonais, la façon dont ils combinaient les notions de sexe, de soumission et d'ironie qui paraissaient appartenir à un autre monde. Elle se demandait en partie s'il avait lu tout ça quelque part, mais elle était impressionnée par l'effort qu'il faisait, même pour jouer un rôle. Et quand il riait entre ses dents, elle ne pouvait le quitter des yeux.

Tous les trois étaient à une fête chez des amis quand les garçons sortirent pour fumer un joint. Adossée à un mur, sentant le rythme de la musique marteler sa poitrine, Amanda écoutait distraitement les conversations autour d'elle. Elle venait d'apprendre à fumer du hasch. Ce soir-là, elle ressentait un brin d'appréhension à la pensée du départ inévitable de son père et elle avait préféré se défoncer et laisser cette anxiété se développer librement.

La fille s'approcha silencieusement d'elle comme si elle voulait s'appuyer à cette partie du mur elle aussi. Il faisait très sombre et Amanda remuait la tête en cadence – habitée par la musique – et elle se rendit compte que la fille lui demandait si les garçons étaient ses jules. Amanda rit, flattée de l'audace qu'on lui attribuait. Non, seulement le plus athlétique, répondit-elle, bien qu'il eût fallu être aussi éprise qu'elle pour qualifier ainsi Lewis qui était à peine moins efflanqué que Kat. « Ils sont tous les deux vraiment chouettes, dit la fille. Je m'appelle Beth.

– Amanda. » Et elle ferma à demi les yeux et marqua le rythme de la tête. « Tu veux aller fumer avec eux ?

– Où sont-ils ?

– Dehors, derrière la maison. Vas-y. »

Lorsqu'ils rentrèrent tous les trois, Lewis, Kat et Beth, ils étaient hilares et tellement essoufflés qu'ils parvenaient à peine à parler. Ils s'approchèrent d'Amanda bras dessus bras dessous et la regardèrent.

« Bonsoir. » Elle se sentait tellement détachée.

« Hello », fit Lewis, avec un sourire si large qu'on eut dit que son visage allait se fendre en deux. « Tu veux rester ou partir ?

– C'est vraiment rasoir.

– On pourrait partir.

– Voici Beth.

– On se connaît. » Beth sourit à Amanda avec un air endormi.

Le week-end passa et ce fut l'hiver, moins trente en octobre. Les chiens haletaient dans leur course à travers la toundra, accompagnés en contrepoint dans leur effort par le crissement des patins du *komatik* sur la neige. La cadence du mouvement ne quitta plus l'oreille de Penny. Le soleil se réfléchissait sur les plus petits cristaux de glace et on n'aurait pu imaginer lumière plus brillante ni temps plus froid.

Elle portait des guêtres en peau de mouton par-dessus ses *kamiks* et tenait ses poings fermés à l'intérieur des moufles. Elle surveillait la texture de la neige et l'apparition des petites stalagmites abrasives qui blessaient les pattes des chiens. Mais il eût fallu que l'air se réchauffe pour que ce phénomène se produise. Et pour le moment, le froid était si intense que la neige avait la consistance de la farine de maïs grossièrement moulue et se soulevait en petits nuages au passage des chiens. Chaque respiration lui faisait mal aux dents. Plus que tout, elle redoutait un autre 40 en dessous de zéro.

Elle avait une idée de l'endroit où pouvait se trouver Pauloosie. À trente kilomètres en aval sur la Meliadine il y avait une vallée aux flancs abrupts, où coulait un affluent de la rivière. La pêche y était bonne même en hiver. Les rives élevées procureraient un abri contre le vent, et la neige s'y accumulait facilement. Il lui avait dit que c'était un de ses sites favoris car personne ne semblait le connaître. Les conducteurs de motoneiges se méfient des vallées encaissées et des cours d'eau rapides. Avec des chiens, on va plus lentement et on apprécie mieux la surface sur laquelle on se déplace.

Quand elle atteignit le confluent sur la Meliadine, Penny suivit la rivière qu'elle cherchait et tenta de détecter dans le ciel la présence d'un filet de fumée, bien qu'elle sût Pauloosie trop prudent pour ça. Pourtant, quand s'envola devant elle une fine traînée de neige, elle eut un instant la respiration coupée. Des chiens étaient passés par là, constata-t-elle, mais pas récemment, et elle continua d'avancer. Elle était partie depuis trois jours. Elle aurait dû être à son travail. Même en rebroussant chemin immédiatement elle ne pourrait être de retour avant la fin de la semaine. De toute façon, elle avait déjà perdu son poste.

Elle s'arrêta dans une courbe, à un endroit où la berge était proche de la glace et fournissait un bon abri. La neige n'étant pas encore assez profonde pour construire un igloo, elle monta sa petite tente blanche en forme de dôme et tira son équipement à l'intérieur, se rappelant la dernière fois où elle s'y était trouvée avec lui. Elle découpa à la hache de la viande de caribou et la lança aux chiens. Elle se glissa dans la tente et en sortit son réchaud, fit bouillir de l'eau pour le thé qu'elle but pendant qu'elle réchauffait une boîte de raviolis. Les chiens humèrent l'odeur et la regardèrent en gémissant. Elle leur lança une ration supplémentaire de viande mais ils continuèrent à gémir. Penny entendit le vent qui forcissait.

Un igloo est une habitation inconcevable pour la plupart des gens. Par exemple, les Inuits de Dorset, qui précédèrent les Inuits de Thulé, luttèrent, leur vie durant, avec l'Arctique dont ils tiraient péniblement leur subsistance, vivant dans des tentes de peau chauffées par de maigres feux. Ils ne connaissaient ni les traîneaux à chiens, ni les harpons à barbillons, ni le kayak ; l'idée que le progrès technique dégrade inévitablement l'homme ne résiste pas face à l'existence misérable que menaient ces gens.

Penny eut alors l'occasion d'en faire l'expérience – la difficulté de se protéger du froid et de l'humidité dans une tente quand le vent souffle à cent à l'heure et que la pluie gelée frappe la toile avec une telle force qu'elle projette à l'intérieur un brouillard de glace atomisée. La neige fondue formait des flaques à la base de la paroi au vent et l'eau ruisselait ensuite sur le sol de la tente le long de la pente.

Après le blizzard, la neige reprit de plus belle. Pendant quatre jours, Penny resta dans la tente, attentive à manger lentement et à calmer ses chiens. Lorsque le vent tomba enfin, toutes les traces qu'elle avait vues sur la neige avaient disparu, les siennes comme celles qu'elle avait suivies. Un mince espoir, même un faux espoir, reste un espoir, et quand elle sortit de la tente sous le ciel lumineux et vit la toundra vide de toute apparence de mouvement, elle s'effondra. Ses chiens émergèrent des tas de neige qu'ils étaient devenus, secouèrent leurs arrière-trains et leurs longues queues en panache, et se précipitèrent vers elle, tirant sur leurs attaches.

Elle se dirigea vers l'intérieur des terres, d'abord au sud puis à l'ouest, car elle savait que les chasseurs y étaient moins nombreux, et que Pauloosie le savait aussi. Elle traversa les grandes rivières les unes après les autres, nota les passages à gué qu'utilisaient les *tuktus* et essaya de se rappeler leur nom inuktitut. Ses chiens fonçaient, s'arrêtant seulement pour humer l'odeur des caribous et se retourner vers elle, l'air interrogateur.

Elle abattit un gros mâle qu'ils débusquèrent au détour d'une butte. Elle avait saisi son fusil et s'apprêtait à s'agenouiller, le coude appuyé sur sa cuisse, quand il fit demi-tour et se mit à courir parallèlement à elle, lui permettant de l'atteindre au poumon. Il courait si vite qu'elle visa trente centimètres devant lui, et ferma les yeux au moment de faire feu. Quand elle les rouvrit, il gisait dans la neige, agité de soubresauts.

Elle amena ses chiens jusqu'à l'animal et les arrêta à quinze mètres de distance, attachant le traîneau à l'ancre à neige solidement enfoncée – comme elle avait vu faire le vieil homme des centaines de fois. Les chiens bondissaient en sentant l'odeur du sang. Elle s'approcha. Le caribou semblait ne plus respirer mais de près elle vit qu'il avait les yeux ouverts.

Elle ferma à demi les siens, puis tira son couteau de chasse et lui trancha la gorge. Le sang jaillit et les chiens se mirent à gémir. Mais il continuait à la regarder. Elle se dit que si elle avait sectionné les deux carotides, et elle l'avait fait, il était nécessairement inconscient. Pourtant ses yeux n'étaient pas vitreux, et son regard était fixé sur elle. Elle releva son fusil et lui tira une balle dans la tête. Hésitante, elle lança aux chiens la langue, le foie, le cœur et les poumons, craignant de les nourrir trop abondamment après une semaine presque frugale. Mais les chiens ne partageaient pas ses hésitations. Les plus robustes et les plus gros mangèrent copieusement et se retirèrent repus, flageolant sur leurs pattes, tandis que les plus vieux et les plus jeunes se disputaient bruyamment les quartiers de viande qu'elle continuait à leur jeter. Au moins, pensa-t-elle, elle savait qu'elle pourrait trouver de la nourriture dans cette région, et y rester jusqu'à ce qu'elle ait trouvé Pauloosie ou qu'elle-même et les chiens aient un accident.

Elle avait franchi la Thelon River et scrutait son cours qui s'étendait devant elle, cherchant à repérer des traces, une tente ou un igloo abandonnés, quand la courbe sinueuse de la glace réveilla un souvenir en elle. C'était à peine quelques kilomètres plus bas que Johanna et elle avaient campé après que le pilote de brousse les eut déposées, l'été précédent. Elle sourit à cette pensée, mais le contraste entre cette image et la situation présente était trop violent, et elle repoussa la vision de Joannna pouffant, le nez dans sa tasse de thé. Elle réduisit ce souvenir à une succession d'abstractions afin de découvrir ce qu'elle pourrait en tirer d'utile. Une certitude : il y avait une cabane en amont, leur avait dit le pilote, construite soixante ans auparavant par trois Anglais avant qu'ils ne meurent de faim. L'un d'eux était un jeune garçon de dix-sept ans, Edgar Christian, que ses parents avaient confié à un oncle aventureux et impulsif, Jack Hornby, qui lui avait proposé de traverser la toundra canadienne. Avec Howard Allard, un ami de Hornby, ils avaient atteint la Thelon par l'ouest, après avoir remonté la Mackenzie jusqu'à Yellowknife. De là, à pied et en canoë, ils avaient progressé vers l'est,

et projeté de passer l'hiver près de la Thelon avant de poursuivre leur voyage au printemps suivant.

Personne, à vrai dire, ne comprend réellement ce qu'est
l'hiver dans la toundra. Tous les livres qui ont été écrits sur
les hommes qui hivernent dans de petites cabanes avec des
réserves de nourriture ont laissé l'impression erronée qu'il
s'agissait avant tout de se montrer résolu – qu'avec quelques
gros sacs de farine, des munitions et de la détermination, des
hommes inexpérimentés mais robustes pouvaient se lancer
avec confiance dans cette aventure.

Mais dans la toundra le bois fait défaut. Donc, pas de feu,
pas d'abri, pas de forêt pour couper le vent, pas d'arbres
pour fabriquer des skis ou des raquettes, ou pour retenir la
neige. Les caribous ne s'y trouvent qu'en proportion du maigre fourrage existant : ils sont aussi rares que l'est leur nourriture, et quand ils se dispersent, après le rut et la naissance
des petits, ils n'ont que la peau sur le dos.

Elle n'en avait vu aucun depuis celui qu'elle avait tué. Elle
se souvint de la désinvolture avec laquelle elle avait jeté les
entrailles aux chiens, et son visage se crispa.

Le groupe de Hornby avait demandé à la Compagnie de
leur livrer du contreplaqué et de la farine, mais ils avaient
sous-estimé leurs besoins : combien de farine, de bois, de
charbon, d'huile et de sucre trois hommes utiliseraient-ils
pour passer un rude hiver ? Leurs réserves s'étaient épuisées
avant le solstice. Ils avaient imaginé utiliser la farine pour
faire des côtelettes panées, mais il n'y avait plus de caribou
depuis le passage à gué des rivières en automne. Le journal
du garçon décrit l'affaiblissement de leurs forces, les chasses
de cinq jours avec un malheureux lapin pour seul gibier.
Dans la prescience grandissante de leur mort, transparaissait
une sérénité qui avait surpris Penny, habituée au caractère
turbulent des garçons de cet âge. Elle avait commandé une
copie de ce journal aux archives de la Compagnie de la baie
d'Hudson à Winnipeg.

Elle trouva la cabane des Anglais et se dit que c'était une
appellation exagérée pour ce qui n'était guère plus qu'un

appentis. Elle était écroulée, ses poutres grises pointant hors de la neige comme des chicots. Aucun signe ne montrait que quelqu'un y avait campé cette année – ni avant.

Penny construisit vite et bien son igloo. Après en avoir érigé une trentaine, elle avait acquis le tour de main, et appris à reconnaître la neige la mieux adaptée à leur fabrication. *Puka*, c'était le nom que lui avait donné Emo, y enfonçant à demi sa *panna,* pour en démontrer la texture, la résistance imparfaite qu'elle opposait à la lame. Pauloosie lui avait fait un jour le même exposé, avec les mêmes mots et les mêmes gestes, et elle s'était mordu les lèvres pour ne pas rire. Pauloosie. Elle était certaine qu'il n'était pas encore rentré à Rankin Inlet. L'hiver avait à peine débuté, et il avait sûrement eu plus de succès qu'elle à la chasse. Sa colère envers sa famille et le village était profondément ancrée en lui, née de griefs que la méditation avait sans doute exacerbés – et il ne pouvait que méditer davantage ici, seul et dans le froid.

Elle n'avait aucune idée de l'endroit où il pouvait se trouver maintenant. Elle avait l'intention de se diriger vers le sud, jusqu'aux ruines du village de Padlei, puis de remonter vers le nord-est et de s'enfoncer davantage dans les terres, avant de rentrer en décrivant un arc autour des vestiges du camp de Wager Bay. Un trajet qui l'entraînerait dans les parties les moins parcourues de la toundra. Peut-être leurs traces se croiseraient-elles. Sinon, elle n'avait aucun autre plan.

Padlei n'était plus qu'une hutte en contreplaqué abandonnée, flanquée de deux constructions annexes elles-mêmes en partie effondrées. Elle avait mis deux semaines supplémentaires pour l'atteindre, abattu et mangé une vieille lapine, une maigre pitance pour ses chiens, mais c'était mieux que rien. Il n'y avait eu aucun visiteur à Padlei depuis la première chute de neige.

Les jours raccourcissaient désormais, et en déduisant l'heure nécessaire en fin de journée à la construction de son igloo, elle ne pouvait voyager plus de cinq heures. Cela signifiait qu'elle passait beaucoup de temps seule, allongée dans son sac de couchage, à imaginer qu'elle le retrouvait. Dans son scénario favori, elle arrivait dans son campement à l'improviste, il était épuisé et les chiens ne la remarquaient pas (une éventualité qui tenait du fantasme, elle le savait), elle se glissait dans son igloo et le réveillait d'un baiser, expliquant au milieu de ses exclamations de joie qu'elle l'avait cherché, lui apportait de la langue de caribou, des cartouches pour son fusil et qu'elle avait découvert un endroit sur la Kazan River où ils pourraient camper ensemble.

Puis elle imaginait qu'elle se glissait dans son sac de couchage, et qu'il caressait les cicatrices d'engelures sur son visage, ses mains et ses pieds. Il posait ses mains sur ses épaules, descendait le long de sa colonne vertébrale, passait ses doigts écartés sur ses côtes, glissant silencieusement sur sa peau, sur ses seins, ses bras, ses épaules, la renversant en arrière. Elle se figurait toute la scène. Comme le font les voyageurs qui n'ont pas de compagnie. Leur solitude est telle qu'ils se laissent emporter par leurs désirs.

Toute sa vie, elle avait refoulé les siens. S'enfoncer à l'intérieur des terres était le premier geste extravagant qu'elle se soit jamais permis. Elle était forte et avait mis des freins à toute envie de s'apitoyer sur son sort. Sa réaction instinctive aux mots de compassion était l'apparition dans son esprit du visage sceptique de son père. Elle imaginait sa réplique en l'entendant prétendre qu'elle n'avait été extravagante qu'une seule fois dans son existence et se demandait si elle n'était pas sur une orbite excentrique, propulsée de plus en plus loin du centre à chaque révolution : d'abord le départ de la ferme puis l'Arctique et enfin l'intérieur de l'Arctique à la poursuite du garçon. C'était l'impression qu'aurait eue son père, supposait-elle. Et aujourd'hui celle de tout le monde au village, y compris Johanna, quoi qu'elle en fût moins sûre. Johanna lui aurait probablement accordé le bénéfice du doute. Elle avait perçu de l'admiration chez son amie à quelques occasions. Bien qu'elle pût apparaître sous un jour différent désormais. Comment sait-on que quelqu'un a pété les plombs ? Les fous ne se considèrent-ils pas toujours comme simplement courageux ?

Penny était fatiguée. Elle glissa ses mains le long de son ventre, se figurant que c'étaient celles du garçon, puis referma ses doigts et s'étendit sur le côté.

Elle se réveilla au petit matin, leva le camp, et attacha ses chiens à la ligne centrale. Elle tourna l'attelage vers le nord et se mit en route pour Wager Bay.

20 décembre 1991

Chère Amanda,

À dire vrai, les choses à Rankin Inlet deviennent de plus en plus étranges. Le fils d'un homme dont je t'ai parlé, celui qui a été assassiné, a disparu avec ses chiens. Tout le monde pense qu'il est parti dans les terres. Mais il est parti depuis presque trois mois à présent. Nous nous inquiétons tous à son sujet. C'est moi qui l'ai mis au monde, à mon arrivée ici.

Une des institutrices, également propriétaire d'un atte- lage de chiens, s'est elle aussi volatilisée ! Tu peux imagi- ner le bruit qui court. Je les connais peu l'un et l'autre, en tout cas pas assez pour savoir de quelle nature était leur relation. Mais il est difficile de ne pas tirer de conclusions. Se pourrait-il qu'ils aient un rapport quelconque avec le meurtre ? En tout cas une chose est certaine : ils ne vont pas rester beaucoup plus longtemps à l'intérieur des terres. Ce sera bientôt le milieu de l'hiver, et les jours vont encore raccourcir. Ce soir il fait moins cinquante.

On se souviendrait longtemps de cet hiver rigoureux, qu'avait annoncé un méchant automne. Lors des deux der- nières semaines de son expédition, Penny parcourut à peine cent cinquante kilomètres. Ses chiens étaient aussi exténués qu'elle. Leurs pattes entamées par les éclats de glace ressem- blaient à des moignons sanguinolents. Elle dut en porter trois sur le *komatik* en plus de son équipement pendant les deux derniers jours. Ils n'avaient rien mangé depuis près d'une semaine – depuis les deux lapins qu'elle avait partagés avec eux. Elle n'avait pas vu un seul caribou depuis un mois.

Pauloosie avait peut être repris le chemin de la Back River, où son grand-père chassait quand il était jeune. Elle avait suivi une route qu'il lui avait un jour désignée sur la carte ; à plusieurs reprises elle s'était trouvée en présence de ce qu'elle avait pris pour des traces de chiens. Elle se demandait aujourd'hui s'il ne s'agissait pas plutôt de loups de petite taille ou de grands renards.

Non, c'étaient des chiens. Il y avait aussi des traces de patins. Et pourtant pas le moindre signe d'un campement récent.

Elle n'en pouvait plus. Il y avait eu deux jours de tempête pour chaque jour de beau temps depuis un mois. Elle se demanda comment il s'en tirait. Ses propres chiens commençaient à mourir.

Elle ne pouvait plus se déplacer. Elle sortit de son sac de couchage et coupa les traits des chiens, puis elle regagna son duvet. Elle se déshabilla à l'intérieur, retirant les sous-vêtements graisseux qu'elle portait depuis deux semaines. Une fois nue, elle fit courir ses doigts sur son corps, ses seins, qui gonflaient encore alors que tout le reste avait tellement maigri, comme en témoignait la peau flétrie de sa gorge, de ses côtes, de son abdomen presque vide. Le bas de son ventre, sans doute la seule autre partie de son corps qui ne se soit pas totalement desséchée.

19

À la vue de l'igloo, Pauloosie pensa qu'il avait été construit par un chasseur de Baker Lake, venu dans le nord chasser l'*umingmak*, le bœuf musqué. Après l'avoir surveillé pendant trois heures, il avait conclu qu'il n'y avait aucun signe d'activité ; puis il s'était approché et avait étudié les réactions de ses chiens. Ils n'avaient flairé aucune odeur récente. Il aperçut du matériel éparpillé autour de l'igloo, et à voir les sacs et les moufles déchirés à coups de dents, il était clair que des renards avaient visité le campement.

« *Qanuipittt !* » appela-t-il d'une voix rauque, après avoir arrêté ses chiens. Aucune réponse ne lui parvint de l'intérieur de l'igloo. Il regarda encore les moufles dans la neige et les reconnut.

Pauloosie se courba et franchit la porte en rampant. Il la vit aussitôt. C'était le premier être humain qu'il rencontrait depuis trois mois. Du givre s'était accumulé autour de ses narines et sur ses cils. Elle reposait sur le côté, recroquevillée dans son sac de couchage. Sa peau était presque aussi blanche que les murs de son igloo, fabriqué selon le modèle de son *attatatiak*. Ses cheveux étaient raidis par la glace, et quand il les écarta de ses yeux, ils se recourbèrent comme du fil ciré. Elle était si maigre, les os de ses joues pointaient, semblables aux pointes d'une armure, ses épaules saillaient comme des nœuds sur un bâton, son ventre était plaqué à sa colonne vertébrale. Et malgré tout, elle paraissait forte avec

276

ses cuisses musclées et puissantes. Son petit réchaud et son paquetage étaient bien rangés près d'elle. Grâce au ciel, les renards ne s'étaient pas attaqués à elle. Il l'embrassa sur le front, fit courir ses lèvres sur ses sourcils. Ses larmes tombèrent sur sa peau gelée et firent fondre la mince couche de givre, ruisselant un instant avant de geler à leur tour.

Amanda et Lewis étaient couchés dans la chambre de Lewis au sous-sol de la maison de son père. Elle le regarda. Il était si beau avec ses épaules étroites qui se soulevaient et s'abaissaient au rythme de sa respiration, avec ses cheveux mouillés par la sueur qui bouclaient sur son front et sur sa nuque. Elle fit courir sa main sur sa poitrine, recourbant ses doigts entre ses côtes. Plus fort. Elle suivit les creux de son ventre, et il frissonna, l'excitation le disputant à une sensation de chatouillement. Elle s'en aperçut et eut un sourire moqueur.

Son père avait peint la pièce de la même couleur turquoise qu'il avait choisie jadis pour sa chambre de bébé. La stratégie qui consistait à reproduire la maison de sa mère étant restée sans effet sur Lewis, il avait employé d'autres moyens ; un équipement audiovisuel complet muni d'un écran géant et un nouvel ordinateur portable. C'était un endroit pratique pour Amanda et Lewis quand le père du garçon était à son travail et qu'ils voulaient passer un moment tranquille. Lewis ne dormait presque jamais là. Il ne supportait pas les tentatives désespérées de son père pour gagner ses bonnes grâces, et ils prenaient soin d'être partis avant son retour. (Au moins le garçon gardait un contact avec lui, pensait son père quand il sentait l'odeur du hasch et voyait les draps défaits.)

La pluie tombait sur le New Jersey, comme chaque après-midi depuis la fin novembre. Le jour gris et froid planait au-dessus d'eux, l'emprise du temps grandissant à mesure qu'ils devenaient insensibles à toute autre influence, au point qu'il n'y avait plus qu'eux, eux deux, et les données météorologiques du moment.

Ils avaient baisé trois fois et étaient exténués. Il était quatre heures de l'après-midi et Amanda avait séché ses cours. Elle ne tenait aucun compte des avertissements du principal ; ses notes étaient toujours excellentes, même si elle suscitait l'inquiétude de tous ses professeurs. Elle semblait avoir rapetissé depuis le début de l'année, mais quand elle se tenait droite on s'apercevait qu'elle avait gagné cinq centimètres. Elle se tenait rarement droite, cependant, de peur d'attirer l'attention sur ses seins dont le renflement l'horrifiait. Ce corps ridicule, qui enflait et s'allongeait de manière si visible – elle voulait l'ignorer. Ce n'est que lorsque Lewis en découvrait la beauté qu'elle se sentait, momentanément, attirante. Elle s'étirait, bras tendus au-dessus de la tête, regardait Lewis la regarder, et elle souriait quand il s'approchait d'elle. Longue, rougissante, exquise, elle se blottissait contre lui.

Il travaillait alors au vidéo-club de Garden Avenue. Il avait laissé tomber le lycée mais suivi des cours par correspondance par l'intermédiaire d'une école privée. Son père estimait que sa mère l'avait détruit avec ses accès de colère ; sa mère jugeait que son père se souciait comme d'une guigne de tout sauf de lui-même. Ils avaient la garde partagée. Lewis allait de l'un à l'autre à sa guise, évitant chaque frontière par d'habiles manœuvres. Il avait fini par ne plus aller en cours simplement parce que cela ne l'intéressait pas. Il pouvait y retourner quand il voudrait, avait-il dit à sa mère. Un de ces jours peut-être.

C'était sa bouche qu'elle aimait le plus regarder. Elle était parfaite. Des petites lèvres serrées, où flottait un sourire oblique en permanence. Elle aurait pu la contempler pendant des journées entières.

Elle aimait son intelligence et elle aimait qu'il soit dérangeant. Elle désirait de toutes ses forces qu'il la trouve intelligente elle aussi ; elle désirait qu'il l'admire. Après l'avoir entrevu un instant sur le perron de leur maison, ses parents avaient été horrifiés et elle en était ravie.

Les disputes de ses parents avaient atteint un tel degré qu'il semblait impossible qu'ils vivent une minute de plus sans se séparer, mais ils continuaient, jour après jour, et leurs criailleries étaient devenues la risée de tout le voisinage.

Quand elle était chez elle, Amanda se calfeutrait dans sa chambre. Elle y était de moins en moins.

Elle leva les yeux vers le plafond perforé de la chambre de Lewis. Il se préparait un joint à présent. Il avait mis *Bad Habits* des Monks, sur la chaîne stéréo, si fort que les points tremblaient ; elle sentait la basse de *Nice legs shame about the face* vibrer dans le lit, pénétrer en elle. Elle le regarda rouler le joint. Ses doigts bougeaient avec précision. Il était quatre heures de l'après-midi et ils avaient encore du temps devant eux.

Pauloosie la porta jusqu'au bord de la rivière, où une petite butte laissait à nu le sol et les rochers alentour. Il l'étendit face au cours d'eau et déposa son fusil à côté d'elle, puis entoura son corps d'un rang de pierres plates. Il eut du mal à extraire les pierres de la terre gelée ; il dut les sortir une à une avec sa hache. Il déposa une deuxième couche de pierres au-dessus de la première, inclinées vers l'intérieur. Quand le soleil commença à décliner sur l'horizon au sud-ouest, il avait terminé la troisième couche. Il se glissa dans l'igloo de Penny et déroula son propre sac de couchage. Il sentait son odeur, elle imprégnait la neige et ses quelques effets. En attendant le sommeil il se demanda s'il était encore possible pour des hommes et des femmes de vivre sur cette terre, il se dit que la terre avait changé, qu'elle n'était plus accueillante.

Les pierres s'élevèrent, prenant peu à peu la forme d'un cairn oblong. Il lui fallut deux jours pour l'achever. Avant de déposer la dernière pierre sur la rangée supérieure au-dessus de son visage, il se pencha dans l'ouverture. Il faisait sombre à l'intérieur, mais il distinguait les contours de sa mâchoire et de son front, une ombre de cheveux. Elle ne se trouvait pas belle et en avait persuadé les autres, mais c'était faux. Elle était belle. Elle avait désiré ardemment quelque chose qu'elle était incapable de décrire avec précision, mais qui avait une ressemblance avec un coin comme celui-là – glacial, dur, impitoyable – et possédait cette sorte d'intensité qu'un tel endroit exige de votre part. Elle aurait voulu être le genre de personne capable de vivre là. Et elle aurait pu l'être.

Avec un gémissement, Pauloosie souleva la dernière pierre et l'encastra. Dorénavant, elle était à jamais à l'abri des atteintes des renards ou des ours. Il plaça son traîneau sur le flanc à côté du cairn. Elle avait gardé quelques munitions et des hameçons, qu'il emporta. Puis il chargea son traîneau, attela ses chiens pleins d'impatience et se dirigea vers le sud. Il irait peut-être à Padlei, voir s'il y avait des caribous par là-bas. Il avait peu de chances de rencontrer un autre chasseur dans cette partie de la toundra.

Victoria buvait du thé et fumait à la table de la cuisine. Il était onze heures passées, et ni Justine ni Marie n'étaient encore rentrées. Elles étaient censées être à une fête chez Johnny Apilardjuk. Victoria avait téléphoné quelques minutes plus tôt et personne n'avait répondu. Elle n'allait pas appeler la police. Elle n'avait pas le courage de s'adresser à nouveau à ces fils de pute.

Lorsque la porte s'ouvrit et que ses deux filles entrèrent en riant dans la cuisine, elles ne la remarquèrent pas immédiatement. Dès qu'elles la virent, elles s'arrêtèrent net.

La bouche de Victoria était inhabituellement serrée, sa lèvre inférieure à moitié rentrée, le menton saillant. Ses yeux... elles lui avaient déjà vu un tel regard, il y a six mois, le jour où elles avaient cru que leur univers allait s'écrouler.

« Maman, ne sois pas fâchée, il n'est pas tard, dit Justine.

– Tu as bu.

– Non, je n'ai pas bu.

– Bon Dieu, tu empestes.

– Bon, peut-être juste une gorgée – tous les autres en buvaient un peu et....

– Et tu as donné de l'alcool à ta petite sœur ?

– Maman, on s'amusait juste un peu...

– Et cette marque sur ton cou ? Bon sang ! Marie n'a que seize ans !

– Ne dis pas n'importe quoi, maman, je n'étais pas...

– Plus un mot ! Ne dites plus un mot, ni l'une ni l'autre ! »

Elles reculèrent en silence. Chacune espérait que Pauloosie et Robertson allaient apparaître, pour calmer les choses. Victoria avait l'impression d'être prise dans un faisceau de tristesse et de chagrin, avec un mari mort et un fils qui l'avait abandonnée. Et tout cela par sa faute. Elle essaya de parler et un sanglot éclata avant qu'un mot ne sorte de sa bouche. Elle glissa de sa chaise sur le lino, les jambes tendues devant elle comme un enfant.

Ses filles se regardèrent, recroquevillées sur elles-mêmes devant la furie de leur mère. Et voilà qu'elle s'effondrait, ce qui les effraya encore davantage. Elles passèrent furtivement devant elle pour gagner leur chambre, refermant la porte, écoutant l'écho de ses sanglots se répercuter à travers la maison.

Trois fois par an le tribunal siégeait pendant une semaine à Rankin Inlet. Le ministère de la Justice envoyait par avion un juge, un greffier, un procureur et un avocat – tous les acteurs requis. Ils séjournaient à l'hôtel et se réunissaient le matin dans l'une des salles de conférences. Des chaises pliantes étaient installées pour le public, et elles étaient toujours toutes occupées. Les affaires de coups et blessures étaient les plus fréquentes, mais il y avait aussi la contrebande d'alcool, et quelques inculpations pour trafic de drogue – un kilo de hasch étant quand même plus facile à transporter que son équivalent, cinq cents caisses de bière. Il y avait les cas de violence conjugale, et les vols ordinaires dans différentes administrations. De temps en temps, à la mine, quelqu'un était accusé de tentative de vol, mais ces cas étaient rares – la surveillance et les fouilles sur les sites d'extraction étaient si scrupuleuses que personne ne songeait sérieusement à mettre en péril un job lucratif en prenant le risque de s'emparer d'une pierre brute de qualité indéterminée.

La semaine du tribunal était un condensé d'actes de déprédation ou de violence perpétrés des mois auparavant et déjà effacés dans les esprits de leurs auteurs et de leurs victimes. C'était un rituel que nombre d'entre eux auraient volontiers évité. Pour les autres, en revanche, c'était une incomparable scène de théâtre. Les jours de procès, toutes les vieilles du village se dirigeaient vers l'hôtel, se perchaient sur une chaise métallique et opinaient du chef d'un air entendu pendant la lecture des déclarations des victimes.

La semaine où devait avoir lieu le procès d'Okpatayauk, tout le monde se passionna pour le sujet. Chacun admettait qu'il était stupide de s'accuser d'un acte qu'il n'avait visiblement pas commis. Elizabeth, sa petite amie, avait à plusieurs reprises appelé l'agent Bridgeford. Pensait-il vraiment qu'Okpatayauk était coupable ? Bridgeford s'était défendu disant que l'affaire était désormais entre les mains de la Couronne, et qu'elle devait en parler à Okpatayauk, pas à lui. Quand Victoria lui avait demandé l'autorisation de rendre visite au détenu avant l'audience, Bridgeford avait été décontenancé. « Victoria, pourquoi voulez-vous faire une chose pareille ?

– Je veux lui poser certaines questions.

– Je ne crois pas que ce soit une très bonne idée.

– Demandez-lui seulement s'il est disposé à me rencontrer.

– Entendu. »

Okpatayauk avait haussé les épaules.

« C'est oui ou non ? avait demandé Bridgeford. Tu sais que rien ne t'y oblige. »

Nouveau haussement d'épaules. « Je vais lui parler. »

Quand elle se présenta au poste de police, Bridgeford l'arrêta à la porte et lui demanda d'ôter sa parka et ses *kamiks*. Il les accrocha soigneusement et inspecta ses vêtements. « Victoria, je resterai à proximité. Je crains de ne pouvoir vous accorder beaucoup d'intimité.

– Ça m'est égal. »

Elle s'assit sur la chaise que Bridgeford lui avait approchée. Okpatayauk la regarda calmement. Elle l'observa. Il n'avait pas tué son mari. C'était évident.

« Pourquoi fais-tu ça ? » demanda-t-elle.

Il haussa les épaules.

« Tu dois me dire pourquoi, c'est important pour moi.

– En quoi ?

– Cela signifie que le véritable assassin ne sera pas arrêté, et cela veut dire que je devrais assister à un procès dont je sais qu'il est inutile.

– Il n'est pas inutile.

– Je ne m'intéresse franchement pas à ton action politique.

– Je suis responsable de la mort de ton mari. C'est tout ce que je dis. Et je serai mis en prison. »

– Tu n'endosses pas la responsabilité de sa mort – tu en tires crédit. Bien que tu mentes. »

Une expression de mépris envahit son visage. Il se détourna. Elle resta assise, cherchant à croiser ses yeux. À la fin, Bridgeford dut la prier de s'en aller.

Pauloosie conduisit son traîneau au sommet d'une crête au sud-ouest de Baker Lake et scruta l'horizon. Il regretta de ne pas apercevoir la balise lumineuse de l'aérodrome voisin. Il était tard dans la journée et il avait espéré voir des lumières dans les environs. Il n'avait parlé à personne depuis des mois.

Il descendit avec ses chiens en bas de la crête et décida qu'il était temps de se construire un abri. Il y avait de la bonne neige tassée par le vent et il aurait vite fait d'édifier un igloo. Les *tuktus* s'étaient faits rares ces dernières semaines, mais en descendant vers le sud il était tombé sur un troupeau de bœufs musqués, ce qui était peu courant aussi loin à l'ouest. Leur stratégie quand ils se sentent menacés est celle qu'ils adoptent face au loup : les mâles adultes se rangent en cercle, tournés vers l'extérieur, tandis que petits et femelles se pressent au centre. C'est une tactique efficace devant la menace de dents acérées. Elle l'est moins devant un .30-06. Pauloosie abattit un mâle d'une balle en plein cœur. Cela représentait de la viande pendant longtemps pour lui et ses chiens. Ils avaient déjà l'air plus robustes. Il découpa des tranches de viande gelée avec sa hache et les leur lança, puis se fabriqua un igloo. Il fit bouillir de l'eau pour le thé et s'installa à l'intérieur à la nuit tombée.

En entendant quelque chose, sa première réflexion fut qu'il n'aurait pas dû s'approcher si près d'un village, il pensa qu'on l'avait repéré et que la police allait lui sauter dessus.

Sans quitter son fusil du regard, il tendit l'oreille. Il n'avait perçu aucun bruit de moteur, et se demanda s'il ne s'agissait pas simplement d'un grizzli de la toundra. Puis ses chiens se redressèrent brusquement et se mirent à aboyer, mais sans bondir comme ils l'auraient fait s'ils avaient senti la présence d'un ours. Non, ils saluaient l'arrivée d'autres chiens. Pauloosie ôta la cartouche de la chambre de son fusil et fit cliqueter le percuteur à vide. Il remit l'arme dans son étui et surveilla l'entrée de son igloo.

Quand apparut dans l'entrée le capuchon d'une parka, Pauloosie se redressa. Une main jaillit, repoussant la capuche en arrière, et il reconnut Simione, mais un Simionie différent, plus maigre et hâlé par le vent, arborant un large sourire. « *Quanuipiit* ? demanda-t-il à Pauloosie.

– *Qanawingietunga,* répondit Pauloosie. Tu veux du thé ?

– Oui s'il te plaît.

– Quand as-tu quitté le village ? » Pauloosie plissait les yeux pour distinguer Simionie dans la pénombre – à en juger par sa maigreur cela faisait un certain temps.

« Un jour après toi.

– Pour quelle raison ?

– Je me suis dit qu'ils allaient accuser quelqu'un du meurtre de ton père dès qu'ils le pourraient. J'ai pensé que j'étais tout désigné.

– Tu l'as tué ?

– Non.

– Ça me serait égal si c'était toi.

– Ce n'est pas moi.

– Oh.

– Je pense que ce n'est pas toi non plus, hein ?

– Non.

– Alors qui l'a fait à ton avis ?

– Aucune idée.

– Ça ne t'aurait vraiment rien fait si j'avais tué ton père ?

– Si, ça m'aurait fait quelque chose. Je voulais simplement que tu me le dises.

– Tu es comme la police, hein ? Rusé.

– Ouais, dit en riant Pauloosie, alors qu'il versait le thé. Ils m'ont appris certaines choses.

– Tu as vu d'autres gens de Rankin Inlet dans le coin ?

– Oui, l'institutrice, celle avec les chiens.

– Ta copine ?

– Qui t'a raconté ça ?

– J'ai oublié.

– D'accord. »

Ils se turent, absorbés dans leurs réflexions. Ils burent la dernière goutte de thé puis Pauloosie invita Simionie à passer la nuit. Simionie le remercia et se tourna sur le côté. Il y avait à peine assez de place pour s'étendre. Leurs jambes, leurs épaules et leurs hanches se touchaient.

Tagak décida de choisir un complet dans le catalogue du Northern Store. Tous les autres cadres de la mine portaient de beaux costumes quand ils assistaient à des réunions importantes. Il n'en avait jamais possédé un seul de sa vie, et se sentait trop gêné pour aborder le sujet avec sa femme. Le catalogue indiquait les mensurations requises. Il les avait prises lui-même, nu dans sa salle de bains, avec un mètre à ruban rapporté du bureau. Ayant quelque difficulté à déterminer la circonférence de son cou, il utilisa sa ceinture qu'il mit ensuite à plat pour la mesurer. La ceinture n'était pas assez longue pour sa poitrine, aussi la remplaça-t-il par du fil dentaire. Il prit ensuite le tour de son ventre, avec une plus grande longueur de fil, et son tour de hanche, comme l'indiquait le dessin dans le catalogue. L'intérieur de la jambe. L'extérieur.

À la fin, Robertson mettait toujours un costume pour aller travailler. Tagak avait remarqué que ses vieilles vestes de sport élimées avaient fait place à des vêtements plus élégants dès le jour où la mine avait commencé à faire des bénéfices. Il avait aussi remarqué que les hommes ne s'adressaient plus à lui de la même manière. Il n'était pas certain d'en savoir la cause et les conséquences, mais il voulait être lui aussi traité avec considération.

Il regarda le fil dentaire qu'il avait utilisé, trouva dommage de le gâcher mais se résigna quand même à le jeter. On peut être économe et on peut aussi être stupide. Il secoua la tête. Il raisonnait de plus en plus comme un Kablunauk. Bientôt, il prendrait l'avion pour Winnipeg uniquement pour assister à un match de hockey.

Emo demanda à Winnie si Victoria avait assez de viande de caribou. Il était assis en face d'elle à la table de la cuisine. Il portait un T-shirt blanc taché et un jean bleu beaucoup trop grand pour lui. Il maigrissait à vue d'œil. Winnie lui avait servi du bacon frit, qu'il n'avait pas mangé. Elle le regarda, quittant des yeux son ouvrage. « Oui, tout va bien pour elle.

– Ce type, son mari, est nul comme chasseur.

– Il est mort. »

Emo eut l'air surpris. « Comment est-il mort ?

– Un *nanuq* l'a mangé.

– Il était parti dans les terres ?

– L'ours est venu dans le village et l'a surpris quand il pissait derrière sa maison

– Sans blague ?

– Ouais.

– Faut faire attention à ces choses-là.

– Ouais.

– Quelqu'un a attrapé l'ours ?

– Toi.

– Moi ?

– Ouais.

– Combien valait la peau ?

– Cent dollars.

– Tu ne l'as vendue que cent dollars, une bonne peau de *nanuq* ? demanda-t-il, faisant mine de se lever.

– Non, c'est toi. »

Il prit sa tête dans ses mains. « Pourquoi j'ai fait ça ?

– Sais pas. »

Victoria était assise sur le lit de Marie. C'était le matin et sa fille avait dit qu'elle ne se sentait pas bien. Elle n'avait rien mangé la veille et avait refusé de prendre un petit déjeuner. Ses côtes saillaient sous son pyjama de façon encore plus flagrante que celles de sa mère à l'époque où elle-même était malade. Victoria pressa un linge sur son front mais Marie l'écarta, se plaignant qu'il fût froid. Elle eut une toux sèche.

« Chérie, tu ne peux pas perdre davantage de poids, murmura Victoria.

— Je sais, maman.

— Je ne crois pas avoir jamais été aussi maigre.

— Pourquoi sont-ils incapables de trouver ce que j'ai ?

— Je vais demander au Dr Balthazar de t'envoyer chez un spécialiste.

— D'accord. »

Victoria caressa le front de sa fille, repoussant ses cheveux. Elle se pencha pour l'embrasser et fut frappée par l'aspect parcheminé de sa peau. Ses cheveux étaient si fins, ses ongles décolorés. Elle examina l'ecchymose sur son cou.

« Ce n'est pas malin de se faire mal comme ça, Marie.

— Je sais, maman. C'est seulement pour s'amuser. Tout le monde en rit après.

— Vraiment ?

— Tu prends tout trop au sérieux.

— Je veux réellement que tu manges un peu de soupe à présent.

— Je n'ai pas faim, maman, dit-elle, et elle se tourna de l'autre côté.

— Comment se fait-il que tu n'aies jamais faim ?

— Je n'ai pas faim, c'est tout.

— Quand j'étais malade, je me souviens que j'avais faim. Je n'arrivais pas à grossir, mais j'avais tout le temps faim.

— Eh bien, pas moi.

— Je sais.

— Tu crois que je vais mourir, maman ?

— Tais toi, ne dis pas des choses pareilles. »

Victoria et Marie était assises dans le cabinet du Dr Balthazar. Il avait placé sa parka sur le dossier de son fauteuil et tenait un gobelet de thé entre ses deux mains. « Le problème, Victoria, c'est que nous avons pratiqué plus de vingt cultures de ses crachats, et elles sont toutes négatives. Bien sûr, elle a contracté la tuberculose quand elle était petite, mais elle a été décelée sur-le-champ. Nous savons que le microbe était sensible aux antibiotiques et nous savons qu'elle a suivi un traitement complet.

– Le microbe a peut-être été tué à l'époque, mais il est possible qu'elle l'ait attrapé à nouveau, au collège par exemple, est-ce possible ?

– Tout à fait. »

Victoria se pencha en avant. « Ainsi, elle pourrait avoir le *puvaluq*...

– Ses crachats seraient positifs dans ce cas.

– On n'a peut-être pas fait les analyses qu'il fallait.

– Je peux l'envoyer à Winnipeg consulter un pneumologue, si vous voulez.

– Pour quoi faire ?

– Examiner l'intérieur de ses poumons à l'aide d'un bronchoscope.

– C'est douloureux ?

– Non. Ils le font sous anesthésie. Pendant qu'elle est là-bas, j'aimerais qu'elle voie un psychiatre.

– Pourquoi ? »

Balthazar regarda Marie, gêné d'avoir entamé cette conversation en présence de la jeune fille. « Je me demande si elle n'est pas déprimée.

– Vous pensez donc que c'est dans sa tête ? »

Marie regarda sa mère avec de grands yeux et secoua la tête d'un air désespéré.

« Bien sûr que non, mais il arrive que la maladie développe des comportements qui accentuent la perte de poids, et des anomalies chimiques dans le cerveau, comme dans le reste du corps, peuvent faire maigrir le malade. Des psychiatres sont sur place, autant en profiter, et s'ils n'ont rien à ajouter, alors c'est...

– Je ne pense pas qu'elle ait besoin de consulter un psychiatre.

– C'est juste que, tant qu'elle est là-bas….
– Non. Nous ne sommes pas fous ici. »

Justine posa son cahier et alla répondre au coup frappé à l'entrée. Elle ne vit personne au début et ouvrit la porte en grand. Puis elle distingua Simionie, qui se tenait hors de la lumière.

« Je t'ai vue par la fenêtre. J'ai pensé que tu étais avec ta mère, dit-il.

– Tu veux la voir ? »

Il hocha la tête.

« Maman ! »

Victoria apparut à la porte. « Oh mon Dieu, s'exclama-t-elle. C'est toi !

– Je vais bien, dit-il.

– Viens et dis-moi ce que tu sais. »

Il n'était pas entré dans une vraie maison depuis trois mois. Les effluves de cuisine et de lessive le bouleversèrent.

« Où étais-tu passé ? demanda Victoria tandis qu'il se détournait et refoulait ses larmes. Tu as vu Pauloosie ? »

Il tendit les bras vers elle. Justine et Marie étaient présentes et elle commença par le repousser mais quand elle vit son expression, elle le prit dans ses bras.

Quand les chiens épuisés de Penny réapparurent dans le village, tournant d'un air circonspect autour de ceux qui étaient enchaînés sur la banquise, les chasseurs s'interrogèrent. Ils conclurent bientôt qu'elle était probablement morte. Un policier vint inspecter et photographier les bêtes, puis le vétérinaire fut appelé pour les emmener et les euthanasier avant qu'ils n'attaquent quelqu'un. Les autres chasseurs trouvèrent injuste que ces chiens, qui étaient d'excellentes bêtes, connaissent un tel sort à cause de l'imprudence de leur propriétaire qui ne connaissait pas le territoire aussi bien qu'elle le croyait. Mais les chiens portaient malheur à présent, et personne au village n'était prêt à les prendre.

Johanna rentra du travail et trouva le chien de tête, Norbert – hurlant et apeuré – assis à l'entrée de l'immeuble, agitant la queue. Penny l'avait parfois amené dans l'appartement (au grand dam de leurs voisins kablunauks), et aujourd'hui il venait chercher un refuge. Joanna sut ce que son retour signifiait. Elle fit entrer le chien et le conduisit jusqu'à sa porte, essayant de le faire taire avant qu'un voisin ne le remarque. Il s'arrêta dans le couloir devant l'appartement de Penny en gémissant. Johanna le poussa à l'intérieur. Elle décongela un steak dans son four à micro-ondes, et le lui donna. Elle ne le caressa pas et garda un grand moulin à poivre à la main pendant qu'il mangeait, se mordant l'intérieur de la joue.

Quand il eut dévoré le steak, elle en décongela un autre et le regarda manger. Puis il leva les yeux vers elle et elle lui rendit son regard. Il alla à la porte qu'il gratta avec sa patte. Elle prit la clé que Penny lui avait laissée et ils longèrent le couloir jusqu'à l'appartement de Penny et entrèrent.

Johanna avait régulièrement arrosé les plantes et elles étaient plus luxuriantes qu'elles ne l'avaient jamais été quand Penny vivait ici. Ses affaires étaient restées dans l'état où elle les avait laissées le jour de son départ. Une boîte de munitions traînait sur la table de la cuisine. Son fusil de chasse était posé sur le divan. À côté, un carton de repas lyophilisés qu'elle avait alors estimé superflu. Johanna avait également ramassé son courrier, qui était empilé à côté de la porte. Elle se pencha pour trier les lettres, cherchant celles qui venaient de l'Alberta. Elle en trouva une. Du père de Penny. Elle s'assit à la table de la cuisine et recopia l'adresse.

Elle lui écrivit que Penny était probablement morte maintenant, qu'elle avait arrosé ses plantes et s'était occupée du reste, mais qu'il n'y avait aucune raison de payer le loyer plus longtemps. Elle pouvait emballer ses affaires s'il le désirait, et les lui expédier. Penny ne s'embarrassait pas de grand-chose ; elle ne possédait presque rien. Une fois la nourriture distribuée, il ne resterait probablement pas grand-chose dans l'appartement. Elle écrivit qu'elle avait éprouvé beaucoup d'admiration pour sa fille. Elle aurait aimé pouvoir expliquer sa décision de partir dans les terres aussi brusquement. Elle était peut-être tombée amoureuse d'un des chasseurs de la région et avait eu l'intention de le rejoindre. Tout le monde au village la croyait morte. Peut-être s'était-elle aventurée plus loin qu'à l'accoutumée et avait-elle eu un accident. Comment le savoir ?

Elles avaient fait un voyage en canoë l'été précédent, écrivait-elle. Penny lui avait parlé de lui, de son enfance à la ferme avec son père et son grand-père et de son amour pour les deux hommes. Johanna ne sut quoi écrire d'autre, sauf que sa fille était une femme merveilleuse et qu'elle imaginait la profondeur de son chagrin.

Johanna plia la lettre et trouva une enveloppe dans un tiroir. Elle contempla la pièce en désordre et se mit à pleurer.

Tagak était assis dans son bureau à la mine. Il y passait quatre jours par semaine à présent, et le cinquième au village, à recruter des employés. Il avait acheté plusieurs costumes ; il devenait un homme riche. Il lisait son courrier tout en pensant à sa sœur et à ses problèmes. Sa femme l'avait appelé à nouveau, pour dire que Victoria semblait au bord de la dépression, que leur père errait sans but à travers le village, vêtu d'un peignoir, n'ayant plus toute sa tête, et que tout le monde s'inquiétait pour ses nièces. Marie avait l'air malade, et la plus âgée se prenait pour une actrice.

Les journées qu'il passait à la mine n'étaient pas la partie la plus désagréable de son travail. Au contraire, Tagak s'y trouvait en compagnie d'hommes qui ne l'avaient pas connu quand il n'était qu'un jeune chasseur maladroit. Il s'était lié d'amitié avec le Grec, qui s'était montré très peiné de la mort de son beau-frère. Plus peiné, semblait-il, que Tagak lui-même, bien qu'il fût plus porté à admirer Robertson aujourd'hui que de son vivant. Le Grec lui rappelait que la mine était en partie l'œuvre de Robertson, et que la richesse qui se répandait sur le village était en quelque sorte un cadeau de sa part.

Cadeau n'était pas le mot que Tagak aurait choisi. Il avait longtemps côtoyé Robertson et ne l'avait jamais vraiment vu généreux, sauf avec Victoria. Le Grec avait mentionné qu'il avait dîné chez eux, ce qui avait surpris Tagak ; sa propre femme en aurait parlé à tout le village si elle avait reçu le directeur de la mine, et sa sœur, elle, ne le lui avait même pas rapporté.

Il était reconnaissant à Victoria, cependant, et du même coup à Robertson, de lui avoir obtenu ce job, la première chose qu'il ait jamais faite correctement. C'était ce qu'il y avait de bien chez les Kablunauks : on pouvait être bon en plusieurs domaines. Les jeunes – Okpatayauk et ses amis – se faisaient une idée romantique d'un mode de vie qui les avalerait tout cru si jamais ils décidaient de l'adopter. Ils étaient trop imaginatifs, trop sensibles, trop impatients, ces jeunes hommes qui avaient une parfaite connaissance des termes juridiques.

Il allait demander à sa mère et à son père de venir habiter chez lui. Il savait que Catharine protesterait, mais elle finirait par comprendre. Elle dirait que Victoria, seule dans une grande maison, devrait les accueillir, mais il répliquerait qu'ils avaient plus d'argent qu'elle, ce qui lui mettrait du baume au cœur. Tagak n'avait apporté que des déceptions à son père. Peut-être ce dernier retrouverait-il un brin de raison en prenant des repas réguliers, avec de la compagnie et des enfants autour de lui. Tagak aurait aimé qu'il le remercie lors d'un accès de lucidité. Il rêva de cette scène pendant un moment puis décrocha son téléphone et appela sa femme pour mettre le processus en route. Dans quelques jours il appellerait sa mère. Elle serait soulagée.

Le Grec l'avait invité à dîner ce soir-là. Il préparait ce qu'il appelait des *dolmades*. Tagak avait cherché dans son dictionnaire. La préparation comportait des feuilles de vigne. Il ne savait pas qu'on pouvait les manger.

Simionie était assis dans un bureau de la Police Montée, face à l'agent Bridgeford.

« Il se trouve que lorsque les gens disparaissent sitôt après avoir été interrogés à propos d'un crime et priés de rester à la disposition de la loi, nous en concluons généralement qu'ils ont quelque chose à cacher, dit Bridgeford.

– Je n'ai pas tué Robertson.

– Tu ne sais dire que ça.

292

– C'est la vérité.

– Alors pourquoi as-tu disparu ?

– Parce que j'ai pensé que vous alliez m'accuser.

– Bon, si tu es aussi innocent, pourquoi ne pas rester sur place et nous en fournir la preuve ?

– Combien d'hommes sont partis après le meurtre ? Deux. Pauloosie et moi. Croyez-vous que nous l'avons tué tous les deux, ou que nous avons pensé chacun de notre côté que vous alliez nous accuser d'une manière ou d'une autre ?

– Encore une fois, où étais-tu le matin où Robertson a été assassiné ?

– Chez mes parents.

– Et quand l'as-tu vu vivant pour la dernière fois ?

– À la réunion de la commission.

– Et étais-tu opposé à ses projets pour la mine ?

– Oui.

– As-tu parlé à Okpatayauk de ces diamants qu'il avait soi-disant reçus ?

– Non.

– Qui alors ?

– J'en sais rien.

– Où est Pauloosie ?

– C'est à vous de me le dire.

– Aviez-vous parlé ensemble d'aller dans les terres avant votre départ ?

– Non.

– Que vous soyez partis tous les deux à vingt-quatre heures d'intervalle est donc une simple coïncidence ?

– J'ai entendu dire qu'il partait et ça m'a paru une bonne idée. J'ai fait comme lui. J'ai pris les chiens de mon père. Vous croyez que j'ai tué ce type ?

– Non.

– Alors je m'en vais maintenant.

– Tu n'es pas tombé sur lui par hasard ? » Bridgeford referma son calepin.

« Non », dit Simionie, et le policier le regarda longuement et sut à quoi ressemblait Simionie quand il mentait.

293

« Robertson était-il au courant de ta relation avec sa femme ? » Il pouvait dire maintenant à quoi ressemblait Simionie quand il avait honte.

« Vous avez inculpé quelqu'un l'autre jour, non ?

– Pourquoi crois-tu qu'Okpatayauk s'est accusé du meurtre ?

– Je suppose que vous ne le croyez pas coupable. »

Quand il arriva chez le Grec pour dîner, Tagak vit avec surprise des caisses alignées le long du mur. Le dîner était prêt, lui dit Vangelis, en le conduisant à table. « Vous partez ? demanda Tagak.

– Cette affaire avec votre beau-frère a mis mes employeurs dans une position délicate. On me renvoie en Afrique.

– Je suis désolé.

– Avez-vous remarqué le froid qu'il fait dehors ? Je peux vous dire que je n'ai aucun regret. Vous aimez l'ouzo ? »

Il remplit deux verres. Tagak hocha la tête, sans savoir ce qu'on lui offrait.

« C'était un plaisir de travailler avec vous, dit Tagak.

– J'ai trouvé l'expérience intéressante moi aussi. Je suis un peu surpris, pour vous dire la vérité, que l'on trouve des diamants dans l'Arctique. Mais en tout cas la mine est un succès.

– Il semble injuste que vous soyez sanctionné pour avoir fait ce qu'on vous avait demandé de faire.

– On m'avait demandé d'agir discrètement et, au bout du compte, cela n'a pas été le cas. » Il haussa les épaules. « Nous connaissons tous les règles du jeu. Les Sud-Africains devaient se tenir à distance du scandale.

– Puis-je vous demander quelque chose ?

– Oui.

– Si ma sœur voulait négocier ces diamants maintenant, comment devrait-elle s'y prendre ? »

Le Grec sourit, leva son verre à l'adresse de son invité et ils burent. Tagak s'étrangla sous le regard impavide de son hôte.

« Je n'avais pas imaginé que Robertson chercherait à les vendre. Pas avant plusieurs années en tout cas.

– Il ne l'aurait probablement pas fait.

– Je ne leur attachais aucune valeur marchande quand je les lui ai donnés.

– Que voulez-vous dire ?

– Ce sont de grosses pierres, mais de qualité industrielle. Elles ne valent pas plus que quelques centaines de dollars.

– Vraiment ? »

Le Grec regarda le plafond. « Oui.

– Vous l'avez pris pour un imbécile.

– J'ai pensé qu'il serait impressionné. C'est pourquoi je lui ai fait cadeau de ces pierres. Et il l'a été.

– Quelques centaines de dollars pour une vie.

– Oui. C'est épouvantable. » Après un silence il continua : « Votre beau-frère était un homme d'affaires très compétent. Il aurait été tout à fait à sa place en Afrique.

– Que voulez-vous dire ?

– Il était conscient de l'influence qu'il avait ici.

– Et ?

– Il cherchait à en tirer avantage.

– Il voulait avoir de plus grandes responsabilités à la mine.

– Il les avait.

– Vous lui avez donné les diamants pour lui tendre un piège. Vous en avez parlé à Okpatayauk.

– Non. C'était un cadeau. Je connaissais leur valeur, mais ce genre de récompense est courant dans nos affaires. Je n'aurais jamais pris part à une machination. J'ai expliqué clairement mon point de vue à mes employeurs. Et c'est pourquoi je vais me retrouver au Botswana. »

Tagak posa son verre et sortit de l'appartement de Vangelis. Le Grec resta assis et le regarda partir.

Assises l'une à côté de l'autre dans le stade de hockey, Marie et Justine regardaient les garçons jouer. C'était un championnat ; Baker Lake, Repulse Bay, Coral Harbour et Chesterfield Inlet avaient tous envoyé une équipe. Justine avait demandé à Marie de l'accompagner, un geste inhabituel de sa part ; elle essayait en général d'éviter cette étrange, mélancolique et filiforme petite sœur, comme l'aurait fait n'importe quelle aînée.

De son côté, Marie avait été trop étonnée pour refuser. À peine sortie de la maison, elle s'était rendu compte qu'elle commettait une erreur, que Justine devait avoir une idée derrière la tête, mais il était trop tard. En passant devant la chambre de leur mère, Justine lui annonça à haute voix où elles allaient et n'attendit pas la réponse.

Marie ne manifestait pas d'intérêt pour les garçons, elle s'amusait encore avec ses poupées, mais craignait d'être ridicule et préférait jouer seule, leur parlant assez bas pour que ni sa mère ni sa sœur ne puissent l'entendre. Étrangement, son père avait été l'unique personne à être au courant ; il l'avait surprise un jour où ils étaient seuls à la maison et où la porte de Marie était restée entrouverte. Elle avait levé les yeux et vu son sourire, s'attendant à ce qu'il se moque d'elle. Mais il n'en avait rien fait. Et puis il était mort, emportant son secret avec lui.

Le dernier Noël avant sa mort il lui avait offert une superbe maison de poupée en bois qu'il avait achetée au cours d'un de ses voyages d'affaires à Toronto. Victoria et Justine avaient écarquillé les yeux en pensant qu'il était complètement à côté de la plaque. Était-il seulement conscient qu'elles avaient leurs règles ? lui avait soufflé Victoria le soir où il l'avait apportée à la maison.

Mon Dieu, j'espère que non, avaient-elles pensé toutes deux, en écoutant à travers la cloison, couchées dans leurs lits, se demandant ce qui avait provoqué cette effroyable question. Justine se trémoussait à la pensée qu'il connaissait la vérité ; Marie à l'idée qu'il la comprenait de travers. Elle avait commencé à avoir ses règles, et l'avait dit à sa mère, puis elles s'étaient arrêtées, et son soulagement n'aurait pu être plus grand.

Les garçons s'élançaient sur la glace avec une énergie qu'on leur voyait rarement en classe. C'était un étrange soulagement de les regarder se dépenser avec autant d'enthousiasme. En cours, les filles les prenaient volontiers pour des automates silencieux et immobiles, insensibles et moribonds. Parmi les plus âgés et les plus malins certains étaient prometteurs, se disait Justine. Quelques-uns parlaient même d'aller à l'université dans le Sud.

« Marie, comment se fait-il que tu ne manges rien ? demanda Justine après de longues minutes à regarder le match en silence.

– Qu'est-ce que tu racontes ? Tais-toi, répliqua Marie.

– Je pense que tu fais de l'*ano-rex-ia* », dit Justine, détachant chaque syllabe. Elle n'avait jamais entendu le mot prononcé à haute voix.

« C'est quoi ? » Marie se mit à fixer la piste de hockey, prise d'une soudaine fascination pour l'attaque qui se déroulait devant elle.

« C'est quand les filles arrêtent de manger parce qu'elles se trouvent trop grosses.

– Eh bien, ce n'est pas mon cas.

– Je parie que si.

– Je ne suis pas grosse.

– C'est sûr. Tu t'es regardée dans la glace récemment ?

– Justine, si tu continues, je rentre à la maison immédiatement », dit Marie avec plus de calme qu'elle n'en éprouvait en réalité. Elle se sentait horrifiée, blessée et agressée par sa sœur aînée, cette sœur autoritaire, indiscrète, et carrément odieuse.

« Pauloosie me manque.

– À moi aussi.

– Ah ouais ?

– Ce qui n'a rien à voir avec le fait d'être un peu maigre.

– D'accord.

– Tu crois qu'il va bien ? »

Justine haussa les épaules. « Il est parti depuis des mois. Il peut lui être arrivé n'importe quoi.

– *Attatatiak* pensait qu'il était capable de se débrouiller.

– *Attatatiak* ne pense plus grand-chose ces temps-ci.

– Chut... Ne dis pas ça.

– Tu sais ce que je veux dire, continua Justine. Pourquoi faut-il que tout soit un secret pour toi ?

– Tais-toi.

– Il était décidé à partir d'ici. D'une manière ou d'une autre.

– Je sais.

– Crois-tu qu'il reviendra ?

– Non. »

« Allo ? dit Doug en décrochant le téléphone.

– Hello, murmura-t-elle.

– C'est toi ?

– C'est moi.

– Ça fait longtemps.

– Je sais.

– J'ai signé tous les papiers que ton notaire m'a envoyés, si c'est la raison de ton appel, dit-il.

– Merci.

– Il y a un problème ?

– Penny est morte.

– Oh.

– Celle qui avait les chiens.

– Oui, je me souviens. Qu'est-il arrivé ?

– Elle est partie dans les terres et a disparu au début de l'hiver. Ses chiens sont revenus l'autre jour. Elle avait une histoire avec un type du coin.

– Tu crois qu'il l'a tuée ?

– Non. Je pense qu'elle était à sa recherche. Ou que c'est lui qui voulait la retrouver.

– Et il n'y est pas arrivé ?

– J'en sais rien.

– Elle était jeune.

– C'est vraiment difficile pour moi ici, Doug.

– Je suis désolé, Johanna.

– Peut-être plus difficile que jamais.

– Tu étais très proche d'elle, hein ?

– Ce n'est pas ça.

– Non ?

– Maintenant, tout le monde va dire qu'elle est morte en faisant ce qu'elle aimait le plus au monde. Qu'elle vivait pour cette aventure.

– Ce n'était pas le cas ?

– Je suppose que si, dans une certaine mesure. Mais pas totalement. Elle partait pour fuir le monde. Elle était décidée à se suffire à elle-même.

– Hum-hum.

– Et elle n'y arrivait pas. Elle a été prise à l'improviste.

– Par un ours ?

– Non. Par le besoin.

– Besoin de quoi ?

– Doug ?

– Ouais.

– Tu veux bien venir ?

– Quoi ?

– Saute dans un avion, comme tu l'as fait la dernière fois.

– Sais-tu dans quel merdier je me suis trouvé au bureau à mon retour ?

– Non.

– Et combien ça coûte ?

– Mouais.

– Une fortune.

– Je sais une chose, c'est que nous sommes trop durs avec nous-mêmes. Et l'un envers l'autre.

– J'ai signé les papiers que ton notaire m'a envoyés, il y a environ six mois.

– Je sais, il me l'a dit.

– Alors quoi de neuf chez toi ? Comment marche ton boulot ?

– Tu ne veux pas venir ?

– Johanna. Tu ne peux pas me sonner ainsi, me donner l'ordre de venir.

– Ainsi tu peux te décider au dernier moment et débarquer sans prévenir, tant qu'on ne te le demande pas, c'est ça ?

– Pourquoi tiens-tu tellement à ce que je vienne ?

– Oh, Doug.

– Que se passe-t-il ?

– ....

– Pourquoi pleures-tu ?

– Je ne pleure pas.

– Si... Je l'entends.

– Il me semble parfois que nous faisons l'impossible pour nous empêcher d'être heureux.

– Oh, chérie, tout va bien. Chuuut.

– Je n'ai jamais voulu être si seule.

– Tu n'es pas seule. Respire à fond.

– Je ne sais pas ce que je vais devenir.

– Chuuut. »

18 février 1992

Chère mademoiselle Stevenson,

Merci pour votre aimable lettre. J'avais reçu les effets de Penny quelques jours auparavant et je m'étais demandé si elle allait rentrer à la maison, mais maintenant j'ai appris que les nouvelles étaient bien pires. J'ai parlé à la police de Rankin Inlet et ils m'ont dit qu'ils ne peuvent rien dire de définitif tant qu'ils n'ont pas retrouvé le corps, mais qu'ils ont peu de doutes pour leur part.

Penny nous avait souvent parlé de vous, elle disait que vous étiez sa seule amie là-bas. Je suis content que vous l'ayez connue. Ce serait encore plus triste de penser qu'elle a vécu une vie aussi solitaire que l'a été sa mort. Un service sera célébré à sa mémoire dans une semaine. Si vous trouvez quoi que ce soit d'autre dans son appartement, un papier sur lequel pourrait être inscrit l'adresse de sa mère, pourriez-vous me prévenir aussitôt ?

Votre dévoué,
Ed Bleskie.

Marie fit sa valise avant de prendre l'avion pour le Sud. Elle avait protesté, déclaré que ce voyage était inutile – qu'allaient-ils faire de plus que ce qui avait été déjà fait plus de cent fois ? Les petits pots dans lesquels elle crachait étaient-ils plus efficaces là-bas ? Victoria s'apprêtait à céder à ses arguments quand son regard se porta sur les épaules squelettiques de sa fille et toute possibilité de compromis s'évanouit. Elle partirait.

Marie avait peur. Peut-être souffrait-elle d'une forme de tuberculose après tout – les quelques photos de sa mère à son âge montraient un visage identique au sien, creusé, les yeux agrandis – et elle se demandait si les traitements habituels pouvaient être efficaces à partir du moment où aucune analyse ne semblait capable de déceler la maladie. Elle ne voulait pas subir une opération comme sa mère. Elle pensa à la cicatrice et frissonna. L'invasion.

Ses doutes n'étaient pas sans rapport avec les soupçons qu'elle nourrissait envers le Dr Balthazar. Elle avait demandé à Justine ce qu'elle pensait de lui et sa sœur s'était bornée à hausser les épaules. Pour Marie, il était l'essence même de la vulgarité : ses grosses lèvres et son front mouillé par la transpiration au moindre effort, ses cheveux graisseux, sa peau tellement, tellement blanche. Il était plus gros d'année en année, avec des plis sur le cou à présent. Ses bras ne pendaient même plus droit.

Elle avait vu suffisamment d'épisodes d'*Urgences* pour savoir qu'il n'était pas représentatif de l'ensemble du corps médical, mais, pour elle, il l'était. Avec son attitude hésitante, furtive, elle lui trouvait quelque chose de sombre, voire de malfaisant. Et voilà qu'il l'expédiait dans les bras de ses collègues, et elle ne pouvait s'empêcher d'avoir peur.

Submergée par ses propres appréhensions, sa mère de son côté s'efforçait de rassembler son courage pour décrocher le téléphone et réserver un billet pour Winnipeg afin d'accompagner sa fille. Elle n'avait pas mis le pied hors du village depuis son retour à bord du *Norseman*, des années auparavant. Elle revoyait Winnipeg avec ses yeux d'enfant de dix ans, écarquillés devant les vitrines du grand magasin de Portage Avenue, les escaliers roulants qui montaient et descendant sans fin. Ensuite elle s'était retrouvée à l'hôpital, où elle avait vu des enfants mourir, si seuls, loin de leurs parents et de tout ce qu'ils connaissaient, le gentil petit Abraham dont les poumons crachaient du sang comme un *tuktu* touché à la poitrine, et sa sœur, Faith, qui se détournait. Elle pleura en silence, secouée de frissons derrière ses mains, pour ne pas perturber Marie pendant qu'elle faisait sa valise. Elle séjournerait à l'hôtel, elle n'était plus tuberculeuse, elle était adulte, et elle reviendrait avec sa fille dès que les analyses seraient terminées. Elle décrocha le combiné. Le reposa.

Amanda marchait sur le trottoir en rentrant chez elle, quand elle vit à l'autre bout de la rue la voiture de son père garée dans l'allée. Elle crut un instant qu'il avait quitté son bureau plus tôt parce qu'il ne se sentait pas bien, mais en approchant de la maison, elle distingua sa silhouette à travers la fenêtre du séjour, le vit se déplacer rapidement dans la pièce et comprit qu'en tout cas il n'était pas couché sur le canapé. Elle gravit les marches de l'entrée, ouvrit la porte et aperçut les valises ouvertes. Il fourrait ses chemises dans l'une d'elles. Il leva les yeux vers elle et commença à remplir l'autre avec ses pantalons. Angela était dans la cuisine, silencieuse. Amanda resta immobile à les observer. Ni l'un ni l'autre ne lui adressèrent la parole. Elle alla dans sa chambre.

Kat et Beth étaient avec eux, dans la cuisine du père de Lewis ; ils avaient fait chauffer au rouge les plaques électriques et coincé les couteaux à beurre dans les résistances, jusqu'à ce que les lames rougissent. Kat tenait un rasoir dans une main et détachait avec soin de légers copeaux d'une grosse boulette de hasch. Il portait un blouson de cuir noir, qu'Amanda lui avait toujours vu sur le dos, et semblait trimballer un couteau dans chacune de ses huit différentes poches. Il était toujours prêt à les faire admirer, ce qui lui donnait l'air plus cinglé que menaçant aux yeux d'Amanda. Il lui raconta qu'il avait un vrai sabre de samouraï chez lui, qu'il avait volé à son oncle, qui avait servi dans les Marines. Il adorait les bandes dessinées, et elle ? Il aimait surtout *Love and Rockets*. Il paraissait paumé et gentil.

Elle était tellement défoncée, qu'elle ne savait plus où elle se trouvait. Elle n'avait pas adressé la parole à ses parents depuis trois jours. Après le départ de son père, elle avait attendu quelques heures pour voir si sa mère avait besoin de quelque chose, envie de lui parler, mais il n'y avait eu aucun coup frappé à sa porte. Ellle avait entendu sa mère entrer dans sa chambre et s'enfermer. Elle s'était levée et avait quitté la maison.

Lewis lisait une bande dessinée. Assise près de lui, Beth riait en regardant les illustrations. Amanda se laissa submerger par la rengaine monotone de Joy Division, qui sortait à plein volume de l'excellente chaîne du père de Lewis. Lewis discourait sur les tendances narratives des mangas depuis que les Occidentaux s'y intéressaient – depuis qu'ils avaient adopté *Sailor Moon,* d'abord considéré comme une parodie – que Dieu leur vienne en aide, les gens l'ont vraiment pris pour un manga, comme si un dessin animé désexualisé pouvait être un véritable dessin animé.

« *Sailor Moon* est-elle vraiment désexualisée ? demanda Beth. Je la trouve plutôt bandante. » Lewis lui sourit longuement. Amanda se demanda pourquoi Kat mettait tellement de temps avec le hasch.

Kat, Beth et Lewis avaient laissé tomber les cours et travaillaient à présent dans la même chaîne de vidéo-clubs de Newark. Ils passaient d'un magasin à l'autre en fonction des absences des employés et de leur degré d'intoxication ; le hasard les avait réunis et ils s'étaient découvert des traits communs. Ils se ressemblaient – pâles, l'air maladif – et ils écoutaient The Smiths, Joy Division, Iggy Pop. Mais ils partageaient aussi un goût pour l'humour et le dédain ; le combat contre la régression actuelle ne les concernait pas et ils pensaient qu'un pays dirigé par un homme tel que George Bush ne valait pas la peine qu'on s'y investisse. Ils n'avaient aucune culture politique ; leur refus du monde qui les entourait venait d'une anxiété profonde et réfléchie. Comme s'il s'agissait d'un voisin désagréable qui ne méritait pas qu'on cherche à le connaître davantage. Vous espérez seulement qu'il n'est pas pire qu'il en a l'air.

Pour Emo, c'était un drôle d'endroit où habiter. Mais on ne lui demandait pas son avis. Cela ne le dérangeait pas. C'était un peu déconcertant tout ça : ce qui maintenait cette maison si chaude, bien trop chaude, et le combustible que brûlaient ces lampes, qui durait si longtemps, des jours et des jours. Il y avait de la fourrure sur le sol mais elle ne provenait pas d'animaux qu'il avait chassés ou mangés, ou souhaité chasser, à en juger par l'odeur et la texture. Il ne comprenait pas pourquoi il était si fatigué, si faible, puis il se souvint qu'il était vieux. Il se dit, *c'est étrange de l'avoir oublié.* Puis il se demanda s'il aurait préféré ne pas s'en souvenir. Il oublia alors à quoi il pensait et se leva. Où avait-il mis son fusil, sa *panna* ?

20

Balthazar buvait sa bière. Le Père Bernard et lui écoutaient *Strutting With Some Barbecue.* Le prêtre en avait lu une critique d'un écrivain tchèque qui avait entendu cette musique dans sa jeunesse pendant la Seconde Guerre mondiale. « Ils ont cherché l'explication du titre dans un dictionnaire anglais-tchèque : "Marcher d'un air pompeux avec un morceau de viande grillée" – qu'est-ce que ça peut bien signifier ? » Ils rirent. « Lorsque j'étais séminariste, le Supérieur a un jour appris ma prédilection pour cette musique et il m'a puni. Il disait que c'était une musique "charnelle".

– Avez-vous déjà regardé MTV ?

– Oui, rapidement, en attendant les informations.

– Qu'en aurait-il pensé ?

– Les yeux lui seraient sortis des orbites.

– Je suppose que l'on peut dire que toute musique qui vaut la peine d'être écoutée est charnelle. » Le Père Bernard hocha la tête. « Les gens sont avides. Le *rhythm and blues* concerne davantage le désir, sans doute, que le péché. » Il marqua le rythme du pied.

« Avides d'alcool, de femmes, de drogue. » Balthazar se renversa en arrière, fermant les yeux et frappa du pied à son tour, pour taquiner son ami.

« Oui, bien sûr.

– Comment imaginer que quelqu'un puisse apprécier cette musique sans comprendre ces désirs ?

– Keith, si c'est votre manière maladroite de demander si j'ai jamais désiré quelqu'un, la réponse est oui. Je suis tombé amoureux, en fait. Ce qui n'est pas la même chose que de passer à l'acte, naturellement.

– Tomber amoureux est certainement un acte en soi.

– Ce n'est pas l'acte définitif. Comme vous le savez. »

Balthazar sourit d'un air gêné devant cette soudaine intimité. « Je suis sûr que tout être humain est un jour tombé amoureux.

– Vous savez aussi que ce n'est pas vrai.

– Peut-être.

– Mais on pourrait affirmer l'inverse : que quiconque est tombé amoureux est certainement humain.

– Eh bien, à nous autres humains. »

La conversation s'interrompit tandis que le père réfléchissait aux derniers propos de Balthazar. Il recommença à remuer la tête en cadence. L'air prit fin et il mit un blues de Muddy Waters. « Êtes-vous toujours en contact avec la personne à laquelle vous faites allusion ?

– Oui, dit Balthazar, et il vit que Bernard avait compris de qui il s'agissait.

– Mais vous n'avez rien fait, dit Bernard.

– Pas de la façon dont vous l'entendez, non.

– C'est mieux ainsi.

– Je n'en suis pas certain.

– Si vous l'aviez fait, auriez-vous continué vos habitudes secrètes ? »

Balthazar ne put dire un mot, et Bernard répondit à sa place.

« Soit elle l'aurait su, et aurait fini par vous démasquer, soit elle en aurait supprimé la nécessité.

– Ce qui eût été préférable.

– D'avoir été satisfait.

– Et de ne pas avoir peur.

– De quoi avez-vous peur, Keith ?

– Dieu seul le sait.

– Peut-être. Bien que Lui aussi ait Ses propres secrets, d'après mon expérience.

– Sacrilège. »

Bernard rit. « Pas vraiment. »

La tempête soufflait, et Balthazar était bloqué dans la résidence depuis quatre jours, en attendant un vol pour Repulse Bay. Le Père Bernard était presque arrivé au terme de sa mission – tout comme Balthazar. Ils en étaient conscients, d'où la nature intime de leur conversation.

Il se tenait au bord de la baie prise par les glaces, le regard tourné vers le levant. Sous ses pieds un amalgame de gravier et d'eau de mer gelée se confondait imperceptiblement avec la glace plus blanche et plus lisse, qui s'étendait jusqu'à la limite du floe. Une légère brume violette flottait au-dessus de l'horizon à l'est, comme si la mer se transformait en un air sec et gelé. Il distingua une silhouette qui entrait dans le village. Elle grandit peu à peu, se frayant un passage entre les congères de neige fraîche et les amoncellements de glace. La forme se dirigeait sans hésitation vers Balthazar, et quand elle fut à dix mètres du rivage, elle ôta son capuchon. C'était Simon Alvah.

« Bonjour, docteur. »

Ils n'avaient jamais été présentés, mais Alvah était là depuis assez longtemps pour qu'ils sachent mutuellement qui ils étaient.

« Monsieur Alvah.

– Sorti faire une marche ?

– Rien de comparable avec ce que vous faites.

– Oh, c'est purement une question de circonstances, parce que mon bateau est ancré au diable. J'aurais dû mouiller beaucoup plus près du village. C'est usant de marcher comme ça.

– C'est bon pour la forme.

– J'essaye de prendre du poids. Est-ce que vous avez une idée du froid qu'il fait dans un bateau en acier ?

– J'ai une méthode : allumettes au fromage et bière. »

Hochement de tête. « Les gens sont toujours aussi cinglés dans le coin ? »

Balthazar battit des paupières. « Vous parlez du meurtre et du reste ?

– Surtout "du reste".

– Ouais.

– Y a-t-il quelqu'un par ici qui ait jamais dit ce qu'il pense ?

– Pas à moi.

– Depuis combien de temps êtes-vous là ?

– Vingt ans environ.

– Vous croyez qu'ils se disent à eux-mêmes ce qu'ils pensent ?

– Non.

– Vous avez ces allumettes au fromage et cette bière dont vous parliez ?

– Ouais.

– Vous voulez bien m'en offrir ? »

Justine avait un rendez-vous avec lui pour une consultation, mais Balthazar ne put s'empêcher d'inspecter la salle d'attente dans l'espoir d'y voir Victoria et fut déçu de n'apercevoir que sa fille. Il lui fit un signe de la main.

« Salut, Justine. Ta mère est en retard ?

– Elle ne vient pas.

– Oh.

– C'est un problème ?

– Non, si ça n'en est pas un pour toi.

– Bon. »

Il referma la porte derrière elle et s'assit à son bureau. Elle prit la chaise à côté.

« Alors comment vas-tu ?

– Bien. Et vous ?

– Je vais bien. Et ta mère ?

– Elle s'inquiète pour Marie.

– C'est normal. Toi aussi j'imagine.

– Bien sûr.

– C'est de cela que tu voulais me parler ?

– Pas vraiment.

– Parce que, je ne peux pas…. Tu sais.

– Je sais. Elle m'a tout dit de toute façon.

– Alors que puis-je faire pour toi ?

– Je veux prendre la pilule.

– Ta mère est au courant ?

– Pas vraiment. »

Il jeta un coup d'œil sur le dossier de la jeune fille. « Bon. Tu vas devoir passer un test Pap et tout le reste. Je vais arranger ça avec une des infirmières.

– D'accord.

– As-tu des questions concernant les divers choix de contraceptifs ?

– Non.

– Bon. » En général, les infirmières se chargeaient de ces questions. Et d'habitude, quand il avait ce genre d'entretien, la fille courait déjà vers la porte. Justine, elle, resta assise sur sa chaise, les yeux fixés sur lui, comme si elle ne pouvait détacher son regard de sa pomme d'Adam.

« À quoi penses-tu, Justine ? »

Elle le regarda. « Bon, sans parler de Marie ou d'autre chose, comment savoir s'ils ne sont pas tous devenus cinglés ?

– Tu as du mal avec tout ça, hein ? La mort de ton père et le reste. »

Elle hocha la tête.

Il se pencha en avant, les coudes appuyés sur ses genoux. « Tu vois, c'est le problème. Nous devenons tous cinglés un jour ou l'autre. N'importe qui ayant enduré ce que vous avez traversé récemment ne peut que devenir fou. As-tu déjà pensé à te faire du mal ? »

Elle secoua la tête.

« C'est ce que l'on attend de toi. Et si jamais cette pensée te traversait la tête, il n'y aurait rien de tellement surprenant. Ne fais rien de semblable. Et viens me voir.

– Docteur Balthazar ?

– Oui ?

– Ça m'est égal si vous dites à ma mère que je suis venue vous voir.

– Je ne vois pas pourquoi l'occasion se présenterait.

– C'est juste pour dire que je ne cache rien.

– Je comprends. »

21

Victoria se tenait penchée au-dessus de Simionie qui était à moitié allongé sous l'évier de la cuisine. « Peux-tu me passer la clé machinchose ? Non, l'autre, la rouge. »

Son père ne pouvait plus l'aider et le plombier du village avait été embauché à la mine. Tagak, dont les talents dans ce domaine étaient suspects, ne quittait plus son costume, même le week-end, et aurait refusé. Si bien qu'elle attendit d'être seule pour appeler Simionie.

Il lui avait précisé qu'il n'y connaissait pratiquement rien en plomberie. Elle le pria de venir malgré tout. Il verrait ce qu'il pourrait faire. Il prit son insistance pour une invitation, et c'était le cas, même si elle refusait de l'admettre.

« Ça s'est bouché d'un seul coup, ou petit à petit ? » lui demanda-t-il depuis l'intérieur du placard de contreplaqué qui contenait les produits ménagers.

« Ça ne fonctionnait pas normalement hier. L'eau mettait plus de temps à s'évacuer que d'habitude. Je ne m'en suis pas souciée outre mesure.

– Je vais tenter un truc. »

Il y eut soudain un bang sonore et l'évier se vida en une seconde.

« Dis donc, on dirait que ça a marché, dit Victoria.

– Nom de Dieu ! » Suivit un « beurk » horrifié.

« Hé, ça va là-dessous ?

– Des cheveux. Qui s'est lavé la tête là-dedans ?

310

– Marie. » Des touffes de cheveux apparurent sur le journal que Simionie avait posé sur le sol à côté de lui.

« Au fait, où est-elle en ce moment ?

– À Winnipeg. Depuis deux jours.

– Des analyses ?

– Oui.

– Passe-moi le ruban de Teflon, s'il te plaît, le truc blanc.

– Tiens.

– Tu as raison de la faire examiner. Elle n'a pas l'air en bonne santé.

– Je sais. »

Il émergea en se tortillant de dessous l'évier, se redressa, et s'essuya les mains à une feuille de journal. « C'est terminé.

– Bravo. Merci.

– Bon. Il faut que je parte maintenant, dit-il – d'un ton interrogateur – en finissant de s'essuyer les mains.

– Très bien. »

Il s'arrêta à la porte, remonta la fermeture de son blouson. « C'est dur, hein ? »

Elle lui tint la porte et le regarda, soudain adoucie. « Oui, c'est très dur. Vraiment. Tu es le seul que je pouvais appeler. »

Assise au Café Mogador, Amanda contemplait la rue en fumant une cigarette. Elle s'était réveillée seule dans le sous-sol, et avait enfilé les vêtements qu'elle portait la veille, avant d'aller au Rockwood Diner, où ils avaient l'habitude de manger. Lewis ne s'y trouvait pas, ni Kat ni Beth, ni personne de sa connaissance. Elle se retrouva presque malgré sa volonté dans un bus qui la ramenait chez elle, se demandant si sa mère serait encore là. Elle aperçut leur maison dès que le bus commença à ralentir avant l'arrêt, et fut incapable de se lever – incapable de descendre et de se diriger vers la porte – ne serait-ce que pour aller se changer. Elle ne redoutait ni violence ni véhémence de la part de sa mère, non, elle craignait plutôt le désarroi et la confusion qu'elle ne manquerait pas de montrer dans l'état d'agitation obsessionnelle où elle se trouvait.

Elle demeura donc assise à sa place jusqu'au terminus de Port Authority, où elle fut obligée de descendre. Là, elle prit le métro pour le centre-ville. Tompkins Square était verdoyant, humide et joyeux par cette chaude matinée de printemps. Amanda regarda les cyclistes la dépasser, rapides comme l'éclair.

Elle appela son oncle d'une cabine, espérant déjeuner avec lui, et en obtenir peut-être un peu d'argent. Elle savait qu'il était chez lui, mais il ne répondit pas.

Elle essaya à nouveau, durant les trois heures qui suivirent, à sept reprises.

« Madame Robertson ? Je suis le Dr Hildebrandt, du Children's Hospital à Winnipeg.

– Bonjour.

– J'ai examiné votre fille durant ces deux derniers jours et je voudrais m'entretenir avec vous de ce que nous avons diagnostiqué.

– Allez-y.

– Pour commencer, je ne crois pas qu'elle ait la tuberculose.

– Non ?

– Nous avons fait une bronchoscopie, exploré l'intérieur de ses poumons, tout est négatif. À la scanographie sont apparues les cicatrices datant de la tuberculose qu'elle a contractée dans sa petite enfance.

– Oui ?

– Oui, bon, c'est ce qu'on appelle une bronchectasie, ou dilatation des bronches, dans son cas plutôt bénigne, mais qui a presque certainement provoqué ces crachements de sang. Rien de grave, et ça peut être soigné avec des antibiotiques quand la toux est trop forte.

– Elle peut donc rentrer à la maison maintenant ?

– C'est justement de cela que je voudrais vous entretenir. Madame Robertson, je suis inquiète de la voir si maigre.

– C'est pour cette raison que nous l'avons envoyée chez vous.

– Oui, j'ai la note du Dr Balthazar sous les yeux. Je pense que nous devrions l'hospitaliser pour approfondir le diagnostic. Je me demande si elle n'a pas un problème de malabsorption – ce qui n'est pas de mon domaine. Mais une fois qu'elle sera hospitalisée, un spécialiste pourra l'examiner.

– Je suppose qu'il vaudrait mieux que je vienne si elle ne doit pas rentrer tout de suite.

– Je le pense en effet, Madame Robertson.

– Bien.

– Madame Robertson ?

– Oui ?

– Devrions-nous être informés d'un problème concernant votre fille que le Dr Balthazar n'a pas mentionné ? Pourquoi est-elle si maigre, à votre avis ?

– J'ai eu la tuberculose à son âge et j'étais comme elle – c'est pour cette raison que j'ai pensé qu'elle était atteinte de la même maladie. C'est difficile à dire, mais se pourrait-il que ce soit une forme de cancer ?

– Nous n'excluons aucune éventualité.

– Bon. Je vais venir.

– Je serais contente de vous connaître.

– Si je ne l'ai pas fait plus tôt, c'est parce que je pensais qu'il s'agissait d'une simple consultation et de quelques analyses.

– Je comprends.

– Je regrette de ne pas être près d'elle en ce moment. A-t-elle peur ?

– Je dirais que oui.

– Est-elle là, puis-je lui parler ?

– Je suis dans mon bureau. Elle est en haut dans le service de pédiatrie.

– À bientôt, donc. Je vais partir immédiatement. »

Le cabinet du Dr Balthazar à l'hôpital était d'un luxe que seul avait permis l'argent des diamants. Les fenêtres donnaient sur la banquise, et adjacente à son cabinet se trouvait une salle d'examen avec une table, des ophtalmoscopes, otoscopes, tensiomètres d'un noir mat de fabrication allemande, des ustensiles en caoutchouc rutilant et acier inoxydable, des marteaux à réflexe, plus des plateaux chirurgicaux. Quand il avait parcouru le bâtiment pour la première fois avec le reste du personnel, ils étaient tous restés bouche bée.

Profitant du fait qu'il n'avait pas de visites ce jour-là, il examinait les résultats de laboratoire qui attendaient son évaluation. Il avait ouvert un dossier concernant les nouveaux cas de diabète, et y classait tous les taux de glucose élevés, afin que chaque patient soit convoqué à l'hôpital pour être traité et subir des examens complémentaires. Le dossier avait à présent plusieurs centimètres d'épaisseur, et Balthazar eut un soupir las en y insérant une autre demi-douzaine de résultats. La maladie était inconnue dans cette région quand il était arrivé dans l'Arctique. Kerry Nautsiaq, treize ans – Mon Dieu !

Les résultats des examens de Marie Robertson lui avaient été transmis, d'abord au compte-goutte, puis par paquets. Toutes les analyses des mycobactéries s'étaient révélées négatives et la tuberculose avait été rapidement exclue. Ils avaient néanmoins décidé de pratiquer une bronchoscopie (autant utiliser toute la panoplie des tests) qui s'était avérée également négative. Les explorations tomographiques de la poitrine, de l'abdomen et du pelvis étaient normales à l'exception d'une cicatrice sur le lobe supérieur du poumon, suite d'une infection ancienne. Les comptes rendus des tomographies montraient une diminution sensible de l'adiposité viscérale et cutanée. Elle était maigre, extrêmement maigre. Ce qui les avait amenés à pratiquer une exploration tomographique. Le compte rendu du service des maladies infectieuses suivait :

L'étude des analyses de laboratoire ne révèle ni ne suggère l'existence d'aucune infection active. Il est possible que des désordres d'ordre alimentaire puissent expliquer sa perte de poids ; elle va être transférée d'urgence au service des troubles de l'alimentation pour évaluation. Elle aura besoin d'être hospitalisée pour mener à bien ces examens, car il est clair qu'ils n'ont pu être faits dans son village.

Le langage impersonnel et détaillé de cette consultation médicale lui évoqua soudain le visage de Marie ; pauvre petite. Balthazar ignorait pourquoi elle était si maigre ; il se demanda si ce n'était pas simplement une réaction à la mort de son père et à la disparition de son frère. Victoria avait affirmé avec conviction qu'elle allait très bien du point de vue mental, il était néanmoins content de l'avoir envoyée à Winnipeg. Il se souvenait du jour de la naissance de Marie, en 1975, un autre accouchement express de Victoria. Marie était plus petite que les deux autres, mais pleine de vie ; il la revoyait se tortillant entre ses mains au moment où il l'avait déposée dans les bras de sa mère. Ce sont ces souvenirs qui poussent les médecins de famille à continuer à exercer. Mon Dieu, pourvu que cette enfant s'en tire, que l'on puisse la guérir si elle a quelque chose. Il espérait ne rien avoir négligé de grave.

Saisi soudain d'une profonde lassitude, il se leva de son fauteuil. Un sentiment d'appréhension lui serrait la poitrine, il craignait d'avoir oublié un élément essentiel. Il sortit de la pièce et s'engagea dans le couloir du bâtiment pratiquement désert empli du seul écho de ses pas.

Son bureau était situé dans l'aile des médecins. Seul résident, il n'avait aucun voisin, et se dirigea jusqu'à l'infirmerie du service, espérant y trouver quelqu'un avec qui prendre une tasse de thé. Le service bourdonnait d'activité ; des enfants qui souffraient de la gale, de rhume, ou se présentaient pour une vaccination annuelle, étaient tour à tour examinés, pesés et pris en main par ces femmes efficaces. On lui adressa un signe de tête avec un soupçon d'impatience, et il battit en retraite jusqu'à son bureau. La pharmacie étant sur son chemin, il s'arrêta pour jeter un coup d'œil à l'intérieur de la pièce : il n'y avait personne. Il ouvrit la porte avec sa clé personnelle et entra. Il chercha du Tylenol, prit un flacon.

Au moment où il sortait, Melinda Peterson, la nouvelle surveillante en chef s'approcha de lui. Il lui sourit. À côté d'elle se tenait une jeune femme à lunettes et à l'air sérieux qu'il ne connaissait pas.

« Vous cherchez quelque chose, Keith ?

– Seulement du Tylenol, dit-il en montrant le flacon. Migraine. Comment allez-vous ?

– Très bien, dit-elle. Je voudrais vous présenter Diane Richards, notre première pharmacienne. Le Dr Balthazar que vous voyez ici travaille à Rankin Inlet depuis plus de vingt ans. Il connaît tout le monde », dit-elle tandis que la nouvelle venue lui tendait la main.

« Eh bien, nous allons devenir un véritable hôpital. Avec notre propre pharmacienne – bientôt il nous faudra de vrais médecins, dit-il, déclenchant le rire des deux femmes.

– Nous allons pouvoir contrôler l'accès à la pharmacie de manière un plus rigoureuse désormais, expliqua Melinda. Nous rédigerons les ordonnances et elle délivrera les médicaments. Ce qui vous évitera beaucoup de travail. »

Balthazar opina du chef.

« À propos, peut-être devrions-nous rassembler toutes les clés qui sont dans la nature, dit Melinda, comme si l'idée venait juste de lui venir à l'esprit.

– D'accord. » Et il détacha sa clé de son trousseau et la lui tendit.

« Merci.

– De rien. »

Il regagna son bureau et resta pensif pendant un moment.

Le téléphone sonna ; c'était Milt Henteleff, le pédopsychiatre de l'hôpital de Winnipeg. « Salut, Milt », dit Balthazar. Ils avaient eu quelques patients en commun au fil des ans.

« Keith, je viens de voir la jeune Robertson que tu nous as envoyée. Elle fait peur à voir.

– Je sais. Qu'est-ce qu'elle a, à ton avis ?

– En fait, elle m'a à peine dit deux mots, mais j'ai compris que son père avait été tué l'été dernier et que son frère avait disparu cet hiver.

– La famille a passé une année éprouvante, Milt. Je me suis demandé si cette petite ne faisait pas une dépression mais sa mère ne veut même pas aborder le sujet. Et tu as constaté que Marie n'est pas du genre bavard.

316

– Oui. J'ignore si elle est déprimée, Keith. Peut-être un peu. Mais elle n'est pas abattue. Je me demande si elle ne souffre pas de désordre nutritionnel

– C'est quelque chose que nous ne voyons jamais par ici.

– Eh bien, une fois n'est pas coutume. »

Il y eut un silence.

« A-t-elle jamais été abusée sexuellement ou agressée physiquement, Keith ?

– Pas à ma connaissance, Milt, mais on ne sait jamais.

– Bon. Je vais m'entretenir un peu plus avec elle. Merci, Keith.

– Merci à toi, Milt. »

Il raccrocha et se sentit gauche, aveugle et stupide, comme après chaque discussion avec quelqu'un qui exerce en ville. Il posa la tête sur son bureau. Et du reste, qu'est-ce que cette Melinda avait à l'esprit ?

C'était tellement plus facile autrefois, se dit-il. Puis il pensa : *Non, pas réellement.*

Assise dans l'appartement vide de Penny, Johanna regardait par la fenêtre du living-room. Les jours avaient rallongé. Le soleil se couchait à l'occident, semblable à un omble fraîchement découpé : rose, rouge strié d'orange. La neige scintillait en dessous, couleur pastel, et Johanna se demandait où Penny était morte, si elle s'était aventurée jusqu'à la Thelon River où elles avaient campé ensemble autrefois. À quoi ressemblait cet endroit gelé et couvert de neige ?

Johanna avait entendu dire qu'un nouvel enseignant avait été nommé et que sa famille allait s'installer à Rankin Inlet, mais on ne lui avait pas encore réclamé les clés de l'appartement de Penny. Elle se dit que le jour où une famille serait installée ici, avec des enfants courant d'une pièce à l'autre, Penny serait partie pour toujours. En entendant frapper à la porte, sa première pensée fut, *Oh mon Dieu, nous avons tous imaginé le pire. Mais pourquoi frapperait-elle à la porte de son appartement ?* Elle se leva et alla ouvrir.

Doug.

317

« Comme tu n'étais pas chez toi, j'ai pensé que je te trouverais ici.

– ....

– Ils n'étaient pas très chauds pour me donner davantage de jours de congé.

– Euh... comment... les as-tu convaincus ?

– J'ai menacé de filer ma démission. »

Elle lui tendit les bras et le serra si fort contre elle qu'il pouvait à peine respirer. Elle se mit à pleurer sans bruit, mais il ne sembla pas s'en apercevoir et elle s'essuya le visage sur sa manche pour lui cacher ses larmes. Couché devant la fenêtre, Norbert leva les yeux et remua lentement la queue. Puis il posa sa tête entre ses pattes pour observer cet inconnu et tenter de comprendre l'effet perturbateur qu'il avait sur sa nouvelle maîtresse.

« Elle te manque, hein ?

– Tu me manques.

– Toi aussi.

– Peux-tu rester un peu ?

– Oui.

– Partons d'ici, dit-elle.

– Trop de fantômes ?

– Trop de mauvais exemples. »

Ils regagnèrent l'appartement de Joanna. Il avait déposé ses bagages dans la cuisine. Neuf en tout. Des sacs à dos, des sacs de sport, et d'énormes valises, disposées en pyramide.

« Je suis étonnée qu'ils t'aient permis de monter à bord avec tout ce barda, dit-elle.

– J'ai payé pas mal d'excédent de bagages.

– Qu'y a-t-il à l'intérieur ?

– Tout ce à quoi j'ai pensé et tout ce que je n'ai pas pu jeter. »

Elle le regarda. Elle avait l'impression de se trouver au bord d'un précipice et de sentir la peur concentrée dans son estomac se répandre dans tout son ventre. « Tu m'as apporté des provisions ? demanda-t-elle.

– Du lait de coco et des tonnes d'autres bonnes choses.

– Formidable. » Elle hocha la tête.

Johanna était assise à la table de la cuisine pendant que Doug préparait un curry thaï. Elle l'observait. La conversation précédente flottait en suspens dans l'air, des bribes de discussion arrêtées en vol, tandis qu'ils se concentraient pour essayer de respirer. Il hachait la citronnelle. « Je n'y connais rien, tu sais, dit-il. Je me borne à acheter ce que le vendeur me conseille. Je copie les photos des livres de recettes. » Le souffle court, il retourna à la citronnelle.

« C'est plus ou moins ce qu'on fait tous. »

Le silence s'installa un instant.

« T'a-t-elle dit quelque chose avant de partir ?

– Pas vraiment. Juste qu'elle partait à l'intérieur des terres pour un moment. J'ai été surprise car je ne pensais pas que le directeur lui accorderait davantage de vacances. Elle m'a demandé d'arroser ses plantes. À l'école, ils ont tous été aussi surpris que moi. J'ai assuré sa classe en même temps que la mienne pendant deux semaines avant qu'on fasse venir un remplaçant.

– L'avait-elle prémédité, de tout plaquer comme ça ?

– Je le crois, oui. »

Les Maux de l'Abondance
par le Dr Keith Balthazar

DÉVOUEMENT (I) À LA COMMUNAUTÉ

L'hôpital Sainte-Thérèse à Chesterfield Inlet surgit comme un anachronisme au milieu de bâtiments plus récents. Il domine le hameau qu'habitent quatre cents Inuits, et depuis le dernier étage on aperçoit la lisière du floe même tard dans l'hiver, à des kilomètres des côtes de la baie d'Hudson. C'est le bâtiment le plus ancien de l'endroit, construit avec de lourdes poutres de bois comme la charpente d'un navire, presque cubique de proportions, se dressant de la hauteur de ses deux étages dans le vent arctique. Les immeubles qui l'entourent, les nouvelles maisons comme les rangées de bâtiments officiels, ont été préfabriqués à Montréal et expédiés par train ou par chaland, depuis Winnipeg. Ils sont édifiés sur des piliers de béton coulés dans le sol, et bordent la falaise rocheuse qui longe la côte tels des mollusques aux flancs d'aluminium. Quand le vent souffle fort les nouveaux bâtiments résonnent de bruits métalliques, et la neige s'amasse sous les planchers, entre les piliers. Le matin, malgré les tapis, il est nécessaire de porter des chaussures en s'habillant à cause du froid qui s'infiltre à travers le sol. Le vieil hôpital, pour sa part, ressemble à un arbre creux. Il est imposant, tenace et d'une époque où l'Église n'éveillait pas de soupçons et où le travail d'un missionnaire parmi les indigènes n'était pas suspect. Il a été construit au temps où de telles structures étaient édifiées aux endroits qui leur étaient destinés, en bois massif, et au prix de milliers d'heures de dur labeur.

Dans la lumière du nord

C'est le seul bâtiment du village à posséder un sous-sol. Le permafrost et la falaise rocheuse ne s'y prêtent pas en général. Les religieux qui l'ont construit étaient, il est vrai, habitués à une architecture de climat tempéré, et ils dégagèrent la mince couche de terre qui recouvrait la roche pour établir les fondations de l'hôpital. Dans le sous-sol est creusé un four à pain qui n'a pas été utilisé depuis les Pères Oblats et les médecins qu'ils employaient, à la fin des années 1960. On y trouve aussi un vieil atelier avec un tour poussiéreux et une foreuse. Une petite pièce dotée d'une étroite couchette se trouve dans un angle – probablement à l'intention du frère boulanger – mais elle est inutilisée.

Un jour, un vieux prêtre en visite mourut en plein sommeil dans ce lit. La dernière religieuse ayant une formation médicale – mon amie Sœur Isabelle, qui a continué à faire fonctionner l'établissement jusqu'à sa mort – racontait cette histoire avec un air de conspirateur. Vous vous disiez : ensuite elle va nous raconter l'histoire de la patte de singe. Mais pas du tout. Elle continuait à parcourir les couloirs de l'ancien hôpital, dévidant des anecdotes comme des généalogies oubliées. Ces choses étaient arrivées. Ces gens avaient existé. Elle ne cherchait pas à vous impressionner, et de toute façon tout cela était en passe d'être oublié. À sa mort, en 1999, un pan entier d'Histoire s'est envolé.

Outre le four à pain on aperçoit des instruments chirurgicaux dispersés un peu partout, rouillés et couverts de poussière. Ils n'ont pas été utilisés depuis le milieu des années 1960, lorsque le gouvernement fédéral a pris en charge la santé publique dans les territoires de l'Arctique et que l'Église en a été écartée. Le vieil hôpital, le seul à avoir jamais fonctionné dans le district de Kivalliq, cessa de pratiquer la chirurgie, de répondre aux urgences et de fournir des soins élaborés ; quiconque avait besoin d'être hospitalisé était transporté par avion à l'hôpital de Churchill, désormais une ville en pleine expansion de cinq mille habitants, en grande partie des militaires canadiens et américains. Il y avait des médecins militaires sur place, des chirurgiens spécialisés et des anesthésistes. C'était probablement une décision raisonnable à l'époque. L'intérêt de l'armée pour l'Arctique allait durer longtemps, et en outre une ligne de chemin de fer dessert Churchill ; le transport de personnes et de matériel se fait toute l'année et coûte beaucoup moins cher.

Dans la lumière du nord

Quand j'y suis allé pour la dernière fois, le vieil hôpital de Chesterfield Inlet hébergeait une douzaine d'enfants inuits handicapés. Il y en avait entre huit et douze en général. Ils souffraient de séquelles de méningites, d'adrénoleukodystrophie, de paralysie cérébrale, et de divers troubles neurovégétatifs génétiques et idiopathiques. Comme tous les enfants atteints de ces maladies, ils faisaient peine à voir, mais les soins qu'ils recevaient étaient extraordinaires. Certains étaient nourris par sonde ; d'autres pouvaient s'alimenter normalement, mais à force de patience et d'affection. Les escarres – un problème récurrent en situation de handicap – étaient peu fréquentes, preuve de l'attention méticuleuse et de la tendresse avec lesquelles ces enfants étaient tournés et retournés dans leurs lits, lavés chaque jour, sans oublier les chansons qu'on leur chantait.

Ils étaient soignés par une poignée de femmes dirigées par Sœur Isabelle, qui avait alors quatre-vingt-cinq ans et avait conservé une vitalité et une fraîcheur d'enthousiasme rarement rencontrées. La première fois qu'elle m'emmena pêcher sur la banquise, je la regardai sauter par-dessus des fissures de plus d'un mètre de large comme s'il n'y avait aucun risque. J'avançais une jambe avec précaution, m'efforçant de calculer la largeur de la faille, et elle me criait depuis l'autre côté : « Vous n'avez qu'à vous élancer. Tout n'est qu'une question d'élan ! »

Parmi les autres femmes présentes il y avait en permanence des religieuses – généralement deux – et deux Inuits d'âge moyen qui logeaient dans l'ancien hôpital, dans d'austères chambres meublées de lits de camp avec de simples croix de bois au mur. Isabelle était l'une des dernières religieuses-infirmières encore en activité et certainement la seule dans cette partie de l'Arctique. Les autres aidaient à diverses tâches, mais c'était Isabelle qui avait, et avait toujours eu, les choses en main.

Elle connaissait si bien ses enfants qu'elle n'avait pas besoin d'analyses de laboratoire pour régler les doses de médicaments anticonvulsifs. Les médecins qui visitaient régulièrement les malades à l'hôpital lui vouaient une profonde admiration. Aucun d'entre nous n'était aussi dévoué et altruiste qu'elle. Elle me passait le carnet de prescriptions, et pendant que j'écrivais sous sa dictée, nous évoquions son enfance dans la vallée Qu'Appelle de la Saskatchewan. Elle avait un accent chantant, traînant sur les voyelles, et j'imaginais à quel

322

point sa famille avait été isolée pour qu'elle n'ait appris l'anglais dans la Saskatchewan des années 1940 que tard dans son adolescence, et en ait gardé un accent même à son âge. Elle me raconta comment elle avait décidé de devenir religieuse, après avoir travaillé une année dans une banque, si je me souviens bien, et s'être sentie seule et malheureuse, désireuse de vivre en communauté. Elle avait soixante ans lorsque je fis sa connaissance, elle était grande, mince et étrangement belle ; jeune femme, elle avait dû être d'une beauté à vous couper le souffle.

Jusqu'à la fin, elle faisait à pied presque quotidiennement le trajet qui séparait l'ancien hôpital de l'aéroport, à quinze kilomètres du village, même par les plus grands froids, ce qui en janvier dans la toundra n'a rien à voir avec ce que l'on entend en général par le mot froid, *et pour lequel il faudrait inventer un terme particulier exprimant la douleur intolérable qui vous saisit, immédiate et cinglante. Jusqu'à la fin de ce millénaire. Jusqu'au jour où elle avait appris qu'elle était malade et serait bientôt dans l'impossibilité de travailler.*

Je ne suis pas retourné à Chesterfield Inlet depuis l'annonce de cette méchante nouvelle. Je peux seulement imaginer son irritation devant l'insistance inquiète de ses amis et collègues. Et je pense qu'elle se demandait avec effroi ce qu'allaient devenir ses enfants et le vieil hôpital. Sœur Isabelle était un anachronisme tout comme l'est le vieux bâtiment en bois. Il abrite quelques jeunes religieuses, et les novices choisissent rarement de suivre une formation d'infirmière – ce n'est plus désormais de leur domaine, du moins dans cette région du monde. Mais on ne trouve pas plus de religieuses qui veuillent travailler ici et acceptent d'être de service en permanence. Ni de médecins, soit dit en passant. Il y a un dispensaire au village qui dépend du gouvernement du Nunavut, les infirmières y sont remplacées tous les six mois, et personne ne sait comment les convaincre d'y rester plus longtemps. Un travail pourtant bien payé et avec des congés.

Il semble inévitable que le vieil hôpital ferme un jour. Son histoire est moins importante que son âge, et que le coût extravagant du chauffage. Il y a plusieurs années on avait signalé qu'il n'existait pas de système d'extincteurs automatiques dans ce bâtiment en bois, et que c'était le minimum que l'on pouvait exiger d'un lieu où sont soignés des enfants handicapés. On trouva des fonds je ne sais où. D'autres rénovations sont prévues dans le futur, afin qu'il soit conforme aux futures réglementations, mais arrive un certain point où il devient plus pratique de construire du neuf. C'est vrai dans les villes et encore plus dans l'Arctique, où les matériaux nécessaires à la rénovation sont transportés par bateau sur des milliers de kilomètres et où il serait aussi simple d'expédier une barge chargée d'une construction neuve en aluminium. Mais le problème n'est pas là. Il est de savoir qui travaillerait dans cette boîte rectangulaire. Un problème qui paraît insoluble.

Un dévouement totalement altruiste se rencontre moins souvent dans ma génération que dans celle d'Isabelle. Aucun de mes amis médecins ou infirmières n'est prêt à assurer un service permanent, sauf pour de brèves périodes bien rémunérées, et qui accepterait de travailler ainsi dans l'anonymat ? Si l'un d'entre nous souhaite travailler bénévolement, il doit rejoindre Médecins Sans Frontières sur le théâtre d'un désastre tropical ou équatorial, avec d'autres médecins et infirmières occidentaux motivés, parmi lesquels existe peut-être une forme de vie sociale. Personne parmi mes connaissances ne serait prêt à assurer le remplacement d'Isabelle, sur le long terme.

Il y a dans cet hôpital à la structure massive une notion de résolution et de foi, que j'admire sans tout à fait la comprendre. Moi-même je n'ai pas la foi, je n'ai jamais adhéré à aucune Église, et je trouve les remèdes des religions organisées simplistes et peu convaincants, fondés surtout sur des leurres destinés à calmer la peur de la mort. C'est ce que je pense. Mais il existe ici autre chose à quoi j'aimerais avoir accès. Le concept d'un amour spirituel, fait non seulement de sollicitude, mais d'obligation personnelle, allant jusqu'au sacrifice permanent envers nos congénères. Il renferme une dose d'autosatisfaction, certes. Le sentiment évangélique qui sous-tend la plupart des actions missionnaires est, ne nous cachons pas la vérité, plutôt détestable vu sous un certain angle. Comme si ces gens n'avaient pas leurs dieux, bien mieux adaptés à ce climat farouche. Mais quelles que soient les contradictions de la philosophie qui amenèrent Sœur Isabelle dans l'Arctique et l'y retinrent, c'est ce qu'elle a fait – et les enfants dont elle prend soin ne sont pas les résidents anonymes d'un quelconque service des maladies chroniques d'un hôpital du Sud. Ils vivent leur brève existence dans l'Arctique. Et leurs parents peuvent leur rendre visite. C'est une bénédiction pour eux tous qu'Isabelle se soit trouvée là, que quelqu'un ait fait ce qu'elle a accompli. Elle est morte le 15 mai 1999, dans le couvent de St-Boniface, à Winnipeg.

Je me souviens d'avoir mangé du rôti de caribou avec elle, de l'avoir entendue raconter ses premières années dans l'Arctique, et d'avoir imaginé un instant que je choisissais de rester avec elle. Je me voyais en train de lire le courrier dans la salle à manger du vieil hôpital sous une lampe à pétrole, ou de cuire le pain, de pratiquer des interventions chirurgicales et de mettre des enfants au monde. J'oubliais les arbres et les villes et finissais par aimer le goût redoutable de la viande de phoque. J'éprouvais une ferveur et un dévouement d'une dimension totalement nouvelle pour moi. Pendant quelques brèves minutes, il me sembla comprendre ce qui l'avait portée, elle. Puis cette impression s'effaça. Quelques jours plus tard, je pris l'avion pour le Sud, et New York. Je louai un bungalow de vacances à Long Island, dormis tard et me baignai tous les jours dans l'océan.

22

Marie était assise au bord de son lit dans l'une des ailes du Children's Hospital de Winnipeg. Le médecin résident et l'interne étaient déjà passés la voir, elle avait subi de nouvelles analyses puis on lui avait introduit ce tube dans le nez pour la nourrir. Quand elle fermait les yeux l'humiliation était encore pire. Ils exigeaient que la porte reste ouverte. Et elle ne pouvait pas porter ses propres vêtements, elle avait dû les donner à l'infirmière et enfiler cette horrible chemise de nuit dans laquelle elle avait froid, et elle ne connaissait personne et ils ne la laissaient pas écouter sa musique à moins qu'elle n'ait des écouteurs, et c'est ainsi que le monde traite les gens comme elle, avec indifférence, une mère du matin au soir à la maison, et une sœur qui avait toujours honte d'elle et un frère qui ne l'avait pas remarquée pendant dix ans, et elle avait pensé alors qu'il était impossible de se sentir plus seule, mais elle se trompait. C'était possible. Et c'était possible avec un tube enfoncé dans le nez.

Une jeune femme frappa à la porte et entra. « Bonjour, je m'appelle Carol James. Je suis diététicienne et tes médecins m'ont demandé de m'entretenir avec toi de tes habitudes alimentaires. »

Elle portait un cardigan bleu canard serré autour de son étroite poitrine et son attitude était à la fois hésitante et brusque. Marie lui jeta un regard inexpressif. C'était donc ça, elle avait une sonde dans le nez – cette femme en avait sûrement tiré des conclusions.

« Tu parais un peu décontenancée. Je comprends. La plupart des jeunes filles le sont quand elles viennent ici pour la première fois. Ce que je fais est essentiellement de la rééducation. Et la meilleure façon de commencer est de parler de ce que tu manges. Peux-tu me dire quand tu as remarqué un changement dans tes habitudes alimentaires ? S'est-il passé quelque chose de particulier à l'époque où tu as commencé à te soucier de ton poids ? »

Elle débitait son flot de paroles, insensible à l'indifférence de Marie. « Allons, tout va bien se passer. On m'a dit que tu venais de l'Arctique. Nous n'avons jamais eu de jeunes de cette région auparavant dans le service des troubles nutritionnels ; tout le monde s'intéresse à ton cas. Tu sais, si tu as des préférences alimentaires, nous pouvons sans problème faire venir de l'omble ou du caribou par avion par exemple. Nous le faisons constamment pour des personnes âgées. Qu'en penses-tu ? Tu n'es pas sûre ? Bon, n'hésite pas, si tu en as envie : c'est facile. Mais tu préfères peut-être te régaler de hamburgers et de frites, ou de quelque chose qu'on ne trouve pas dans le Nord. Tu n'as qu'à demander. Je parle sérieusement : fais comme chez toi.

« Tu sais, j'ai toujours été intéressée par les Inuits. Il me semble incroyable que vous ayez pu survivre sans disposer de bois, et tirer votre subsistance uniquement de la toundra. C'est un exemple encourageant, véritablement. De ce que l'homme peut accomplir – ici nous vivons dans un environnement si confortable, tu comprends, personne ne sait vraiment ce que lutter signifie. Je parie que vous le savez, toi et ton peuple. L'hiver dix mois par an, du phoque cru et du caribou – mon Dieu. Peut-être est-ce une chose normale pour toi, cette façon de vivre. Eh bien, figure-toi que non. Vous êtes forts, toi et ton peuple. Nous, les gens du Sud, ne pourrions pas tenir le coup plus d'une heure dans le Nord. Quoique j'imagine que certaines de nos habitudes vous paraissent pénibles, ou même stupides.

« Tu es déjà venue à Winnipeg ? Tu dois avoir l'impression que la ville grouille de monde. On s'y habitue vite pourtant. Les magasins sont formidables à Portage Place. Je suis sûre que quelqu'un t'y emmènera quand tu iras mieux.

« Tu n'as pas très envie de parler, n'est-ce pas ? Qu'importe, je reviendrai plus tard. »

Au moment du changement d'équipe, Marie attendit que le vacarme émanant du bureau des infirmières eût atteint son maximum. Habillée avec ce qu'elle avait pu « emprunter » dans le vestiaire du personnel, elle se dirigea vers les ascenseurs. Un couple de parents à l'air préoccupé en sortait, et elle se faufila à leur suite dans la cabine. Quand la porte se fut refermée, elle sortit la sonde de son estomac, au risque de s'étouffer. Elle descendit jusqu'au rez-de-chaussée et pénétra d'un pas vif dans le hall d'entrée.

Plus tard ce soir-là, dans la chambre de Kat, Amanda, Beth et les deux garçons s'efforcèrent de dormir dans un espace presque trop exigu. Ils étaient venus fumer un joint et manger la pizza qu'ils avaient volée à un livreur qui avait imprudemment laissé ouverte la fenêtre de sa camionnette pendant qu'il faisait une livraison dans un immeuble.

Amanda n'avait jamais vu l'endroit où vivait Kat, et regardait autour d'elle avec curiosité. La chambre avait la taille de la plus grande des salles de bain de ses parents, et contenait en tout et pour tout un lit et une plaque de cuisson. Il y avait un sac de plastique vert plein de T-shirts sales, un autre de propres. Au mur étaient accrochés des dessins représentant des sabres et des symboles japonais. Il y avait aussi quelques esquisses de dessins de films d'animation, des croquis où se reflétait une émotion qui l'étonna. C'étaient des enfants, qu'il avait dessinés avec des visages d'une incroyable innocence bien qu'ils fussent revêtus d'armures et sexualisés. De tout leur groupe c'était Kat qui l'inquiétait le plus – il lui paraissait plus perdu, plus perturbé que les autres, y compris elle-même. Ses parents auraient été surpris qu'elle fasse une telle distinction. Extérieurement il ne montrait aucun signe d'angoisse, ne se plaignait jamais, parlait peu de lui, et de sa famille, mais cette façon de se retirer à l'intérieur de soi, de vivre dans une autre dimension la touchait. *Il voit son propre avenir*, se disait-elle, *et l'élimine de son esprit*.

Kat et Beth étaient étendus sur le lit, et Lewis et Amanda recroquevillés sur le sol à côté d'eux. Ils s'étaient enveloppés d'une mince couverture pleine de taches que Kat leur avait donnée, avec leurs blousons en guise d'oreillers. Le parquet était dur, mais la journée les avait portés à la tolérance en matière de confort.

Lorsque Kat et Beth se mirent à baiser, Lewis ronflait depuis plus d'une heure. Amanda le sentit se réveiller et remuer en entendant les gémissements de Beth, puis il se retourna vers elle. Elle était dans le même état d'excitation et se retourna à son tour, s'enfonçant en lui. L'unique fenêtre répandait la lumière verdâtre des réverbères sur le corps osseux de Beth et les muscles du dos étroit de Kat. Elle éclairait plus discrètement Amanda et Lewis. Comme il la pénétrait, elle étouffa un cri, et vit Beth tourner la tête pour voir d'où il provenait. Après un moment empli de bruits de succion et de frottements amoureux, Beth se désintéressa d'eux et regarda à nouveau son amant. Amanda n'avait pas compris tout de suite que Kat et Beth se voyaient en dehors du groupe, mais à la manière dont ils se mouvaient ensemble, dont leur désir dépassait toute hésitation ou prudence, c'était clairement le cas. Elle se demanda pourquoi ils avaient gardé le secret et quel était celui des deux qui l'avait exigé.

Marie prit Sherbrooke Avenue en direction du sud, contemplant les rangées d'ormes de quinze mètres de haut qui formaient une voûte au-dessus de la chaussée. Le trottoir était encombré et les voitures fonçaient à moins de deux mètres d'elle ; il lui semblait incompréhensible que les gens qu'elle croisait sur le trottoir ne soient pas plus effrayés.

Quand elle atteignit le pont qui enjambait l'Assiniboine River, elle contempla l'eau qui coulait en dessous et ressentit pour la première fois cette envie de sauter que peuvent connaître les habitants des villes. Elle avait vu des ponts auparavant, mais n'avait jamais franchi aucun de ces énormes rubans de béton ; pas plus qu'elle n'avait compris que les rivières qu'ils enjambaient étaient réelles, et que l'Assiniboine ressemblait aux grandes rivières de la toundra. D'une certaine manière elle avait imaginé qu'un fleuve que l'on pouvait aussi aisément traverser ne pouvait avoir d'importance en soi. Les ponts n'existaient pas dans son pays, aucun sur des centaines de kilomètres, bien qu'une rivière gelée se jetât tous les quinze kilomètres dans la baie d'Hudson. Un homme ou un caribou n'avait qu'une solution, quand il en trouvait une sur son chemin, c'était de la traverser à la nage ou à gué. Au printemps et aux premiers jours de l'été, le courant est impétueux et nombreux sont les jeunes caribous qui meurent pour le plus grand plaisir des corbeaux chaque fois qu'une harde se décide à traverser l'eau profonde. Les enfants aussi s'y noyaient trop souvent ; chaque famille avait sa liste de gamins espiègles qui avaient quitté ce monde dans un tourbillon d'eau se précipitant vers la mer.

Sur le pont de Maryland Street, Marie semblait planer au-dessus de l'Assiniboine, traversant sans effort les eaux profondes et vertes de la rive nord à la rive sud avant de pénétrer dans Wellington Crescent. Elle passa devant des maisons de la taille des hangars de l'aéroport de Rankin Inlet, longea des pelouses semblables à des rouleaux de velours vert posés dans les jardins comme une moquette. Après avoir vérifié que personne ne l'observait, elle s'étendit à plat dos sur une pelouse, les bras en croix, contemplant le ciel. Les nuages roulaient au-dessus d'elle, la chaleur montait de l'herbe. Des gouttes de transpiration se mirent à couler sur son visage tandis que le soleil commençait à pénétrer en elle. Il ressemblait au soleil du Nord, mais elle ne se souvenait pas d'avoir jamais ressenti cette chaleur. Elle avait l'impression de plonger son regard dans le feu. Elle le voyait, même à travers ses paupières closes. Comment les gens supportaient-ils de travailler dehors ? Elle ouvrit les yeux, cilla et contempla les arbres qui la dominaient de toute leur hauteur. Elle passa sa main entre ses épaules et écrasa un moustique. Puis elle remarqua quelqu'un en train de l'observer derrière une fenêtre fermée. Elle se leva, regagna le trottoir et continua vers l'est, voyant les maisons devenir de plus en plus imposantes en chemin.

Elle revint sur la rive nord de l'Assiniboine par le pont d'Osborne Street. Elle ne savait pas très bien où elle se trouvait par rapport à l'hôpital, et n'avait aucune idée de l'endroit où elle passerait la nuit. Elle se sentait seule, comme elle l'avait finalement été pendant des années, et elle désirait tout à la fois être le plus loin possible de Rankin Inlet, devenu un cauchemar pour elle, et se jeter dans les bras de sa mère, de sa sœur, de sa famille, se glisser dans sa chambre, mettre Joy Division sur son Walkman et ne plus sortir, qu'on la laisse tranquille.

Elle demanda à une passante où se trouvait Portage Place et la femme lui indiqua la galerie marchande au centre de la ville, à quelques rues du pont d'Osborne Street. Quand elle aperçut les verrières du bâtiment, elle eut un choc ; c'était plus beau que tout ce qu'elle avait imaginé. Elle ne pouvait croire qu'une construction puisse paraître d'une telle légèreté ; de vrais arbres poussaient à l'intérieur, et des moineaux voletaient tout autour.

Elle découvrit rapidement la boutique d'un disquaire et erra parmi les rayons : il y avait des enregistrements dont elle connaissait l'existence, sans jamais les avoir entendus, et des écouteurs à disposition, aussi longtemps qu'on le désirait. Elle n'avait jamais entendu XTC auparavant, ni les Beastie Boys, Tone Loc ou Public Enemy. Elle écouta *Appetite for Destruction* d'une seule traite, détournant les yeux chaque fois qu'elle croisait le regard de quelqu'un. Elle rassembla les disques qui lui faisaient envie : *Eponymous* de R.E.M., le *Bad Habits* des Monks, *Broken English* de Marianne Faithful, puis alla les déposer devant la caissière qui la regardait d'un air sceptique. Marie prétendit alors avoir égaré son porte-monnaie. « Je reviens tout de suite », dit-elle, et elle partit, mourant d'envie d'écouter ces CD.

Sur la terrasse du centre commercial, elle prit place à une des petites tables et sourit aux garçons et aux filles assis autour d'elle. Certains étaient entièrement vêtus de noir, les garçons avec les yeux maquillés et les filles habillées en princesses des vampires. Marie pensa qu'ils faisaient partie d'un groupe et qu'elle aimerait sûrement les entendre jouer. Elle était trop timide pour les approcher ; elle s'efforça de se faire remarquer, souhaitant désespérément que l'un d'entre eux croise son regard. Elle se demandait à quoi elle ressemblait à leurs yeux, peut-être à une jeune Indienne qui a fugué et risque d'avoir des ennuis. Comment aurait-elle pu deviner qu'elle se retrouverait si loin, si loin de tout ce qu'elle avait espéré, assise seule, sentant une nappe de tristesse la recouvrir comme une eau verte et âcre, au milieu d'un printemps qui n'était pas de saison ?

Ils étaient assis dans le snack au coin de la rue où habitait Kat, les yeux mi-clos. Ils avaient dormi douze heures et étaient encore épuisés – à force de s'être défoncés, d'avoir fait l'amour, sombrant à intervalles irréguliers dans un sommeil agité, jamais plus de deux heures d'affilée. Maintenant ils attendaient leurs œufs, un moment d'intimité presque familial. Chacun d'eux ne désirait qu'une chose : être avec quelqu'un qui les connaisse bien et les accepte tels qu'ils étaient. Ils tombèrent d'accord sur ce point.

Quand ils furent servis, ils attaquèrent le contenu de leur assiette sans faire de commentaires. Toasts et saucisses glissaient sur leurs langues, avec une consistance d'une complexité inattendue. Le jus d'orange et le café en étaient le parfait accompagnement, et le papier d'aluminium qui recouvrait les minuscules pots de confiture avait lui-même un goût de peau d'orange. Dans la lumière de ce début d'après-midi, c'était un éblouissement.

L'aube se levait lorsque l'ambulance s'arrêta devant les urgences du Children's Hospital ; le ciel s'empourprait, strié de traînées rougeoyantes jaillissant de la prairie à l'est. Elle avait été aperçue par un jogger matinal, couchée dans les roseaux au bord du fleuve, immobile et blafarde, ses pauvres vêtements volés flottant autour d'elle comme des draperies. Son corps était déjà rigide, ses poumons s'étaient remplis d'eau à la minute où elle avait touché la surface. Même si elle avait pu nager, cela n'aurait rien changé : elle s'était cogné la tête contre une arête du pont en tombant, et n'avait rien ressenti d'autre.

Dix secondes avant ses dernières pensées, elle n'avait pas eu l'intention de mettre fin à sa vie. Elle se tenait sur le pont, attristée par la froideur des gens et par un anonymat qu'elle n'avait jamais ressenti. L'eau avait exactement le même aspect que dans le Nord, plus verte peut-être, plus herbeuse. Elle ne pouvait pas trouver sa place dans cette ville, la seule solution alternative à Rankin Inlet qui lui soit offerte. Son père l'avait abandonnée, en dépit de toutes ses promesses. Il était le seul qui s'était sincèrement intéressé à elle. Elle ne voyait aucune fin acceptable à cette situation. Enfermée dans sa chambre d'hôpital. Enfermée à Rankin Inlet. Seule et refoulant ses larmes au milieu de Portage Place, sans argent, sans rien à manger.

Elle avait eu envie de lire une bande dessinée et s'était arrêtée dans une librairie, mais n'avait pas eu le courage de feuilleter un album sous le regard sévère de l'homme derrière la caisse. De jeunes Indiens l'avaient aperçue, des membres d'un gang vêtus de blousons en jean couverts d'écussons, et ils l'avaient invitée à les accompagner à une fête. Elle s'était éloignée rapidement, et ils l'avaient suivie pendant un moment, l'avaient huée en se moquant d'elle. Elle avait pris peur.

Elle aurait voulu avoir de la compagnie, se sentir en sécurité. Elle aurait voulu être assise à la table familiale, avec son père et sa mère en train de passer les plats. Cela ne serait plus. Ce qui l'attendait dorénavant, c'était se retrouver seule au monde. Le vent fraîchit. Il faisait plus sombre. Elle n'était pas assez couverte. Elle passa une jambe par-dessus le parapet. Des voitures passèrent. L'une d'elles klaxonna. Il faisait trop noir pour qu'elle puisse distinguer les gens à l'intérieur, elle ne vit que les phares. Les lumières ruisselaient dans la ville. Les grands immeubles étaient illuminés comme des monuments. Quand elle tomba, ils strièrent le ciel nocturne de longues traînées indistinctes.

Lorsque Balthazar entra dans son bureau, le téléphone sonnait. Il accrocha sa veste et répondit. C'était Sara Miller, la directrice du service de psychiatrie. En l'écoutant lui rapporter les événements, il sentit sa gorge se serrer au point de se demander s'il était en train de faire sa première crise cardiaque. L'étau se desserra un peu lorsqu'il s'assit. « Naturellement une enquête va être ouverte, pour savoir comment elle a pu sortir de l'hôpital, si ses tendances suicidaires ont été sérieusement évaluées, disait Sara Miller.

– C'est affreux, parvint-il à peine à articuler.

– Au nom du service, je vous présente mes excuses. J'ai déjà parlé à Mme Robertson et lui ai fait part du même sentiment. »

Il perçut son indignation dans ces mots et entendit les éclats d'une conversation qui se déroulait dans son bureau. Sa première réaction fut de la calmer, de l'assurer qu'elle ne devait pas se sentir à ce point coupable, que les tendances suicidaires se distinguent difficilement, en particulier chez les jeunes autochtones.

Sara Miller l'écouta et sentit le mépris l'envahir envers cet homme, pour sa facilité à accepter cette situation absurde qui avait conduit à la mort de sa patiente. Elle se forma aussitôt une opinion sur la profondeur de son engagement et sur la qualité de son travail. À mesure que déclinait son respect envers Balthazar, elle sentit diminuer le sentiment de culpabilité et d'échec qui l'animait. « En réalité, c'est la nature inhabituelle de ce cas qui a pris tout le monde au dépourvu ici – c'est le premier exemple de trouble nutritionnel diagnostiqué chez une jeune Inuit dont j'aie jamais entendu parler. Dans l'ensemble, ces jeunes filles, on le sait, ont tendance à se mutiler volontairement, et s'agissant d'autochtones, nous devrons considérer dans le futur que ces patients présentent un risque maximum. »

Comme ils passaient du cas de la jeune morte à un point de vue général, ces propos impersonnels atténuèrent un peu leur chagrin. « Je crains que nous en rencontrions de plus en plus à l'avenir, répliqua Balthazar.

– Peut-être faudrait-il publier le rapport qui concerne ce cas, dit-elle. Je dois passer en revue ce qui a déjà été écrit.

– Cela pourrait être très intéressant », reconnut Balthazar, et il la remercia stupidement de son coup de téléphone. « Il est rare que les centres hospitaliers universitaires me communiquent les informations en retour », dit-il. En raccrochant, Sara Miller n'eut pas besoin de se demander pourquoi.

Balthazar sortit de son bureau, enfila sa veste, et quitta l'hôpital. Il vit la maison de Victoria au bout de la route, et en prit la direction. Elle aurait dû être en train de prendre l'avion pour Winnipeg afin de rejoindre Marie. Victoria était-elle seule quand elle avait reçu l'appel de Sara Miller ? Il espérait que non, et malgré lui, à sa grande honte, il espérait en même temps qu'il n'y avait personne avec elle.

Quand il frappa à la porte, il entendit des pas approcher, trop pesants pour être les siens. Simionie ouvrit, et quand ils se reconnurent, une soudaine sympathie jaillit entre les deux hommes. C'était une émotion complexe, difficile à transcrire en un seul regard, mais au même moment, Victoria comprit qui était là et s'élança, éperdue, le visage déformé et sillonné de larmes. Elle repoussa Simionie et frappa Balthazar au visage de son poing fermé. Lui, tombant en arrière et elle le suivant, s'agenouillant à côté de cet homme plus grand qu'elle, le frappant à coups redoublés. « Vous avez tué mon enfant ! » hurlait-elle sans relâche tandis qu'il se couvrait la tête de ses bras et tentait de détourner ses coups.

Simionie s'approcha par-derrière et tenta en vain de l'écarter. Balthazar gémissait comme un enfant, couché à plat ventre et secoué de sanglots.

« Vous... vous... », cria-t-elle, tapant moins fort, la poitrine haletante, son bébé mort et froid, immobile, qui ne mangeait pas, ne respirait pas, n'ouvrait pas ses petits yeux, ses petites lèvres plissées comme un bouton de fleur, cet enfant qu'elle avait beau serrer contre elle et qui ne bougeait pas, ne tendait pas les bras, qui était seulement là, mort, sans téter le sein douloureux de sa mère d'où s'échappait un flot de lait qui coulait sur la poitrine de l'enfant, inutile.

23

Ils allumèrent leur pipe à eau et versèrent un peu de coke sur le reste d'herbe que Kat avait conservé. Lewis prit la meilleure place et s'inclina en arrière avec un sourire béat. Les filles firent de même ; Kat inhala profondément à son tour, et pendant un moment ils crurent que Lewis avait été berné, qu'ils avaient seulement respiré des sels de bain.

Tous étaient des enfants de la banlieue chic, coutumiers de l'herbe et de l'ectasy. Mais la cocaïne, l'héroïne et les metamphétamines leur étaient moins familières. Elles possédaient l'aura du véritable danger, et tant qu'ils étaient restés prisonniers de leur inhibition de jeunes conformistes, ils n'avaient pas dépensé leur argent pour acheter ce type de drogues. Ils étaient moins timides aujourd'hui, dormaient ici et là – la chambre de Kat, l'appartement de Lewis, les lits dont ils pouvaient disposer – et ils s'imaginaient être à la hauteur du défi. Les filles soupçonnaient dans un coin secret de leur être qu'ils sous-estimaient la capacité du monde à les écraser, mais elles repoussaient l'idée et se lançaient à corps perdu dans leurs nouvelles sensations.

Ainsi, lorsqu'ils commencèrent à éprouver des picotements dans la mâchoire, ils ne reconnurent pas l'afflux de la cocaïne pure qui envahissait leurs poumons et remontait à leur cerveau. Quand la drogue se répandit en eux, ils furent pris de vertige. L'intensité de l'euphorie qu'ils ressentaient pour la première fois dépassait tout ce qu'ils avaient expérimenté jusqu'à présent ; elle annonçait des années de sensations nouvelles, et jamais rien d'autre, ni le sexe, ni l'herbe, ni leur liberté récemment acquise, ne les avait aussi voluptueusement désorientés.

Après cette première vague d'hébétude, ils restèrent silencieux pendant d'interminables minutes, puis se remirent lentement à parler, se lançant des mots au hasard dans le vide, avant de se rendre compte que chacun d'eux n'était pas seul dans la pièce, et qu'ils devaient éteindre la pipe et cesser de fumer.

Les filles parlaient à voix basse, avec des intonations mélodieuses, pleines de longs silences et d'hésitations, cherchant l'adjectif approprié pour décrire ce qu'elles ressentaient et combien c'était génial. Les garçons se renversaient en arrière et riaient, nature, flottant dans leur grâce et leur force d'adolescents. Ils avaient tous trop chaud, ruisselaient de grosses gouttes d'eau salée, soudain conscients du battement irrégulier de leurs artères.

Kat demanda à Lewis à quoi il pensait ; Lewis répondit qu'il se rendait compte pour la première fois que tout était foutu – alors qu'il avait toujours cru, que c'était lui, surtout, qui était foutu. Mais tout le monde s'estimait foutu, non ? Et si tout le monde le pensait, c'était peut-être que personne ne l'était – que c'était le monde.

Kat dit : « Je vois exactement ce que tu veux dire. »

Beth demanda à Amanda si elle croyait être aimée. Amanda réfléchit une longue minute, oubliant la question en contemplant une minuscule toile d'araignée dans un angle, entre le plafond et le mur, se demandant si les araignées utilisaient parfois de vieilles toiles tissées par leurs congénères, et les recyclaient. Sans doute pas, car si la toile n'était pas utilisée il devait y avoir une raison – elle n'avait pas nourri suffisamment celle qui l'avait tissée. Ce qui était regrettable quand on y réfléchissait sérieusement. L'amour. Ah, oui. C'est vrai, qui l'aimait ? Eh bien, ses parents, à leur façon, supposait-elle. Et son oncle Keith, et…. Lewis ? Elle l'observa. Non, Lewis ne l'aimait pas, elle s'en rendait compte à présent, mais il s'accrocherait tant qu'il en aurait besoin, dirait de quoi il avait besoin, pour ne pas couler.

Beth murmura : « Je comprends ce que tu veux dire », et Amanda se demanda comment ses pensées étaient parvenues jusqu'à elle. « Chuuut, ajouta Beth. Nous devons tracer seules notre chemin. Les garçons sont perdus dans ce monde. Ils sont beaux à regarder, mais ils sont perdus. »

Lewis parlait d'armes à feu. « Ce sont les objets les plus parfaits que l'homme ait jamais fabriqués, des exemples de haute technologie. Ils n'ont fondamentalement pas changé en quatre-vingts ans. Les pistolets les plus récents ont des poignées en plastique, peut-être, et ils sont façonnés par des machines-outils contrôlées par ordinateur, mais le mécanisme et la conception sont demeurés pratiquement identiques.

— Comme la bicyclette, peut-être.

— Ouais. Comme un putain de vélo.

— C'est insensé, que ce soit la chose que nous perfectionnions plus que tout, dit Kat.

— Pas si insensé. Est-ce qu'il y a plus excitant qu'une arme, quand on la prend en main ?

— Non.

— Tu veux voir la mienne ?

— Quoi ?

— Viens. »

Amanda demanda : « Tu t'es jamais demandée si tu étais enceinte ? »

Beth dit : « Si. Je me suis fait avorter l'année dernière. Je crois que je ne t'en ai jamais parlé.

— Non. Ça s'est bien passé ?

— Horrible. Le père était un type que j'avais rencontré à une fête. Jamais su comment il s'appelait.

— Tu regrettes ?

— Je regrette de ne pas m'être protégée. Je pense tout le temps à mon avortement. » Elle se mit à balancer ses bras devant elle, comme si elle berçait un nouveau-né, et des lar-

mes s'échappèrent de ses yeux. « Je regrette, petit bébé.... »
Elle regarda Amanda. « Il m'arrive encore de rêver que je lui
parle.

– Le referais-tu si tu étais enceinte à nouveau ? »

Beth contempla ses bras et sourit, puis elle se pencha pour
embrasser un front imaginaire. Elle leva les yeux : « Et tuer ce
beau bébé ?

– Mais, dit Amanda d'une voix tremblante, ce n'est pas
encore un bébé.

– Je sais », dit Beth en souriant à son enfant imaginaire, fre-
donnant dans le creux de ses bras maigres comme des
baguettes et sillonnés de veines bleues.

Lewis conduisit Kat dans l'entrée, descendit au sous-sol du
bâtiment sordide et se dirigea vers une cave inoccupée. Lewis
avait posé un cadenas sur la porte sans que personne ne le
remarque – ni ne le scie. Au bout d'un mois, il utilisait
l'endroit comme s'il lui appartenait.

Il y avait un matelas à l'intérieur, quelques vêtements et des
cigarettes. Il souleva le matelas pour montrer à Kat sa carabine 22 long rifle.

Kat sursauta.

« Elle appartenait à mon père quand il était jeune et vivait
à la ferme. Je l'ai trouvée dans le garage il y a des années et
je l'ai cachée sous les chevrons du toit. Il n'en a jamais parlé.
Il imagine sans doute qu'elle a été volée ou quelque chose de
ce genre. » Il ramena la culasse en arrière et visa le mur mal
éclairé en face de lui. *Clic.*

« Waouh. » Les yeux de Kat étincelaient. « Tu as déjà tiré
avec ?

– Non.

– T'as des munitions ?

– J'en ai trouvé quelques-unes qui appartenaient à mon
père. Tiens. » Lewis lui tendit une boîte en carton décolorée.

« Pas question.

– Je vais l'emporter dans un stand de tir un de ces quatre
matins et voir ce que je peux faire avec. » Il visa le mur, fit
fonctionner la culasse. *Clic.*

– Magnifique. »

Lewis hocha la tête. Il sortit le chargeur de la carabine et ouvrit la boîte de munitions. Il les regarda se répandre dans sa main, de petits cylindres de laiton et de plomb remplis de poudre. Il les introduisit dans le chargeur l'une après l'autre avec des mouvements précis, répétés. Puis il remit le chargeur en place. Il visa le mur et actionna la culasse, faisant pénétrer une balle dans la chambre. Il ramena la culasse en arrière à nouveau, et la balle inutilisée vola à travers la pièce et rebondit sur le sol cimenté. Il recommença jusqu'à ce que les dix balles aient été éjectées. Il regarda Kat.

« J'aimerais habiter la campagne et pouvoir me perdre dans les bois. Je pourrais tirer sur des écureuils, des boîtes de conserve, n'importe quoi.

– Je peux la prendre ?

– Fais gaffe.

– T'inquiète. »

« Amanda, qu'est-ce qui se passe avec tes vieux ?

– Pourquoi ? » répondit-elle sans y penser en observant son reflet dans le miroir nocturne de la fenêtre où ruisselait lentement une nappe de pluie qui se dispersait dans la lueur bleutée du réverbère. Elle y voyait l'image d'une fille de dix-sept ans, qui ne paraissait pas plus que son âge, contrairement à ce qu'elle pensait en général, ni beaucoup plus jeune, simplement une fille de dix-sept ans, fatiguée et stone, parvenant à peine à ouvrir les yeux tant elle était cassée, les cheveux longs, épais et un peu sales, le teint empourpré, les joues pleines. Elle avait le visage moins rond que quelques mois plus tôt, quand elle vivait chez ses parents, et la teinture de ses cheveux était assez ancienne pour laisser enfin réapparaître leurs racines blond cendré. Elle vit de l'anxiété dans le regard de cette fille, et vit aussi qu'elle était, après tout, plutôt jolie.

« Au fond, tu ne devrais peut-être pas rompre les ponts avec eux, s'ils n'ont jamais été horribles mais seulement stupides – qui sait, ils peuvent changer.

340

– Ils ne sont intéressés que par leurs foutues personnes, Beth.

– Qui ne l'est pas ?

– Toi, par exemple.

– Je t'aime, Amanda. »

Amanda détourna péniblement les yeux de la fenêtre et les fixa sur son amie. Elles étaient tellement shootées qu'il leur semblait parler à l'intérieur d'une grande chambre d'écho, comme si les mots s'échappaient de leurs bouches et tournoyaient dans l'air tels des courants de pigments dans une centrifugeuse, ne trouvant leurs cibles qu'après de longs circuits compliqués. Et à l'arrivée, leurs phrases étaient désordonnées, obscures, mais de toute manière, qui savait ce qu'elles signifiaient en réalité ? Certainement pas celle qui les prononçait.

« Dis donc, tu es vraiment partie, hein ? » dit Beth, touchant l'épaule d'Amanda.

« T'as jamais eu envie de faire un truc juste pour que tout le monde s'en souvienne et sache qui tu étais, et ce que tu pensais de toute cette merde ?

– Sûr, tout le temps. Comme Spiderman, un type normal, hein, lancé dans le monde et ses problèmes, et puis il a une chance de faire quelque chose d'énorme, même si personne n'est au courant, dit Kat.

– J'envie les types qui ont dû partir au Vietnam ou se battre contre les Japonais, ou n'importe qui d'autre. C'est ce que devraient faire des mecs comme nous, partir dans un endroit où il y a du danger. Se faire un peu botter le cul. » Lewis pointa la carabine tout autour de la pièce. « Botter quelques culs nous-mêmes », ajouta-t-il. Il visa un angle et appuya sur la gâchette. À l'instant du déclic, il gonfla ses joues et émit un bruit de giclée, censé évoquer un coup de fusil dans un film, un grondement sourd au sinistre présage. À ce moment précis, il ressembla en tout point à un de ces millions de jeunes lecteurs ou spectateurs, plongé dans une scène d'action héroïque, s'imaginant lui-même en héros, plus athlétique et silencieux qu'il ne l'était en réalité, animé d'un dessein mortel et d'un tempérament violent. Il regarda Kat par-dessus la mire et ajouta : « Être enfin un homme. »

Beth et Amanda étaient couchées l'une à côté de l'autre dans la pièce mal éclairée. Elles avaient oublié les garçons, ne se demandaient même pas où ils étaient passés. Elles n'éprouvaient aucune fatigue, sentaient encore la drogue les parcourir de petites décharges électriques. Même quand elles fermaient les yeux, leurs paupières s'illuminaient de lueurs vives, tournoyantes. C'était fascinant, mais elles en avaient marre – il y avait des heures que ça durait, sans relâche. Comme avec le LSD, en plus heureux, plus euphorique. Ce qui devenait monotone au bout d'un certain temps, pour tout le monde sauf pour les plus malheureux. Et cette réaction – cet ennui – pour la première fois de leur vie devint salutaire.

Kat, comme presque tous les garçons de sa connaissance, avait été élevé par sa mère, et n'avait jamais participé à des parties de chasse ou de pêche dans son jeune âge. Pour lui, les fusils étaient des accessoires de cinéma aux fonctions plus mythiques que pratiques. Il épaula le 22 long rifle comme l'avait fait Lewis, et le pointa en direction du mur. Il visa à travers la mire rudimentaire et appuya sur la gâchette. *Clic.* Il essaya d'actionner la culasse, s'aperçut qu'elle était bloquée et manipula le levier avant de comprendre qu'il fallait le faire pivoter vers le haut pour la débloquer ; il tira alors la culasse en arrière, sentant le percuteur résister, puis la ramena en avant et la bloqua. *Clic.*

Posant la carabine en travers de ses genoux, il admira le bois brun et mat. Il retira le chargeur, l'examina attentivement, puis vida dans sa paume les balles contenues dans la vieille boîte de munitions. On distinguait à peine la marque Remington sur l'étiquette. Il plaça une balle dans le chargeur, puis une autre. Il s'arrêta à dix. Il remit le chargeur en place, actionna à nouveau la culasse, et les balles volèrent à nouveau dans la pièce. Lewis le regardait, appuyé contre le placard de rangement. Kat leva le fusil et le pointa vers Lewis.

Lewis fit la grimace. « Fais gaffe, mec. » Ils étaient tous les deux complètement shootés mais une sorte de lucidité s'empara d'eux, comme s'ils prenaient conscience de la banalité de leurs existences déglinguées face à la puissance de cet objet et à la manière dont il vous incitait à en faire usage. Le doigt de Kat pressa la gâchette.

Deux étages plus haut, Beth et Amanda se redressèrent brusquement. Kat ne dit rien, laissa tomber le fusil sur le sol, son entêtement fébrile soudain calmé. Puis il observa Lewis, qui regardait sa chemise se teinter lentement de rouge. « Merde », dit Lewis. Kat ne bougea pas. Lewis déboutonna sa chemise et les deux garçons virent le petit orifice au milieu de sa poitrine. Du sang rouge vif en jaillissait librement, sans la protection du tissu.

« C'est pas vrai ! » dit Lewis. Puis il glissa sur le sol et ferma les yeux. Kat resta assis, immobile.

24

Simon Alvah avait détecté les prémices d'un dégel imminent depuis deux bonnes semaines, mais la banquise n'avait
pas commencé à bouger. On était déjà en juillet et le ciel
était bas, chaud et lourd. La lisière du floe était si proche du
rivage qu'on avait l'impression de pouvoir l'atteindre d'un jet
de pierre. Pourtant la glace, jusqu'à l'endroit où elle se frac-
turait, restait résolument monolithique. Les flaques d'eau de
fonte s'accumulaient à sa surface, les sarcelles et les canards
piles s'y arrêtaient en chemin avant de rejoindre leurs lieux
de nidification plus au nord dans l'Arctique. Tout autour de
lui, Alvah voyait les signes avant-coureurs de l'été, mais sa
coque en acier était toujours solidement prise.

Il avait lu des récits d'équipages de baleiniers, pris par les
glaces comme lui, qui avaient hiverné et s'étaient ensuite
retrouvés prisonniers durant un été particulièrement bref et
froid. Il se demandait avec angoisse si ce genre de mésaven-
ture pourrait lui arriver. Il est vrai que les conséquences
seraient moins radicales – il pourrait au moins marcher
jusqu'au village et acheter une motoneige pour transporter
de la nourriture et du combustible jusqu'à son bateau. Les
baleiniers avaient dû découper leurs bottes pour en faire du
pot au feu, et brûler les meubles pour chauffer le navire.
Retourner chez lui en avion n'était pas davantage une solution. Le bateau ne l'avait pas trahi et il n'était pas question de
l'abandonner.

Pendant ces deux semaines à attendre que la glace se disloque, il s'était levé tous les matins pour étudier l'aspect du ciel, chercher dans l'atmosphère un soupçon de vent du sud. Un jour où il se tenait là, humant l'air, les yeux fixés à l'ouest, il aperçut une silhouette qui se déplaçait lentement sur la glace pourrie de la banquise, décrivant de larges courbes afin d'éviter les grandes flaques d'eau de fonte. Alvah l'observa trois heures durant avant qu'elle ne soit suffisamment proche du bateau pour pouvoir distinguer une barbe hirsute et une parka graisseuse. Les chiens étaient maigres, peu nombreux et visiblement exténués d'avoir couru dans la neige épaisse et mouillée. L'homme s'arrêtait souvent pour leur permettre de se reposer avant de les pousser à nouveau en avant.

Prudent, Alvah n'avait pas attendu de le voir s'immobiliser à la hauteur du bateau pour déballer son fusil et le poser dans le cockpit recouvert d'une toile. « Salut, dit-il après qu'ils se furent mutuellement observés.

– Salut, dit Pauloosie.

– En quoi puis-je t'aider ? » Il savait qui était le garçon.

« Quand la glace commencera à fondre, partirez-vous d'ici ?

– Oui.

– Est-ce que je peux venir avec vous ?

– Tu accepterais de te laver ? »

Balthazar frappa à la porte du Père Bernard. Il prêta attentivement l'oreille mais il n'entendit aucun bruit à l'intérieur. La pensée de partir sans lui dire au revoir l'attristait. Il fit demi-tour et se dirigea vers l'escalier, portant tant bien que mal ses lourdes valises. Il avait péniblement fait deux pas quand le prêtre ouvrit sa porte. « Ah, c'est vous, dit-il.

– Je pars. Je voulais vous remercier.

– Oui, j'ai appris la nouvelle à propos de Marie. Je m'attendais à ce que vous réagissiez ainsi. »

C'était la première fois que Bernard émettait un reproche à son égard. Il n'avait pas besoin d'en entendre davantage, et se détourna. « Attendez. Entrez un moment. Venez prendre une tasse de thé. »

Balthazar posa ses valises. Il regarda ses pieds. Il laissa ses valises sur les marches, fit demi-tour et revint vers l'appartement du prêtre. Ce dernier eut un léger sourire. Il laissa Balthazar passer, referma la porte derrière lui et se dirigea vers sa cuisine. Balthazar resta dans le living-room. Vingt ans d'amitié et il n'avait qu'une envie : s'en aller. Bernard l'observa tout en mettant la bouilloire sur le feu. « Où allez-vous ? demanda-t-il.

– À New York.

– Vous reviendrez ?

– Non.

– Allez-vous travailler là-bas ?

– Je ne pense pas.

– C'est donc la fin de votre carrière.

– On dirait.

– Je regrette que ce soit dans de telles circonstances.

– Moi aussi.

– Vous pourrez m'écrire.

– Bien sûr. Je vous enverrai vos disques préférés.

– Cela me ferait plaisir.

– Combien de temps comptez-vous rester ici ?

– Je l'ignore. Je suis fatigué moi aussi.

– Ils vous regretteront quand vous partirez.

– Certains des anciens, peut-être. Vous allez me manquer.

– Vous me manquerez aussi, Bernard.

– Victoria a besoin de faire son deuil. Quand elle l'aura fait, elle verra les choses plus clairement.

– Elle les voit clairement.

– Vous vous comportez comme si vous n'aviez jamais eu d'accident de parcours dans votre carrière.

– Pas du tout. Il m'est arrivé de perdre des patients. Particulièrement au sein de la famille de Victoria. Je ne sais pas ce qui m'est passé par la tête. »

Le prêtre eut un sourire triste. « Si vous aviez la foi, je vous imposerais une pénitence.

– Vous me tenteriez presque. »

Bernard regarda la bouilloire. « C'est une forme d'égotisme, une pareille auto-flagellation. C'est en s'adressant à

346

Dieu qu'il faut recourir à la ferveur, pas en réponse à ses propres échecs. »

Balthazar n'attendit pas son thé, sortit et se dirigea vers l'escalier, où il reprit ses valises.

Quand le vent d'ouest se leva enfin et que la glace commença à se fracturer, la mer devint libre en un après-midi.

Le lendemain matin Pauloosie transporta le dernier de ses chiens dans l'annexe d'Alvah jusqu'à la plage au nord de Rankin Inlet. Ils étaient moins maigres – Alvah s'était montré généreux avec sa viande en conserve, et ils avaient tué un phoque qui s'était aventuré sur la glace aux abords du bateau. Mais les chiens, affaiblis, souffraient encore de malnutrition. Pauloosie descendit de l'annexe et s'agenouilla. Ce n'étaient pas des animaux de compagnie, et ils n'étaient pas habitués à être caressés. Ils se mirent en cercle autour de lui, gênés de cette manifestation de faiblesse. Ils se reculaient, s'avançaient. Ils sentaient qu'il était sur le point de partir, et étaient anxieux. Ce qu'ils avaient fait, ils l'avaient fait ensemble ; ils le savaient autant que lui-même. L'un d'eux se mit à gémir, et les autres l'imitèrent. Ils ne s'approchèrent pas davantage. Quand il se releva, ils se reculèrent encore. Il se tourna et dégagea l'annexe de la plage. Les chiens regardèrent en direction du village et se mirent en route tandis que Pauloosie faisait démarrer le moteur hors-bord.

Le lendemain, Simon Alvah et Pauloosie hissèrent l'ancre et sortirent du fjord de Marble Island. Alvah mit le bateau debout au vent, et pour la première fois de l'année, hissa la grand-voile. Tandis qu'elle montait, des mouches qui avaient trouvé refuge dans les plis de dacron tombèrent en pluie sur le pont où elles restèrent à gigoter. Alvah borda la grande écoute et mit cap au nord, à tribord. Le bateau gita, progressant lentement. Il déroula le génois et raidit l'écoute de foc. L'*Umingmak* prit peu à peu de la vitesse et la lisse sous le vent se rapprocha de l'eau, jusqu'à l'effleurer. À l'arrière, le sillage bouillonnait. Les yeux agrandis par la peur, Pauloosie se cramponnait au bateau, qui s'inclinait maintenant à un angle inquiétant. Allait-il se retourner ? Alvah le rassura. Tout allait bien. Pauloosie dit : « Je sais », et s'agrippa encore plus fort à la rambarde au vent.

Pendant toute la journée, ils firent route vers le nord, la côte ouest de la baie d'Hudson disparaissant à bâbord, suspendue à l'horizon comme une trace brune qui délimitait la surface de l'eau. Lorsque le crépuscule tomba, un peu avant minuit, Alvah dit à Pauloosie d'aller dormir. Le garçon acquiesça et descendit à l'intérieur. Il se glissa dans le sac de couchage qu'Alvah lui avait donné et écouta l'eau courir le long de la coque.

Quand il se réveilla quelques heures plus tard, l'aube se levait. Il grimpa maladroitement jusqu'au cockpit où il trouva Alvah à la barre, le regard fixé sur le soleil qui montait à l'horizon. « Quelle heure est-il ? demanda Pauloosie.

– Presque trois heures.

– Vous n'êtes pas fatigué ?

– Pas du tout. »

Il s'assit à côté d'Alvah. Le bateau était bien équilibré et se barrait seul. « Quelle distance avons-nous parcourue ?

– Cent milles.

– Avec la seule poussée du vent.

– Oui.

– Savez-vous ce que représentent cent milles en traîneau à chiens ? »

Alvah réfléchit un moment à la question. « Non, dit-il.

– Beaucoup plus que ça.

– Mais on peut utiliser un attelage de chiens tout l'hiver. Est-ce que tu imagines ce que cela a été, de passer tout l'hiver coincé là-dedans ?

– Oui.

– Je suppose que tu peux l'imaginer, hein ?

– Regardez, dit Pauloosie, pointant son doigt vers l'avant. Des bélugas. »

Alvah les regarda filer le long du bord, d'un blanc étincelant dans la faible lumière. « Merveilleux.

– Bon à manger. »

Tous deux éclatèrent de rire.

Alvah prépara le petit déjeuner pendant que Pauloosie gardait un œil ouvert sur le pont. L'odeur des pancakes monta de la cuisine. Puis vint le café. L'appétit de Pauloosie s'était développé durant les mois passés dans la toundra et n'avait pas diminué après deux semaines de nourriture à bord. (Après le premier repas qu'ils avaient pris ensemble, Alvah avait multiplié par quatre l'estimation de leurs besoins en vivres et fait un voyage supplémentaire au village.)

Mêlée à l'odeur de la mer glacée, et sachant que chaque minute l'éloignait davantage de Rankin Inlet, cette nourriture parut à Pauloosie plus savoureuse que tout ce qu'il avait connu. Nonobstant les délices d'un bon steak de phoque cru.

25

Quand les chiens de Pauloosie pénétrèrent dans le village, personne ne les reconnut sur le moment. Jusqu'à ce qu'un des anciens, Panigoniak, les aperçoive en rentrant de la chasse au morse. Il alla chez Tagak et demanda à Winnie s'il pouvait parler à Emo. Emo vint à la porte et ne le reconnut pas, lui, un homme avec lequel il avait chassé des centaines de fois pendant toutes ces années. Panigoniak demanda alors si Tagak était à la maison, et Winnie lui répondit que non. Il lui dit que les chiens de son petit-fils étaient sur la banquise, avec les autres. Il les avait nourris, dit-il, mais ils n'avaient pas l'air en bonne forme. Winnie hocha la tête et le vieil homme partit.

Victoria décrocha le téléphone et écouta sa mère lui apprendre la nouvelle, puis elle posa sa tête sur la table de la cuisine et ferma les yeux. Simionie, avec qui elle faisait une partie de cartes, comprit que venait de survenir un drame qu'elle ne pouvait partager avec lui. Il décrocha sa veste et sortit de la maison. En refermant la porte derrière lui, il l'entendit éclater en sanglots. Il regarda sa montre. Il était quatre heures de l'après-midi. Justine allait rentrer de l'école. Il s'assit sur les marches de la galerie et attendit. Quand il aperçut la parka bleu marine de la jeune fille au détour de la rue, il se leva et s'éloigna. Il avait écouté Victoria pleurer pendant une heure et creusé avec ses ongles un sillon rageur dans la marche de bois sur laquelle il était assis.

Cette nuit-là, à une heure du matin, alors que le jour déclinait à peine, Johanna et Doug, couchés, essayaient de trouver le sommeil. Ils se sentaient aussi vivifiés par le soleil qui régnait nuit et jour que l'étaient les mammifères de la toundra, et ressentaient avec la même acuité le désir de bouger, de manger et de faire l'amour. C'était ce qu'ils avaient fait et ils n'en étaient pas moins excités pour autant. Dans de tels moments, il est facile d'aborder certains sujets prématurément.

« Tu en es certaine ?

– Non. J'ai essayé d'aller consulter le Dr Balthazar aujourd'hui, mais il s'est absenté pour je ne sais quelle raison. J'irai voir une des infirmières demain. Si je n'ai rien dit jusqu'à aujourd'hui, c'est seulement que je voulais d'abord savoir. Je n'aurais rien dû dire.

– Et qu'est-ce qui te fait croire que tu l'es ?

– Mes seins sont douloureux. Mes règles sont en retard.

– Bonté divine.

– Bonté divine.

– Ha.

– Qu'est-ce que tu veux dire avec ton "Ha" ? »

Doug se mit à rire, sa joie éclatait, débordait de ses yeux, de sa bouche et de son nez comme une boisson gazeuse trop vite avalée, et Johanna se dressa sur un coude pour le regarder d'un air interrogatif, se demandant s'il s'agissait d'une forme de réaction nerveuse d'un genre inédit. Puis elle aperçut son regard brillant dans la pénombre, les larmes qui inondaient son visage ; son bonheur n'aurait pu être plus transparent. Elle poussa un profond et long soupir avant de retomber sur le dos en souriant.

Quand ils entrèrent dans le Détroit de Behring, c'était déjà le mois d'octobre ; ils étaient très en retard, ne progressant guère plus vite vers le sud que la limite de la banquise. Les tempêtes d'équinoxe les avaient assaillis lorsqu'ils étaient passés par le travers de Point Barrow, et ils avaient failli être drossés à la côte dans cette eau peu profonde et glaciale, soumis à la constante menace du rivage sous le vent, où d'énormes vagues explosaient en geysers d'écume neigeuse. Une nuit, le vent portant à terre les avait poussés si près qu'ils avaient cru leur dernière heure venue. Le lendemain matin, le vent soufflant un peu moins fort bien qu'il les cinglât toujours avec une fureur glacée, ils avaient pénétré dans le détroit et s'étaient éloignés de la côte à la voile et au moteur. Quand le soleil s'était levé, ils étaient à cinq cents mètres des brisants. Ils n'en dirent pas un mot.

Ils arrivèrent à Dutch Harbour à la fin d'octobre. C'était la pleine saison de la pêche au crabe ; les quais, encombrés de pick-ups, fourmillaient de jeunes hommes épuisés et surexcités. Les bars étaient bondés et bruyants. Alvah avait pour principe de ne pas s'en approcher. Les gens prirent Pauloosie pour un Aléoute, mais c'était une langue qu'il comprenait mal. Il saisissait des mots apparentés, un peu comme le ferait un Italien en entendant du catalan, sans pouvoir soutenir de conversation, sauf dans l'anglais explétif que les gens braillaient autour de lui. Les Aléoutes étaient convaincus qu'il était l'un des leurs, jusqu'à ce qu'il ouvre la bouche. Il comprit qu'il était très loin de chez lui et s'en étonna ; il ne voulait rien d'autre que continuer.

Ils achetèrent de meilleurs vêtements de gros temps, des crèmes anti-solaires, de la viande en conserve, du café, des sacs de riz et de pâtes. Alvah sortit des liasses de dollars américains graisseux d'un recoin du bateau et ils transportèrent les caisses de matériel et de nourriture jusqu'au quai où était amarré l'*Umingmak*. Ce dernier n'avait pas souffert de son séjour dans l'océan Arctique, mais les vivres commençaient à manquer. Les deux hommes chargèrent l'approvisionnement à bord sans discuter de la destination qui était la leur. Ils étaient dans la mer de Behring, l'hiver arrivait. Donc le bateau allait quelque part.

Quand tous les coffres de l'*Umingmak* furent pleins, les réservoirs d'eau et de combustible à niveau, chaque placard bourré de cordages, de leurres de pêche et de conserves, ils s'assirent un soir dans le cockpit et burent du whisky en silence. Puis Alvah demanda à Pauloosie ce qu'il avait l'intention de faire par la suite.

« Rester à bord, s'il y a une place pour moi.

– Il y en a une. Où aimerais-tu aller ?

– Vers le Sud.

– Tout est au sud d'ici, dit Alvah.

– Ce qui me rend facile à satisfaire », répliqua Pauloosie.

Ils prirent la mer le lendemain, cap au sud, poussés par une dépression de la mer de Behring venant du nord-ouest, qui faillit les démâter dès le début des hostilités. La mer de Behring en hiver est la pire étendue de mer libre qui soit au monde, et la fin octobre n'est pas loin de l'hiver. La mer se soulevait derrière eux en véritables montagnes d'eau. Jusqu'alors Pauloosie avait pensé que le bateau était un moyen de transport plus tranquille, plus monotone que le traîneau à chiens. Cependant, dans une tempête au milieu de la toundra, on pouvait construire un igloo et attendre. On pouvait y mourir, mais surtout de faim, une forme beaucoup plus lente que le péril extrême, imminent, que représentaient les déferlantes de la hauteur d'un pin qui se creusaient à l'arrière.

Alvah était extraordinaire à voir, pensa Pauloosie, tandis qu'ils amarraient tout ce qui pouvait bouger à bord et amenaient la voilure hormis une minuscule voile sur l'étai avant. Ils n'en continuaient pas moins à foncer à six nœuds, dévalant des vagues semblables à des collines neigeuses. Pauloosie vomissait par-dessus le plat-bord, ses cheveux noirs trempés par la mer entre deux hoquets.

Après la cérémonie de remise de diplôme, Justine avait déclaré à sa mère qu'elle ne resterait pas à Rankin Inlet, mais Victoria ne l'avait pas crue. Elle était incapable d'imaginer sa fille autant qu'elle-même vivant ailleurs qu'à Rankin Inlet. Justine pensait qu'elle ne pouvait vivre qu'ailleurs. Elle avait songé à Winnipeg pendant un certain temps. Mais après ce qui était arrivé à Marie, elle avait préféré Toronto.

Son départ fut moins tragique qu'aucune des deux ne l'avait craint. Victoria donna de l'argent à Justine, qui prit un billet d'avion et prépara une valise. Quand il fut clair qu'elle partait, Victoria lui donna davantage d'argent. Simionie et elle la conduisirent à l'aéroport le jour du départ, et avant qu'elle n'embarque, sa mère lui remit quelques billets de plus. Justine était gênée. Victoria ne savait quoi faire d'autre. « J'ai l'impression d'être ton père, subitement », murmura-t-elle à sa fille en la prenant dans ses bras. Justine hocha la tête, incapable de parler. « Mais il aurait été de meilleur conseil que moi.

– Tout se passera bien », dit Justine d'une voix enrouée.

Victoria hocha la tête. Elle se mit à pleurer. Justine se tourna et marcha vers l'avion. Simionie attendait dans le pick-up sur le parking. Victoria reprit ses esprits et le rejoignit. Il la reconduisit à sa maison dorénavant vide.

Lorsqu'ils furent au large de la côte de l'État de Washington, le temps était devenu nettement plus favorable. Les alluvions de la Columbia River et du Détroit de Juan de Fuca coloraient la mer d'un brun sale à des centaines de milles au large, et partout flottaient des troncs d'arbres. Pauloosie avait surmonté son mal de mer et comprenait bien le bateau. Simon Alvah dormait profondément la nuit sans prêter une attention inquiète au bruit de l'eau le long de la coque. Allongé sur le pont dans l'air chaud, Pauloosie observait les étoiles, aussi visibles que dans la toundra, une terre où il pensait ne jamais revenir. Il regardait la Grande Ourse glisser lentement vers l'horizon. Un soir, après avoir senti une forte odeur émaner de son sac marin, il en avait sorti ses vêtements de caribou, ses *kamiks*, sa parka et ses moufles, et les avait jetés à la mer. La lune brillait cette nuit-là, et il les avait regardés flotter puis disparaître, tandis que le bateau faisait route au large, cap au sud.

26

Au large de la Californie, par trente-quatre degrés nord, ils trouvèrent enfin les alizés, dont Alvah parlait depuis des semaines. Huit jours plus tard, Pauloosie s'émerveillait encore de la douceur et de la régularité de ces vents qui soufflaient du nord-est. Dans le pays où il avait grandi, le temps venait toujours du couchant. Il avait présumé qu'il en était ainsi partout – si quelque chose d'aussi fondamental pouvait changer, qu'y avait-il d'immuable ?

En faisant route vers le sud, toutes les constantes disparurent. Dans cet univers, la mer s'étendait sans limites, qu'elles soient dues à la banquise ou à la masse des continents. Nées à des milliers de milles de là pendant les tempêtes d'hiver qu'elles avaient fuies, les vagues, disait Alvah, couraient dans le sud, comme de longues et lentes ondulations sous le bateau. Au sud de l'équateur, la houle formée par les tempêtes des mers du Sud, plus violentes encore que celles qu'ils avaient laissées derrière eux, roulait vers le nord. Avant l'apparition du compas dans cette partie du monde, les marins naviguaient à l'aide de ces seuls signes par temps couvert. Les poissons volaient comme des libellules, rasant la surface de l'eau pendant des centaines de mètres, se courbant, virevoltant avec une grâce parfaite avant de plonger à nouveau. Les thons nageaient à quatre-vingt-dix à l'heure et possédaient une chair aussi sombre et riche que celle du phoque ; les oiseaux de mer planaient avec leurs ailes de trois mètres d'envergure. Il y avait des albatros qui vivaient là les sept premières années de leur vie, sans jamais toucher terre, avant de retourner sur l'un de ces îlots rocheux pour s'y accoupler. Toutes ces créatures, Pauloosie n'aurait pu les imaginer dans l'océan de son enfance. Si les différences concernant l'air et l'eau ne suffisaient pas, celles des animaux qui les peuplaient étaient encore plus frappantes.

Après qu'ils eurent franchi l'équateur, les immuables étoiles avaient aussi changé de place. La Croix du Sud brillait devant eux, et la Voie Lactée, plus lumineuse et plus dense, s'étirait dans le ciel, semblable au ruban d'eau phosphorescente qu'ils traînaient derrière eux dans leur sillage – un autre phénomène inhabituel, lié à la vitalité et à la chaleur particulière de la mer. Quant à la Grande Ourse, elle disparaissait entièrement derrière l'horizon. Quand il ne parvint pas à les distinguer ni elle ni l'Étoile Polaire, Pauloosie se sentit pris de vertige. Les constellations de l'hémisphère Sud se levaient à l'horizon devant eux tandis que la Grande Ourse se couchait à l'opposé, et Pauloosie s'émerveilla devant cette disposition du ciel nocturne si différente de celle qu'il avait connue pendant ces longs mois passés sur la toundra.

Après leurs hivers solitaires, les deux hommes avaient renoncé à ce type d'isolement. Pourtant, ils ne communiquaient pas facilement. « En décembre, avait fini par raconter Alvah à Pauloosie, la police est venue me trouver, à Marble Island. Ils voulaient savoir si je vous avais vus, toi ou cette prof qui avait disparu. »

Pauloosie cessa de contempler les reflets des étoiles dans l'eau et se tourna vers lui. Il faisait trop sombre pour que l'on puisse voir son expression.

« Qu'est-ce que vous leur avez dit ?

– Que je ne t'avais pas vu. »

Pauloosie fixa l'eau à nouveau.

Alvah continua. « C'est toi ? » Pauloosie continua à regarder l'eau. Au bout d'une heure, Alvah descendit à l'intérieur et s'endormit.

Les alizés tombèrent subitement. Un grain orageux éclata, ainsi qu'une douzaine d'autres dans la même période, puis quand il s'éloigna une heure plus tard, il les laissa plantés derrière lui sur une mer immobile. Les deux hommes et le bateau restèrent ainsi encalminés pendant une semaine, se balançant lentement au gré de la houle, dans une eau aussi brillante que du mercure, jusqu'au moment où un soupçon de brise se leva enfin, et où le bateau se mit à gîter et reprit sa route. Les alizés du sud-ouest forcirent régulièrement pendant les jours suivants et bientôt l'*Umingmak* et son équipage se retrouvèrent chahutés tandis qu'ils faisaient route vers le sud.

Lorsque Hiva Oa, le port d'entrée le plus à l'est de la Polynésie française, apparut enfin à l'horizon, on eût dit une pointe de flèche brune perçant un voile élastique. Après deux mois en mer, l'existence de la terre paraissait à peine croyable. On eût dit une masse d'eau dressée vers le ciel, une sorte de vague stationnaire.

Alors qu'ils approchaient, Ua Huka émergea à son tour au-dessus de l'horizon, suivi des petits îlots rocheux de Moane et Maeretiva, bas sur l'eau, bruns et arides, groupés au milieu de millions de milles carrés d'un océan désert, comme un troupeau de mammifères cherchant à se réconforter. Quand ils tournèrent la pointe est de Hiva Oa, du côté au vent, l'île prit subitement un aspect verdoyant qui étonna Pauloosie. Même durant les brèves floraisons de la toundra, il n'avait jamais contemplé pareille luxuriance. Puis l'odeur de l'île les frappa, leur montant à la tête. Feux de bois, orchidées, essences de millions d'arbres et de lianes ; de tous émanaient des parfums qui ne ressemblaient à rien de connu.

Quand ils furent près de la montagne, le soir tombait et ils aperçurent les lumières du village, et par intermittence le clignotement des phares de camions, de voitures et de scooters sur la route. L'*Umingmak* se cabrait face aux vagues courtes qui brisaient sur l'île, et Alvah et Pauloosie étaient déséquilibrés, déconcertés par ce rythme insolite. Il faisait trop sombre pour tenter d'entrer au port, et ils mouillèrent dans la vaste baie mal abritée d'Atuona. Au matin ils mirent l'annexe à l'eau et se rendirent à la gendarmerie. Pauloosie n'avait jamais vu de tels arbres auparavant. Il admira le pic volcanique couvert d'une végétation tropicale qui se dressait à mille mètres de hauteur, au-delà des nuages. Les Marquisiens bavardaient sur leur passage. « J'ai l'impression d'entendre parler inuktitut, dit Alvah.

— Rien à voir avec l'inuktitut », dit Pauloosie en riant.

Ils étaient si loin du pays qu'ils avaient quitté.

Les Maux de l'Abondance
par le Dr Keith Balthazar

DÉVOUEMENT (II)

Je rencontrai mon frère sur une île proche de Seattle. Il s'y était réfugié après la décomposition de son mariage, afin de guérir, avait-il dit. « Tu veux dire, tout laisser derrière toi ? » avais-je demandé. Il pensait que je simplifiais trop les choses.

Il vivait dans une ferme qui semblait faite pour ça. Quand je débarquai du petit hydravion qui m'avait déposé sur l'appontement, il vint m'accueillir avec un homme de plus haute taille, barbu et vêtu d'une veste qui ressemblait fort à celle de Nehru. Mon frère me serra la main et me présenta l'homme qui l'accompagnait comme Yogi je ne sais quoi. « Tu plaisantes ? » dis-je. Ils sourirent tous les deux.

Autour d'un dîner de tofou et d'algues ce soir-là, nous évoquâmes nos difficultés récentes. Sa fille avait mal pris son départ, s'était liée à des garçons qui avaient mal tourné. C'était à la suite de ça que j'avais pris l'avion pour New York où elle vivait, et que nous avions partagé mon appartement. Elle était enceinte de jumelles, comme nous devions l'apprendre par la suite. Elle avait mis au monde ses bébés, et je l'avais aidée avec les couches, les biberons et le reste. Des années difficiles, et j'eus longtemps le sentiment que j'étais trop vieux pour m'occuper de très jeunes enfants. Mais c'était nécessaire. Et après, très peu de temps après, Amanda et ses filles étaient devenues ce qui me poussait à me réveiller tous les matins.

Matthew me demanda des nouvelles de sa fille. C'était un point délicat. Amanda reprochait toujours à son père d'avoir été faible –

l'alcoolisme, la soumission à sa mère. Amanda et lui n'avaient jamais été proches. On eût dit qu'il était devenu son oncle, et que j'étais plus impliqué que lui dans sa vie.

Le repas terminé, nous desservîmes ensemble et fîmes la vaisselle. Je dis en plaisantant que j'étais dans l'incapacité de payer l'addition, mais cela ne fit rire personne. Ils sourirent tous, naturellement. J'avais remarqué qu'ils ne cessaient presque jamais de sourire. À part mon frère, quand je lui racontai que sa fille lui en voulait terriblement. Sinon, il était imperturbable. C'était un sourire panoramique sur fond de tofou. Aucun d'eux n'aurait pu émettre une plaisanterie, ni en reconnaître une, même si leur vie en dépendait. Mais tous restaient déterminés à sourire.

27

Quand il débarqua de l'*Avaruilta* dans la baie de Taiohae, à Nuku Hiva, Balthazar tituba sur la jetée qui longeait la mer. Il n'avait rien avalé de solide durant la semaine qu'il avait passée à bord, et ses vêtements flottaient sur lui pour la première fois depuis la fin de son internat. Il vit le prêtre qui attendait au bout de la jetée à cent mètres et prit le temps de se reprendre avant de s'approcher du vieil homme. Ils étaient tous les deux âgés à présent. Quand il avait fait sa connaissance, il avait cru que le Père Bernard appartenait à la génération précédant la sienne, mais aujourd'hui, il se rendait compte qu'il était devenu le plus vieux des deux. Il l'avait rattrapé puis dépassé tel un coureur cycliste.

Il le regarda qui scrutait l'horizon, comparant comme lui le port à celui de Rankin Inlet. Tous deux se souvenaient des quelques journées de la fin juillet aussi chaudes que celle-ci ; ils se rappelaient les cris perçants des enfants qui couraient dans la rivière, encore d'un froid saisissant. Les enfants de ce village, qui semblaient être les frères et sœurs de ceux dont ils avaient gardé la mémoire, sautaient dans la mer depuis le bout de la jetée, se bouchant le nez, les jambes pédalant dans le vide, faisant jaillir l'eau en geysers qui éclaboussaient leurs amis.

Il était arrivé à la hauteur du Père Bernard, et le crut devenu aveugle, ou égaré, quand le vieil homme lui demanda sans tourner la tête s'il avait fait bon voyage. Balthazar répondit que oui.

« *C'est magnifique, hein*[1] ?

– En effet, répondit Balthazar, regardant au loin. Vraiment magnifique. Tellement plus vaste que l'Arctique.

– Et tout ce chapelet d'îles.

– La traversée depuis Papeete ne ressemble à rien de ce que j'ai jamais fait.

– J'ai pensé que vous l'apprécieriez. C'est une des dernières goélettes qui transporte encore le coprah dans cette partie de l'océan. Vous avez fait la connaissance du capitaine Armande ?

– Il s'est présenté le soir du départ, comme étant un de vos amis. Je dormais sur le pont et il est venu à ma rencontre.

– Je l'accompagne dans les plus petites îles, quand il s'y rend – les îles Australes, les Gambier. Il s'est montré très attentionné à mon égard depuis mon arrivée.

– Il m'a demandé si je connaissais votre ami l'*esquimau*[2].

– Hiva Oa n'est pas bien grande, et les nouveaux arrivants sont rares. Tout le monde a entendu parler de lui.

– Il s'est bien adapté ?

– Il a épousé une femme d'ici, une Marquisienne, et on dit qu'il la traite bien. Les gens l'apprécient.

– À quoi s'occupe-t-il ?

– Il est pêcheur. Il harponne des mahimahis.

– Des baleines ?

– Des poissons. Des coryphènes. Vous en avez sûrement mangé en route.

– Le poisson blanc.

– Oui. C'était peut-être l'un des siens. Armande achète toute la pêche de Pauloosie, quand il est au port. Il a de l'estime pour les hommes aventureux.

– Qu'est devenu l'*Umingmak* ?

---

1. En français dans le texte.
2. En français dans le texte.

– Alvah a poursuivi son périple. Il a pris la route des îles Cook, mais qui sait où il a pu arriver. On ne l'aimait guère ici. Il passait pour un type dérangé. Toujours seul.

– Depuis combien de temps Pauloosie est-il dans l'île ?

– Deux ans.

– Cela ressemble fort à une installation faite pour durer.

– On dirait.

– Parle-t-il du Nord ?

– Pas avec moi.

– Comment l'avez-vous retrouvé ?

– Je ne le cherchais pas. Quelques mois après votre départ, j'ai décidé qu'il était temps de quitter Rankin Inlet – votre jazz me manquait, ce que les gens avaient été pour moi me manquait – et j'ai dit à mon évêque que je voulais prendre ma retraite. Il m'a conseillé de venir ici où notre ordre a toujours été présent parmi les autochtones – c'était la même chose, m'a-t-il dit, mais différent.

– C'est vrai, dit Balthazar en regardant autour de lui.

– Quand les gens ont appris d'où je venais, ils se sont mis à raconter les histoires qu'ils avaient entendues, à propos de cet homme qui ressemblait à un Polynésien mais ne connaissait pas leur langue, qui avait débarqué à Hiva Oa et possédait une technique spéciale pour pêcher le mahimahi. Les gens avaient cru qu'il était *esquimau*, mais il ne disait rien de ses origines. J'ai pensé qu'il s'agissait d'un Mélanésien cherchant à éviter des ennuis, et je n'ai guère attaché d'importance à cette histoire. Puis un certificat de baptême est apparu sur mon bureau, en provenance de Hiva Oa. Une petite fille nommée Iguptak.

– Bourdon.

– Oui.

– C'est incroyable.

– Nous irons leur rendre visite.

– J'en serais heureux. »

Ce soir-là Balthazar s'assit sur le rebord du lit dans le presbytère et huma l'air avec délice. Les vents du nord-est qui descendaient de la montagne charriaient les arômes des capsules de vanille mises à sécher, des papayes mûrissantes, des fleurs de mangue et des goyaves – une vitalité qui s'échappait des roches volcaniques et imprégnait l'air.

Il n'avait pas eu de nouvelles de Victoria depuis son départ de Rankin Inlet. Il lui avait écrit à plusieurs reprises, espérant raviver un peu leur amitié, mais elle n'avait pas répondu. Il ne s'attendait pas réellement à ce qu'elle le fasse. Pourtant il aurait aimé savoir si elle avait lu ses lettres, si elle savait qu'il avait acheté une maison qu'il habitait avec sa nièce et ses filles, qu'il l'aidait à élever ses jumelles, les gardant pendant qu'Amanda travaillait comme secrétaire dans un cabinet dentaire un peu plus bas dans la rue. Une situation plus proche du rôle de père qu'il ne l'aurait jamais imaginé. Il se retrouvait à cinquante-cinq ans, à changer les couches des petites filles, préparer les repas pour eux quatre, avec le même sentiment d'imposture qu'il avait ressenti quand il travaillait à Rankin Inlet. Il se consacrait toujours autant à son journal et à ses lectures : des piles du *New England Journal*, de *JAMA* et du *Lancet* encombraient sa chambre comme à Rankin Inlet. Sans aucun moyen possible de les appliquer à un malade, ses connaissances étaient désormais moins excitantes, ne l'intéressant que sous une forme abstraite. Quand il avait reçu la lettre du Père Bernard l'invitant à venir le voir, et faisant allusion à la présence de Pauloosie aux Marquises, il avait sauté sur l'occasion.

Et il était ici aujourd'hui, et apparemment ce n'était pas une illusion. Pourtant même dans l'impatience de revoir le gamin, qui n'en était plus un, il pensa aux mots qu'il choisirait en écrivant à Victoria pour lui décrire les lieux où Pauloosie avait choisi de s'établir. Bernard ne l'avait pas prévenue. Il estimait préférable que la lettre vienne de Balthazar et il n'expliqua pas ce qu'il entendait par là. Le médecin comprit qu'il importait pour tous que le pardon soit général. Bernard semblait penser que la façon dont les choses étaient restées sans conclusion était une calamité sans fin, en premier pour Balthazar. Il avait raison. Il ne cessait d'y penser, y avait pensé depuis trois ans. Qui eût cru que s'offrirait une chance de réconciliation ?

10 octobre 1995

Chère Victoria,

Je suis à Hiva Oa, dans les îles Marquises, en Polynésie française. Le Père Bernard est venu s'y installer après avoir quitté Rankin Inlet. Il m'a écrit il y a un mois et m'a demandé de venir le voir. Il désirait que je rende visite à Pauloosie avec lui. Je fus aussi surpris que vous l'êtes sans doute en lisant ces mots. Il semble que votre fils se soit embarqué à bord du bateau de Simon Alvah quand il a quitté Rankin Inlet. Ils ont fait le tour de l'Alaska et sont arrivés jusqu'ici.

Pauloosie est en bonne santé. Il est marié à une Marquisienne du nom de Riri et semble heureux avec elle. Ils ont une petite fille qui s'appelle Iguptak. Si je vous raconte tout ça, c'est pour vous convaincre de venir nous retrouver. Vous devriez venir. Bernard, moi, Pauloosie, votre petite-fille et votre belle-fille, nous sommes tous réunis ici. Venez. N'attendez pas que Pauloosie vous invite. Il est aussi fier que l'est votre père et, comme il ne manque pas de le dire, c'est vous qui avez jeté ses vêtements dans la neige. L'important, c'est que vous vous réconciliez. Votre petite-fille doit savoir qui vous êtes. Et vous devez la connaître. Et retrouver votre fils. Pauloosie m'a autorisé à vous écrire. Je suis sûr qu'il aimerait vous revoir.

Je sais bien que mes conseils vous importent peu. Je le comprends. Encore une fois, je suis navré de la mort de Marie. Je n'avais pas prévu ce qui se passerait là-bas, et j'en suis toujours ébranlé. Mais en ce qui concerne votre fils et votre petite-fille, je pense que vous arriverez à la même conclusion que moi, que vous ne pouvez rester sans vous voir.

Vous aurez besoin d'un passeport pour voyager. Vous obtiendrez un formulaire à la poste. Quelqu'un devra se porter garant pour vous – le nouveau médecin peut le faire, ou le maire. Cela prendra quelques semaines, il vous faut donc commencer les démarches au plus tôt. Vous aurez aussi besoin de photos. Le voyage en avion est plus simple que vous ne le croyez. Il vous faudra aller à Winnipeg, puis descendre jusqu'à Los Angeles, où vous prendrez un vol Air Tahiti pour Papeete. De Papeete, un autre vol vous amènera à Hiva Oa sur une compagnie appelée Tahiti Nui. L'agence de voyages pourra vous aider sur tous ces points.

Si vous avez d'autres questions, vous pouvez m'écrire Poste Restante, Hiva Oa. Ou à Bernard, à l'église. Ou à votre fils. Son nom suffit comme adresse, suivi du nom de l'île Hiva Oa. Ce n'est pas très grand. Tout le monde le connaît. Il est très apprécié. Vous devriez le voir, harponnant le mahimahi. Personne n'avait rien vu de pareil auparavant.

« Il n'est pas toujours drôle.

– C'est vrai, dit Pauloosie en secouant la tête. Les moroses Kablunauks. Ça les tuerait de rire, parfois.

– Pourquoi est-il venu ici ? » demanda Riri.

Bernard et Pauloosie se regardèrent. Pauloosie répondit : « Pour me ramener ma mère.

– Cela ne résoudra aucune des questions en suspens, dit le vieux prêtre.

– Quoi qu'elle fasse, peu m'importe, si elle veut venir, elle peut venir. Si elle ne vient pas – j'ai été heureux jusqu'à présent, je continuerai à l'être », dit Pauloosie, se levant pour remplir de vin le verre de Bernard. Le bébé s'était endormi depuis longtemps et le ragoût de poisson de Riri les avait rassasiés et détendus.

« Combien de temps Balthazar compte-t-il rester ?

– Je ne sais pas exactement. Depuis combien de temps est-il là ? Un mois ?

– Six semaines.

– Je suppose qu'il attend d'avoir des nouvelles de votre mère.

– Il semble qu'elle n'éprouve aucun intérêt pour ce qu'il a à dire. Il pourrait comprendre à demi-mot. »

Bernard haussa les épaules. « Il va pêcher le matin avec les hommes, et l'après-midi, il part se promener dans la montagne. Depuis trente ans que je le connais, je ne l'ai jamais vu aussi apaisé. Il est devenu si maigre.

– Bon, on ne peut pas dire qu'il cause beaucoup de dérangement, dit Pauloosie.

– Et il apporte toujours des cadeaux à Iguptak quand il vient dîner, ajouta Riri. Vous les Américains... Si j'étais aussi loin de chez moi que vous l'êtes et que quelqu'un que j'ai bien connu venait me rendre visite à l'improviste, je ne serais pas en train de souhaiter son départ. Il est très gentil, ce qu'aucun de vous deux n'a mentionné. »

La lettre de Balthazar avait été apportée par bateau jusqu'à Papeete puis par avion jusqu'à Paris, avant d'être finalement expédiée au Canada, où elle avait poursuivi son chemin jusque dans l'Arctique après une série de haltes – et pendant tout ce temps Balthazar dormait, mangeait, nageait et pêchait à dix mille kilomètres de là et se demandait pourquoi elle n'avait même pas répondu à la nouvelle qu'il lui annonçait. Mais l'ignorant, elle avait simplement continué sa vie à Rankin Inlet, et assisté aux réunions du Ikhirahlo Group et écouté Tagak et Okpatayauk (qui avait été mis en liberté conditionnelle et était retourné au village) exposer leurs projets. Elle s'était bien gardée de céder le contrôle de la société à son frère ou à quiconque, mais ne s'intéressait pas outre mesure aux détails de la comptabilité. Elle pensait en revanche à Justine, qui vivait à Toronto et était assistante de production pour la chaîne de télévision MuchMusic. Elle lui téléphonait tous les jours. Et elle pensait à son père, aujourd'hui perdu dans ses propres souvenirs, et à sa mère, qui mourait lentement d'un cancer du poumon.

Quand elle vit le nom de Balthazar sur l'enveloppe elle eut d'abord envie de la jeter, présumant qu'il s'agissait encore d'une lettre d'excuses, ou pire, d'une de ses tentatives périodiques d'auto-justification. Elle n'avait le courage d'affronter ni les unes ni les autres. En la retirant de sa boîte à la poste, son premier geste fut de chercher autour d'elle la corbeille à papier. Puis elle remarqua les timbres inhabituels, et l'adresse de l'expéditeur : Poste Restante, Hiva Oa, et intriguée, elle l'ouvrit. À sa lecture, dans ce petit bureau de poste encombré et bruyant, elle eut la respiration coupée comme le jour où elle avait avalé un bonbon à la menthe.

Elle se précipita chez elle, presque aveuglée par l'émotion, tâtonna pour trouver la poignée de la porte, et alla en chancelant jusqu'à la table de cuisine, tira plusieurs mouchoirs de leur boîte, se tamponna les yeux et relut la lettre. Elle avait une petite-fille. Iguptak. Un petit bourdon.

Comme s'il avait le moindre droit de lui donner des leçons sur la manière d'élever sa famille – dont il avait pris soin jusqu'à ce que la moitié d'entre eux soient morts. Mais ce qu'il disait à propos de Pauloosie était sans doute vrai. Il était vivant et des années s'étaient écoulées depuis qu'elle lui avait parlé pour la dernière fois, davantage encore depuis qu'elle l'avait serré contre elle. Il était impossible de vraiment savoir ce qui s'était passé entre son père et lui, pensa-t-elle, et de toute manière le peu que l'on savait n'était pas compréhensible. Encore moins, s'agissant de ces deux-là.

Simionie frappa à la porte de la cuisine et entra. Il adressa un signe de tête à Victoria, prit place en face d'elle et retira de sa poche une pierre à aiguiser et son couteau de pêche. Il laissa tomber un filet de salive sur la pierre et commença à affûter son couteau en décrivant des huit approximatifs, faisant chanter la lame en acier. Il leva alors les yeux et regarda Victoria. « Que se passe-t-il ?

– Balthazar m'a encore écrit.

– Tu devrais lui répondre, Victoria.

– Ne me dis pas ce que je dois faire.

– Que raconte-t-il ?

– Il a retrouvé Pauloosie.

– Où ça ?

– En Polynésie française.

– C'est où ?

– Je ne sais pas exactement. Il veut que j'aille le voir.

– Qu'en penses-tu ?

– C'est beaucoup plus loin que Winnipeg.

– Que vas-tu faire ?

– À ton avis ?

– Tu me le demandes ?
– Oui. »
Il haussa les sourcils et regarda de nouveau le couteau, faisant tourner la pierre à aiguiser dans sa main. « Il faut que tu y ailles. Je t'accompagnerai, si tu veux.
– Je ne veux pas que tu viennes.
– D'accord.
– Je ne sais pas si Pauloosie a envie de me voir.
– Il n'y a qu'un moyen de le savoir. »

Victoria monta dans un pick-up de location à l'aérodrome. La piste d'atterrissage comprenait une bande de terre à peine nivelée creusée au sommet d'une hauteur qui surplombait l'île et ressemblait à un couteau de chasse posé sur sa lame. Vingt-deux heures de vol et deux nuits d'hôtel à Winnipeg et à Tahiti, mais elle était là. Elle savait comment demander son chemin. À l'aéroport de Faa à Tahiti, elle avait regretté la compagnie du Père Raymond, qui parlait français sans effort avec son imperturbable sang-froid. Elle avait tenté de se remémorer quelques expressions, trébuchant sur les mots, pour finir par parler anglais avec un gendarme empressé, avant d'être conduite à son avion, un avion cargo à hélice qui n'aurait pas dénoté sur la piste de gravier de Repulse Bay.
Elle avait vu défiler les îles sous ses yeux : l'archipel des Tuamotu, semblables à des anneaux dans la mer, atolls encerclant des lagons bleu turquoise, puis Nuku Hiva, la première des Marquises, et enfin Hiva Oa. Elle avait quitté son siège à l'instant où l'avion s'était arrêté, et était descendue de l'appareil d'un pas raide, avec plus de soulagement qu'elle n'en avait jamais éprouvé depuis qu'elle avait débarqué du bateau du gouvernement à Montréal.
Le pick-up la conduisit au village. Le chauffeur lui demanda où elle résidait, et elle lui demanda s'il connaissait Pauloosie Robertson. *L'esquimau ?* demanda l'homme et elle répondit oui.
Elle descendit du véhicule et l'homme lui tendit son énorme valise. Elle la tira le long du chemin qui menait à la

construction basse en ciment où habitait son fils. Des poules grattaient la terre et il y avait des mangues et des papayes ouvertes tombées des arbres alentour. Des fragments de corail parsemaient le sol. Elle frappa à la porte. Riri vint ouvrir. Suivit un long moment où les deux femmes se jaugèrent réciproquement puis Victoria se présenta.

Elles s'assirent. Riri tendit Iguptak à Victoria. Elle n'avait pas tenu dans ses bras un si petit bébé depuis son second fils. Dans les réunions, quand les enfants passaient de main en main, elle avait depuis longtemps pris l'habitude de s'écarter. Elle vivait dans un village assez petit pour que tout le monde comprenne – mieux peut-être qu'elle-même, qui en avait simplement conclu qu'elle n'avait jamais été à l'aise avec les bébés. Mais elle ne pouvait décemment en faire autant avec sa petite-fille, et comme l'enfant se tournait vers son sein, elle se surprit, amusée, à offrir ce qu'elle ne pouvait pas donner, puis approcha l'enfant de son visage, huma le sommet de sa tête, avant de se renfoncer dans son siège, souriant, contemplant la fille de son fils.

« Mes parents habitent quelques maisons plus loin – mon père a aidé Pauloosie à construire la nôtre – et c'est aussi leur premier petit-enfant, dit Riri.

– J'aimerais faire leur connaissance.

– Alors vous êtes venue pour vous réconcilier avec Pauloosie ? »

Ce n'était pas la façon dont Victoria se serait exprimée, mais, incapable de fournir une autre explication concise, elle hocha la tête.

Quand Balthazar frappa à la porte, c'était dans l'intention de déposer un thon qu'on lui avait donné le matin même. Derrière Riri avec sa petite fille dans ses bras, se tenait une femme plus âgée qui semblait venir d'une île lointaine. Il lui sourit, remit à Riri le poisson et fit mine de s'en aller, puis comme si ses muscles la reconnaissaient inconsciemment, son cou pivota brusquement et ses yeux s'arrêtèrent sur elle. Elle. Victoria.

« Victoria.

– Keith. J'ai reçu votre lettre. Merci.

– Je suis content que vous soyez venue », parvint-il à dire. Puis, regardant Riri d'un air étonné : Pauloosie n'est pas ici ?
– Il est parti pêcher tôt ce matin. Il ne sait pas qu'elle est là.
– Oh mon Dieu.
– Entrez. » Elle l'entraîna à l'intérieur et lui indiqua l'une des chaises autour de la table de cuisine, face à Victoria.
« Victoria, répéta-t-il.
– Oui, dit-elle, légèrement attendrie, amusée par son attitude.
– Je vous présente Riri, dit-il en désignant la jeune femme. On prononce Lilly, mais cela s'écrit Riri, ce qui n'est pas très logique, je vous l'accorde. Disons que c'est la prononciation locale. Bref... C'est la femme de Pauloosie....
– Oui, je sais. Et c'est la petite Iguptak.
– Riri, puis-je utiliser votre téléphone et appeler le prêtre ? Je lui ai promis de le prévenir de l'arrivée de Victoria.
– Bien sûr.
– Vous parlez du Père Bernard ?
– Oui.
– Vous dites dans votre lettre qu'il se trouve ici.
– En effet.
– Invitez-le à dîner, dit Riri.
– Entendu », dit Balthazar, insérant son gros doigt dans le cadran du téléphone, se trompant et composant à nouveau le numéro.

Ils dînèrent tard dans la nuit, des pavés de thon frais, accompagnés de taro et de riz, arrosés de bouteilles de bourgogne apportées par Bernard. Pauloosie et sa mère ne s'embrassèrent pas. Assis l'un en face de l'autre, ils se regardaient souvent, hochaient la tête. Victoria dit qu'Iguptak était le plus joli bébé qu'elle avait jamais vu, et Pauloosie accepta cette déclaration avec tout le sens qu'elle lui donnait, toute la somme des sous-entendus qu'elle contenait.
Bernard dit : « Quand j'ai vu le nom d'Iguptak apparaître sur mon bureau, croyez-moi, j'ai cru à une hallucination : j'ai soudain eu le goût du phoque cru dans la bouche, senti le vent me frapper le visage. J'étais tellement heureux. J'ai télé-

phoné au *curé* de votre paroisse cinq minutes plus tard, et il m'a raconté ce qu'il savait de vous. J'ai pris le premier bateau en partance pour l'île. J'étais si heureux, de revoir un ami dans un endroit aussi lointain. Heureux comme nous le sommes tous ce soir.

– Père, je crois que le vin vous est un peu monté à la tête, dit Victoria.

– C'est vrai. Mais c'est un plaisir de boire avec des amis de ma jeunesse.

– Vous êtes toujours jeune, mon Père.

– Et vous êtes d'une grande indulgence. » Puis il ajouta : « Quel soulagement pour mon cœur de vous voir tous les trois à nouveau assis à la même table. »

Ils restèrent silencieux, mâchant le poisson avec application bien qu'il ne contînt aucune arête. Riri dit : « Ma fille doit connaître ses origines.

– Je veux aussi qu'elle les connaisse », dit Victoria.

Pauloosie ajouta : « Oui. »

Sur ce, le Père Bernard se renfonça dans sa chaise, avec un large sourire. Il était très tard, et le vieil homme qu'il était devenu, comme Balthazar, était las. Ses paupières se fermaient et il se leva avec effort. « Nous devrions rentrer, Keith, laissons ces jeunes gens dire ce qui doit être dit. »

Balthazar acquiesça, bien qu'il n'eût qu'une envie, continuer à regarder Victoria jusque tard dans la nuit, entendre le son de sa voix, admirer l'éclat liquide de ses yeux noirs. « Demain matin, j'irai acheter mon billet de retour », dit-il, et l'assistance opina. Tout le monde à la table se leva pour dire au revoir aux deux hommes et les raccompagner. Chacun embrassa Bernard. Puis Riri s'empara de la main de Balthazar, imitée par Pauloosie, et enfin par Victoria. Il voulut l'embrasser.

« Restons en contact », dit-il d'une voix étouffée en se raidissant.

Elle l'attira près d'elle et lui murmura à l'oreille : « Je ne veux pas rester en contact avec vous. »

Puis elle fixa ses yeux sur lui sans qu'il puisse soutenir son regard et elle se retourna vers son fils et sa petite-fille.

Dans la lumière du nord

Les deux hommes parcoururent en silence la route de terre mal éclairée d'Hiva Oa, en direction du presbytère où ils logeaient. Le cœur en fête, Bernard observait la voûte céleste qui scintillait au-dessus de lui. Balthazar se taisait.

Les Maux de l'Abondance
par le Dr Keith Balthazar

BIG BLUES

Anomie. Ennui. *Les Français possèdent les termes qui décrivent le mieux cet état, mais ce sont les Américains qui ont inventé* teenagers *et* adolescence, *et c'est chez eux que le phénomène est le plus frappant. On dit que le changement est surtout pénible pour les personnes âgées, mais c'est peu vraisemblable, car elles ont à leur disposition le simple expédient du refus. Les nouvelles formes de musique – swing, rock, hip-hop – n'ont pas l'heur de plaire aux plus de quarante ans, à l'exception des poseurs. De nouveaux langages sont inaccessibles aux plus de trente ans. Les révolutions de la pensée ont été faites par des mathématiciens qui n'avaient pas trente ans, et par des physiciens de moins de trente-cinq. Pour les poètes, la norme est de vingt-cinq ans. Le changement n'est pas un vrai problème pour les adultes car en majorité ils ne changent rien.*

Un changement radical se brise sur les enfants comme une vague sur un récif. Et c'est le changement qui nous affecte quand nous devenons riches, et non la notion calviniste qui voudrait que la richesse corrompe le corps et l'âme. La pauvreté reste la plus puissante toxine pour un être humain, mais le poison qui la suit de près est la confusion. Quand nous ne savons plus quoi manger et en quelle quantité, quelle assistance demander à nos machines, quelle attention porter à nos parents, à nos tantes et à nos oncles, et, Dieu nous aide, à nos enfants, nous tombons malades, nous dépérissons. Nous restons sans bouger et cessons de respecter les rituels nécessai-

res. Nous devenons gras et imbus de nous-mêmes, nous ne croyons plus en nos capacités.

Et une fois déracinés, la tristesse s'abat sur nous. Nous sommes privés de la nourriture que procurent ces racines. Nous la remplaçons par d'autres satisfactions : mobilité et mouvement, anonymat et liberté. Toutes choses satisfaisantes, ce qui explique que les gens paient cher pour les obtenir. Mais les racines restent nécessaires – aussi mince et chimiquement enrichi que puisse être le substrat de notre développement.

J'ai voyagé dans les îles du Pacifique à la fin de mon séjour à Rankin Inlet, pour revoir des amis que j'avais connus dans l'Arctique. Le récit de leur migration est digne d'intérêt, mais ce n'est pas mon sujet – je me contenterai du point suivant : tous deux cherchaient à échapper à ce qui leur était devenu trop familier.

L'un d'eux était le prêtre à côté duquel, pour ne pas dire avec qui, j'avais vécu toutes ces années dans la toundra. L'autre était un jeune homme que j'avais mis au monde dans l'Arctique ; il avait gagné les mers du Sud à bord d'un bateau qui avait hiverné plus longtemps que prévu à Marble Island, au large de la côte. Ils étaient arrivés séparément à Hiva Oa, et quand le prêtre apprit sa présence dans les îles, il retrouva le jeune homme et alla le voir, puis m'écrivit une lettre pour m'annoncer la nouvelle. Alors qu'ils n'avaient jamais été proches quand ils vivaient au bord de la baie d'Hudson, aujourd'hui, dans ces mers plus chaudes, le prêtre dîne avec le jeune homme et sa femme un samedi sur deux.

Un soir où j'allais chez lui, il avait invité le médecin local, une Parisienne, qui me raconta que le diabète faisait rage dans l'île, ainsi que le diabète et la goutte, les maladies coronaires et les crises cardiaques[1] (une expression qui traduit bien l'urgence de ce moment), ajoutant qu'aucune d'entre elles n'existait vingt ans auparavant. Elle n'avait guère plus de trente ans, et parlait avec la ferveur dont j'étais capable à cet âge. Le vent venu de la mer pénétrait dans la petite maison et le bébé de mon ami pleura un instant dans son berceau, puis se calma quand sa mère alla le border. C'était à la fois si différent de l'Arctique et exactement semblable.

---

1. En français dans le texte.

Dans la lumière du nord

Mon jeune ami me dit qu'il avait l'intention de rester dans cette île, qu'il acceptait mieux le changement parce qu'il y prenait moins part. Il avait renoncé à la tradition inuit, et même s'il en avait ressenti une blessure, il pouvait supporter ce qu'il avait perdu à partir du moment où il n'y était pas constamment confronté. Il s'accommodait de l'endroit tel qu'il était – il ne pleurait pas ce qui avait été. Le prêtre, présent à ce dîner, écoutait sans faire de commentaire. La femme du jeune homme avait déjà entendu ce discours – c'était visible à la manière dont ses hochements de tête précédaient ses paroles – et quand il eut terminé, elle nous raconta des histoires sur les îles, sur la manière dont les gens étaient morts à l'arrivée des Français. Les Marquisiens, dont la culture dominait en Polynésie, avaient dépéri à leur contact comme des fleurs coupées. Ils étaient cent mille quand arrivèrent les premiers navires européens. Aujourd'hui, après un demi-siècle de soins médicaux et de nourriture subventionnée, ils ne sont plus que dix mille.

C'étaient des récits emplis de mélancolie, et en regagnant à pied le presbytère, le Père Bernard et moi restâmes silencieux.

Comment savoir avec certitude si les peuples avaient été jadis plus heureux ou malheureux qu'ils ne l'étaient aujourd'hui ? Telle était la question qui occupait mes pensées. Une chose à mon avis est vraie : quand ils étaient malheureux, ils l'étaient pour quelque chose de réel – la mort qui frappait leurs enfants sans relâche, les mauvaises récoltes et les chasses infructueuses, les traces de sang dans les expectorations de leurs femmes. C'était le quotidien de leurs existences. Mon expérience est que des parents, aussi endurcis soient-ils, ont le cœur brisé par la disparition d'un enfant. Il y a donc tout lieu de croire que, dans le temps, les gens étaient très éprouvés – et souvent. Mais je pense qu'ils étaient moins disposés à s'attrister pour un rien, contrairement à nous. C'est cet état que le mot anomie tente de décrire, que les psychiatres s'efforcent de combattre des récepteurs de sérotonine avec leurs antagonistes. Cet état qui nous empoisonne, nous et nos ambitions, et nous mène à l'inaction.

J'arrivai à la porte de la maison d'invités qu'on m'avait prêtée. Je dis bonsoir à mon ami le prêtre et le regardai se diriger lentement vers la résidence principale. Il est étrange, me dis-je, que le processus qui nous conduit à cette immobilité statique ait pour origine un changement trop brutal. Le vent mugissait dans les palmiers alentour.

TROISIÈME PARTIE

Poème esquimau

Temps cruels, temps de pénurie
S'abattent sur chacun de nous.
Les ventres sont creux,
Les écuelles vides...
Les voyez-vous au loin ?
Ces hommes qui s'avancent
Tirant des phoques magnifiques
Vers nos maisons.
C'est l'abondance à nouveau
Des jours à festoyer
À ensemble nous réconforter.
Reconnaissez-vous l'odeur
Des marmites sur le feu ?
Et des blancs de baleine
Entassés près du banc ?
Avec allégresse
Accueillons ceux
Qui nous apportent pareille profusion.

Recueilli et traduit de l'inuktitut
par Knud Rasmussen,
dans le *Rapport de la cinquième expédition de Thulé*, 1921-24

28

C'était une de ces superbes matinées du début de l'été. Balthazar se tenait près de la fenêtre de son appartement, à l'étage de la maison où il habitait. Il entendait Amanda et les fillettes en bas, qui finissaient leur petit déjeuner, bavardaient, puis mettaient bruyamment la vaisselle dans l'évier. Il avait passé la nuit à écrire et se sentait détaché de la réalité, pris entre la somnolence et l'incapacité de se concentrer. John Coltrane jouait *Ah, My Little Brown Book,* un des enregistrements favoris du Père Bernard. Sur la table basse était posée une lettre arrivée de Nuku Hiva la semaine précédente. Iguptak avait neuf ans à présent, et Bernard lui enseignait le catéchisme. Pauloosie et Riri se portaient bien. Bernard adressait son bon souvenir à Amanda et aux jumelles. Il avait joint une lettre d'Iguptak écrite dans un anglais imparfait à l'intention de Lola ; les filles correspondaient depuis un an.

Balthazar mit de l'ordre sur son bureau et ramassa les assiettes et les couverts qu'il y avait laissés la veille. Le parquet ciré brillait au soleil. Il se dirigea sans bruit vers la cuisine, ses chaussettes glissant silencieusement sur le bois, et déposa à son tour la vaisselle dans l'évier. Il regagna sa salle de séjour et s'assit sur le canapé. Il ouvrit la lettre et relut le récit des potins de l'île, puis réfléchit à la proposition de Bernard de venir leur rendre visite à nouveau.

Peut-être. Peut-être. Il ne faudrait pas tarder, cependant.

Dans l'enveloppe se trouvait une photo de Pauloosie, d'Iguptak et de sa mère. Bernard en avait joint une autre, de Victoria et de Justine, qui était venue voir sa mère à Rankin Inlet. Justine avait passé ses longs bras autour du cou de Victoria dont les yeux brillaient de plaisir. Les rides marquaient un peu plus leurs visages, naturellement. La beauté de Justine éveilla un souvenir chez Balthazar. Il ferma les yeux et appuya sa tête au dossier du canapé. Victoria et lui étaient assis sur les berges de la baie. Avant sa rencontre avec Robertson. Elle se sentait seule et était avide de parler de ce qui se passait dans le monde. Il venait de New York. La glace commençait à fondre. Il ignorait combien de temps il allait travailler dans le coin. Au moins pendant tout l'été. Il avait posé sa candidature pour un poste d'interne en ophtalmologie et espérait obtenir une réponse rapidement. Elle avait dit qu'elle était déçue de l'entendre parler ainsi. Il avait souri et senti le monde changer légèrement.

Allongé sur le canapé, il étira son corps raidi. Il avait pris une profonde aspiration, et sur ce rocher au bord de la banquise, il avait dit à Victoria qu'il n'avait jamais rencontré personne comme elle. Elle lui avait effleuré le bras en souriant. Ils s'étaient penchés l'un vers l'autre. Leurs fronts s'étaient touchés et, à partir de ce moment, il fut clair que tout serait à jamais différent.

Il sentit une main sur son épaule et la repoussa, cherchant à rester là où il était. Victoria se fondait dans le brouillard et il s'efforçait de la garder avec lui.

« Keith. Keith. »

C'était Amanda. Son visage anxieux se détendit. « J'ai cru que tu avais recommencé à en prendre, dit-elle.

– Non. Tu sais que j'ai complètement cessé.

– Je sais, mais tu te sens bien ?

– Je profite seulement du soleil matinal.

– Est-ce que tu peux surveiller les filles ?

– Bien sûr. » Il se redressa, se laissa à nouveau glisser en arrière, puis au prix d'un effort se rassit.

« Tu as mal quelque part ?

– Non.

– Parce que j'ai ce qu'il faut si tu en as besoin.

– Je vais bien, Amanda.

– Les filles, soyez gentilles avec votre grand-oncle, d'accord ? »

Lola et Claire se tenaient dans l'embrasure de la porte, souriantes.

« Je serai de retour avant le dîner. Il y a de quoi manger dans le réfrigérateur, d'accord, Keith ?

– Bien sûr.

– Je peux te rapporter quelque chose si tu veux.

– Tout va bien, ma chérie. »

Aux MTV Video Awards de 2002, Justine se cala dans son fauteuil et essaya de reprendre ses esprits. Elle planait un peu, mais ce n'était pas la vraie raison : le bruit courait que Axl Rose et le nouveau Guns N' Roses allaient se produire ce soir-là. Puis Jimmy Fallon apparut sur scène avec un sourire guindé et chacun dans l'assistance retint son souffle. Axl avait disparu depuis dix ans, cloîtré dans sa résidence de Malibu, faisant son Brian Wilson, amoureux de Stephanie Seymour, disait-on, et dépensant treize millions de dollars pour un album dont tout le monde disait qu'il ne sortirait jamais, *Chinese Democracy*. Neuf producteurs, quatre-vingts musiciens de différentes sessions, chacun viré plus vite que le précédent, sans que le public ne voit rien venir de l'homme qui avait pulvérisé la *metal music*, quand *Appetite For Destruction* avait tracé sa voie flamboyante à travers le monde.

Et c'était bien lui, que présentait Jimmy Fallon. Le rideau se leva et ce n'était pas le groupe d'avant, naturellement, mais c'était Axl, enfin, et les accords de puissance, la voix, montant dans les aigus avec les lumières. Il n'était plus ce qu'il avait été, mais qui de nous l'est resté ? On l'avait connu si mince, si souple, et regardez-le maintenant. Epaissi, vulgaire – sans la ceinture du King, mais au moins Elvis avait conservé sa voix. Cette voix qui montait, gémissante, ne pouvait avoir appartenu qu'à un jeune homme, ce qui expliquait l'émotion qu'elle suscitait. Et il avait été ravagé à cause de ses excès. Finalement, comme il le disait, le choix est de se consommer ou non soi-même en même temps que tout le reste.

Il avait consommé pas mal : ses amis, Slash, Izzy, Duff, ses femmes, dont aucune n'était restée en contact avec lui, et un sillage de vieux sachets de drogue qu'il traînait derrière lui, alors qu'il s'avançait sur la scène, essayant tant bien que mal de retrouver ses anciennes poses, son ancien venin. Et la salle comprit tout ça du premier coup d'œil, et comme toujours avec ce genre d'assistance, l'intérêt faiblit. Mais pour ceux qui avaient eu quatorze ans en 1988, le moment était désespérément triste, comme s'ils s'apitoyaient également sur leur propre jeunesse, et sur leur propre obsolescence chaque jour plus visible.

Justine ferma les yeux ; elle aurait aimé être moins shootée. Elle aimait son job et le faisait bien. Les gens qui travaillaient pour elle l'appréciaient. Elle avait vingt-huit ans. Elle se dit qu'elle n'avait plus besoin de la cocaïne.

Le chasseur courait dans la neige, pieds nus, incroyablement vite. À chaque enjambée, ses pieds s'enfonçaient dans la neige gelée et granuleuse jusqu'à ce qu'ils prennent appui, et son corps alors rebondissait, projeté en avant, et son poursuivant perdait de plus en plus de terrain sans toutefois renoncer, et ils continuaient de courir dans la nuit sous la lumière froide et brillante de la lune. À son réveil, il se trouvait dans un endroit étrange, avec une étoffe sur le sol, et des coins qui lui sautaient dessus dès qu'il remuait dans l'obscurité. Il saisit sa *panna*, miraculeusement posée à côté de la porte, et s'élança dans la nuit. Il reconnut les étoiles, rien d'autre. Il n'y avait aucun igloo dans ces parages. Il pouvait voir la mer gelée luire sous la lune, mais il n'y avait aucun traîneau là-bas non plus.

À l'horizon, le complexe minier rougeoyait d'un éclat électrique. L'immense caverne métallique abritant le matériel de traitement était presque terminée à présent et les lumières qui l'éclairaient se reflétaient sur les nuages bas et les illuminaient comme si elles émanaient d'une ville au milieu de l'horizon. C'était seulement ainsi, grâce à son halo lumineux, que la mine était visible du village la nuit. Les chasseurs l'évitaient, honnissant par superstition toute cette lumière, le bruit, les résidus alentour. Les mineurs restaient en général sur le site jusqu'au moment où ils reprenaient l'avion pour rentrer chez eux. Mais pour un groupe d'hommes, Tagak et une centaine d'autres, c'était le lien qui les rattachait au monde, à part la chasse au caribou et le froid glacial, c'était ce qui leur conférait une crédibilité, l'âge venant et leur vue diminuant. Emo contempla cette clarté, sans la comprendre, ni l'expliquer, et se sentit effrayé.

Il entendit haleter et gronder derrière lui et il s'élança en avant, s'arrêtant souvent pour écouter le bruit des pas. Il étaient plusieurs, mais il demeura silencieux, courant à perdre haleine, et ils se dispersèrent, poussant des rugissements désordonnés dans le vent qui forcissait, et il finit par les distancer.

Un jour, se souvint-il tout en courant, un ours blanc l'avait surpris dans la toundra où il campait avec ses chiens. Il s'était réveillé pour voir trois de ses chiens accrochés aux flancs de l'animal, tandis que deux autres étaient projetés dans la neige, frappés mortellement par une de ses énormes pattes. Il avait bondi vers eux, brandissant son long couteau qu'il avait enfoncé jusqu'à la garde dans la poitrine de l'ours. La bête s'était mise à tousser, avant de s'asseoir, hoquetant et crachant son sang dans la neige. Il avait dix-neuf ans.

Un autre jour, longtemps après, il avait été attaqué la nuit par un esprit et lui avait lancé sa *panna* à la gorge ; il se souvenait d'avoir éprouvé une peur bleue et de s'être enfui. Il se rappelait à présent, avec une netteté qui lui avait fait défaut sur le moment, que la créature s'était transformée en homme, et qu'il avait porté la main à son cou et était tombé dans la neige. Le mari de sa fille, un chamane, à coup sûr, car qui d'autre aurait pu changer d'apparence aussi rapidement ? Voilà qui répondait aux multiples questions sur le trouble que cet étranger avait apporté dans leurs vies, mais il était bel et bien mort, la gorge tranchée, ce qui était surprenant pour un homme doué de nombreux pouvoirs. Par la suite Emo se demanda pourquoi il ne s'était pas guéri tout seul. Sans doute cette mort lui convenait-elle. La confusion qu'il avait semée s'était accrue après sa mort. Il avait senti l'esprit malfaisant de cet homme planer au-dessus d'eux à l'enterrement de sa petite-fille, et en d'autres occasions.

Dans ces deux cas au moins, malgré sa frayeur, Emo ne s'était pas laissé impressionner. Il s'était arrêté et avait regardé derrière lui. Il n'avait entendu aucun bruit. Il avait sa *panna* à son côté. Si quelque chose survenait, il serait prêt. Il ne s'était pas rendu compte que la respiration lui manquait. Quel était ce tissu qu'il avait sur le dos et sur les jambes ? Il le découpa, puis, épuisé par l'effort, il s'assit. La neige était très froide sous ses fesses. C'était sans importance. Il était habitué au froid.

Au moment où Emo était assis dans la neige, à trois kilomètres de là, sa fille était dans sa cuisine. Victoria avait joué au cribbage avec Simionie. Il était tard et Simionie s'était levé pour enfiler sa parka. Victoria se surprit à lui prendre la main. L'entraînant à sa suite, elle pénétra dans sa chambre.

Et tandis que la respiration de son père s'affaiblissait, que ses souvenirs de jeunesse se réveillaient, vivants et précis, elle fit l'amour avec Simionie lentement, avec application. Ni elle ni lui ne prononcèrent un mot. Leurs peaux glissaient l'une sur l'autre comme de la glace lisse et chaude remontant la baie, et chacun étouffa un cri dans l'oreille de l'autre, elle lui mordit l'épaule au moment où elle jouissait et l'enveloppa de ses jambes en l'attirant profondément en elle. Il ferma les yeux, remerciant les dieux qui avaient finalement intercédé en sa faveur.

Les Maux de l'Abondance
par le Dr Keith Balthazar

DÉVOUEMENT (III)

Le plus frappant à propos des villages côtiers inuits de la baie d'Hudson c'est leur taille – ce sont de toutes petites agglomérations. Repulse Bay a cinq cents habitants. Rankin Inlet, la mégalopole régionale, deux mille quatre cents. Baker Lake, mille huit cents. L'anonymat ne peut s'y concevoir, et songer à le rechercher n'aurait aucun sens.

J'ai débarqué à Repulse Bay voilà trente ans. En inutktitut, l'endroit se nomme Naujjut, là où les mouettes pondent leurs œufs. Le village est accroché à la mer, comme une mince écorce enveloppant la baie. L'infirmière y connaît chacun des habitants. Quand elle se promène le soir et repère un visage inconnu parmi les enfants qui jouent sur le rivage, elle va vers lui et détermine aussitôt de qui il est le cousin, ou de quel village proche il vient.

Proche est une notion relative. Le village voisin est Pelly Bay, à deux cent cinquante kilomètres au nord. Coral Harbour vient ensuite, sur la côte de Southampton Island, à trois cents kilomètres à l'est. Baker Lake, au sud, est à quatre cent cinquante kilomètres. Au printemps, qui est superbe ici, les gens vont d'un endroit à l'autre en motoneige, parcourent la toundra pendant des jours entiers, pour de courtes visites à leurs parents et amis avant de rentrer chez eux. Les distances dans ces terres désertiques ne semblent pas amoindrir le sens de la communauté, mais au contraire en accroître la force et la nécessité.

L'histoire qui suit est sans doute la meilleure illustration de ma pensée :

Un jour, une femme fit une hémorragie cataclysmique suite à une grossesse extra-utérine à Repulse Bay. On la conduisit au dispensaire et l'infirmière la mit sous perfusion. Elle appela les médecins de Churchill, à des centaines de kilomètres au sud, et ils prirent sur-le-champ l'avion, mais entre le mauvais temps et les arrêts pour faire le plein de carburant, ils mettraient plus de six heures avant de pouvoir arriver. L'infirmière avait mis la femme sous perfusion mais sa pression artérielle faiblissait régulièrement. J'étais à Rankin Inlet à cette époque. Dès que j'ai appris ce qui se passait là-bas, je me suis mis en route.

Il y avait une institutrice à Repulse Bay qui souffrait d'hémochromatose – une maladie sanguine que l'on soignait en pratiquant régulièrement une phlebotomie, des saignées essentiellement. L'infirmière avait donc un stock de poches à sang, entreposées dans la réserve. Tandis que j'étais en vol vers le nord, elle alla les chercher et demanda à l'intendante de trier les dossiers des femmes qui avaient accouché au cours des deux dernières années – elles avaient toutes subi des analyses pour dépister des hépatites ou le sida, et leur groupe sanguin était connu. Elle lui demanda ensuite de lancer un appel sur la radio CB et de les inviter à venir donner leur sang. Les gens du village déployèrent toute leur énergie pour amener ces femmes au dispensaire et mon amie commença à recueillir leur sang. Dès que les poches étaient pleines, elle en transfusait le contenu.

À mon arrivée tous les habitants étaient rassemblés autour du dispensaire, l'air terrifié, beaucoup d'entre eux en larmes. Tous ceux qui étaient âgés de plus de douze ans avaient une manche de chemise relevée et ils insistaient pour que leur sang soit recueilli lui aussi.

À cette époque de l'année, la fin de l'été, la beauté de la toundra est saisissante. Les collines couleur cannelle qui ondulent d'un bout à l'autre de Kivalliq retiennent le soleil et brillent comme des cordages usés. Les narvals émergent dans la baie, brandissant leur défense unique ; à quelques kilomètres du village, les derniers grands mammifères qui vivent en troupeaux, les caribous, piétinent par milliers l'herbe et la mousse, pris d'un même tremblement lorsque leur par-

vient l'odeur d'un prédateur. Partie intégrante de cette beauté, et peut-être sa conséquence nécessaire, il y a les gens de ce pays – qui se rassemblent aussi étroitement, attentifs au péril qui peut frapper chacun d'entre eux.

15 octobre 2004

Cher Père Bernard,

Keith est mort la semaine dernière, paisiblement, chez lui. Vous savez sans doute qu'il était atteint d'un cancer du colon. Il avait soixante-six ans. Il n'a pas souffert et est resté lucide jusqu'à la fin. Il m'avait chargé de m'assurer que vous seriez prévenu, me priant de vous écrire pour vous demander d'en informer ceux de ses amis avec lesquels vous êtes resté en contact.

J'ai mis de l'ordre dans son appartement et j'ai trouvé dans son bureau un journal intime qu'il tenait à jour, apparemment depuis longtemps. Il s'intitule *Les Maux de l'Abondance* et la plupart des entrées semblent dater de l'époque où il exerçait dans le Nord. J'ai pensé que ce document pourrait vous intéresser.

Keith parlait souvent de vous, mon Père, et vous tenait pour son meilleur ami. Je sais que des années se sont écoulées depuis votre dernière rencontre, mais il faut que vous sachiez que son admiration pour vous était restée très vive.

Sincèrement,
Amanda Balthazar.

REMERCIEMENTS

Merci à Anne Collins, qui a supervisé et guidé la rédaction de *Dans la lumière du nord*, durant quatre années où le livre s'est transformé d'essais sur le changement culturel et l'épidémiologie en un roman, nécessitant une minutieuse révision. Ce livre n'aurait pu exister sans sa clairvoyance et sa patience. Mes remerciements aussi à Nan Talese, qui a montré la même patience exemplaire. Mon agent, Anne McDermid, et son assistante, Jane Warren, m'ont elles aussi prodigué leurs conseils avisés tout au long de cette aventure.

Les habitants de Kivalliq – avec lesquels et pour lesquels j'ai travaillé pendant les dix années écoulées – m'ont raconté les histoires qui ont inspiré cet ouvrage, et m'ont permis de me familiariser avec l'inuktitut. Concernant cette langue, Andrea Sateanna White et Sam Aliyak m'ont été d'une grande aide. Les médecins et infirmières que j'ai rencontrés et dont j'ai beaucoup appris pendant mes années dans le Nord sont trop nombreux pour que je les mentionne tous, mais je dois citer mon ami et mentor, le Dr Bruce Martin, directeur de l'unité du Nord J.A. Hildes de l'université du Manitoba, qui m'a été d'un soutien incomparable. Sue Lightford, Scott Bell, Doug Manuel, Nikki Stilwell, Pam Orr, Maria Fraser, mon frère Michael Patterson, Martha Keeley, Mark Viljoen et Megan Saunders m'ont beaucoup appris et inspiré.

Merci à Ellen Reid pour son amitié sans faille de vingt ans, ses conseils et son hospitalité.

Et enfin, merci à la charmante et patiente Shauna Klem, et à Molly Patterson avec son délicieux sourire et ses merveilleux dessins.

DAGOBERTO GILB
Le Dernier Domicile connu de Mickey Acuña, roman
La Magie dans le sang, nouvelles

LEE GOWAN
Jusqu'au bout du ciel, roman

PAM HOUSTON
J'ai toujours eu un faible pour les cow-boys, nouvelles
Une valse pour le chat, roman

RICHARD HUGO
La Mort et la Belle Vie, roman
Si tu meurs à Milltown

KARL IAGNEMMA
Les Expéditions, roman

MATTHEW IRIBARNE
Astronautes, nouvelles

THOM JONES
Le Pugiliste au repos, nouvelles
Coup de froid, nouvelles

THOMAS KING
Medicine River, roman
Monroe Swimmer est de retour, roman
L'Herbe verte, l'eau vive, roman

WILLIAM KITTREDGE
La Porte du ciel, récit
Cette histoire n'est pas la vôtre, nouvelles

KARLA KUBAN
Haute Plaine, roman

CRAIG LESLEY
Saison de chasse, roman
La Constellation du Pêcheur, roman
L'Enfant des tempêtes, roman

BRIAN LEUNG
Les Hommes perdus, roman

Composition Nord Compo
Impression : Imprimerie Floch, mars 2009
Éditions Albin Michel
22, rue Huyghens, 75014 Paris
www.albin-michel.fr

ISBN 978-2-226-19099-4
ISSN 1272-1085
N° d'édition : 25754 – N° d'impression : 73431
Dépôt légal : avril 2009
Imprimé en France